JP SMAGGHE MENEZ

Dans l'Ombre du Bouquiniste

ou

Au-delà des apparences.
Emile Tiembpont, un homme anormalement comme les autres

ISBN : 979 10 200 0894 7

Du même auteur

Le fruit de la vengeance
(Et tu connaîtras enfin la vérité)

Dans l'ombre du bouquiniste
(Au-delà des apparences)

Le sang qui coule dans tes veines

Les émeraudes du Diable

L'ex-flic et l'abbé
Épisode 1 – Combustion
Épisode 2 – l'Alchimiste
Épisode 3 – Le Passeur
Épisode 4 – l'Exilé
Épisode 5 – Regenesis
Épisode 6 – Sarah

Nolwenn Détective Privée
Épisode 1 – La salamandre
Épisode 2 – Post Mortem
Episode 3 – La mer des crises

Par-delà la mort et les secrets
T1 – Là où tout a commencé : la zone interdite
T2 – Avant que la mort de nouveau ne m'emporte

Al Azif

« N'est pas mort ce qui dort à jamais »
« Et au long des siècles peut mourir même la mort »

L'ombre des mots...

« L'ombre des mots plane sur nos vies.
Nos pensées naissantes s'écoulent comme le cours des rivières. Sinuant entre deux rives d'une même réalité aux apparences trompeuses, où chacun de nous n'est en définitive qu'un égrégore issu de l'imaginaire d'Êtres..., que nous croyons avoir créés de toutes pièces.
Alors..., qui peut dire, à présent, ce qu'est la réalité.... »

Traduction d'un fragment de manuscrit découvert dans l'Abbaye d'Hentkoll.
Finistère — Auteur inconnu.

Où tout a commencé...

J’ai perdu le contrôle.
Je ne sais pas comment c’est arrivé, mais c’est un fait..., ça s’est produit.
Je pense qu'un univers parallèle a touché un point de contact dans notre réalité..., et tout a basculé.
Je n’aurais peut-être jamais dû commencer la rédaction de ce livre, mais il est trop tard à présent pour exprimer des regrets.
Je ne dors plus.
Le doute s'est glissé dans mon esprit fatigué comme un démon malfaisant qui m'exhorte de le laisser envahir le monde.
Combien de temps vais-je pouvoir tenir sans m'endormir et sombrer dans l'entre-réalité, je l'ignore et cela m'angoisse.
Je m'efforce de faire tout ce qui est en mon pouvoir afin de rester le plus longtemps possible en dehors de l’histoire, ne pas m’impliquer. Je sais pourtant, au fil des lignes que je trace à l'encre noire, qu’un de nous devra disparaître et je redoute ce moment où je devrais vous faire basculer dans l'incertitude que ce que vous croyez vivre est la réalité.
Je n'étais pas préparé à ça..., mais vous..., serez-vous prêt à affronter la vérité ?

Prologue

Maman a mal.
Au loin, une étrange lumière teintée de bleu scintille dans la fraîcheur de la nuit.
L'ambulance arrive, silencieuse, glissant sur l'asphalte comme un serpent de feu.
Sur le trottoir, maman se tient le ventre…, papa se tient près d'elle. Son visage marbré d'une barbe naissante exprime l'inquiétude qui grandit au rythme des contractions.
Il sait que quelque chose se passe.
Maman se couche sur le brancard, aidée par un homme vêtu de blanc.
Les portes claquent et la sirène retentit dans le calme de la nuit.
Un médecin s'entretient brièvement avec papa toujours anxieux.
Les jumeaux, le nez collé à la vitre de la fenêtre du cinquième étage, regardent dans le vide. On dirait qu'ils sont inquiets eux aussi. Leurs visages flottent derrière les carreaux comme une brume fantôme.
Ils observent, au bout de la rue, la lumière d'un bleu outremer qui enveloppe le fourgon filant à travers les ténèbres. C'est comme une lueur perdue au milieu de l'océan, une île inaccessible.
Quand maman arrive à la maternité pour me mettre au monde…, je suis déjà mort dans son ventre…, mais elle ne le sait pas encore.
L'obscurité du dehors a fait place à la blancheur aveuglante des couloirs de l'hôpital et des blouses d'infirmières qui déshabillent maman.
Sur la table d'accouchement recouverte d'un drap laiteux, maman, les pieds aux étriers, m'expulse dans un gargouillis de chair molle et de sang.
L'infirmière…, blanche comme un ange, me prend dans ses mains douces et chaudes. Le médecin coupe le cordon ombilical. Maintenant, maman et moi sommes définitivement séparés.
L'infirmière ne sourit pas. Son visage exprime une profonde tristesse.
Elle m'emmène sans que maman puisse me serrer sur son cœur une dernière fois…, le silence est assourdissant, personne ne parle.
Maman a les yeux pleins de larmes en me regardant partir. J'entends ses gémissements de douleur qui résonnent contre les murs couleur de craie…, elle sait.

Papa pleure, lui aussi, quand le médecin pose sa main sur son épaule… il est seul, dans un couloir sinistre, aseptisé. Son regard cherche un autre regard auquel s'accrocher pour ne pas s'effondrer, mais le couloir est désert à présent. Il ferme les yeux, ses larmes coulent sur ses joues râpeuses.
Mon petit corps inerte et sans vie est allongé dans un berceau. L'infirmière me recouvre délicatement d'un drap blanc.
Elle est belle.
La lumière des néons m'enveloppe, atténuée par le tissu rêche de mon linceul contre ma peau fripée. Je me sens seul, délaissé.
J'ai peur… terriblement peur.
Les portes de l'ascenseur s'ouvrent puis se referment en s'entrechoquant dans un bruit sourd. Les roulettes de mon berceau cercueil couinent dans les couloirs du sous-sol désert. N'ai-je quitté le ventre de maman, chaud et rassurant, que pour être abandonné dans un monde vide et glacial ?
Le temps s'écoule, indifférent.
L'infirmière au visage d'ange échange un étrange sourire avec le médecin de la morgue qui l'accueille. Tous deux regardent la silhouette que forme mon petit corps recroquevillé sous le drap qui me recouvre.
Une lumière verte inonde les couloirs de la morgue.
Il fait froid.
La voix de l'infirmière est douce…, lointaine.
Le crayon du médecin griffe le papier… Je suis mort-né, à zéro heure neuf minutes…, le 1er novembre 1967.
Je suis dans une antichambre où règne l'obscurité et d'où un étroit passage s'étend vers la lumière..., une lueur noire.
À travers l'empreinte des mailles de mon linceul, un visage apparaît.
Le médecin de la morgue me soulève avec précaution et douceur, je sens la chaleur de ses mains contre ma peau, cela me réconforte un peu. Puis, il dépose mon petit corps sans vie dans un tiroir métallique, brillant comme des reflets d'argent.
Le froid pénètre alors dans ma chair comme les crocs d'un chien enragé.
Mon corps est secoué par la douleur qui m'envahit.
J'ai mal…
Je pousse mon premier cri...

1

Les hurlements du vent troublent le silence des ruelles désertes du quartier Sainte Catherine. Il fait nuit noire dans la capitale de Flandre.
Tout paraît tranquille, mais ce n'est qu'apparence.
Au cinquième étage de l'immeuble numéro trente-cinq, un homme se tient debout sur les lames du parquet ancien.
Il a fermé les yeux, nu, immobile au milieu du salon.
Les rideaux sont tirés. De l'extérieur, on ne distingue absolument rien de l'étrange rituel qui s'y déroule.
La lumière falote des lampadaires, scellés dans les murs des façades, éclaire à peine les pavés disjoints du quartier Sainte-Catherine aux rues étroites comme le couloir d'une allée couverte.
Le clocher de l'église marque vingt-trois heures trente.
Dans l'appartement, deux ombres balancent sous l'effet des flammes chancelantes des bougies qui illuminent la scène. Un léger parfum sucré emplit la pièce.
Sur le divan, une jeune femme est assise en tailleur. Sur ses genoux, elle tient ouvert un livre très ancien dont les pages manuscrites sont noircies de symboles étranges et d'une calligraphie inconnue.
Elle est nue, elle aussi.
De ses lèvres, monte un murmure inquiétant.
L'ombre des mots qu'elle prononce vibre dans le silence de la nuit.

2

« N'ayez pas peur, vous êtes en sécurité à présent ».

Dans le cabinet du neuropsychiatre, Édouard Brainmind, un homme, Émile Tiembpont, est étendu sur le divan en cuir rouge trônant au centre de la pièce. Ce patient souffre, semble-t-il, d'un trouble de la conscience. Un trouble qui le plonge dans des dialogues intérieurs qui inquiètent son épouse, Sophie.

Depuis quelques semaines, le neuropsychiatre a donc entrepris une thérapie sur la base de l'hypnose régressive afin de comprendre l'origine de ce mal étrange.

— Je vais maintenant compter jusqu'à neuf, prévient le neuropsychiatre. Quand je prononcerai le chiffre « 9 », vous vous réveillerez et vous serez de nouveau dans mon cabinet... À votre réveil, vous vous sentirez parfaitement bien, complètement détendu... et vous vous souviendrez du récit que vous venez de faire sous hypnose comme d'une expérience enrichissante et apaisante.

Le neuropsychiatre réajuste ses lunettes cerclées d'acier sur son nez aquilin et se concentre un instant avant de démarrer le décompte.

— 1... 2... articule-t-il lentement et distinctement. 3... vous êtes maintenant âgé de 9 ans... vous êtes un joyeux petit garçon, vous vous retrouvez en classe parmi vos camarades d'école, nous sommes à la fin de l'année, tous les élèves s'amusent autour de vous... il fait chaud. 4... 5... calmement, vous remontez toujours plus avant dans le temps, vous voici un jeune homme à présent, entouré de vos amis... 6... 7... 8... vous êtes étendus sur le divan de mon cabinet... 9... vous vous éveillez doucement et vous vous sentez parfaitement détendu... vous ouvrez les yeux...

« Non... pas maintenant ».

Aucune réaction du patient, note-t-il, quelque peu ennuyé.

— Ouvrez les yeux, ordonne le praticien.

Mais contrairement aux suggestions du neuropsychiatre, Émile Tiembpont ne réagit pas.

« Je n'ai pas envie de bouger. Je profite encore un peu de cette tranquillité, je l'ai bien méritée après tout. J'entends la respiration de mon psy. Tout est tranquille, enfin presque ».

— Vous pouvez ouvrir les yeux... Monsieur Tiembpont... Ouvrez les

yeux !
Le silence devient pesant, Édouard Brainmind remonte ses lunettes d'un geste brusque qui trahit sa nervosité.
« La lumière tamisée du cabinet m'enveloppe comme une chaude couverture, c'est agréable ».
— Neuf !... S'exclame à nouveau le neuropsychiatre. Vous êtes de nouveau dans mon cabinet..., vous pouvez ouvrir les yeux.
« Je sens dans la voix de mon psy comme une pointe de stress, lui qui d'ordinaire a l'air si sûr de lui derrière ses petites lunettes à monture métallique, presque arrogant parfois, mais toujours courtois, je dois l'admettre. Il me fait penser à mon grand-père avec ses cheveux grisonnants coiffés en brosse. En fait, je n'ai pas vraiment de souvenirs de mon grand-père... »
— Monsieur Tiembpont..., il faut ouvrir les yeux maintenant.
« Je me demande si l'hypnose a véritablement éveillé en moi des souvenirs liés à ma naissance ou si, sous l'emprise suggestive de mon psy, je n'ai pas tout simplement imaginé tout ça ».
« Seuls mes parents pourraient confirmer ce que j'ai vu..., non, ils ne le peuvent plus à présent... »
— Émile ! Ouvrez les yeux.
« Tiens, il m'a appelé Émile..., je crois qu'il commence à paniquer ».
— Émile ! M'entendez-vous ?
« Je le laisse mijoter encore une minute, il y a si longtemps que je ne me suis pas senti aussi détendu..., tranquille... »
— Merde ! Murmure alors le neuropsychiatre.
Édouard Brainmind observe l'homme étendu sur son divan, il doit absolument reprendre le contrôle.

3

« Je m'appelle Émile Tiembpont, j'ai 43 ans et je suis bouquiniste ».
« J'ai une petite boutique de livres anciens, rue de Gand, dans le Vieux Lille. C'est un quartier que je connais bien, parce que j'y ai passé une bonne partie de mon enfance ».
« C'est là que j'ai connu mes premiers chagrins d'amour ».
« À cette époque, j'étais petit pour mon âge et un peu gros, ce qui n'était pas du goût des jeunes filles en fleur. J'étais pourtant un enfant tout à fait normal, mais chez moi, c'est sans doute ce qui n'allait pas ».
« J'étais un enfant normal, non pas comme on l'entend d'ordinaire, c'est à dire conditionné par les normes éducatives avec leurs corollaires d'interdits, de sanctions et de gratifications qui récompensent des comportements jugés utiles ou conformes dans le monde des adultes qui, durant leur enfance, ont eux-mêmes intériorisé les règles sociales. De telle sorte qu'ils s'imaginent, en les reproduisant et en les encourageant auprès de leur progéniture, favoriser l'épanouissement des enfants ».
« Moi, je n'appartenais pas à cette catégorie de normaux ».
« J'étais un enfant libre ».
« N'allez surtout pas croire que je parle de liberté au sens où on l'entend d'ordinaire, c'est-à-dire une liberté enfermée dans un carcan d'interdits, un carcan où chacun a la liberté d'exercer l'activité de son choix... mais non pas de l'exercer librement, en dehors d'un contrôle strict et dans les limites fixées par la morale ou la réglementation ».
« Non... l'enfant libre ne respecte pas le contrôle et les limites que cherche à lui imposer la coercition sociale. Il les dépasse, il les transgresse. Attention... non pour braver les autres et leur autorité, mais simplement pour réaliser les désirs qui l'animent, s'épanouir, jouir de la vie ».
« L'enfant libre transgresse les règles pour laisser libre cours à son imagination. Et c'est là que le paradoxe se pose. Parce que l'imagination qui est ainsi libérée conduit à dépasser les limites fixées par la norme, une norme qui n'accepte l'exercice de l'imagination que dans la limite fixée par la socioculture ».
« Enfant, j'ai eu à souffrir de ce malentendu. Je sens encore le goût des larmes dans ma bouche, un goût salé ».

« Je me souviens parfaitement qu'à l'école Branly, la dernière semaine de juin, juste avant les grandes vacances, il était de coutume d'organiser librement des jeux ou des activités d'expression artistique. C'est du moins ce que tentait de faire la directrice avec les enfants de sa classe, une classe dont je faisais partie.
« Évidemment, notre liberté consistait à choisir une activité parmi CELLES que la directrice jugeait propres à développer nos capacités, parmi des activités jugées, par ELLE, artistiques ».
« Et, alors que d'autres élèves jouaient à des jeux de société, moi, j'avais décidé de recopier les textes de mon livre d'histoire, ceux évoquant la vie des hommes préhistoriques, avec de belles illustrations en couleurs. Parce que, moi, j'étais passionné par cette époque lointaine de la vie des premiers hommes, élevant des pierres, enterrant leurs morts dans des chambres secrètes, passages d'entre-les-mondes ».
« Je me souviens très bien de ce jour-là, je me souviens que je n'ai pas pleuré comme d'habitude. Non... ce jour-là, mes larmes ont coulé à l'intérieur, sans faire de bruit ».
« Ce jour-là, je m'en souviens comme si c'était hier. La classe était inondée par les rayons du soleil qui filtraient à travers les doubles rideaux couleur d'orange. Il flottait dans l'air des odeurs de linoléum fraîchement ciré. Je sens encore cette odeur d'école comme les fragrances d'un parfum oublié flottant dans les méandres de ma mémoire ».
« Dans la cour de récréation, débarrassée des cris enjoués des élèves, j'entends encore par les fenêtres entrouvertes le piaillement des moineaux et les stridulations des criquets se réchauffant au soleil. À moins qu'ils ne se fassent dévorer et que leur chant ne soit un cri d'agonie ».
« Les pauvres... Ils se sont fait bouffer ».
« Je revois encore, assis autour des petits bureaux de bois dans lesquels, déjà, les encriers avaient disparu, mes petits camarades jouant au Monopoly. D'autres faisaient du dessin, de la peinture ou de la pyrogravure sur bois. Les poissons rouges, eux, tournaient comme d'habitude dans leur aquarium, indifférents à l'agitation ambiante de cet après-midi d'été ».
« C'est à ce moment-là que la grosse directrice s'est plantée devant moi

dans sa robe à fleurs rouges, m'exhortant à faire de la pyrogravure ou de la sculpture en macaroni. Mais ma détermination à plonger dans les arcanes de l'Histoire humaine était inébranlable. Et ce jour-là, mon regard soutint son regard de directrice, sans défaillir. Alors, devant mon refus de coopérer au rituel du mois de juin qui marque la fin de l'année scolaire, les yeux brillants de haine de la grosse directrice ont fait tomber sur moi une pluie de reproches méprisants. Ses lèvres charnues ont pris la teinte rouge sang des fleurs imprimées sur sa robe et ont exprimé un rictus de dégoût comme devant un ver gluant. Puis, de sa voix de directrice, elle m'a dit, tout en dodelinant de la tête, une tête fraîchement permanentée : T'es vraiment pas intéressant, tu sais ».
« Moi..., j'ai baissé les yeux ».
« J'ai ravalé ma tristesse au goût salé tout en continuant de recopier l'histoire des premiers hommes de la Terre. Mais le plaisir en moi était mort. La grosse directrice, du haut de son intransigeance et de sa bêtise, venait de tuer la passion du petit garçon que j'étais. Quelque chose s'était éteint dans ma tête. Je me sentais malheureux. C'est la première fois que j'ai pleuré à l'intérieur ».
« Cette grosse conne m'a fait du mal ! »
« Les gens croient..., aveuglément d'ailleurs..., Tiens ! Je viens de faire un pléonasme ».
« Les gens qui pensent que les instituteurs et institutrices favorisent l'épanouissement de leurs enfants n'imaginent pas les frustrations et les inhibitions auxquelles ils sont soumis... les enfants..., pas les instituteurs ».
« Mais oui..., les enfants sont conditionnés, éduqués, comme disent les pédagogues. Forcés d'accepter les représentations du monde des adultes. Des représentations définies dans le bien ou le mal, jugées valorisantes ou dévalorisantes par une norme sociale changeante selon les époques ».
« En vérité, l'adulte conditionne l'enfant en utilisant son besoin d'amour, et ça, aux seules fins de mieux le plier à ses lois et éprouver la satisfaction de ses propres besoins. À savoir : le sentiment d'avoir rempli son rôle éducatif et d'avoir maintenu son statut social aux yeux de la communauté ».
« Bon... c'est vrai... on peut aussi tout simplement aimer ses enfants et vouloir être aimé en retour, l'un n'empêche pas l'autre. On veut tous

faire de nos enfants des hommes et des femmes épanouis ».
« A priori ».
« Quant à la grosse directrice, nimbée d'arrogance, enveloppée dans sa robe à fleurs comme un rouleau de printemps, plantureuse de sa pédagogie, aveuglée par ses croyances éducatives, elle n'a pas compris qu'elle aurait pu valoriser ma passion pour l'histoire et mon goût pour l'écriture... non, elle ne l'a pas compris ».
« Qui sait... j'aurais pu devenir écrivain ».
« Moi, naturellement, j'étais à l'écoute de mes propres désirs et non à la recherche de l'approbation et autre marque d'intérêt dont l'entourage social gratifie généralement les siens. Cependant, la valorisation de mes choix non orthodoxes, bravant pour ainsi dire l'ordre établi et ritualisant des fins d'années scolaires, aurait pu contribuer à développer ma curiosité intellectuelle et mes capacités à écrire. Mais je n'étais pas dans le cadre : celui de la dernière semaine d'école où les enfants NORMAUX font des jeux de société ou de la pyrogravure ».
« J'étais L'ANORMAL, la tache sur la tapisserie, le ver dans la pomme... ».
« Ce jour-là, la moue de dégoût sur les lèvres de la grosse directrice drapée de fleurs rouges a blessé le petit bout d'homme que j'étais... un petit garçon perdu, incompris et exclu de la normalité par le jugement hâtif d'une pédagogue nimbée d'un savoir castrateur ».
« Mais je te pardonne, ô directrice de l'école Branly, mais toi, me demanderas-tu pardon pour le mal que tu m'as fait ? »
« Ce jour-là, j'ai pris conscience que la différence avait un prix à payer à la normalité. Une différence installée en moi depuis longtemps déjà, une différence qui ne demandait qu'à s'épanouir. Je n'étais pas enfant de la norme, bien qu'étant tout à fait normal : je faisais pipi et caca comme tout le monde. J'étais cependant, plus que d'autres, j'imagine, à l'écoute de mes propres désirs et non de ceux qu'on aurait éveillés en moi comme socialement acceptables. Je ne répondais pas aux sollicitations normatives, socialement encouragées et valorisées par les adultes. Je ne voulais pas devenir maîtresse d'école ou infirmière, ou bien encore policier, pompier ou pilote ».
« En somme ! Je n'étais pas intéressant comme disait cette pauvre directrice. Une pauvre directrice dont les grosses fleurs sanguinolentes de sa robe d'été sont aujourd'hui aussi fanées que ses chairs flétries

par le temps ».
« À cette époque-là, mon univers intérieur était encore vierge des projections habituellement transmises par les adultes, inconsciemment, je veux dire. La raison à cela est toute simple : dans ma famille, j'étais le seul enfant de mon âge ».
« J'ai grandi sans qu'on fasse vraiment mon éducation. Il faut dire que mes parents étaient pauvres, mes frères et moi aussi, du coup ».
« Et tout le monde sait bien que les enfants pauvres sont mal éduqués n'est-ce pas, et ça ! la directrice de l'école Branly le savait, mais je lui pardonne, car elle ne savait pas qu'elle se trompait, elle ne savait pas qu'elle reproduisait des schémas de pensée qui ne sont que des opinions fondées sur des préjugés. Tiens... je viens encore de faire un pléonasme ».
« Mes frères quant à eux, étaient de quinze ans plus vieux que moi. J'étais le cadet de leurs soucis. L'amour et le travail les occupaient à plein temps ».
« C'est donc seul que je jouais et occupais mes loisirs, sans considérer que c'était là un problème. Mais c'était sans compter sur la vigilance des psychologues et autres pinioufs de l'éducation. Si je jouais seul, c'était, selon eux, parce que j'avais un problème psychologique, un problème relationnel ».
« La chose psychologique était lâchée, comme une bête malfaisante traquant les petits déviants pour les remettre dans le droit chemin de la normalité ».
« Moi, je me sentais normal. J'étais normal ! »
« Non pas dans le sens étymologique du terme qui habituellement signifie : être dans les règles ou les normes élaborées par le monde social ».
« Comme je l'ai déjà dit, j'étais un enfant libre, un enfant de la nature, un produit biologique qui exprimait ses besoins, un psychisme encore vierge des exigences socioculturelles ».
« N'imaginez surtout pas que tous les enfants restent des enfants libres, hein, très vite les parents prennent en charge le dressage de leur progéniture ».
« J'imagine aisément que le terme de dressage vous choque ».
« Bon, votre attitude est normale... prévisible pour ainsi dire ».
« Pourquoi ? »

« Parce que les valeurs dont les adultes sont les pourvoyeurs inconscients contiennent en elles-mêmes l'idée du bien et du mal… de ce qu'il convient de faire ou non. C'est pourquoi personne n'a conscience que les valeurs sociales ainsi mises en avant peuvent avoir l'effet inverse de l'idée qu'on s'en fait ».
« Éduquer ses enfants : c'est les conduire sur le chemin de la vie sociale pour en faire des hommes et des femmes libres de s'aliéner aux lois sociales, lois iniques ».
« L'esprit de la norme s'est incarné en nous, l'habitus, comme diraient les sociologues. Une norme qu'évidemment nous n'avons pas choisie. Elle nous a été inculquée à coups de martinet sur les fesses ou à coups de bonbons à la fraise. Car sanction et récompense sont les deux mamelles de l'éducation ».
« Les parents croient toujours que c'est pour leur bien (celui des enfants) qu'ils éduquent leurs progénitures. Ils le croient avec sincérité, et l'on voit bien que déjà la terminologie nous révèle leur aveuglement. En effet, ils croient, et en cela ils ne jugent pas d'après la raison ».
« L'éducation n'est plus l'affaire des parents depuis bien longtemps (depuis que la République s'est attribué la mission d'annihiler les différences… à coups de fusil). Les parents ne sont que les instruments de l'éducation ».
« Que vas-tu devenir plus tard si tu ne travailles pas bien à l'école ? S'exclame-t-on dans les familles au moment du bulletin trimestriel. Les enfants comprennent bien mieux que leurs parents la situation : le savoir importe peu, ce qui compte c'est d'avoir de bonnes notes ».
« Quelle connerie ! »
« L'école ne favorise pas l'émergence des dons naturels que possèdent les enfants, l'école se charge de les plier aux exigences de la socioculture, de les plier, aux exigences de la reproduction des conditions permettant la permanence des classes sociales… au bénéfice d'une classe dirigeante. Certains voudraient nous faire croire que la lutte des classes c'est de l'histoire ancienne, réfléchissez avant d'acquiescer comme un bon citoyen formaté aux exigences de la socioculture ».
« J'aurais dû faire un soleil en macaroni peut-être… moi je respectais trop les pâtes pour gâcher de la nourriture. À la maison, les nouilles, c'était sacré. Pas question de gaspiller de la bouffe. La directrice de

l'école Branly n'a jamais compris ça. Tout ce qu'elle savait, c'était ce qu'on lui avait appris, car elle avait été formatée. »
« Elle savait, bien sûr, que tous les enfants sont différents, mais elle avait tellement bien intégré la notion de différence, qu'elle s'est normalisée en elle… »
« La notion de différence a été désintégrée par son intégration dans la norme ».
« Une normalisation qui rejette la différence qui s'exprime au-delà de son champ de tolérance, faisant de l'idée communément admise que la différence EST la normalité, que donc tous les enfants se ressemblent parce qu'il est normal qu'ils soient tous différents ».
« Tous les jours de sa classe, la maîtresse éduque des enfants, des enfants tous différents. Des enfants qui, pourtant, réagissent tous de la même manière aux bonnes et aux mauvaises notes. Des enfants qui savent tous ce qu'il convient de faire pour que la maîtresse soit contente d'eux, car si la maîtresse est contente, les parents sont contents aussi et tout le monde a son compte d'amour et de reconnaissance sociale ».
« Ainsi la notion de différence s'est-elle mutée, par le biais du jeu social, en une apparente uniformité : de tous différents, les enfants apparaissent tous semblables parce qu'ils agissent tous de la même manière (ou presque) dans un cadre normatif qu'ils subissent ».
« Un cadre normatif qui tolère cependant une certaine déviance, une déviance qui, bien qu'elle soit pensée comme déviance, n'en est pas moins une déviance normative, limitée, circonscrite (cela a également pour effet de la supprimer) mais ce n'est là qu'un effet de l'éducation, du jeu social ».
« Alors… quand la directrice de l'école Branly voit le gamin que j'étais recopier une page d'histoire, de l'Histoire des origines de l'Homme tout de même, eh bien, elle ne reconnaît pas ma différence ».
« Ma différence est hors de sa norme… »
« … du cadre normatif qui est le sien… »
« …de son acceptation de la différence ».
« Je suis en dehors de sa norme du hors-norme ! »
« Parce que, si des enfants tous différents font à peu près les mêmes activités, moi, avec ma passion pour l'Histoire et l'écriture, j'apparais ce jour-là comme un monstre à ses yeux ».

— Monsieur Tiembpont..., vous m'entendez ?
« Bon ! C'est pas tout ça, mais faut que j'ouvre les yeux maintenant ».

4

Rue Sainte-Catherine, l'étrange rituel se poursuit, nuit après nuit, en dépit des phénomènes inquiétants qui se manifestent au cours de l'expérience.
L'homme se tient toujours au centre de la pièce, son corps nu est tatoué de signes ésotériques peints à l'encre noire.
La jeune femme qui l'accompagne dans ce rituel a fermé les yeux à présent. Elle ressent jusqu'au creux de son ventre la magie du vieux manuscrit qui repose sur sa peau nue.
Sous l'emprise des incantations qu'elle prononce, l'homme plonge dans une transe profonde.
Ce qu'il espère découvrir depuis des mois et sur le point de réussir.
Soudain... les murs du salon éclatent.
Quelque chose d'extraordinaire vient de se produire au cœur de la nuit.

* * *

Tout a commencé il y a un an, lorsqu'un cahier relié en cuir fut découvert dans une caisse poussiéreuse oubliée dans les combles de l'immeuble.
De longs mois de recherches et la rencontre d'une urgentiste, qui a elle-même vécu une NDE, vont alors faire avancer les deux amants de la rue Sainte-Catherine vers une découverte capitale. L'étude des textes ésotériques indique en effet que pour « ouvrir un passage », une mystérieuse « Pierre d'Eau » est nécessaire et l'urgentiste, après réflexion, accepte finalement de réaliser l'opération qui permettra d'accomplir l'expérimentation.

5

Dans le cabinet du neuropsychiatre, Émile Tiembpont a enfin rouvert les yeux.
Le bouquiniste de la rue de Gand se frotte le menton où une barbe naissante semble avoir définitivement cessé toute croissance, tout comme ses cheveux bruns qui lui donnent l'air d'être sous l'emprise permanente d'une bourrasque de vent.
Le praticien paraît soucieux.
C'est la première fois depuis le début de sa thérapie que son patient plonge dans un dialogue intérieur après une séance d'hypnose régressive.
— Comment vous sentez-vous ? Demande-t-il à Émile.
— Bien... Et vous, ça va ? Vous avez l'air inquiet ?
— Tout va bien... rassurez-vous. Hum... cette séance est très positive, je crois qu'elle nous confirme, sans conteste, l'origine des douleurs chroniques dont vous souffrez depuis quelque temps.
— Ah !
« Écoutons la leçon ».
— Vous souvenez-vous des événements qui ont suivi votre naissance ? Questionne le neuropsychiatre en remontant ses lunettes cerclées de fer blanc.
— Eh bien... Oui, oui, je me souviens parfaitement du récit que j'ai fait au cours de la séance d'hypnose.
— Bien... je pense que l'expérience que vous avez vécue lors de votre venue au monde explique parfaitement l'origine de votre mal, je veux parler des douleurs dorsales. En ce qui concerne vos dialogues intérieurs... il nous faudra peut-être remonter plus loin.
— Ah !
« Apparemment, pas de traumatisme lié à la sexualité infantile ».
— Je suis à peu près certain aujourd'hui que vos douleurs physiques sont directement liées à cette expérience postnatale. Je veux dire que la douleur, que vous avez éprouvée lorsque le médecin légiste vous a déposé dans le tiroir de la morgue, a créé un traumatisme psychique que vous avez refoulé et qui a trouvé à s'exprimer dans votre corps lors d'un autre événement douloureux. C'est ce qu'on appelle une hystérie traumatique dans notre jargon de psychanalyste, ou plus exactement

une hystérie de conversion. Vous avez somatisé, en somme. Quant aux traumatismes dont nous avons déjà évoqué le souvenir ici même, ceux liés à vos parents, ils sont simplement venus s'associer à ce premier choc postnatal que vous avez subi peu après votre naissance pour, en quelque sorte, préfigurer le trouble dont vous souffrez aujourd'hui. Je veux parler de vos trous de mémoire.

« Je ne me souviens pas avoir eu des trous de mémoire ».

— Je dois m'absenter quelque temps pour une conférence aux États-Unis, je vous propose de fixer notre prochain rendez-vous au cinq juillet ».

Émile Tiembpont prend la carte que lui tend le neuropsychiatre.

— Je peux vous régler par chèque ?

— Je préférerais en espèces... si cela est possible, naturellement.

— Oui, bien sûr.

6

Allégé des quatre-vingts euros de sa consultation, le bouquiniste se retrouve dans la rue, perdu dans le courant tumultueux de ses pensées.
« La suggestion hypnotique a l'air d'être efficace. Les douleurs ont complètement disparu ».
« Avec un peu de chance, Sophie aura préparé le dîner ».
« Elle est gentille Sophie... mais un peu trop à l'écoute de ses émotions. Ce qu'elle ressent a toujours valeur de vérité à ses yeux. Chez elle, le cœur a supplanté la raison ».
« L'extrémisme, c'est ça finalement ».
« Le fait qu'elle soit une femme accentue encore ce travers, mais n'allez pas vous imaginer que les hommes sont épargnés par ce défaut d'humanité, non, ils ont simplement appris à mieux masquer leur émotivité derrière un discours, aidés par leur éducation. D'ailleurs, les femmes reconnaissent elles-mêmes que leur humeur est inégale, mais c'est certainement parce qu'on permet aux petites filles d'exprimer plus aisément leur émotivité. Forcément, à l'âge adulte les habitudes sont prises et il est difficile de museler la sensibilité au profit de la réflexion quand personne ne vous y a jamais obligé. La coercition sociale n'influence pas toujours des comportements bénéfiques pour l'individu. Elle s'exerce, d'ailleurs, de façon inégale en fonction du sexe. Notre mode de communication s'exprime différemment selon qu'on soit un homme ou une femme et ça, en toute inconscience ».
« Sophie par exemple, a comme ça des périodes lunaires un peu agressives ».
« C'est sans doute parce qu'elle ne travaille pas, je veux dire par là qu'elle n'a pas de vie professionnelle. Je la soupçonne d'entretenir un complexe d'infériorité par rapport aux autres femmes qui, elles, sont obligées de monnayer leur temps ».
« J'ai bien essayé de lui expliquer que ce n'est pas parce qu'elle avait le sentiment d'être inutile que c'était la vérité, et qu'elle n'avait pas le droit de me faire porter la responsabilité d'impressions qu'elle éprouvait, à tort d'ailleurs. C'est vrai, quoi ! La bouquinerie nous permet de vivre confortablement, notre appartement est spacieux, on est équipé en électroménager et on a du Nutella au petit déjeuner ».
Le bouquiniste se remémore la dispute avec sa femme.

Émile a le sentiment qu'elle lui est étrangère parfois, sans comprendre la raison qui lui fait éprouver cette impression étrange.
« C'est vrai que ce jour-là, je me suis un peu énervé. Sophie est partie bouder devant la télé. Elle m'a fait la gueule pendant deux heures. Madame avait ses humeurs. J'ai failli sombrer dans la connerie et lui faire la gueule pendant deux jours. Mais je n'ai pas cédé aux émotions qui m'envahissaient, la dictature de l'affect m'avait suffisamment fait souffrir du temps où j'étais normal, parce que j'avais fini par le devenir sous l'effet de la pression sociale. J'avais tout de même le sentiment de vivre une injustice, j'avais envie d'en découdre. Alors, j'ai choisi le dialogue, je suis entré dans le salon et là, j'ai obligé Sophie à croiser mon regard, je l'ai obligée à s'ouvrir et non rester enfermée dans son mutisme infantile qui nous aurait conduits dans une bouderie sans fin ».
« Sophie, que je lui ai dit. Tu te sens inutile parce que la société porte un regard dévalorisant sur les gens qui n'ont pas de vie professionnelle. Je sais que ça fait con de dire qu'on est une femme au foyer, mais tu dois comprendre que notre monde social est construit sur des normes dont la contre-identification fait partie ».
« Elle m'a regardé avec des yeux ronds et j'ai bien compris qu'elle ne comprenait rien ».
« J'ai bien essayé de lui expliquer que pour que certains puissent obtenir leur pain quotidien de reconnaissance sociale, il fallait qu'ils puissent juger de leur valeur par comparaison. Pour qu'un soldat puisse recevoir une médaille : il faut qu'il y ait des morts sur le champ de bataille ».
« Refuse d'être parmi les victimes, Sophie. Ne te laisse pas prendre en otage. Assume tes choix de vie et ne laisse pas ceux qui ont besoin de t'abaisser pour se donner une importance décider de ta valeur. Sors du troupeau, ne fais pas comme eux, ne cherche pas à valoriser tes choix ou ta position sociale en dénigrant ceux qui ne pensent pas comme toi : ceux qui sont différents ».
« Personne ne désire travailler pour le travail en lui-même, mais bien pour ce qu'il permet par le biais de l'argent. L'argent qui permet d'acheter des biens, toujours insuffisants, d'ailleurs, à faire accepter une vie de sacrifice. La preuve, c'est que nous accumulons toujours plus d'objets : une maison, une belle voiture, le téléphone portable

dernière génération, une télévision coin carré écran plat haute définition, des vacances à l'autre bout du monde... de beaux enfants... »

« Tout ça pour oublier qu'on a aliéné notre liberté, qu'on n'a pas choisi ce que l'on fait. Le bonheur c'est pas ce qu'on te fait croire, Sophie... c'est pas ce qu'on te montre à voir dans les magazines et les pubs placardées sur les panneaux publicitaires plantés à tous les coins de rue ».

« C'est quoi le bonheur ? Qu'elle m'a dit ».

« Je crois que Sophie n'a pas compris qu'elle devait définir son bonheur. On ne lui a pas appris à penser, à porter un regard critique sur les choses de la vie... on lui a seulement appris à réfléchir ce qu'on lui a dit être ce qu'il fallait penser. C'est à dire renvoyer la pensée comme un miroir renvoie une image. Elle a simplement appris à croire, à réciter ».

« Elle s'est levée sans rien dire et moi je suis resté assis dans le canapé... comme un con, devant la télé ».

« Ce n'est pas facile de se comprendre. Il faut accepter de se confronter au cadre de référence de l'autre, lui faire partager le sien, c'est pas facile parce qu'on croit toujours avoir raison. On s'imagine que le simple fait d'être dans la normalité nous donne raison, mais la normalité n'est pas la vérité et la vérité ne suffit pas pour se faire comprendre des autres ».

« Ce soir-là pour le dîner, Sophie avait fait des macaronis... des pâtes en forme de tube très prisées par les éducateurs dans les activités d'art plastique ».

« Le lendemain matin, Sophie est restée silencieuse durant tout le petit déjeuner, elle avait l'air perdue dans ses pensées. Puis elle s'est levée, elle est entrée dans la salle de bain et peu après j'ai entendu l'eau couler. J'ai mis mon bol dans le lave-vaisselle, une image fugitive de son corps nu sous l'eau chaude m'a traversé l'esprit et je suis descendu travailler. Notre appartement est juste au-dessus de la boutique, c'est pratique ».

7

Guirec Beryann est assis sur un divan de cuir.
Une tasse de café brûlant est posée près de lui sur la table basse où un objet est incrusté dans les fibres du bois. Ce phénomène s'est produit il y a quelques jours au cours d'une expérience étrange.
Seul dans son appartement de la rue Sainte-Catherine, le regard absent, sa pensée vagabonde vers l'impossible ailleurs qu'il a entrevu la nuit précédente en présence de Maryse, sa petite amie.
Guirec est écrivain. Son univers est celui d'H.P. Lovecraft, à mi-chemin d'entre les mondes où une autre réalité, plus obscure, hante désormais ses œuvres.
Il y a quelques mois de cela, l'auteur de thriller fantastique a découvert en fouillant dans un vieux carton remisé au grenier, un cahier relié en cuir dans lequel un homme vivant au début du vingtième siècle a consigné un récit qui depuis n'a fait qu'augmenter sa curiosité. Cette trouvaille est apparue au moment même où un scénario prenait forme dans son esprit, constituant le premier jet d'un nouveau roman sur lequel il travaillait.
Guirec a alors entrepris des recherches sur l'un des manuscrits les plus controversés de l'histoire. Et cela l'a conduit à repenser la réalité. Car le manuscrit interdit existe bel et bien et Guirec possède à présent le seul exemplaire de cet ouvrage maudit entre tous.
Depuis, l'écrivain commençait à en comprendre la raison.
Les symboles déchiffrés et interprétés avec l'aide de Maryse provoquaient, au son des incantations de la jeune femme, une sorte d'altération de la perception du temps et de l'espace.
Les symboles, qu'ils soient de facture abstraire ou figurative comme l'abeille stylisée des rois mérovingiens, ne comportent en eux-mêmes aucun sens. Le sens qui est attaché au symbole reste une création humaine qui résulte de schémas mentaux et qui se construit sur l'observation et l'attribution de caractères présupposés que le « créateur symbolique » confère arbitrairement au « signe ».
Le sens est toujours un anthropomorphisme, une vision humaine, et non une vérité extérieure au processus imaginaire conditionné par la culture. L'abeille est un symbole royal, mais pas de roi chez cet insecte social.

Le symbole n'est en définitive qu'une projection reposant sur l'analogie. Le signe n'est pas intrinsèquement porteur d'un secret, mais atteste d'une croyance.

Ainsi pour décoder un symbole faut-il connaître l'histoire qui y est liée, tout comme la civilisation au sein de laquelle il a pris naissance, ses représentations du monde.

Le symbole est intimement lié à l'homme qui le manipule, lui-même influencé par son milieu et son époque.

L'ombre des mots imprimés sur les pages parcheminées du manuscrit ancien utilisé par les deux amants de la rue Sainte-Catherine possédait quant à lui une force distillée au travers des symboles et incantations qu'il contenait.

Guirec ne savait pas encore si les signes tracés sur sa peau à l'encre noire modifiaient sa perception du réel ou si les incantations psalmodiées par Maryse avaient le pouvoir de faire éclater les frontières invisibles d'entre les mondes. Maryse qui partageait avec l'écrivain le secret de ce manuscrit relié en peau humaine, écrit d'une encre brunâtre comme le sang et dont elle avait traduit de nombreux passages.

Tout comme Guirec, la jeune femme se retrouvait à présent prisonnière d'un dédoublement de sa conscience, plongée entre deux réalités dont ils ne parvenaient plus à distinguer le réel de l'imaginaire.

8

« Je n'ai pas toujours été bouquiniste ».

« Autrefois ma mission consistait à permettre l'accès aux loisirs pour les familles les plus démunies. Démunies de quoi, me direz-vous ? »

« Avant de rencontrer les démunis en question, je vous aurais assommé d'une prose politico-sociale : des préjugés sur ce qu'est une famille dont les moyens économiques sont limités, les pauvres, comme on dit ».

« C'est pas ce qu'on croit : les pauvres ne sont pas isolés du monde social… la société ne leur laisse pas beaucoup de place dans l'économie, c'est tout. La seule chose dont ils manquent vraiment c'est d'argent, de relations, d'un peu moins de mépris de la part de ceux qui en gagnent (de l'argent) et qui, du coup, sont mieux considérés ».

« S'ils en avaient de l'argent…, les pauvres, ils iraient plus facilement au cinéma, ils partiraient volontiers en vacances et leurs enfants seraient inscrits dans un club sportif ou une association culturelle ».

« C'est vrai qu'ils n'ont pas beaucoup de culture, mais moi qui en ai… de la culture, c'est pas pour ça que je vais au théâtre. Shakespeare, ça m'a jamais fait bander. C'est vrai ! Chacun ses goûts. Je préfère de loin les vaudevilles, les pièces de théâtre où on rit ».

« Le peuple veut rire, il a tellement de raisons d'insatisfaction. Ça rime à quoi d'inciter les démunis à aller voir des pièces de théâtre qu'on n'ira jamais voir, bien qu'on fasse partie des inclus ? Ça fait vivre les compagnies de théâtre de quartier, ouais, bien sûr ».

« N'allez pas croire que je dénigre, hein ! La pratique du théâtre, ça a épanoui plus d'un gamin en mal de reconnaissance ».

« Les démunis ont toujours manqué d'argent ».

« Impossible d'être disponible à la culture quand le souci c'est de gagner des sous, suffisamment pour qu'il y ait des pâtes dans les assiettes ».

« Et n'allez pas croire que les chômeurs sont des fainéants, que les pauvres profitent du système. Vous n'exprimeriez alors que ce que le système vous donne à croire… soyez pas bête ».

« Tenez, les classes moyennes, accablées d'impôts. Ils s'imaginent que les pauvres sont responsables du taux des prélèvements des taxes. Ils en ont ras le bol de travailler et de payer pour les autres (entendez :

ceux qui ne travaillent pas et profitent soi-disant du système d'allocations sociales), mais les classes moyennes se trompent d'adversaire. Ce n'est qu'une infime partie des impôts qui se retrouve dans le porte-monnaie famélique des pauvres, la majeure partie va à la Défense, aux indemnités de nos hommes politiques et leur gabegie idéologique. Quand ils ne servent pas à renflouer les caisses des entreprises privées appelant à leur secours le trésor de l'État ».
« C'est bien le système : l'économie de marché soutenu par les régimes politiques qui excluent les gens en ne leur permettant pas de gagner de l'argent en s'inscrivant dans l'activité économique, ce qui, cela dit en passant, est d'une absurdité suicidaire, le capitalisme scie la branche sur laquelle il se repose ».
« C'est le système économique qui génère l'exclusion, système efficacement maintenu par les politiques et leurs lobbies, dans une cohérence qui, si elle ne saute pas aux yeux du profane, n'en existe pas moins ».
« Les pauvres ne profitent pas du système, ils le subissent ».
« Merde ! »
« Ce sont les classes moyennes et les revenus élevés qui sont les réels bénéficiaires du système économique. Eux, ils peuvent consommer ! »
« Si vous n'êtes pas d'accord avec mon analyse, je vous invite à devenir pauvre et à profiter vous aussi du système, ainsi vous ne paierez plus pour les autres : les soi-disant profiteurs ».
« L'État, quant à lui, et sa kyrielle d'énarques aliénés à l'économie de marché, a tout intérêt à pallier aux inégalités engendrées par le système économique s'il veut se prémunir du chaos social, c'est-à-dire être maintenu dans sa permanence républicaine, maintenir une paix sociale et protéger les intérêts de ceux qui bénéficient du capitalisme, ceux qui n'en sont pas exclus, et qui paient aussi des impôts. Ce n'est pas par altruisme que l'État maintient un système d'aide sociale, c'est pour éviter que le désespoir s'empare des démunis et les pousse à révolutionner, à s'en prendre aux biens de ceux qui en possèdent, que les possédés démunissent de leurs biens les possédants ».
« Réfléchissez un peu, juste une minute, l'homme s'est extrait du milieu naturel, il s'est civilisé et il a perdu du même coup la possibilité de subvenir seul à ses propres besoins en prélevant directement de la nature les éléments nourriciers et protecteurs nécessaires à sa survie.

L'évolution technique et scientifique l'a poussé à spécialiser son activité jusqu'à devenir interdépendant des autres membres de la communauté à laquelle il appartient »
« Qui, aujourd'hui, peut vivre de son potager, fabriquer les outils dont il a besoin, cuire son pain... Qui ? »
« Merde ! »
« Je me suis perdu dans mes pensées et je ne sais plus où je suis. J'ai pris la mauvaise direction..., je n'habite pas du tout dans ce quartier. C'est bizarre, pourquoi mon inconscient m'a conduit ici ? »

* * *

Émile Tiembpont se retrouve rue Sainte-Catherine, un quartier du Vieux Lille qu'il connait bien, à deux pas du Champ de Mars et de la Citadelle.
La Citadelle est une construction fortifiée construite par Vauban en 1668. Elle est entourée de ses deux remparts flanqués d'un fossé d'eau croupie ainsi que d'un bois où les Lillois viennent se promener et faire leur jogging.
Mais peu de gens savent que sous les arbres courent de nombreux souterrains.
Émile observe, pensif, les façades anciennes de la rue Sainte-Catherine et ses pavés disjoints. Une étrange sensation s'empare alors de son cerveau : pourquoi ressent-il un malaise devant le numéro « 35 » ?

9

Quand Maryse ouvre à nouveau les yeux, le salon est plongé dans l'obscurité. Les bougies se sont complètement consumées, laissant dans l'air un parfum sucré, une présence fantôme.
Dehors, il fait encore nuit.
La jeune femme referme l'incunable qui repose toujours sur ses genoux et le fait glisser sur le divan. Ses jambes sont endolories. Elle se lève, étourdie. Elle a du mal à garder son équilibre. Elle aperçoit alors dans la pénombre du salon, le corps de son compagnon étendu sur le sol.
Elle s'approche, inquiète, et s'agenouille.
D'un geste rapide, elle saisit le poignet de Guirec afin de sentir son pouls.
Il est inconscient, mais vivant.
Elle ne sait pas encore si l'expérience a réussi ou non.
C'est alors qu'elle remarque quelque chose dans la main de l'écrivain...

* * *

Maryse a quitté la capitale il y a plusieurs mois de cela. Elle se terre dans le Vieux Lille, espérant échapper à l'avis de recherche dont elle fait l'objet.

10

Les pavés de la rue de Gand luisent sous les rayons du soleil matinal. De fines gouttes de pluie, en suspension dans l'air, scintillent devant la vitrine de la bouquinerie chargée d'étagères où des livres anciens attendent de livrer leurs secrets.
L'été semble enfin se décider à réchauffer les pavés de la ville et le cœur des quelques passants qui croisent la boutique.
Émile, vêtu d'une chemise et d'un pantalon noir, mal rasé comme à son habitude, est plongé dans la lecture d'une page web consacrée à l'histoire des catacombes lilloises.
Sur le Net, il découvre que certaines caves de maisons anciennes cacheraient, derrière leurs murs de briques rouges, des passages oubliés menant aux anciens égouts de la ville, là où, il y a des siècles, nombre de cadavres dont on ne savait que faire ont été entassés.
Soudain, dans le calme de cette journée ensoleillé, un petit vieux affublé d'un antique costume au velours élimé pousse la porte de la bouquinerie. Les pas du vieil homme font grincer les lames du plancher, usées par le temps, ridées comme le visage du vieillard qui sourit timidement lorsqu'il aperçoit le bouquiniste assis à son bureau.
Le tintement de la clochette qui l'accompagne, accrochée au-dessus du chambranle de la porte, vient mourir sur les couvertures de cuir des livres anciens, couvrant l'espace d'un instant le ronronnement de l'ordinateur portable.
« Le premier client de la journée ».
« M'étonnerait qu'avec sa retraite, il puisse s'offrir des livres neufs. Heureusement qu'il y a des bouquineries quand même, sinon la culture serait inaccessible aux petits revenus ».
— Bonjour, marmonne Émile.
— Bonjour, reprend timidement le vieil homme.
« Regardez-le avec son gilet rapiécé et son pantalon de velours à grosses côtes. Ses cheveux sont gris, comme l'a été sa vie, sans aucun doute, d'ailleurs, qui en douterait en le voyant ainsi misérable (j'ai dû lire ça quelque part). Il est sec comme un bois mort, on dirait qu'il va casser à chaque fois qu'il bouge. J'ai l'impression qu'il craque autant que le plancher ».
Le vieil homme s'approche.

— Je suis à la recherche d'un livre, dit-il.
— Eh bien, on peut dire que vous avez fait le bon choix en entrant ici. De quel livre s'agit-il ?
— En fait... j'aimerais voir l'un de ceux qui se trouvent dans votre vitrine.
Le vieil homme tourne la tête vers l'entrée de la boutique, des rides profondes marquent son maigre visage comme les sillons laissés par la charrue du paysan dans la terre noire et fertile du Nord, juste avant les semailles.
Le plancher craque à nouveau sous les pas du bouquiniste cette fois.
— Lequel est-ce ?
— Le livre des damnés, de Charles Fort.
L'ouvrage repose sur un petit présentoir en bois, le bouquiniste s'en saisit avec douceur. Ses gestes sont quasi religieux, presque maternels.
— Le voici.
« Regardez ses mains, calleuses, pleines de cicatrices, elles doivent être dures comme du vieux chêne. Un ancien ouvrier, ça ne fait plus aucun doute, un ancien de chez Renault ou d'une usine textile aujourd'hui disparue sous la pression de la concurrence et les délocalisations ».
— Combien coûte-t-il ? S'enquit le vieillard.
— Trente-cinq euros, répond Émile en consultant la page de garde où le prix est inscrit au crayon gris.
Le vieil homme étire ses lèvres comme s'il essayait de sourire, mais son visage parcheminé exprime une profonde déception. Ses dents sont jaunies par le tabac, il sourit, mais de ses yeux émane une immense tristesse. Des yeux, remarque le bouquiniste, qui semblent délavés par la vie.
— Hum, c'est un peu cher pour moi..., me feriez-vous une ristourne ?
— Malheureusement..., non. Ce livre est assez difficile à trouver sur le marché, c'est ce qui explique son prix élevé.
— Ah..., tant pis, dit l'homme avec regrets. Je reviendrai quand j'aurai économisé assez d'argent. Tenez, dit-il en tendant le livre des damnés au bouquiniste. Au revoir.
Émile salue le vieillard et regarde partir son seul client de la matinée.
« C'est pas que je sois sans cœur, mais je suis obligé d'agir en fonction de mes intérêts ».
« C'est vrai quoi ! Mon propriétaire ne me fera pas de réduction de loyer, pas plus que l'épicier du coin ou que le pompiste. Oui, je n'ai pas

de voiture, j'oubliais ».
« C'est ça le problème : les individus ont des intérêts qui s'opposent. Le pépé a intérêt à ne pas dépenser tous ses sous pour un bouquin s'il ne veut pas finir le mois en buvant du Viandox. Mon intérêt c'est de gagner suffisamment d'argent pour maintenir mon niveau de vie, je ne suis pas prêt pour le Viandox ».
« Le Viandox ? »
« C'est une espèce de sang de bovin mélangé avec des épices, vous versez ça dans un peu d'eau bouillie et ça vous fait une soupe ».
« Cela dit, j'achète rarement chez l'épicier du coin, ses prix sont trop chers ».
« Pour être honnête, c'est Sophie qui s'occupe des courses ».
« Ça me fait mal au cœur toute cette misère ».
« L'autre jour, je me promenais dans une rue piétonne à Lille, les gens qui font la manche ne sont plus seulement des marginaux en quête d'idéal. Aujourd'hui, des femmes, des enfants, des gens comme vous et moi sont réduits à la misère ».
« Bien sûr, je leur ai donné un euro..., pour soulager ma conscience... accompagné de quelques mots réconfortants, histoire de les reconnaître comme des êtres humains (on n'est pas des chiens quand même), mais ça m'a fait mal au cœur, et surtout, ça ne résout rien ».
« La plupart des gens passent sans même les regarder... les SDF ».
« Je parie que c'est votre cas..., si..., je vous ai bien observé ».
« C'est parce que vous avez honte ».
« D'ailleurs, si nous étions un peu moins tolérants, des choses comme ça n'arriveraient pas ».
La clochette tinte nerveusement.
— Bonjour.
— Bonjour, réplique machinalement Émile.
« Eh bien, il y a du monde ce matin, les gens recommencent à sortir. Mais pourquoi me regarde-t-il de cette manière ? C'est curieux. J'ai une morve collée sur le nez ou quoi ? »
— Je suis à la recherche d'un livre, annonce le client qui le dévisage.
— Eh bien, on peut dire que vous avez été bien inspiré d'entrer ici.
— Oui...
— De quel livre s'agit-il ?
— Je cherche le Nécronomicon..., dans la collection mystérieuse.

— Les petits livres rouges !
— Oui, c'est cela.
— Un instant, je vous prie.
L'inconnu, brun, vêtu d'un jeans et d'une chemise blanche, semble observer Émile pour une raison qui échappe au bouquiniste.
« L'édition originale comportait une couverture bleu nuit…, elle est introuvable aujourd'hui. Alors, voyons, le Nécronomicon…, ah ! Le voilà ».
« J'aimerais bien qu'il arrête de me dévisager comme ça, ça commence à m'agacer. Pourquoi me regarde-t-il comme si j'étais un animal de foire ? »
— Le voici.
— Combien coûte-t-il ?
— Dix euros.
— Ce n'est pas donné.
— C'est un livre quasiment introuvable, réplique Émile.
« Le Nécronomicon est un peu décevant, il n'est pas ce que les inconditionnels de Lovecraft s'imaginent qu'il est. Je serais tout de même curieux de mettre la main sur l'original écrit de la main du légendaire Abdul Al-Hazred : Al Azif ».
« Al Azif : titre original du Nécronomicon, Nécronomicon redécouvert par H.P. Lovecraft, si l'on en croit cet auteur de livres fantastiques ».
— Je le prends.
« Le Nécronomicon est un livre maudit, et il y en a eu beaucoup dans l'histoire. Des livres victimes de l'intolérance des hommes, des religieux entre autres, mais aussi des extrémistes, extrémistes qui finalement ne sont que des gens ordinaires, des gens qui ont oublié la raison au profit de l'émotion, au profit des sentiments exacerbés par la peur de la différence et peut-être aussi parce qu'ils n'ont pas trouvé leur place dans ce monde ».
« L'histoire ne nous apprend rien, malheureusement… on est toujours trop tolérant face à l'intolérable, par confort, par paresse d'esprit, par lâcheté ».
« Nous ne devrions pas tolérer que nos concitoyens dorment dans les rues ».
« Honte à nous ».
« La tolérance a des limites : celles de l'intolérable ».

« Mais aujourd'hui on accepte les inégalités comme hier certains ont accepté l'extermination des Juifs, le meurtre de masse organisé ».
— Au revoir.
— Bonne lecture, répond machinalement Émile en regardant sortir l'ésotériste.
« Si vous trucidez votre chef de service plutôt que de devenir hystérique à force de supporter les frustrations qu'il vous fait subir (si vous restez normal, quoi) on vous qualifiera d'assassin. Si vous conduisez les hommes à se faire la guerre, si par le sacrifice de millions de vies vous annexez des continents et asservissez leurs peuples, alors vous serez un conquérant, admiré, présent dans tous les livres d'Histoire ».
« Y a pas comme un problème, là ? »
« Ça ne vous fait rien que le meurtre de masse soit valorisé aux yeux de vos enfants à travers les livres d'Histoire ? Napoléon n'était qu'un meurtrier mégalomane comme tous les pseudo-conquérants qui l'ont précédé dans l'histoire ainsi que ceux qui ont suivi ».
« Tiens ! Je le connais celui-là..., ouais, évite de poser tes doigts sur la vitrine, bonhomme, ça laisse des traces. C'est quoi ce délire ! Pourquoi ils me regardent comme ces deux-là, je suis le dernier bouquiniste encore vivant ou quoi ? »
« Où j'en étais moi, déjà ? »
« Oui, l'intolérance ».
« Quand on a vu les images d'archives de la dernière guerre, des archives filmées par les nazis, des images tournées comme des documentaires, des documentaires sur les camps de concentration, entendez bien... »
« ... des images où l'on voit des hommes mis à nu, brutalisés, traités comme du bétail... »
« ... des hommes humiliés, affamés, squelettiques..., soutenus par des soldats SS qui sourient à la caméra comme s'ils posaient pour un souvenir de vacances..., ou une bonne prise de chasse ».
« ... Quand on lit dans le regard de ces hommes affaiblis, humiliés d'être nus, quand on lit dans leurs yeux la peur, la résignation... »
« ... on a envie de maudire l'humanité ».

11

— Ça a marché ? Interroge Maryse, agenouillée aux côtés de son amant.
— Oui, affirme Guirec d'une voix rauque.
Dans la pénombre de la rue Sainte-Catherine, l'écrivain étendu sur le parquet du salon a repris conscience. Son corps est glacé. Sa compagne l'aide à s'asseoir et jette un plaid sur ses épaules afin qu'il se réchauffe.
— Que s'est-il passé ? interroge-t-elle, anxieuse.
— C'était étrange...
Tous deux observent alors ce que Guirec tient entre ses doigts crispés. L'écrivain a ramené quelque chose d'entre les mondes.
Puis, la jeune femme aide son compagnon à se relever.
Quelques pas les séparent du divan sur lequel repose l'incunable. Ce manuscrit ancien a disparu de la Bibliothèque Nationale de France où il était, il y a quelques mois encore, secrètement conservé.
— Qu'est-ce que c'est ? questionne-t-elle.
— Regarde, dit-il, le visage grave.
— C'est impossible, articule-t-elle..., bouleversée par ce qu'elle découvre.

12

Le soleil a fait s'évaporer le voile humide que la pluie nocturne a déposé sur les pavés du Vieux Lille, quand une femme en uniforme pousse la porte de la bouquinerie.

— Bonjour… voilà votre courrier ! dit-elle d'une voix enjouée.

« Tiens, la factrice. Éternellement souriante et malheureuse ».

Émile la remercie.

— Bonne journée ! Le salue-t-elle en tournant les talons.

« Quelle énergie ! Elle va finir par me décrocher la clochette et m'exploser le plancher ».

« Cette fille a obtenu son concours d'entrée à la Poste et a failli être rejetée pour inaptitude à l'emploi. Entendez pour obésité. Heureusement, la justice a tranché dans le lard : la soi-disant inaptitude a été rejetée par le tribunal et la demoiselle a gagné son emploi ».

« C'est vrai qu'elle passe tout juste la porte de la boutique, mais merde ! Tout le monde a droit au respect ».

« Il ne lui manque qu'un amoureux et elle sera comblée… du moins pour un temps ».

« Quelque part, un homme ne sait pas encore que le bonheur l'attend et qu'il porte l'uniforme de la Poste. Un uniforme sous lequel bat le cœur d'une femme qui n'a comme seul espoir que de lire une lettre d'amour qui lui soit enfin destinée ».

Émile dépose le courrier sur le bureau et ouvre le journal. Un article attire immédiatement son attention. L'axe de la planète aurait basculé de quelques degrés suite à des secousses qui se seraient produites sous la plaque océanique de l'Atlantique, causant tsunami et tremblements de Terre.

« J'ai mal au ventre ».

Un autre article laisse le bouquiniste dans l'expectative. Un pseudo jeu télévisé, inspiré d'une expérience américaine sur la soumission à l'autorité, montre que quatre-vingt-un pour cent des candidats, croyant participer à un jeu sur la mémoire, animé par une présentatrice de France 2, ont torturé un des leurs.

« Je vais fermer la boutique deux minutes ».

« Quand je pense que certains salariés ne peuvent même pas aller

pisser sans autorisation. Quelle dose d'infantilisation cela suppose ».
« N'allez pas croire que vous soyez différent, hein ! »
« Vous aussi vous êtes sous l'emprise de l'autorité ».
« Vous ne connaissez pas l'expérience de Milgram ? »
« C'est un truc qui fout les jetons ! »
« Stanley Milgram était Docteur en psychologie sociale et en 1964, il conduit une série d'expériences sur la soumission à l'autorité. Les candidats avaient été recrutés par petites annonces prétendant que le docteur Milgram recherchait des personnes pour étudier les capacités d'apprentissage et de mémorisation. L'annonce précisait que l'expérience était rémunérée. C'était un mensonge (le sujet de l'étude, pas le fait qu'elle soit rémunérée, l'étude). Mais bon, ça faisait partie de l'expérimentation ».
« Au cours de l'expérience, un candidat devait soumettre une liste de mots ou de chiffres à un autre cobaye qui devait les mémoriser et les réciter ensuite sans faire d'erreur. Ce dernier était sanglé sur une chaise et on lui collait des électrodes un peu partout sur le corps ».
« Le candidat qui devait faire réciter le gars sanglé sur la chaise électrique et bourré d'électrodes, était assis face à un immense pupitre rempli de manettes, genre table de mixage, graduée de 15 à 450 volts, vous voyez le truc ! »
« Le gars sanglé sur la chaise et bourré d'électrodes était un comédien de mèche avec Milgram et son équipe. Chaque fois qu'il se trompait, mais c'était prévu dans le scénario, le gars assis face au pupitre devait lui administrer une punition, entendez un choc électrique ».
« Celui qui poussait les manettes ignorait évidemment qu'il n'y avait pas de jus dans les câbles reliant le pupitre à la chaise électrique ».
« À partir de 120 volts, le comédien (sanglé sur la chaise électrique) commence à pousser des cris. À 150, il supplie qu'on le libère..., et à 285 volts..., il fait mine d'agoniser ».
« Ceux qui se sont déjà pris du jus dans les doigts savent qu'à partir de 220 volts ça commence sérieusement à secouer. Eh bien, savez-vous combien de gens sont allés jusqu'à administrer 450 volts au comédien faussement relié au pupitre de commande ? Dites un chiffre ! »
« Soixante-cinq pour cent ».
« Aucun candidat n'a refusé l'expérience consistant à administrer des chocs électriques à un homme, aucun d'eux n'a refusé d'obéir au

scientifique quand celui-ci ordonnait d'administrer la punition ».
« Certains sont allés jusqu'à nier la douleur simulée par le comédien, d'autres l'ont dévalorisé pour justifier la sanction, comme l'ont été les Juifs, les Tziganes et les fous sous le régime nazi, on sait comment ça s'est finalisé pour eux ».
« Tous les candidats à l'expérience se sont laissés instrumentaliser sans aucun problème de conscience ».
« D'autres scientifiques dans d'autres pays ont repris l'expérience menée par Milgram, avec les mêmes résultats... ou presque ».
« Ça donne froid dans le dos »
« D'autant que nous savons que toute démocratie a besoin pour fonctionner de la soumission des individus qui composent sa société à une autorité supérieure ».
« Dans la majorité des cas, vous faites ce qu'on vous demande de faire sans tenir compte de la nature de l'acte prescrit et sans être réfréné par votre conscience dès lors que l'ordre vous paraît émaner d'une autorité légitime ».
« Merde... ! Y a plus de papier ».
« C'est toujours pareil, le dernier qui utilise le rouleau de PQ, le remplace pas quand il est vide, résultat : quand vous passez derrière... »
« Ha ha ha, c'est le comble : manquer de papier dans une bouquinerie ».
« Je n'ai plus qu'à monter à l'étage dans les toilettes de l'appartement ».
« Merde ! Pourvu que personne ne me voie comme ça ».
« Je suis victime de mon propre égoïsme : il n'y a que moi qui utilise les toilettes de la bouquinerie ».
« Si ça se trouve, c'est la faute de ma mère tout ça ».
« C'est vrai quoi, à toujours passer derrière mon cul pour tout ranger ».
« Résultat : je remplace pas le rouleau de PQ quand il est fini ».
« Les mères s'imaginent, ou plutôt se complaisent à croire que leur amour les oblige à tout faire à notre place. Je les entends d'ici ».
« Il est encore petit..., gnagnagna... ».
« Ou alors »
« Si je ne le fais pas, ça va rester comme ça... »
« La vérité, c'est que les gosses sont pris en otage ».
« Les mères se servent de leur enfant comme exutoire affectif ».

« Leur amour s’exprime à tout va, sans discernement. Elles veulent se rendre indispensables pour conserver l’amour de leur progéniture. Elles n’accompagnent pas leurs mômes sur les chemins tumultueux de la vie, elles ne favorisent pas leur autonomie, elles se font plaisir, égoïstement, en conservant le plus longtemps possible les gamins sous leur dépendance, notamment les garçons, jusqu’à proposer de leur faire leur lessive jusqu’à quarante ans ».
« Ce n’est pas étonnant si les garçons sont moins vite débrouillards que les filles, on fait tout à leur place, on les empêche de faire leur propre expérience par peur qu’ils tombent et se fassent mal, les pauvres chéris ».
« C’est sûr, c’est plus facile de maintenir des mômes sous sa dépendance que de construire sa vie avec un compagnon, ça demande moins d’efforts, de concessions et... d’amour ».
« Mères de France, entendez mon appel »
« Laissez vos fils s’essuyer tout seuls ».
« Merde ! »
« C’est étrange..., je ne me souviens pas vraiment de ma mère. Je veux dire, les séances d'hypnose régressive ont fait remonter à la surface certains souvenirs, mais j’ai parfois l’impression qu’il y a deux femmes différentes, comme si..., comme si... »

13

D'autres essais ont eu lieu dans l'appartement de l'immeuble nº 35 de la rue Sainte-Catherine.
Peu à peu, les deux amants découvrent qu'au-delà des apparences se cache une autre réalité et à chaque nouvelle expérience, d'étranges phénomènes se produisent.
Maryse ne parvient pas à comprendre ce qui est en train de leur arriver. Guirec lui a raconté une histoire incroyable et désormais, tout retour en arrière est impossible, car l'écrivain a commis une erreur.
Le petit groupe s'est agrandi. Ils sont cinq à présent à connaître l'impossible vérité et depuis quelques jours, les expériences se déroulent dans une salle souterraine.
Un cercle de pierre a été aménagé dans les sous-sols de la capitale de Flandre dans le plus grand secret et tous se préparent mentalement, car la nuit prochaine, l'ultime rencontre doit avoir lieu.

14

Les vibrations montent lentement jusqu'à l'étage comme une onde concentrique à la surface d'un lac.
Depuis quelques instants, la vitre de la bouquinerie résonne sous les coups de boutoir d'une main dont les doigts effilés sont chargés de diamants. Dehors, quelqu'un s'impatiente.
—Voilà ! Voilà ! J'arrive !
« Merde ! J'ai oublié de tirer la chasse d'eau ».
— Entrez
— Bonjour, Monsieur.
— Madame..., excusez-moi, j'étais au téléphone, croit utile de mentir Émile.
— Je recherche un livre qui n'est plus édité : « Et tu connaîtras enfin la vérité », l'auriez-vous par hasard ?
— Permettez, je vais vérifier sur ma base de données.
« Encore une cinglée à la recherche du sens de la vie ».
Émile prend place derrière l'écran de son ordinateur.
« Ah non ! C'est un roman, un roman policier. Comme quoi faut pas juger les gens sur les apparences ».
— J'en ai deux exemplaires en boutique.
— Combien coûte-t-il ?
— Neuf euros, Madame.
« Je me souviens de ce roman maintenant, l'auteur doit être franc-maçon ou ésotériste, c'est plutôt le genre policier fantastique, il y a un peu trop de sexe à mon goût, mais l'intrigue est bien ficelée..., même si je ne crois pas en la réincarnation, j'avoue que ce livre m'a troublé ».
— Je vais vous en prendre un.
« Les gens ne s'en rendent pas toujours compte, mais certaines œuvres de fiction sont construites à partir du réel, c'est ça l'art du mensonge : travestir la vérité, lui faire porter des habits neufs. L'imagination n'est qu'un support, une espèce de liant qui fait tenir l'édifice, un peu comme du ciment ».
— Voilà Madame, dit Émile en lui rendant sa monnaie.
« Celle-là n'a sûrement jamais mis les pieds dans une usine, ou alors celle de son mari. Ses mains sont manucurées et couvertes de diamants. Si ça se trouve, le petit-vieux qui voulait m'acheter Le Livre

des Damnés a sué sang et eau pour que son mari puisse lui offrir cette rivière d'opulence ».

— Au revoir.

— Bonne lecture.

— Merci.

« Faut que j'aille tirer la chasse d'eau, moi ».

« Qu'est-ce que je disais déjà, ah oui, c'est vrai ! Le mensonge. Le mensonge témoigne d'une grande capacité d'imagination, l'art consiste à en organiser les différents éléments, à réorganiser la vérité afin que celle-ci présente un meilleur jour pour celui qui la manipule ».

« Une vérité, qui n'a d'ailleurs d'objectivité que celle que lui accorde la majorité ».

« Ne croyait-on pas au quinzième siècle que le Soleil tournait autour de la Terre ? Nous n'avons fait qu'échanger une vérité pour une autre qui a du coup invalidé la précédente. D'ailleurs, on n'est même pas tout à fait sûr qu'elle soit ronde..., la Terre. Si ça se trouve, elle est creuse ».

« Et au dix-huitième, ce qui n'est pas si loin de nous en fin de compte, il était communément admis que les souris naissaient des grains de blé, sérieusement, on appelait ça la génération spontanée ».

« Nos ancêtres n'étaient pas des arriérés, c'étaient des gens comme vous et moi, leurs croyances étaient différentes, c'est tout. On a toujours tendance à croire que le passé est forcément moins évolué que le présent, mais c'est faux, ce n'est qu'une pensée complaisante au regard de notre orgueil ».

« L'ignorance, bien qu'elle n'excuse rien, explique bien des croyances ».

« Serions-nous moins ignorants que nos ancêtres ? »

« Ce n'est pas certain ».

« Regarder la télévision n'est pas un signe d'intelligence, loin de là. Utiliser un ordinateur ne veut pas dire qu'on maîtrise l'informatique et le savoir qu'il régurgite ».

« Combien d'entre nous sont capables de réparer une panne survenant à leur automobile ? »

« Aujourd'hui le savoir est disponible au plus grand nombre, mais cela ne signifie pas que tous le maîtrisent, ni que tous y ont accès, d'ailleurs ».

« L'atome était connu des Grecs anciens. Sa fission n'a été rendue possible que par l'invention de moyens techniques qui ne supposaient pas de connaissances inconnues de l'antiquité. Si les Grecs anciens n'ont pas développé le nucléaire, c'est qu'ils n'en avaient nul besoin. Ils savaient extraire le minerai, le traiter et le fondre pour le travailler, en témoigne leur orfèvrerie. Mais ils n'avaient nul besoin du nucléaire pour se faire la guerre, se chauffer ou s'éclairer. Ils vivaient au rythme du soleil et des saisons. Préférant l'arme blanche au projectile propulsé par une arme à feu. Qui oserait dire qu'il est nuisible pour l'homme de respecter son équilibre biologique et celui de la nature ».

« Oui… ce n'est que pure rhétorique, j'en conviens ».

« Voyez comme nous avons cheminé…, subtilement d'ailleurs…, de la fiction d'un roman, construit sur une réinterprétation de la vérité… vers ce mensonge, source à laquelle puise l'imaginaire, un imaginaire communément reconnu comme une valeur positive…, Vers ce mensonge, donc, qui s'est installé dans la croyance que nos ancêtres étaient, comparés à nous, des primitifs arriérés et barbares ».

« C'est extraordinaire comme la pensée s'organise et semble s'écouler par le truchement d'associations d'idées : un thème en amenant un autre en apparence sans lien avec le premier ».

« Quel lien, en effet, entre la fiction d'un roman policier et la croyance que nos ancêtres étaient, comparés à nous, des arriérés brutaux et incultes ? »

« Peut-être l'idée que l'apparente primitivité de nos ancêtres n'est qu'une fiction de notre esprit : que l'Histoire n'est qu'un conte, un produit de l'imaginaire construit sur des faits supposés réels, invérifiables, eux-mêmes témoignages subjectifs du passé parvenu jusqu'à nous par exclusion de tout ce qui aurait pu les contredire, et subissant enfin l'interprétation de l'historien et le jugement de notre orgueil démesuré ».

Un tintement vibre à nouveau dans la bouquinerie, la porte se referme et un jeune garçon avance vers Émile, toujours perdu dans ses pensées.

— Bonjour, Monsieur, dit-il.

La clochette s'est tue, Émile relève la tête.

— Je cherche des ouvrages sur Descartes, annonce la voix juvénile.

— Des ouvrages écrits par Descartes ou des ouvrages écrits sur Descartes ?

« La communication, toujours pleine d'ambiguïtés. Tu peux sourire dans ta moustache post-pubère, on en reparlera quand t'auras vécu un

peu ».
— Des ouvrages écrits par Descartes, répond poliment le garçon.
« Ha ! Un étudiant en philosophie. Un futur prof qui formera de futurs profs qui formeront à leur tour de futurs profs et ainsi de suite jusqu'à l'effondrement de la philosophie. Il y a, comme ça, des professions qui n'ont d'autre but, apparemment, que de reproduire une certaine élite. Les philosophes, comme les historiens, se reproduisent par cooptation ».
— Vous trouverez ça sur l'étagère qui est derrière vous, celle qui porte l'étiquette : philosophie.
« La plupart des gens s'imaginent que la communication est affaire de simplicité, heureux les simples d'esprit, hein. La communication comporte toujours une part d'ambiguïté, sans ça, pas de Vaudeville. La langue n'est que symbolisme, sans cette part de culture, Molière n'aurait jamais écrit de pièces de théâtre ».
« Bref… ce serait la fin des malentendus ».
— Je vais vous prendre ces trois livres.
— Voyons ça…, quatorze euros cinquante.
— Avez-vous lu Descartes ?
« Si je ne le renvoie pas à ses études, celui-là, j'en ai pour une heure à m'en défaire ».
— Ma foi, je dirais que Descartes a tenté d'écarter Dieu et plus précisément l'Église, en affirmant l'impossibilité de connaître le Tout puissant autrement que dans les idées que lui-même – Dieu – faisait naître dans l'entendement humain. De sorte que, pour Descartes, toutes idées avaient comme cause première : Dieu. Et qu'en conséquence, toute idée faisait partie du plan divin, que donc les sciences, honnies par l'Église du fait qu'elles révélaient des causalités non divines aux choses qu'elles étudiaient (selon les Pères de l'Église) n'étaient que la conséquence de l'existence de Dieu. Descartes était un malin.
Un étrange silence s'installe, une gêne indéfinissable.
— Au revoir, le salue alors l'étudiant, bonne journée.
— Au revoir, jeune homme.
« Je l'ai mouché celui-là. Pas sûr qu'il ait compris le jeu de mots sur malin ».
« C'est ça la communication. Il faut interpréter ».

« Ce qui nous y oblige c'est la polysémie, les différents sens des mots. La polysémie et le contexte socioculturel lié à la situation des communicants, leur humeur, leur croyance... ».
« Les mots prennent un sens ou un autre. Voire un contresens ou un sens caché. Dans l'ombre des mots, une vérité dormante attend d'être révélée ».
« Je t'aime ».
« Ça veut pas seulement dire : j'ai envie de coucher avec toi ».
« Ça veut dire aussi, tu es quelqu'un d'exceptionnel pour moi. C'est le signe de reconnaissance le plus positif qu'on puisse donner à quelqu'un, cela signifie aussi que l'on veut être aimé, qu'on attend de l'amour en retour... un retour sur investissement en somme ».
« Finalement, tout nous ramène au sexe ».
« Tiens ! Il est déjà 11 heures. Sophie n'est pas encore rentrée ».
De nouveau la clochette de cuivre teinte sous la secousse du battant de porte.
— Bonjour.
Émile répond d'un signe de tête.
— Est-ce que vous rachetez des livres ?
« Il a l'air sûr de lui, celui-là, avec son costume de cadre supérieur prêt-à-porter ».
— Oui... éventuellement.
— J'allais les jeter et je me suis dit que ça pourrait vous intéresser.
« Ouais, tu t'es dit que tu pourrais en tirer quelques euros. Faudrait aussi que j'aille tirer la chasse d'eau, moi ».
— Combien en voulez-vous ?
— Eh bien... j'espérais en tirer au moins vingt euros.
— Hum... fait mine de réfléchir Émile. Je peux vous en proposer cinq.
— Cinq euros !... Ce n'est pas beaucoup.
Émile ne répond rien, laissant à son client le temps de la réflexion.
— Cinq euros alors ? ... Ok.
— Je vais vous demander de me signer un petit formulaire, rassurez-vous, c'est juste pour attester que vous m'avez bien vendu un lot de livres.
— Pas de problème.
Son billet bleu en poche, l'homme s'en retourne, quelque peu dépité. La clochette pendue au chambranle tinte d'un air plaintif et tout

redevient tranquille dans la bouquinerie de la rue de Gand, enfin presque. De nouveau perdu dans ses pensées, Émile n'entend pas les talons de Sophie qui martèlent l'escalier qui sépare la boutique de livres anciens de leur appartement.

15

— Émile !

« Tiens ! Sophie est rentrée, elle n'a pas l'air de bonne humeur ».

— Émile !... C'est dégoûtant !... Tu pourrais tirer la chasse d'eau quand tu vas aux toilettes.

« Merde ! »

— Je suis désolé, chérie..., j'étais pressé, j'avais une cliente et...

— Oui, eh bien ça n'empêche pas que tu pourrais tirer la chasse d'eau derrière toi !

— Hum..., qu'est-ce qu'on mange aujourd'hui ?

— Pizza !

« Quelle honte. J'ai intérêt à descendre un rouleau de PQ dans les chiots de la boutique. Faut avouer que c'est désagréable : vous êtes pressé, vous ouvrez la porte et vous tombez nez à nez avec... ».

« Cela dit, c'est pas une raison pour m'humilier devant les quinze mille auteurs de la bouquinerie ».

« Merde ! »

« C'est comme les assistantes de l'école maternelle où j'allais quand j'étais petit, j'avais cinq ans à l'époque, on peut dire que la mésaventure éducative a commencé très jeune pour moi ».

« Je garderai à jamais dans ma mémoire l'image de ces trois grosses paysannes assises sur leur cul plantureux pendant les récréations, assises juste devant la porte des toilettes, barrant le passage de leur corps monstrueux au point qu'on ne distinguait même plus la chaise sous leurs énormes fesses. Elles étaient là à jacasser pendant que timidement, me tortillant dans tous les sens, je leur demandais l'accès aux toilettes ».

« Fallait y aller tout à l'heure... allez, va jouer... Qu'elle m'a dit la mégère dans son tablier à fleurs ».

« Mais à ce moment-là, j'avais pas envie, moi..., d'aller jouer..., Mais bon, que voulez-vous qu'un gamin de cinq ans fasse entendre raison à un monstre d'égoïsme ».

« Je me suis éloigné, observant mes camarades courir dans tous les sens dans la cour de récréation au rythme de mon transit intestinal qui me faisait me tordre de douleur. J'ai résisté le plus longtemps possible, puis mes sphincters ont lâché prise, comme disent les psychologues

new âge du développement personnel ».
« Résultat : j'ai fait dans mon pantalon ».
« En classe, je savais plus comment m'asseoir, j'avais l'impression que tout le monde savait que j'avais fait caca dans ma culotte. J'entendais même plus parler la maîtresse tellement j'étais replié sur moi-même. Et quand elle s'est approchée de moi, les narines déployées en plein dans ma direction, j'ai senti la honte qui me regardait. Tout le monde l'a sentie. Tous les visages étaient tournés vers moi. L'humiliation a suivi. La maîtresse a vite repéré mon forfait malodorant et m'a remis entre les mains grassouillettes de l'assistante maternelle, la même qui m'avait envoyé sur les roses à la récré. Laquelle m'a mis à poil devant les élèves. Les douches donnaient sur la cour, entièrement vitrées, les douches, pas la cour de récréation. Ce jour-là, mon cul a été donné en pâture aux yeux avides de curiosités infantiles. Qu'est-ce que j'étais malheureux. Après ça, j'avais plus envie d'aller à l'école, évidemment, j'avais l'impression que tout le monde y pensait constamment en me regardant, je me sentais malheureux, malheureux d'avoir été injustement humilié ».
« Une humiliation que je dois à la bêtise d'une femme pourtant payée pour assurer les soins aux enfants de l'école maternelle dont elle avait la charge, et qui, parce qu'elle aurait dû s'extraire de la conversation de même que lever son cul plantureux de sa chaise, a préféré laisser le mien dans la merde. Je suis pas près de lui pardonner à celle-là ».
« Ça me révolte ! »
« Travailler auprès des petits enfants, ça demande de l'écoute et de l'attention. Pour le coup, j'ai appris qu'il fallait être propre, on ne s'est pas privé de me le rappeler, en toute injustice d'ailleurs. Et il n'y a rien de plus violent pour un enfant que de subir l'injustice des grands, des adultes qui normalement sont là pour le protéger et l'éduquer... le dresser à faire pipi et caca à heures fixes ! »
« C'est ridicule ».
« On pourrait en rire si les enfants n'en étaient pas victimes, moi je rigole pas, j'y pense encore, ça m'a marqué, quoi ».
— Chéri ! C'est prêt ! Tu viens manger ?
— J'arrive !
« Oups ! J'ai failli oublier de fermer la boutique ».
Émile jette un regard à travers la vitrine.

« Le ciel s’obscurcit. On dirait qu’il va pleuvoir ».
Le bouquiniste tourne le verrou et monte rejoindre sa femme dans la cuisine.
— Tiens, vas-y, assieds-toi. Dit-elle, lorsqu'il apparaît.
Émile s'installe et glisse ses pieds sous la table.
— J’ai fait une salade avec la pizza, tu en veux ? Dit-elle en repoussant une mèche blonde derrière son oreille.
— Oui, merci..., Alors comment s’est passée ta matinée ?
« Hum mm..., elle est bonne cette pizza. Je me demande quand même qui était ce gars qui me dévisageait tout à l’heure dans la boutique. Et le couple d'amoureux derrière la vitrine... »
— Demain après-midi il y a une conférence organisée par l’université du temps libre, je crois que je vais y aller.
« Le jour où elle répondra à la question posée, il tombera des grenouilles ».
« Des pluies de grenouilles sont attestées dans l’histoire, des pluies de poissons, de pierres, de matières organiques, et bien d’autres choses étranges. J’ai lu ça dans Le Livre des Damnés de Charles Fort, celui que je n’ai pas encore vendu au petit vieux qui a trimé dans l’usine du mari de la femme dont les mains manucurées sont couvertes de diamants ».
— Une conférence sur quoi ?
— J’ai vu une affiche dans le centre-ville qui en parlait, j’ai téléphoné à Annie, on a prévu d’y aller ensemble.
« Annie, l’amie d’enfance, blonde aux yeux bleus, féministe, à la recherche du grand amour. Elle n’a jamais pris conscience que tous les hommes qui ont croisé sa vie et froissé ses draps étaient des machos avérés et que c’est finalement ce genre d’homme qui la fait craquer. Comment voulez-vous qu’elle concilie ça avec son idéal féministe ? Y a comme un paradoxe là encore ».
— Elle va bien ?
— Tu ne veux pas savoir de quoi parle la conférence ?
— Si !... Si, bien sûr.
— C’est une conférence sur Freud et la psychanalyse.
« Ah ! Je crains le pire. Va falloir que je me prépare à subir une psychanalyse sauvage, j’ai intérêt à lire un bouquin de Freud si je veux pas servir de cobaye passif ».
— Et comment va Annie, toujours pas rencontré le grand amour ?

— Tu ne devrais pas te moquer d'elle. Je trouve ça rare, quelqu'un qui croit en un idéal et qui ne désespère pas de le trouver, mais tu ne peux pas comprendre mon pauvre chéri, tu es trop… matérialiste.
« Ça a l'air d'une insulte dans sa bouche, elle est quand même bien contente de la manger cette pizza ».
« Merde ! »
— C'est une chose d'avoir des idées, ma chérie, et c'en est une autre que de les appliquer. Annie cherche l'homme idéal, mais c'est quoi la définition d'un homme idéal selon les féministes ? Un apollon, genre acteur de cinéma, capable de jouer les doux, les dingues et les durs simultanément, un voyou au grand cœur, grand seigneur et poète, sensuel un brin. Tout ça dans un regard qui dure une fraction de seconde. Et ne me parle surtout pas du respect de la femme.
— C'est pourtant essentiel pour une femme. Si tu ne me respectais pas, nous ne serions pas ensemble. Et tu as oublié l'humour dans ta description, ça aussi, c'est important.
— Le respect des autres n'est jamais qu'une crainte intériorisée.
Sophie suspend son geste, la bouche entrouverte. Elle s'attend au pire.
— Si l'ouvrier ne cogne pas sur le contremaître qui ne perd pas une occasion de l'humilier devant les autres en le traitant de bon à rien ou de je ne sais quoi, c'est pas par respect de la personne humaine, c'est tout simplement parce que le contremaître lui enverrait la maréchaussée, je veux dire les gendarmes. Et que le pauvre type, non content d'être traité de fainéant et d'incapable chaque jour de sa vie, serait mis en tôle ou se verrait infliger une amende.
« Pour couronner le tout, sa femme le toiserait sûrement avec mépris et colère pour avoir perdu son boulot, tout en serrant le petit dernier brûlant de fièvre dans ses bras. Parce qu'évidemment, le patron ne manquerait pas de foutre à la porte un ouvrier qui casserait la gueule à son contremaître. Avoue que c'est le comble ».
— C'est le comble en effet…, on dirait du Zola. Mange ta pizza, elle va refroidir.
— Réfléchis bien, Sophie, la peur de subir la sanction sociale, en cas de non-respect de la règle établie, s'est transformée en une notion plus valorisante : le respect, et, par extension, en respect d'autrui.
— Et alors ?
— Pourquoi tu respectes les autres ? Si ce n'est par crainte de subir leur

agression ? Le respect n’est que de la crainte intériorisée, crainte qui s’est transformée en valeur socialement acceptable pour les individus et qui leur permet de vivre ensemble sans trop de complications. C’est un pacte tacite de non-agression.
» Et si tu te demandes pourquoi le contremaître traite l'ouvrier avec mépris, c'est tout simplement parce que c'est lui qu'il est du côté du pouvoir et peut en abuser impunément ».
— Tu veux un dessert ?
— Je prendrais bien une banane.
« C’est vrai, la notion de respect n’a de sens que s’il y a menace ou sanction ».
« Si la plantureuse assistante maternelle avait risqué la remontrance de la directrice pour m’avoir empêché d’aller faire caca au pot, elle se serait empressée de me conduire aux toilettes. Mais que risquait-elle ? Rien ! »
« Qui entend la parole d’un gosse de cinq ans, humilié d’avoir fait dans sa culotte ? Qui plus est par la faute même de ceux qui jugent de ce qui est bien et de ce qui est mal ».
« Où est le respect là-dedans ? »
— Je trouve ton explication un peu poussée, et pour tout dire… tordue, finit par répondre Sophie. Tiens, ta banane.
— Tordue ! C’est quoi le respect selon toi ?
— C’est tout simplement conserver l’estime de soi quand tout te pousserait à agir inconsidérément.
« Elle fait son marché chez Micro Robert ou quoi ? »
— Mais ça veut dire quoi conserver l’estime de soi quand on est face à une situation d’injustice ? C’est fermer sa gueule par peur de représailles encore plus grandes ? On t’insulte dans la rue et tu gardes l’estime de toi en ignorant l’insulte, c’est ça ta thèse ? Le respect ne serait qu’un état de surdité sélective ? En vérité, si tu passes ton chemin c’est pour éviter le conflit, un conflit qui pourrait t’apporter des désagréments. À mon sens, tu ne te respectes pas en acceptant l’humiliation de l’insulte. Ou alors, tu as du mépris pour celui qui t’a injuriée, mais alors là, me parles plus de respect, le mépris c’est l’inverse de la notion de respect qui n’est rien d’autre que l’acceptation d’une loi régissant des comportements, une loi ou un code, si tu préfères. Un code qui tente de préserver une hiérarchie sociale, une

paix relative. La notion de respect permet de conserver ces positions sociales. Tu dois prendre conscience que nous sommes noyés dans un langage, Sophie. Un langage dont nous ne comprenons plus l'importance ni le sens, car nous l'avons intériorisé de telle manière qu'il n'est plus qu'un code comportemental. Un code qui s'exprime en nous de manière conditionnée. Quand un patron te demande si tu es prête à t'investir dans sa société, que tu réponds oui et que tu développes tout un discours valorisateur sur l'investissement dans l'entreprise, tu ne fais que te noyer dans le langage. Tu n'as pas compris le sens et les véritables motivations qui se cachent derrière cette simple demande. Le patron entend t'exploiter au maximum de SES intérêts, pas des tiens. La réponse que tu lui fais n'est qu'une réponse conditionnée.

— Ça me fatigue de discuter avec toi. Tu compliques tout.

« T'as raison, ma belle, les choses sont plus simples quand on les accepte sans regard critique, mais c'est ça, justement, le conditionnement, mais ça... ça te dérange... ça te dérange de prendre conscience de tes actes et de ta façon de ne pas penser les choses... de tout accepter de ce qu'on te dit être acceptable. C'est sûr, tu es une enfant de la norme ».

« Je me demande parfois pourquoi je t'ai épousée, Sophie ».

— Tu veux un café ?

— Oui, pourquoi pas, ça me tiendra éveillé.

« Éveillé dans un monde d'inconscients ».

« Peut-on conserver l'estime de soi dans une société qui tolère les sans-abris ? »

« Quand je dis qui tolère, ce n'est qu'une façon de parler, ça veut dire qui accepte cette injustice sans se révolter ».

« Pourquoi acceptons-nous l'injustice ? »

« Sans doute parce qu'elle ne nous touche pas directement ».

— Tu veux du miel avec ton café ?

— Oui, merci.

« Si la société avait réellement comme objectif l'amélioration des conditions de vie des membres qui la composent, elle ne tolérerait pas que des gens meurent de froid l'hiver. Nous ne le tolérerions pas ».

« Les politiques sont des menteurs égoïstes, à l'image de ceux qui les ont élus ».

« Moi, il y a longtemps que je ne vote plus ».
« Oui, oui…, je sais, c’est pas comme ça que ça va changer, mais je suis lucide, moi ! »
— Encore perdu dans tes pensées, mon chéri !
« L’estime de soi, le respect, c’est juste la valeur qu’on accorde à quelqu’un en fonction de ses qualités et de ce qu’on pourrait en tirer… des qualités qui ne lui sont pas toujours intrinsèques, d'ailleurs ».
« N’allez pas croire que l’amour échappe à cette réalité ».
« Accorder de la valeur à quelqu’un, mais sur quels critères ? »
« L’argent ».
« Sa position sociale ».
« La position sociale que lui confère l’argent et l’avantage qu’on pourrait en tirer à faire partie du cercle de ses courtisans ».
« Je ne suis pas perdu dans mes pensées, je suis perdu dans un monde effroyable dont on veut me vanter les vertus. Comme la plupart des gens, je m’en suis accommodé, mais je n’ai pas renoncé comme eux à le penser. Je refuse l’aveuglement général pour faire l’économie de ma conscience ».
« On peut aussi estimer quelqu’un pour son intelligence, bien sûr, mais aurions-nous de l’estime si ce quelqu’un était un clochard ? Vous me direz que s’il était intelligent, il ne serait pas clochard, il aurait trouvé le moyen de gagner de l’argent. Ce n’est qu’un marché de dupe… une illusion qui se nourrit de nos représentations, de notre cadre de référence. L’illusion, justement, consiste à nous faire croire que le mérite est toujours récompensé, mais qui décide de ce qui est méritoire ? »
« Certains philosophes antiques aujourd’hui admirés pour leurs pensées, n’étaient-ils pas des traîne-misère ? »
— Tu veux encore un café ?
— Non. Je descends, il est presque une heure, il faut que j’ouvre la boutique.
— Tu sais mon chéri, même si ta façon de penser est… bizarre, je t’adore.
« C’est ça ! Il vaut mieux que tu me stigmatises plutôt que de te remettre en question, ma poulette. Si je pense différemment de toi, c’est que je suis anormal, n'est-ce pas ? »
En entrant dans la bouquinerie, Émile remarque une silhouette qui

s'agite derrière la vitre.
« Encore lui ! »
— Voilà ! J'arrive.
Un vieil homme, celui-là même qui dans la matinée est reparti sans avoir acquis l'ouvrage qu'il convoitait, attend derrière la vitre de la boutique de livres anciens. Un voile de tristesse recouvre son visage fatigué par le temps. À moins que sa mélancolie apparente n'ait une autre raison.
J'ai réfléchi, dit-il, je vais vous prendre « Le livre des damnés ».
— Ah !
« Qu'est-ce qui a bien pu te faire changer d'avis, pépé ? »
— Je suis vieux, vous savez... et j'aimerais lire ce livre avant de mourir...
« Ben pleure pas, pépé..., merde ! Je ne sais pas gérer la peine des gens, moi ».
« Allez ! Sois pas sans cœur Émile, c'est peut-être important pour lui ».
— Qu'avez-vous ?
— Excusez-moi... mon frère est mort ce matin.
Un silence gêné emplit l'espace, mais Émile y met rapidement un terme.
— Je suis désolé... vraiment, tente-t-il de convaincre le vieil homme.
— Il avait perdu sa femme l'an dernier... toutes ses économies sont parties dans l'enterrement. Ça coûte cher de crever... Ça me révolte... Il a travaillé toute sa vie à l'usine comme un forcené et il est mort sans le sou, vous trouvez ça juste, vous ?... Ah, je vous ennuie avec mes histoires.
— Non... non, je vous assure... je comprends votre révolte.
« C'est vrai qu'il m'ennuie un peu avec son histoire... Non, la vérité, c'est que je ne veux pas me laisser toucher par sa peine. Mais je ne peux quand même pas l'envoyer promener. Ce ne serait pas très charitable... ni très commerçant d'ailleurs ».
— Bah ! Vous êtes bien poli de m'écouter, cher Monsieur, le respect se perd de nos jours, vous savez.
« Ce petit vieux vient de foutre en l'air tout ce que j'ai dit sur le respect, comme quoi ça n'est jamais au fond qu'un calcul ou une évaluation des conséquences de nos rapports aux autres, encore que... »
— Voilà ! Trente-cinq euros, c'est bien ça ?
— Non... avant que vous n'entriez, j'allais justement modifier son prix.

— Ah !
— Vous me devez 25 euros.
« Allez pépé, laisse la fierté à ceux qui en ont besoin ou les moyens, reprends tes dix euros ».
— Merci, articule le vieil homme en se mouchant bruyamment.
« Merde ! Le voilà qui se remet à chialer. Regardez-le avec son mouchoir à carreaux, il est tellement lessivé que les couleurs sont passées. Je savais même pas que ça existait encore des gens avec des mouchoirs en tissu ».
— Excusez-moi... Allez ! Je vous laisse travailler..., Au revoir..., et merci.
Le vieil homme s'en va sans se retourner.
« Qu'est-ce qui me prend ? »
« J'ai eu pitié de lui ? »
« Bah ! La pitié, ça n'aide personne, Émile ».
La porte se referme dans un tintement de clochette.
Les jambes fatiguées du vieil homme l'entraînent déjà sur les pavés de la rue de Gand, laissant le bouquiniste à ses pensées.

16

Cette fois l'expérience a mal tourné.
Quelque chose s'est produit... une interférence.
La cause provient sans doute de l'objet que l'écrivain a ramené avec lui lors de son dernier voyage.
Il n'aurait jamais dû commettre une telle erreur, mais il est trop tard à présent.
Maryse a tenté de le convaincre de parler au bouquiniste de la rue de Gand, mais Guirec n'en a pas eu le temps.
Quand elle reprend connaissance, la jeune femme ne se trouve plus dans la salle souterraine des sous-sols de la capitale de Flandre où l'équipe a installé le cercle de pierre. Le corps sans vie de son compagnon est recroquevillé près d'elle, sur le parquet de l'appartement de la rue Sainte-Catherine.
Comment sont-ils arrivés là ?
Et où sont passés les autres ?
Maryse se relève.
L'écrivain qui gît inanimé à l'autre bout du salon en position fœtale est couvert de sang.
Maryse est tiraillée par la peur. Elle doit prendre une décision.
Elle enfile des vêtements et s'enfuit de l'immeuble où tout dort tranquille.
Quelques secondes plus tard, la porte vitrée donnant sur la cour intérieure claque et l'un des carreaux se fendille.
Les pas de Maryse résonnent alors sur les pavés du quartier Sainte-Catherine et meurent dans le petit matin.
Le soleil n'est pas encore levé, mais de l'autre côté de la rue, derrière ses rideaux crasseux, un vieil insomniaque a observé toute la scène.

17

Dans la bouquinerie de livres anciens, la sonnerie du téléphone brise la monotonie tranquille qui emplit les étagères. Émile referme alors l'ouvrage évoquant la théorie des Cordes à laquelle il ne comprend pas grand-chose et décroche le combiné.

— Oui, j'écoute !

— Émile ?

Le bouquiniste marque un temps d'hésitation.

— Oui… Caroline ?

— Oui. Comment tu vas ?

— Bien… et toi ? Ça fait un bail !

— En effet.

— Comment vas-tu ?

— Ça va…, je te dérange ?

— Non… Quel bon vent te pousse de nouveau vers moi.

— Je suis allée me promener au bois aujourd'hui…, et…, et j'ai pensé à toi.

« Cinq ans après ? Étrange ».

— Je me demandais si on pouvait se revoir… boire un verre ensemble, comme autrefois.

— Ça me ferait plaisir, évidemment…, mais…

— Tu as quelqu'un dans ta vie ?

— Oui, mais…, c'est juste que…, je suis bouquiniste…, j'ai une boutique dans le Vieux Lille et aujourd'hui ça va être difficile de se voir. Mais demain après-midi, tu peux passer si tu veux.

« Ça tombe bien, Sophie assiste à une conférence ».

— Tu me donnes l'adresse ?

— Oui, bien sûr. La boutique se trouve rue de Gand, tu ne peux pas la manquer.

— Alors à demain ?

— C'est ça, à demain.

— Je peux passer vers quelle heure ?

Émile hésite.

— Disons… quatorze heures.

— D'accord…, alors, à demain, quatorze heures.

— D'accord…, à demain.

Il raccroche songeur, mais son voyage dans le passé est de courte durée.
— Chéri ?
— Car... Sophie !
— Qu'est-ce que tu aimerais manger ce soir ?
— Tu m'as fait peur !
— Pauvre chéri, encore perdu dans tes rêves.
— Oui, non... je réfléchissais.
— À quoi ?
— Eh bien..., au théâtre.
— Tu t'intéresses au théâtre toi maintenant ?
— Oui, enfin non, je me disais qu'il faudrait que je rachète des classiques.
— Ah ! Et pour ce soir ?
— Eh bien, je vais me débrouiller avec ce qu'il me reste en boutique...
— Je voulais dire pour dîner !
— Oui..., excuse-moi..., du riz et du poisson...
— Truite ?
— Parfait.
— Ok, à tout à l'heure, mon chéri.
— À tout à l'heure.
— Au fait, dis-moi, c'était qui au téléphone ?
— Quelqu'un qui... désirait me vendre des bouquins.
— Ah... à tout à l'heure.
« Je dois bien avouer que les femmes ont toujours attiré mon attention... Je les regarde, je les écoute, et parfois, cela arrive, il me semble, je les comprends... ou il me plaît de le croire ».
« Le cœur des femmes est un océan de secret..., je me demande où j'ai entendu ça. »
« Même si le parfum des femmes est celui du secret, le goût de leur peau laisse toujours sur les lèvres un arôme sucré. Et moi..., j'aime le sucre. Ah, sacré Émile, te voilà poète ».
Au premier étage, la porte de l'appartement se referme et Émile entend les pas de Sophie qui résonnent dans la cage d'escalier attenante à la bouquinerie. Elle sort faire quelques courses, sereine, en apparence.
Cependant, Sophie est inquiète, Émile l'inquiète.
Il y a quelques mois, le bouquiniste a été victime d'un grave accident

de moto. Il est resté plus d'une semaine dans le coma. À son réveil, il avait tout oublié, ou presque. Et depuis qu'il est sorti de l'hôpital, Sophie voit son mari s'abîmer des heures durant dans des dialogues intérieurs, comme si Émile s'adressait à quelqu'un d'invisible. Elle craint qu'il ne se soit transformé pendant son sommeil, ou qu'une âme exilée ait pris possession de son corps devenu disponible.

La porte extérieure de l'immeuble se referme et le bruit des talons aiguilles claque sur les pavés du trottoir étroit de la rue de Gand. Sophie ne parvient pas à oublier qu'Émile ne se rappelle pas ce qui est arrivé lorsqu'il avait cinq ans.

« Je me souviens de Caroline et de nos discussions passionnées devant une bonne Faro, une bière au miel que nous avions l'habitude de déguster dans un café du Vieux Lille, en fin d'après-midi ».

« Caroline et moi n'étions pas d'accord avec Laurence, une comédienne avec qui elle avait joué une adaptation des Femmes Savantes de Molière. Nos points de vue différaient sur ce qu'était le besoin de reconnaissance sociale. Laurence était la plus virulente... »

Émile est de nouveau plongé dans ses pensées. Assis devant son bureau, il se laisse envahir par des souvenirs dont il ne parvient pas à s'expliquer la source. Alors, autour du bouquiniste, un autre décor prend peu à peu la place des étagères de livres anciens.

— Moi, j'en ai rien à foutre de la reconnaissance, se défend Laurence, je n'attends pas après ça pour vivre.

— Tu vas me dire que tu joues la comédie pour les autres, pour ton public peut-être !

— Non ! J'aime jouer la comédie, c'est tout, le public a le droit de ne pas aimer, c'est pas ça le problème. Tu mélanges tout, Émile.

— Imagine que le public, justement, n'aime pas ta pièce, tu ne peux pas prétendre que ça te laisserait indifférente.

— Ça n'a rien à voir !

— Chacun de nous a besoin de l'autre pour se reconnaître, nous n'existons que dans et à travers le regard des autres. Ce sont avant tout les autres qui nous définissent, même si nous avons l'impression d'être différents.

— Tu sais, les grands discours..., Pour moi, ce qui compte c'est d'agir, d'être dans l'action. L'important c'est que le public réagisse, je ne cherche pas à être aimée en montant sur scène.

— D’accord, si tu veux, mais tu as beau dire aimer le jeu des planches, reconnais que lorsque le public aime ta pièce c’est une manière pour toi d’obtenir ton pain quotidien de reconnaissance sociale, d’être valorisée, si tu préfères.
— Tu excelles toujours dans la métaphore, à ce que je vois. Je ne cherche pas à être valorisée, comme tu dis, j’aime ce que je fais, c’est tout.
— Et si ta pièce faisait un bide, avoue que tu ressentirais de la frustration, tu ne peux pas dire le contraire, et la frustration est l’indice qui montre que ton jeu n’a d’autre but que la recherche du plaisir, et il ne peut y avoir de plaisir à jouer seul dans une salle vide. Les regards qui se posent sur toi quand tu joues la comédie provoquent un sentiment de satisfaction en toi, ne dis pas le contraire.
— Tu m’énerves.
— Ton éducation t’empêche d’admettre cette simple vérité, on t'a appris que ce n’était pas bien de se mettre en avant, il faut faire preuve d’humilité, parce que si tu dis aimer être sur le devant de la scène, tu seras désapprouvée, exclue de la normalité, mais qu’y a-t-il de plus normal que de vouloir être aimé. La règle du jeu est que si tu manifestes ta modestie, tu pourras goûter à loisir ton plaisir d’entendre les autres dires du bien de la comédie dans laquelle tu as joué un rôle, mais la reconnaissance de la qualité de la pièce de théâtre n’est qu’une manière socialement acceptable de reconnaître l’acteur qui sans en avoir l’air, peut prendre plaisir à être valorisé à travers son jeu. Quelle hypocrisie. Les comédiens eux-mêmes nous avouent avec la plus grande désinvolture qu’ils s’amusent ?
— Eh bien oui, le plaisir c’est le jeu !
— Un « Jeu » qui s’expose aux regards des autres. Un « Je » qui a besoin d’être regardé, de recevoir des signes de reconnaissance, valorisants ou non, d’ailleurs, ils ont la même fonction : prouver que tu existes, que tu n’es pas seule, que tu fais partie du monde, que tu es aimée. Tu n'existes pas en dehors du regard des autres...
— Tu me fatigues...

18

— Réveille-toi..., Émile..., mon chéri, il est l'heure
— Quoi ?
— Il est neuf heures moins le quart.
« J'ai dormi comme une masse, bon sang ! Je n'ai même pas entendu le radio-réveil ».
— Ton café est prêt, mon chéri.
— Merci. Tu as déjà pris ton petit déjeuner ?
— Non, je t'attendais, comme tu avais l'air de bien dormir, j'ai pris une douche et je suis allée à la boulangerie acheter une baguette.
— T'es un ange.
— Je sais.
« Allez ! Bouge-toi le cul, Émile ».
— Je file sous la douche et je te rejoins.
— D'accord, fais vite, je meurs de faim.
« C'est pas juste d'obliger les gens à sortir de leur lit alors qu'ils pourraient rester à dormir bien au chaud sous leur couette ».
« Une vie d'obligations, voilà la société moderne ».
« Lève-toi et bosse ».
« Je suis bien content d'avoir abandonné mon boulot de travailleur social, plus de petit chef ou d'élus de la République pour me dire que j'ai cinq minutes de retard, me dire ce qu'il faut penser. Et tout ça pour quoi ? Un salaire de misère. Et dire qu'il y a des gens pour envier les fonctionnaires. La sécurité de l'emploi... L'emploi est garanti à vie, mais il faut une certaine dose d'abnégation pour supporter l'autoritarisme de la hiérarchie et le travail routinier ».
« Merde ! Y a plus d'eau chaude ».
Sous la douche, Émile perçoit la sonnerie du téléphone.
« Allez Émile, un peu de courage, brrr ! Bon Dieu, c'est froid ».
« Les abus de pouvoir sont plus fréquents qu'on ne l'imagine, mais tout le monde trouve ça normal. Franchement ! Vous trouvez ça juste d'être muté sans qu'on ait pris la peine de vous consulter, de recevoir un courrier de blâme ou d'avertissement ? »
« Déjà au collège, ça m'insupportait ».
« J'ai vu des collègues trembler devant une lettre de convocation du grand patron..., c'est sûr, l'école, ça vous prépare à baisser la tête quand

le dirlo vous prend à part dans son bureau ».
« On nous apprend à obéir et on nous récompense quand on a bien agi dans les limites imposées. Sanctions et récompenses. Si t'es pas d'accord... la porte est grande ouverte. Il y a, paraît-il, des millions de chômeurs qui attendent, tels des vautours, que tu trébuches pour prendre ta place, et eux seront bien contents d'y être... à ta place. Enfin, y paraît ».
« Si après ça tu fermes pas ta gueule, t'es un con où un déviant comme disent les sociologues. Merde ! Y a pas de serviette ».
— Chéri ! Tu es prêt ?
— Oui j'arrive !
« Bon ! Où sont encore passées mes chaussures ? »
« Ah ! ouais, je me souviens, je les ai enlevées dans le salon. Je me suis endormi devant la télé hier, tellement c'était soporifique, faut que j'arrête de payer la redevance pour ces conneries ».
Émile s'habille en vitesse et rejoint Sophie.
— Tu t'es rasé ? tu as rendez-vous ?
— Non...
« T'es qu'un menteur, Émile ».
— Café ?
— Oui, merci..., Qui c'était ?
— Qui ?
— Au téléphone ?
— Ah ! Quand j'ai décroché, ça a raccroché. Bizarre, tu ne trouves pas ?
— Sans doute quelqu'un qui s'est trompé de numéro. Ça arrive tout le temps.
« À moins que ce ne soit Caroline. Mais pourquoi aurait-elle appelé, peut-être qu'elle a réfléchi, qu'elle se trouve trop grosse et qu'elle a peur que je la trouve laide ? »
« À moins que ça ne soit ce type qui me dévisageait hier dans la boutique, peut-être qu'il a quelque chose à me dire. Je me demande bien pourquoi il me regardait comme ça. Un mari jaloux peut-être... mais je n'ai pas de maîtresse... »
— À quoi penses-tu, mon chéri ?
— Rien... rien d'important. À quelle heure est ta conférence ?
— Quatorze heures.
Émile manque de s'étouffer.

— Qu’est-ce qui se passe, tu as avalé de travers ?
— Oui… articule-t-il d'une voix à peine audible. Ça va aller… inutile de me taper dans le dos.
« C’est vrai ça ! Quelle manie ».
« On devrait enseigner les gestes de premiers secours à l’école, ça ne serait pas inutile. Chaque année des gens s’étouffent, entourés des fous rires des autres invités. C’est trop con de mourir comme ça…, entouré de ses amis ».

19

Dans la rue Sainte-Catherine, les gyrophares de la police projettent leur reflet rouge et bleu sur les façades lépreuses des bâtiments anciens dont les moulures s'effritent sous les assauts du temps.
Derrière ses rideaux grisâtres, le vieux Vronsky regarde l'agitation matinale. Vronsky est arrivé dans le Vieux Lille après la guerre. Sa gueule casée, héritée d'une blessure causée par un éclat d'obus, effraie les enfants du quartier. Mais le vieux polonais est un homme sans histoire.
La nuit dernière, Vronsky a été témoin d'un phénomène étrange. D'ailleurs, ce n'est pas la première fois qu'il observe ce genre de manifestation dans l'immeuble d'en face. Mais il emportera dans la tombe ses secrets. Rien ne pourrait le décider à parler.
Devant la double porte du numéro trente-cinq, un policier en civil salue un imperméable beige, cheveux grisonnants, le visage grave. L'homme disparaît sous le portail et Vronsky assiste au ballet des badauds qui se pressent sur les pavés dans l'espoir d'apercevoir quelque chose dont ils pourront se repaitre au comptoir de chez Julo, un café qui fait également office d'épicerie dans le quartier.
Les êtres humains sont attirés par le morbide, le vieux polonais le sait fort bien, comme il sait que le numéro trente-cinq de la rue Sainte-Catherine est un endroit maudit. Car ce n'est pas la première fois que la mort vient y réclamer sa part de moisson.
L'homme en imper a traversé la cour et s'est dirigé vers la porte vitrée qui donne accès aux étages et dont l'un des carreaux est fendu. L'immeuble ne dispose pas d'ascenseur et le lieutenant de police maugrée en entamant le premier étage.
C'est le souffle court qu'il pose enfin le pied sur le palier du cinquième. Un autre inspecteur l'accueille sur le seuil de l'appartement.
— C'est un vrai carnage là-dedans, dit-il à l'attention du lieutenant.
— Le légiste est là ?
— Il vient d'arriver, il n'y comprend rien.
Le parquet du salon craque sous les pas du policier. Les rideaux sont tirés. Il règne une douce lumière orangée dans la pièce. Au sol, le corps d'un homme est recroquevillé en position fœtale. Son sang s'est écoulé dans les fibres du plancher, laissant une teinte brunâtre.

— Qu'est-ce qui s'est passé ici ? Articule le vieux flic sans vraiment attendre de réponse du légiste.
— Celui qui lui a fait ça, c’est un vrai fou furieux.
Sur l'une des portes du salon, des photographies punaisées forment un patchwork coloré de sourires et de regards amoureux. L'une d'elles manque visiblement au tableau.
— Apparemment, fit le lieutenant à son adjoint, il ne vivait pas seul. Sait-on qui elle est ?
— Non. On ne connait que l'identité de la victime...

20

Un soleil mourant s'est levé sur les Portes de Gand, présage d'un jour funeste.

« La météo a annoncé du mauvais temps, ça va être calme. Les jours de pluie, les clients sont rares. Il faut avouer que les pavés de la rue de Gand sont plutôt glissants. Les pavés mouillés, ça n'encourage pas à flâner dans les rues ».

Un voile humide recouvre le quartier. Les caniveaux charrient des mégots de cigarettes jusqu'aux bouches d'égout voraces sous la pluie qui s'amenuise.

Émile retourne s'asseoir derrière son bureau.

Pour le moment, la Théorie des Cordes résiste encore à son analyse, mais le bouquiniste vient de trouver sur le Web une série de vidéos sur le sujet qu'il a bien l'intention de visionner pourvu qu'on lui en laisse le temps.

Dehors, des nuages s'amoncellent toujours au-dessus de la Capitale de Flandre, assombrissant le ciel d'un voile gris noir.

C'est alors que la clochette suspendue au chambranle de la porte vitrée tinte mollement, interrompant le bouquiniste dans le cours de ses pensées.

Un homme en imperméable beige, trempé par la pluie matinale, s'avance vers le bureau où se tient Émile.

Le bouquiniste rabat l'écran de son ordinateur portable.

Sur un des coins de la table de travail, la machine à expresso chuchote que l'infusion est prête. Dans la tasse, blanc cassé, le précieux liquide fume et répand une bonne odeur de café.

Une mouche, piquée par la curiosité, se pose sans y avoir été invitée sur le pot de miel.

— Bonjour, grogne l'inconnu en imperméable.

— Monsieur.

« Ma parole, il sort tout droit d'un polar, celui-là, et en plus il va m'inonder le plancher ».

— Monsieur Tiembpont, Émile Tiembpont ?

— Euh... oui... c'est à quel sujet ?

« Qui c'est ce type, il m'a l'air louche ce gars-là. Faudrait que je m'achète un flingue ».

— Lieutenant de Police Mégrais, de la brigade criminelle de Lille.
— Mégrais !
« C'est une blague ou quoi ! »
— Connaissez-vous ce jeune homme ?
Le lieutenant de police tend une photo noir et blanc à Émile qui ressent un étrange picotement lui parcourir la nuque lorsqu'il reconnaît le visage ensanglanté du cadavre recroquevillé sur les lames d'un plancher étrangement semblable à celui de son propre salon.
« L'ésotériste..., le gars au regard inquisiteur. Merde ! Il a pas l'air bien... sa peau à quelque chose de bizarre ».
— Euh..., non, jamais vu, ment-il avec aplomb. Pourquoi ?
Le lieutenant insiste. Ses yeux gris sont piqués d'épingles noires à l'aspect cruel.
— Regardez bien cette photo, Monsieur Tiembpont, vous êtes sûr de ne jamais avoir vu ce jeune homme dans votre boutique ?
Une goutte de pluie s'écrase sur le cliché.
« De toute façon, je ne sais rien à propos de ce type-là, il m'a juste acheté un bouquin, c'est tout ».
— Non, jamais vu, pourquoi ?
— Peut-être reconnaîtrez-vous ce livre ?
« Merde ! Le Nécronomicon ».
— Il y a l'adresse de votre bouquinerie à l'intérieur, l'informe le lieutenant en soulevant la couverture.
— Vous savez, les livres d'occasion...
— J'ai consulté d'autres bouquinistes, ils m'ont dit que ce livre était assez rare.
— Oui..., en effet, s'enlise Émile. Mais il n'est pas d'une très grande valeur, ni dans son prix ni dans son contenu, d'ailleurs.
« Merde, pourquoi j'ai menti ? »
« Soit, je dis la vérité, soit je vais me retrouver dans l'impasse, allez, mon petit Émile, fais ton choix ».
— Montrez-moi la photo encore une fois...
Mégrais lui tend à nouveau le cliché noir et blanc, de grosses gouttes de pluie perlent sur son visage, un visage dur, fermé.
— Oui, possible, feint d'hésiter Émile. La photo n'est pas très bonne.
— On ne lui a pas vraiment demandé de poser.
— Un portrait aurait suffi. Là, même pour un intime, il est difficile de

s'y retrouver.
— Lui avez-vous vendu d'autres livres, monsieur Tiembpont ?
— Eh bien...
— Réfléchissez, c'est important.
— Important ! Qu'est-ce que vous voulez dire ?
« Allez Mégrais, lâche le morceau, donnant donnant ».
— Cet homme a été assassiné la nuit dernière dans son appartement.
« Sans blague, à le voir, j'aurais pas deviné ».
— Assassiné ! Feint de s'étonner le bouquiniste.
— Le meurtre a..., disons, un caractère spécial.
— Comment ça, un caractère spécial ?
— Je ne peux rien vous dire de plus.
« Eh bien, on dirait que l'histoire prend une autre tournure, Émile. Un type entre dans ta boutique, te regarde de travers, t'achète un bouquin plus ou moins ésotérique, et vlan, il se fait buter... Étrange ».
« Je me demande bien pourquoi ce type a été assassiné ! Et pourquoi me dévisageait-il tout le temps qu'il est resté dans la boutique ? »
— Lui avez-vous vendu d'autres livres ? insiste le policier.
— Non.
« Il a l'air sceptique. À sa place je le serais aussi, c'est vrai, quand quelqu'un commence à vous mentir, c'est pas évident de lui faire confiance... après ».
« Le mensonge est une faiblesse, la vérité demande parfois du courage ».
« Réfléchis, Émile, il n'y avait rien de courageux ou de dangereux à lui dire que ce gars-là est venu t'acheter un bouquin... sauf qu'il est mort... le gars ».
— Je vous dis la vérité, inspecteur.
— Lieutenant.
« Oups ! »
— Lieutenant.
« Susceptible hein ! »
— Vous êtes un spécialiste des livres anciens à ce que je vois ?
— Oui. On peut dire ça.
— De livres ésotériques ?
— Que voulez-vous dire ?
— Des livres de magie, d'incantations, des grimoires ?

— Vous trouverez ça sur les rayons de l'étagère légendes et folklore.
— Avez-vous vendu des livres de ce genre à quelqu'un récemment ?
— Non, ce genre de littérature est très rare et ses amateurs peu nombreux. Comprenez-moi bien, lieutenant, vous trouverez ici des livres qui traitent de l'ésotérisme, de mystères dont sans doute vous n'avez pas idée, mais les grimoires comme vous les appelez ou livres de magie, sont au secret dans des collections privées, au Vatican, dans les enfers de la Bibliothèque Nationale de France, dans les loges maçonniques...
— Les enfers ?
« Encore un ignorant aux mains pleines ».
— Oui, les bibliothèques conservent aux enfers les livres interdits. Il s'agit d'ordinaire d'un endroit où le grand public n'a pas accès. Tout ce que l'orthodoxie et le pouvoir en place ne souhaitent pas diffuser au simple mortel se retrouve dans ce lieu qu'on appelle l'enfer à cause des ouvrages aux contenus sulfureux qu'il recèle. Certains ouvrages qui sont ici reproduisent certains passages de ces livres maudits, mais jamais un grimoire n'a été édité dans son intégralité, à ma connaissance... je veux dire par un éditeur moderne.
— Avez-vous déjà eu en mains certains de ces... grimoires ?
— Non... Allez-vous enfin me dire pourquoi vous me posez toutes ces questions ? Si je savais ce que vous cherchez, je pourrais sans doute vous aiguiller plus efficacement. Vous ne croyez pas ?
Une ombre attire, l'espace d'une seconde, le regard du bouquiniste.
« C'est bizarre... ça fait deux fois que cette jeune femme regarde à travers la vitrine de la boutique, il se passe de drôles de trucs aujourd'hui, moi qui regrettais qu'il ne se passe jamais rien... »
— Je vous ai dit que la victime avait été assassinée..., disons..., dans des conditions étranges... nous pensons qu'elle était liée à... disons... certains groupes occultes ou qu'elle pratiquait disons... de la magie noire, vous voyez ce que je veux dire ?
« C'est agaçant ce tic verbal ».
— Non... non, mais je croyais qu'il s'agissait d'un homme ?
— Oui..., en effet, s'offusque le policier.
— Vous employez le féminin depuis tout à l'heure !
— Oui... parce que j'ai parlé de « la victime », le mot « victime » est un nom féminin.

— Oui…, oui, pardonnez-moi, ma remarque est idiote.
— Oui.
— Mais poursuivez, vous évoquiez les conditions étranges dans lesquelles cet homme a été assassiné, c’est bien ça ?
« Mon pauvre Émile, il doit te prendre pour un crétin ».
— Oui…, en effet…
« Il hésite ».
— Connaissez-vous quelqu’un qui soit spécialiste, disons…, dans ce genre de choses ?
Mégrais tend une autre photo au bouquiniste.
— Qu’est-ce que c’est que ça ?
— La victime… je veux dire le mort, en était couvert.
« Bon Dieu, mais on dirait… »
La sonnerie d'un téléphone portable vient interrompre leur conversation.
— Excusez-moi, fait le policier en fouillant dans son imper humide.
» Lieutenant Mégrais, j’écoute »
[…]
» Oui »
[…]
» Hum… »
[…]
» Très bien, j’arrive… »
— Monsieur Tiembpont, nous allons devoir remettre cet entretien à plus tard… puis-je récupérer la photo ?
— Oui…, bien sûr, tenez.
— Nous nous reverrons très vite, Monsieur Tiembpont. À bientôt.
Le policier tourne les talons et, quelques secondes plus tard, disparaît dans la rue de Gand.
« Sale histoire, Émile, sale histoire ».
« Je suis sûr d’avoir déjà vu des marques semblables quelque part… mais où ? »
Dehors, la pluie s'est arrêtée. Une portière claque et un vrombissement crève la tranquillité relative de la rue de Gand. Émile reste là, silencieux. Son regard semble s'abîmer sur les lames du plancher trempé par les pas du lieutenant Mégrais. Le bruit de moteur s'éloigne et tout redevient paisible dans la boutique de livres anciens.

La jeune femme qui tout à l'heure espionnait Émile à travers la vitrine a disparu, elle aussi. Mégrais lui aura fait peur sans doute. Pourquoi observait-elle ce qui se passait à l'intérieur de la bouquinerie, se questionne Émile tout en reprenant la lecture des documents vidéo. Mais très vite, le bouquiniste replonge dans la trame de ses pensées et soudain... c'est l'illumination, comme un éclair au cœur de l'orage.

Émile comprend que la Théorie de Cordes n'est qu'une tentative d'unification de la Relativité Générale et de la Mécanique Quantique. Deux théories dont l'une décrit l'Infiniment Grand et l'autre l'Infiniment Petit, deux théories qui s'opposent, en apparence. Une tentative d'unifier la loi de la gravité, l'électromagnétisme et les forces nucléaires dans un paradigme pouvant rendre compte du Tout existant. Ainsi, comprend-il, les onze dimensions qui découlent de la Théorie des Cordes, ces brins d'énergie vibratoire, ne sont en définitive qu'une conséquence logique du Tout.

21

La pluie glacée, qui ne cesse de tomber depuis la veille au soir, a inondé de sa fraîcheur l'agglomération lilloise. Les murs des façades sont comme du carton mouillé et certaines moulures séculaires s'effritent sous l'action de l'acidité de l'eau. Sous les rayons des réverbères, que le manque de luminosité a laissés fonctionner, l'humidité des pavés scintille comme de gros diamants ou les larmes d'un monstre antédiluvien.

Dans la boutique de livres anciens de la rue de Gand, le lampadaire allogène diffuse une lumière chaude sur le plancher et les étagères surchargées d'histoires, alourdies d'un passé que d'aucuns disent révolu, mais qui est toujours présent dans l'inconscient collectif.

Au-dehors, une jeune femme approche son visage de la vitrine embuée derrière laquelle Émile semble réfléchir par intermittence. Pour le moment, il paraît absorbé par une tasse de café.

C'est la différence de température entre la rue de Gand et l'intérieur de la bouquinerie qui a condensé l'humidité de l'air sur la partie inférieure de la baie vitrée.

L'inconnue observe à présent celui qui représente maintenant son seul espoir.

Derrière la vitrine, Émile se détache de la tasse à café et se replonge dans sa lecture.

Le héros du roman qu'il tient entre les mains est pris au piège sur une départementale où des barrages de police ont été mis en place. Le bouquiniste s'imagine alors l'arme au point... quand la clochette fait entendre son tintement pour la deuxième fois de cette matinée pluvieuse. Il relève à peine la tête. Dans sa ligne de mire, quatre gendarmes lui intiment l'ordre de se rendre, il tire et fait mouche... Mais bientôt, le comportement de la jeune femme qui vient de pénétrer dans la bouquinerie l'oblige à lever les yeux sur elle.

— Bonjour, dit-elle. Est-ce que je peux vous parler ?

— Mademoiselle. Que voulez-vous ?

« C'est elle qui passait tout à l'heure en jetant des coups d'œil à travers la vitrine ».

— Vous ne me connaissez pas, mais… je suis la petite amie de…

— C'est vous qui passez depuis tout à l'heure devant ma boutique ?

— Oui… j’ai vu l’inspecteur Mégrais…
— Lieutenant.
— Quoi ?
— On ne dit plus inspecteur aujourd’hui, mais lieutenant.
— Ah oui… j’ai vu… le lieutenant Mégrais et je n’ai pas osé entrer.
— Vous êtes la petite amie, dites-vous de… enfin de…
— Oui…
« Qu'est-ce qu’elle me veut ? Et comment ça se fait qu’elle connaisse Mégrais ? »
— Vous devez certainement vous demander pourquoi je suis là.
— Oui… non… enfin, écoutez, je ne sais rien à propos de ce qui est arrivé, je l’ai déjà dit à l’inspecteur Mégrais.
— Au lieutenant, vous voulez dire.
— Oui. Je suis désolé, mais je ne connaissais pas la victi…, votre petit ami.
« Méfie-toi, Émile, elle n'a pas l’air bien dangereuse sous son apparence de jeune bourgeoise fringuée à la mode, mais ça ne veut rien dire, l’abbé ne fait pas… je veux dire l’habit ne fait pas le moine, pas plus que l'uniforme ne fait le flic. C'est bizarre comme association un abbé et un flic... »
La jeune femme dévisage le bouquiniste comme si elle cherchait à sonder son âme.
« C’est une jolie petite blonde... malgré ses cheveux dégoulinants de pluie… elle va m’inonder le plancher, allez ! Te laisse pas attendrir, Émile… séduire serait plus adéquat comme formulation ».
— Je crois savoir pourquoi mon petit ami a été assassiné… et…
— Pourquoi n’en parlez-vous pas à la police ? dit-il, l'air soupçonneux.
— Ils ne me croiront jamais…
— Pourquoi ça ?
— Vous seul pouvez m’aider !
— Moi !... Mais comment… je veux dire… pourquoi ?
— Je vous en prie, vous devez m’apporter votre aide !
— Je suis désolé, mais je n’en ai pas le pouvoir…
— Si vous m’accordez votre aide, l'interrompt la jeune femme, je vous révélerais qui vous êtes… en réalité.
— Qu’est-ce que c’est que cette histoire ?
— Vous n’êtes pas celui que vous croyez être… aidez-moi et je vous

dirai la vérité.
— C'est absurde ! intervient-il, désarçonné par le discours que lui tient cette étrange petite blonde aux manières effarouchées.
— Ceci devrait vous convaincre, dit-elle en ouvrant son sac à main en cuir. Tenez... regardez.
Émile hésite...
— Qu'est-ce que c'est que cette farce ? Vous vous moquez de moi ? dit-il.
— Non... votre vie est plus complexe que vous ne l'imaginez, Monsieur Tiembpont.
— Vous connaissez mon nom ?
— J'en sais plus que vous ne le supposez. Le petit groupe auquel j'appartiens a découvert une vérité impossible à imaginer. Oh, n'allez pas chercher dans un dictionnaire ésotérique ou sur la liste des sectes éditée par le gouvernement, nous n'avons pas d'existence officielle, nous ne recevons aucune subvention, nous n'avons pas de nom et nous ne consacrons aucun de ces rituels ridicules dont s'affublent les loges ou groupuscules ésotériques. Nous avons simplement été mis en présence de la vérité, une vérité qui vous concerne également. Aidez-moi et je vous raconterai tout.
« Réfléchis bien, Émile, il s'agit d'un meurtre. Si Mégrais apprend que tu fricotes avec la petite amie de... oh et puis merde ! Je me plains qu'il ne se passe jamais rien et au moment où il se passe enfin quelque chose, je me défilerais ! »
« Attends Émile, qu'est-ce que tu fais de la bouquinerie ? »
La jeune femme semble comprendre qu'il lutte intérieurement entre deux positions contradictoires.
« Qu'est-ce que tu fais, qu'est-ce que tu fais ? Mais tu es libre, non ? Allez, Émile, tu ne vas pas te défiler sous le prétexte que tu ne peux pas laisser ton boulot ».
— Comment..., comment puis-je vous aider ?
À cet instant, une sonnerie digitale des plus banale retentit dans l'espace confiné de la boutique de livres anciens.
— Un moment, je vous prie, s'excuse-t-il.
En décrochant le téléphone, il renverse la tasse de café qui roule sur le bureau et s'écrase sur le plancher. Laissant une tache brune qui s'infiltre peu à peu dans le bois.

22

La gravitation est une force étonnamment faible, comparée à l'interaction forte décrite dans la mécanique quantique. En effet, cette énergie agit comme une super glu qui maintient entre elles les particules à l'inverse de l'électromagnétisme qui repousse les corps les uns par rapport aux autres, leur interdisant ainsi de fusionner.

Pourtant, le phénomène de fusion existe dans la nature et à plusieurs reprises dans l'histoire, des hommes sont parvenus à modifier la résonance de ces champs de force, provoquant parfois des catastrophes qui sont restées confinées dans les dossiers « secret défense » du Pentagone.

En surfant sur Internet, le bouquiniste de la rue de Gand a découvert que les cercles de pierre, érigés en Bretagne ou en Irlande, avaient la propriété d'accumuler les forces magnétiques issues des courants telluriques qui parcourent les sous-sols de notre planète. Théoriquement, les cercles mégalithiques pourraient avoir servi de portes d'accès vers d'autres mondes. La mémoire humaine semble avoir oublié comment y parvenir... et pourtant.

Tout comme les cordes d'un violon qui lorsqu'on les fait vibrer d'une certaine manière créent une mélodie harmonieuse, les brins d'énergie décrits dans la théorie des cordes pourraient être à l'origine de la création de la matière visible et d'univers perceptibles dans différentes dimensions. Et, tout comme les sons, dont certaines fréquences sont imperceptibles à l'oreille humaine, il suffirait de s'ajuster aux différents champs d'énergie vibratoire, tout comme on le ferait pour capter une fréquence radio, pour voir apparaître ces mondes invisibles qui nous entourent et ainsi traverser l'espace et le temps.

Le secret d'un tel procédé pourrait résider dans l'harmonie des ondes acoustiques ou la capacité de créer des rythmes de vibrations sonores, de séquences maintenues suffisamment longtemps pour ouvrir la membrane de l'espace et du temps.

Certaines expériences mises en œuvre par les États-Unis seraient susceptibles d'avoir révélé qu'au-delà des apparences, d'autres réalités existent. Et certains phénomènes observés depuis la nuit des temps ne seraient en réalité qu'une manifestation de l'existence de mondes parallèles qui parfois se touchent en un point de contact éphémère, nous faisant entrevoir l'impossible vérité.

23

Le bouquiniste de la rue de Gand, hypnotisé par l'écran de son ordinateur portable, ne remarque pas immédiatement les arabesques invisibles qui se dessinent autour de lui. Mais soudain, son attention est attirée par l'étrange ballet de celle qui bien qu'elle fasse partie de ce monde, n'en évolue pas moins dans une autre dimension.

Sur son bureau, le café froid semble séduire une mouche qui vient de se poser sur le rebord de la tasse. L'insecte volant, noir et velu, bien qu'il se trouve dans la bouquinerie, se meut dans un univers dimensionnel différent dont nous ignorons les repères spatiaux temporels. Ce qui ne manque pas d'intriguer Émile.

Dehors, la pluie s'est arrêtée et une lumière dorée perce derrière les nuages, caressant le dos des reliures de cuir disposées en rangs serrés sur les étagères alourdies. Tout est calme, et, hormis le ronron du ventilateur de l'ordinateur, on pourrait entendre voler une mouche. Si celle-ci ne s'était pas piquée d'intérêt pour l'infusion.

Malheureusement pour elle, la petite bête ailée, imprudente, goûte à présent l'arôme amer du café froid… son système nerveux s'excite. Elle est en train de se débattre… elle s'agite désespérément, dans l'indifférence humaine quant à son sort funeste.

— Émile !

Le bouquiniste sursaute et se cogne le genou contre le bureau, créant une onde de choc qui se propage jusqu'à son cerveau qui enregistre la douleur, engendrant également un phénomène ondulatoire à la surface du café froid qui repousse l'insecte à bout de force vers les parois de la tasse.

— Bon sang, Sophie, se plaint-il en se massant la jambe. Combien de fois t'ai-je dit de ne pas surgir comme ça derrière moi en criant, j'ai failli avoir une crise cardiaque.

La mouche tente, mue par une force primaire qui la pousse à survivre, de s'extirper du liquide noirâtre. À l'échelle de l'insecte, c'est comme être embourbé dans une marre de goudron collant qui peu à peu entrave sa liberté de mouvement et épuise toutes ses ressources.

— Je te trouve nerveux en ce moment, tu es sûr que tout va bien ?

— Oui… tu voulais me dire quelque chose ?

— Annie a téléphoné, elle m'a invitée à déjeuner.

« J’avais complètement oublié Caroline. Elle a dit qu'elle passerait à la boutique cet après-midi, quelle heure est-il ? Bon sang, pas moyen de mettre la main sur un exemplaire de ce fichu bouquin ».
— Pars tranquille, je me débrouillerai. De toute façon, je n’ai pas très faim.
— Je t’ai quand même préparé une salade de riz et il y a du café dans le thermos...
Émile ne répond rien, il s'est replongé dans ses recherches.
— Alors, si tu n’as besoin de rien d’autre, mon chéri, j’y vais.
— Non..., Oui, merci... bonne conférence.
— À tout à l’heure.
Sophie s'éclipse en adressant un dernier regard vers cet homme qui lui échappe et dont finalement elle ne sait rien. Sa tristesse n'exprime pourtant que le regret de ne pas être parvenu à faire entrer le bouquiniste dans sa définition de ce qu'aurait dû être leur vie. Jamais elle n'a cherché à comprendre qui il était, ni ce qui l'animait, elle n'a désiré qu'une chose, l'insérer dans son cadre de référence afin qu'il corresponde à ses attentes. Elle n'a pas déconstruit le sien pour se donner la chance de reconstruire plus grand, lui laisser une place dans son univers. Leur bibliothèque, à l'étage, témoigne de son égoïsme. Seuls les livres de Sophie y sont rangés, ceux d'Émile trainent encore dans un carton poussiéreux abandonné au grenier.
« Hum... apparemment, tous ceux qui ont eu en main Le Nécronomicon d’Abdul al-Hazred ont disparu ou sont devenus fous. Sale histoire ».
« Merde ! J’aurais pu être un peu plus attentif, c’est à peine si j'ai écouté Sophie. »
La culpabilité ne résiste pourtant pas à son analyse.
« Elle veut juste que j'aie l'air heureux pour suivre ses désirs, oui, ça va la contrarier deux minutes et elle va oublier. Je n'ai qu'à en faire autant ».
« Bon. Les derniers originaux connus sont détruits par Grégoire IX en..., en 1232. Ça ne date pas d’hier. Voyons du côté des éditeurs. Alors... les éditions de 1938 ne reproduisent pas Le Nécronomicon, elles ne sont en fait que le récit de l’histoire de ce livre maudit. Hum... je ne trouverai rien de plus sur le Net. Il me faudrait les lumières d’un érudit. Malheureusement, je n’en ai pas sous la main. Mais si, Émile ! Le père de Caroline... sans compter que le père de Sophie est également franc-

maçon, il doit sûrement avoir entendu parler du Nécronomicon ».
Émile se lève et s'approche de la vitrine pour jeter un coup d'œil au-dehors.
« Merde ! Sophie est déjà partie. Je lui en parlerai ce soir, je préfère que ce soit elle qui appelle son père, elle a le truc avec lui pour toujours obtenir ce qu'elle désire. »
La mouche est morte. Son exosquelette baigne dans le café froid.
La caféine a fini par neutraliser son système nerveux. Les insectes perçoivent-ils avant de passer de vie à trépas ce tunnel de lumière dont témoignent les victimes de mort imminente, s'interroge Émile. Cela reste un mystère même si certains neurologues affirment qu'il ne s'agit que d'une déflagration neurochimique submergeant le cerveau peu avant la fin.
« Mais j'y pense, j'ai un exemplaire du Nécronomicon dans mes cartons au grenier, une édition originale. Sophie a tellement de livres que je n'ai jamais pu déballer les miens ».
« Quelle heure est-il ? Bon... j'ai encore le temps, mais où ai-je mis la clef du grenier ? »
Le bâtiment, qui abrite la boutique et l'appartement, est séparé en deux par un escalier central donnant sur la rue de Gand. Dans l'aile droite, le père de Sophie, qui est propriétaire de l'immeuble, a fait aménager trois logements qu'il loue à un couple de jeunes mariés et a un autre d'homosexuels. Le dernier étage est occupé par une étudiante en droit.
Le grenier est lui aussi partagé en plusieurs compartiments, chaque locataire dispose d'une pièce fermée à clef. On y accède par l'escalier central et une trappe qui grince sur ses gonds lorsqu'on la fait pivoter.
« Oups ! J'allais oublier de fermer la boutique, où as-tu la tête, mon pauvre Émile ? »
« La clef du grenier doit certainement se trouver avec les autres. Sophie et moi avons pris l'habitude de les déposer dans une coupe. Ça nous évite de chercher pendant des heures et de nous énerver inutilement. Les clefs, c'est le genre de chose qu'on égare facilement ».
« L'idée de regrouper nos clefs dans un vase m'est venue en regardant un film : Le Grinch. Je trouve ce personnage très sympathique... malgré sa différence exacerbée. Il faut avouer que je suis sensible au concept. Je me sens parfois différent, moi aussi ».

« Ça rassure les gens d'être semblables, d'être dans la normalité, ça leur évite de se poser des questions sur leur vie, sur ce qu'ils font, ce à quoi ils ne pensent jamais ».
« Travailler, être à l'heure, arriver tous à la même heure. Payer des impôts qui se retrouveront dans les caisses des entreprises sous couvert de subventions, des entreprises qui licencieront pour faire du profit. Sans parler des milliards désintégrés dans les essais nucléaires, les constructions mégalomaniaques à la gloire de la France ».
« Comme le Grinch, je vis un peu en marge des normes sociales, même si je fais partie du décor. Et, tout comme lui, je ne partage pas l'euphorie des fêtes de Noël. On se fait couillonner par l'économie de marché. Les fêtes en général ne sont que du mercantilisme moralisé ».
« Tout ça est dénué de sens, Noël, je veux dire. D'abord parce que le petit Jésus n'est pas né un 25 décembre, et ensuite parce que la coutume qui veut qu'on s'offre des cadeaux à Noël a été initiée par les marchands. Faut voir toutes les conneries qu'on s'offre au pied du sapin en plastique chargé de guirlandes électriques, des trucs qui encombrent nos étagères, pèsent dans nos cartons au moment des déménagements. Même les jouets finissent la plupart du temps aux oubliettes. J'ai vu des gosses qui prenaient plus de plaisir à s'amuser avec le carton d'emballage qu'avec le jouet qui était dedans ».
« Ah ! Les voilà ».
« Sans compter que les gens qui ne gagnent pas d'argent se retrouvent stigmatisés par leur impossibilité à dépenser. Les gosses en souffrent, ils comprennent difficilement qu'ils n'ont pas droit au bonheur de la consommation ».
« C'est vrai, certains parents dépensent plus qu'ils ne peuvent gagner pour offrir des jouets à leurs mômes. Mais ceux qui peuvent s'offrir un minimum de confort dans la vie condamnent bien vite ces gens qui, eux, ne disposent pas d'un confort minimum. Bien sûr, dépenser ses sous pour offrir des jouets à ses enfants ce n'est pas une priorité quand les factures d'eau et d'électricité ne sont pas encore réglées. Mais comment ne pas désirer ce que la publicité, la télévision, et les catalogues rendent désirable toute l'année, et quand durant toute l'année, il a fallu dire non aux tentations que les autres peuvent si facilement s'offrir. Sans compter les : Et toi, qu'est-ce que t'as eu à Noël ? et autres banalités qui rythme les rentrées des vacances de fin d'année.

Comment ne pas vivre comme une injustice toutes ces frustrations ? »
« La société est perverse, sadique : elle offre au regard mille objets de convoitise et en interdit l'accès par la sélection de l'argent. Le progrès ne vaut que s'il est partagé par tous ! Qu'ils prétendent. Le progrès vaut-il qu'on exclue des gens pour mieux avoir l'impression d'en profiter ? »
« On ne s'en rend jamais compte, mais les pauvres n'ont aucun choix possible. Ils subissent la dictature des marchands, du système, de l'argent ».
« L'argent permet de vivre là où l'on a choisi d'habiter, il donne accès aux biens les plus précieux : l'espace et le temps. Il permet de consommer des produits alimentaires sans restriction de qualité, de se chauffer, d'accéder au savoir, à la culture, aux loisirs. Qui peut s'offrir des vacances, du foie gras, le cinéma, le restaurant, Internet, des bandes dessinées, un petit pain au chocolat en sortant de l'école ? »
« Nous sommes dans une société de castes où seule une minorité d'individus s'élève économiquement, c'est une mécanique de l'espoir permettant la perpétuation de l'exploitation humaine par une classe sociale minoritaire qui se partage les richesses dans un jeu social inique ».
« Si un fils d'ouvrier peut s'élever dans la classe économico-sociale, c'est que l'espoir est permis, espoir dont le revers est la culpabilité, car coupable est celui qui ne s'élève pas : celui-là manque de courage et de volonté : c'est là l'idée implicite martelée dans les esprits par… l'éducation. Si tu ne réussis pas dans la vie, c'est parce que tu ne le mérites pas ! Conclusion : ferme ta gueule et subis en silence ».
« C'est un marché de dupes ».
Émile soulève la trappe et pénètre dans le grenier.
« Ce n'est pas de courage et de volonté dont manquent les pauvres gens, c'est de relations dont ils sont démunis. Et quand tout t'est toujours refusé parce que t'as pas le sou, ça finit par nourrir la haine en toi, ça donne envie de frapper, de tout casser… ».
Un bruit sourd monte jusqu'au grenier, comme un écho à ses pensées.
« Tiens ! Qu'est-ce que c'est ? »
Quelqu'un tambourine à la porte de la bouquinerie. Le verre vibre sous les coups de phalanges.
« Tant pis, les clients n'auront qu'à revenir, il faut que je retrouve ce

livre avant l'arrivée de Caroline ».
« Tiens ! Les cartons sont ouverts ».
Dans la boutique déserte, la sonnerie du téléphone retentit. Le son strident glisse sur les murs le long des escaliers.
« On dirait que quelqu'un a fouillé dans les cartons ».
Le combiné sonne toujours, mais Émile n'y prête pas attention. Ce qu'il vient de découvrir est pour le moins étrange.
« Quelqu'un a fouillé dans mes cartons, merde ! Qu'est-ce que c'est que cette histoire ? Et bien sûr, Le Nécronomicon a disparu... C'est ridicule ! ... non... c'est inquiétant ».
À l'autre bout de la ligne, quelqu'un insiste. C'est peut-être important, se dit fugitivement le bouquiniste.
« Concentre-toi, Émile, ton livre n'était pas de la même édition que celle que tu as vendue au gars qui s'est fait assassiner, alors que pouvait-il y avoir de différent entre celle que tu lui as vendue et celle qui se trouvait dans le grenier, soigneusement rangé dans un carton... fermé ».
Des coups de heurtoir résonnent à nouveau dans la boutique de livres anciens.
« Merde ! Pas moyen de se concentrer ».
« Ça y est ! Je sais, je sais ce qu'il y avait dans cette édition qui ne se trouvait pas dans celle que j'ai vendu au gars qui s'est fait dessouder : une gravure ».
Le téléphone reprend sa complainte digitale sous l'indifférence d'Émile.
« Il faut que je vérifie quelque chose sur le Net ».
« Pratique Internet, enfin, quand ça ne tombe pas en panne, là c'est la galère, surtout si vous avez besoin du Web pour bosser. Et il n'y a pas un fournisseur d'accès pour relever l'autre, ils sont tous aussi efficaces à pomper votre fric et tous aussi inefficaces à vous informer de ce qui se passe. Tu paies, tu fermes ta gueule et tu attends que le Web Technicien sorte ta fiche du casier : Problèmes à résoudre. C'est ça l'efficacité de l'économie de marché... à réduire au silence les plaintes du consommateur ».
Le bouquiniste s'installe derrière son bureau.
« Alors, voyons si on peut trouver ce bouquin ».
« Indisponible... indisponible... merde ! »
« Apparemment, personne ne le vend, Bon Dieu, si ça se trouve, j'étais

le seul à en avoir encore un. J'en trouverai peut-être encore un exemplaire sur AbeBooks, dans une autre édition que la mienne ».
« Merde ! Indisponible chez tous les bouquinistes en ligne ».
« J'étais bien le seul à avoir ce maudit bouquin, et dire que je l'ai vendu pour dix euros ».
Soudain, quelqu'un frappe à la vitre de la bouquinerie.

24

Derrière la vitrine de la boutique de livres anciens, rue de Gand, une jeune femme se tient immobile, souriante.
Dès qu'il l'aperçoit, Émile se lève.
— Attends... je t'ouvre ! dit-il en déverrouillant la porte.
— Bonjour... je suis un peu en avance, je ne te dérange pas au moins ?
— Non... entre.
« En fait, j'aurais bien aimé continuer mes recherches, il est tout juste midi, tu appelles ça être un peu en avance ».
— J'ai appelé, mais ça ne répondait pas.
« C'était donc toi la sonnerie de téléphone ».
— Excuse-moi, mais je faisais des recherches pour un client.
« Pourquoi faut-il toujours qu'on choisisse de mentir plutôt que de dire la vérité ? Ben, ça doit être parce que c'est plus simple, surtout quand on n'a pas envie de s'éterniser dans des explications qui amèneraient des questions sans fin, ouais, ça doit être ça... »
— Tu as déjeuné ?
— Non, mais il est encore tôt. Et toi ?
— Non... je t'invite si tu veux... comme autrefois.
« Ah ! Ça commence fort. Nostalgique, la petite Caroline. Il faut vraiment que je lui parle ».
« C'est pas toujours facile de dire la vérité à ceux qu'on aime, ou qu'on a aimés, on voudrait ne pas les faire souffrir. Non, ce n'est pas ça en fait, Émile, tu le sais bien. Si on aime quelqu'un, il faut trouver les mots, la manière de lui dire ce qu'on pense, ça permet à l'autre de grandir, pour peu qu'il ne se réfugie pas derrière ses frustrations ou dans l'illusion que l'amour c'est accepter l'autre comme il est, ça c'est une pure connerie. L'autre est toujours le réceptacle de nos projections, de nos illusions, de nos rêves. Cela n'enlève rien à la magie de l'amour, évidemment ».
— Le soleil s'est levé, fait-il remarquer en regardant vers le ciel. On pourrait en profiter pour manger dehors. Pas loin d'ici, il y a un café-brasserie, près des portes de Gand. J'y ai mes habitudes. Je vais souvent y boire un verre à la terrasse quand il fait beau.
— D'accord. Ça me va.
Émile ramasse ses clefs et ferme la boutique.

Dans la rue de Gand, il fait doux et les deux amants d'autrefois foulent de leurs pas les pavés difformes, encore humides, par endroits.
« Elle est toujours aussi jolie. Elle a coupé ses cheveux blonds, dommage. Allez Émile, la nostalgie c'est bon pour les romantiques... ou les vieux Casanova. Ne tombe pas amoureux d'un souvenir ».
— Ça me fait plaisir de te revoir, tu sais... Tu es toujours aussi mignon.
« Et toi, ma douce, ton sourire me fait toujours autant d'effet. Merde ! Ou bien je suis romantique ou bien je suis devenu vieux d'un coup. Ressaisis-toi Émile ».
— Ça n'a pas beaucoup changé ici, ces vieilles maisons, ces rues pavées, ça me rend nostalgique.
— Eh bien, prends garde de ne pas sombrer dans la nostalgie, les pavés humides ça te rappelle peut-être des souvenirs, mais c'est glissant. Quand on est trop rêveur on finit toujours par atterrir durement dans la réalité, et les pavés ça fait mal, crois-moi.
— Invariablement cynique à ce que je vois.
— Qu'est-ce que tu deviens, dis-moi ?
— Je suis toujours comédienne et éternellement seule... Et... mon père s'est tué... dans un accident d'avion, il y a quelques mois déjà.
« Merde ! Voilà une source d'information qui s'envole. Dommage ».
— Je suis désolé... comment est-ce arrivé ?
« Elle vient de te le dire, Émile, t'écoutes pas ou quoi ? »
— Il effectuait des recherches en Égypte pour le compte d'un américain... son avion s'est écrasé alors qu'il rentrait en France. Il avait fait une découverte importante, disait-il, il voulait m'en parler... il était excité comme un adolescent.
« Je me demande s'il est plus facile de partir que de rester et de pleurer ceux qu'on a aimés, qu'on aime encore, même si la mort les a emportés... »
— Il m'a laissé la maison de Morlaix... tu te souviens ?
— Oui... je me rappelle.
« Comment oublier Morlaix, Caroline. Comment oublier ton corps contre le mien dans la chambre du premier étage, si tu savais comme je t'ai aimée..., bon allez ! Arrête ça, Émile ».
— Tu as l'air pensif.
— Oui..., tu comptes t'installer à Morlaix ?
— Je ne sais pas, la maison est un peu grande pour moi toute seule.

Remarque, j'aurai de quoi lire pendant les longues soirées d'hiver. Tu te souviens de la bibliothèque ?
— Et comment, je crois que je n'avais jamais vu autant de livres de ma vie.
— On pourrait y aller un de ces jours, si tu es d'accord.
— Tu comptes vendre les livres ?
— Non... ce n'est pas à ça que je pensais.
Quelques chaises terminent de sécher au soleil autour des tables en plastique de couleur bleu marine sur la terrasse improvisée du petit café brasserie qui fait face aux Portes de Gand. L'endroit est désert. Les pavés et les façades trempés par l'averse matinale luisent encore d'humidité, le dieu Rê les réchauffe, eux aussi, doucement.
— Hum... on s'assoit ici, propose Émile.
— Oui, si tu veux.
« Si Caroline veut vendre les livres de son père, je pourrai toujours dire à Sophie que je vais là-bas pour affaires. Allez Émile, reviens à la réalité, compte jusqu'à neuf et... et méfie-toi, tu pourrais bien te retrouver quelques années en arrière... et cette fois, il n'y aura personne pour te réveiller ».
— À quoi tu penses ? demande-t-elle.
— Au passé... Je crois que plus nous vieillissons et plus le passé nous revient en mémoire, un peu comme un parfum oublié, c'est doux et triste en même temps. Je me sens un peu nostalgique, quoi.
— Moi aussi je pense souvent au passé ces derniers temps... Je pense à nous et ça me fait mal. Je me dis parfois que si j'avais été moins conne, je ne t'aurais pas laissé partir.... Je le regrette aujourd'hui.
« Je ne suis pas parti, c'est toi qui m'as quitté, Caroline, tu sembles l'avoir oublié. Amnésie romantique sans doute. C'est drôle comme les souvenirs semblent se réorganiser dans notre mémoire. Un peu comme une idée en entraine une autre. Mais les souvenirs ne sont pas le présent, parle-lui, Émile, maintenant... lève le voile. »
— Bonjour, qu'est-ce que je vous sers ? Demande la patronne qui a visiblement passé l'âge de la retraite, à moins que ce ne soit un effet des outrages du temps sur sa figure.
— Bonjour, pour moi ça sera un sandwich au crabe et une bière... dit-il, souriant.
— La même chose pour moi, ajoute Caroline.

La vieille femme s'éloigne, laissant derrière elle un silence ondoyant.
— Pourquoi m'as-tu appelé, Caroline ?
La jeune femme pince les lèvres qui s'étirent en un étrange rictus. Ses yeux s'illuminent, mais leur éclat brille d'une tristesse mélancolique. Elle se souvient qu'elle a aimé, elle sait à présent qu'elle est seule.
— Parce que je pensais à toi... parce que je suis seule... parce que je n'ai pas oublié.
« Parle-lui, Émile ».
— Tu es seule et tu te raccroches à tes souvenirs. Mais la vie nous a changés, Caroline. Nous ne sommes plus les amants que nous avons été. Se bercer de souvenirs ne nous aide pas à affronter la vie et ses réalités. Crois-moi, quand on est seul, quand on se sent perdu, il arrive souvent qu'on se raccroche à ce qu'on a connu de meilleur, on cherche à retrouver l'amour avec la personne qu'on a le plus aimée, on s'imagine être toujours amoureux... ce n'est qu'un souvenir. Ce n'est qu'une illusion.
— Je ne suis qu'un souvenir pour toi, un souvenir animé d'illusions ? dit-elle, amère.
— Tu es le meilleur de mes souvenirs, Caroline... je suis heureux de te revoir, la question n'est pas là. Tu sais, moi aussi je regrette de ne pas avoir quitté Catherine pour venir vivre avec toi, d'autant qu'elle m'a abandonné l'année suivante. Mais tout ça, c'est du passé.
— Je pensais que tu étais son grand amour.
— Oui... oui, tu sais le grand amour c'est quand on cristallise ses désirs romantiques, son idéal amoureux, comme disent les psychologues, dans l'image que nous renvoie l'autre, ça n'a d'autres effets que d'annihiler notre raison. Regarde les adolescents, quand ils sont amoureux, ils sont à côté de leurs pompes. C'est beau, mais c'est con.
— Pourquoi Catherine t'a-t-elle quitté ?
— Elle voulait avoir des enfants et... je ne pouvais pas en avoir... je suis... stérile. Le grand amour n'a pas résisté à son désir de grossesse.
— Je suis désolée.
— Ne sois pas désolée, ça n'en vaut pas la peine... tiens, voilà nos sandwichs, je crois.
La serveuse sexagénaire, vêtue d'un tablier maculé de taches de café, dépose les bières et les sandwichs sur la table de jardin. Ses talons claquent sur les pavés réchauffés par le soleil printanier. Il fait beau,

elle est souriante, Émile remarque alors qu'il lui manque une canine.
— Tu sais… l'amour… ce n'est pas ce qu'on croit, poursuit Émile.
— Et… c'est quoi selon toi ?
— Eh bien… on tombe amoureux d'une apparence… l'autre cristallise tous nos espoirs, notre image de l'idéal amoureux… La vie à deux se charge de décristalliser, de déconstruire si tu préfères, les projections que nous faisons sur notre partenaire. On réalise que l'autre n'est pas tout à fait comme on l'imaginait. Et si… on ne s'efforce pas de se découvrir, de se comprendre, de changer des choses en nous… l'amour meurt. Les petites souffrances que l'on s'inflige au quotidien nous font perdre des points d'amour, et quand le carnet est vide, l'amour est mort. Le carnet des frustrations est vite rempli et la rancœur s'installe. En réalité, l'amour… ça nous donne l'illusion de l'autre… l'autre n'est pas tel que nous le voyons.
— Tu n'es pas celui que tu parais être ?
Émile se remémore ce que lui a dit l'inconnu dans la boutique de livres anciens.
— Pas exactement. Tiens… dis-moi comment tu me vois.
— Tu as l'air équilibré, en forme… presque heureux. Et tu as réussi on dirait.
— Réussi ! Si c'est de la bouquinerie dont tu veux parler, sache qu'il est difficile d'en vivre, non seulement je ne gagne pas beaucoup d'argent, mais en plus je suis assujetti à une multitude d'impôts. Cela dit, je reconnais que la liberté dont je jouis est plus grande que celle du petit fonctionnaire que j'étais auparavant. Il n'y a pas de chef qui expérimente sur moi son petit pouvoir despotique. Tu sais, les chefs, c'est cool que quand tout va bien pour eux, quand ça se gâte, tu t'en prends toujours plein la gueule. Et puis, je ne supporte plus que quelqu'un d'autre décide à ma place de ce que je dois faire ou penser, comme si j'étais un crétin ou un gamin immature.
— C'est un pléonasme.
— Quoi donc, un gamin immature ?
— Oui, c'est le propre des enfants d'être immature.
— C'était juste pour forcer le trait.
— Tu aimes toujours les caricatures à ce que je vois.
— Oui… Je me souviens d'ailleurs avoir lu quelque part une étude sur les compétences… les individus ne restent pas longtemps dans un

emploi qui ne correspond pas à leur niveau.
— Qu'est-ce que tu veux dire ?
— Si ton boulot correspond à un niveau de compétence inférieur à tes capacités, tu désires accéder à un poste plus important, avec plus de responsabilités... et d'argent, évidemment. Et tu t'élèves dans la hiérarchie sociale jusqu'à ton niveau d'incompétence. L'étude démontre que ceux qui arrivent en haut de l'échelle hiérarchique pour y stagner sont, en fait, arrivés à leur seuil d'incompétence.
— On serait dirigé par des gens incapables de prendre les bonnes décisions, c'est ça que dit l'étude ?
— Exactement ! Enfin, presque.
— Si on y réfléchit bien, tu dois avoir raison. Mais comment se fait-il que personne ne s'en aperçoive ?
— C'est assez simple... ceux qui nous commandent sont ceux-là mêmes dont parle l'étude. Et puis, il reste les autres, les subalternes qui, eux, n'ont pas encore atteint leur seuil d'incompétence. Ceux-là font correctement leur boulot. Enfin, pourvu que le monde du travail ne se soit pas chargé de les dégoûter au point de n'être plus que des exécutants sans conscience.
— Et pour le reste ?
— Quoi le reste ?
— Tu ne m'as pas dit si tu étais heureux ou non, articule-t-elle en terminant son sandwich.
« Lui dire la vérité m'obligerait à prononcer des mots, des mots qui, une fois lancés dans la réalité, auront des conséquences en moi. Peu de gens en ont conscience, mais les mots sont nos vies, ils la construisent. Ils font vivre les choses en nous ou les tuent. Ils éveillent en nous la vérité, ils la font naître dans le réel. Ce qu'ils éveillent en nous est bien plus fort que l'émotion qu'ils provoquent en l'autre. Les mots possèdent une force symbolique dont nous ne soupçonnons pas l'étendue... »
— Tu ne veux pas en parler ? Insiste Caroline.
« Réveille-toi Émile, les souvenirs ne sont pas le présent, dis-lui que tu es heureux ».
— Je crois que je ne suis plus amoureux de Sophie, si c'est là où tu veux en venir.
— Et... Sophie... est-ce qu'elle est toujours amoureuse de toi ?

— Pour le savoir, il faudrait lui poser la question. Les apparences sont parfois trompeuses…
« Si tu savais comme je me sens seul parfois, quand on est amoureux tout a tellement plus de saveur, le soleil est toujours plus chaud, la vie est toujours plus belle, les sensations sont toujours plus fortes. Ce n'est pas l'habitude qui tue l'amour, ce sont les blessures qu'on s'inflige en silence… ce sandwich est excellent ».
— Je pars en Bretagne dans quelques jours… viens avec moi. Ça te changera les idées.
« Si tu savais comme j'aimerais partir avec toi, mais j'ai peur de me laisser emporter par mes souvenirs, tu es fragile, tu te raccroches à moi parce que je suis un souvenir agréable. Et moi j'ai envie de t'aimer pour les mêmes raisons ».
« Faire un choix n'est jamais facile. Choisir c'est exclure ».
— Tu viendras ?
— Que vas-tu faire en Bretagne ?
— Je dois voir le notaire… est-ce que tu viendras ?
— Laisse-moi un peu de temps pour y réfléchir et prendre une décision… Est-ce que tu veux un dessert ?
— Non… merci.
— Alors, si on allait boire un café chez moi ?
— Bonne idée.

25

Le temps n'existe pas.
Le passé, l'avenir ne sont que des projections humaines permettant de se repérer dans le cours des événements qui jalonnent notre existence.
La vie est un éternel présent, un instant qui durent dans notre conscience jusqu'à l'annihilation finale.
Jamais plus Caroline et Émile ne revivront cet instant, ils en sont conscients, et pourtant...
Dans l'ombre de son subconscient, le bouquiniste a comme une impression de déjà-vu. Comme si inlassablement, sa vie s'écrivait au hasard des conséquences causées par une histoire prédéterminée. Deux positions apparemment inconciliables.
Émile Tiembpont ne croit pas à la destinée, mais il ne peut se retenir de penser que sa vie s'écoule comme les pages d'un livre dont il n'écrit pas l'histoire. Dieu serait-il écrivain ? S'interroge parfois le bouquiniste. Et à chaque fois, l'idée lui paraît ridicule.
Pourtant, lorsqu'il est seul dans sa boutique de livres anciens, plongé dans la trame d'un roman, il ressent, comme une impression étrange, que les personnages sont vivants. Qu'il les fait vivre au fil des mots sur lesquels glisse sa raison, page après page.
Émile a d'ailleurs écrit lui-même un texte fort obscur sur une question qui l'a toujours intriguée et qui du reste n'a jamais été résolue : à quoi cela peut-il bien nous servir de dormir alors même que cela ne s'avère pas indispensable pour l'ensemble du règne animal.

26

Le soleil inonde le plancher aux lames inégales et ternies de la boutique de livres anciens de la rue de Gand. La machine à expresso qui repose sur un coin du bureau, tout près de l'ordinateur portable et de documents épars, diffuse une bonne odeur de café, embaumant les étagères surchargées d'ouvrages dont le cuir vieilli dégage lui aussi de ces subtiles fragrances qui immanquablement rappellent des souvenirs passés à ceux qui le manipulent.
Caroline, elle, n'a nul besoin de caresser la peau des livres anciens pour se souvenir, elle a le cœur nostalgique.
Pourquoi a-t-elle appelé Émile ?
Une intuition... Elle a senti qu'elle devait le faire, que c'était important. Pour quelle raison, elle l'ignore encore, mais les événements pourraient lui prouver que l'onde intuitive résonnait juste dans son cerveau.
Caroline quitte les étagères chargées d'histoires et vient rejoindre Émile qui la regarde, souriant, assis derrière son bureau.
Dans la rue de Gand, tout est tranquille, personne ne semble s'être levé des tables des restaurants qui pullulent dans le quartier. Tout n'est que silence et tranquillité avant la reprise des activités journalières... après un bon café.
— Alors, c'est ici que tu passes toutes tes journées. Parmi tous ces livres. Combien y en a-t-il au juste ?
— Je possède un peu plus de quinze mille ouvrages.
— Quinze milles... impressionnants.
— Oui... Un sucre ?
— Quoi ?
— Un sucre avec ton café ?
— Oui..., merci. Je peux ? dit-elle, en désignant les feuilles éparpillées près de l'ordinateur.
— Vas-y, assieds-toi.
« Les livres comblent ma solitude. C'est aussi bien que de boire des coups avec les copains en regardant un match de foot à la télé, en gueulant sa joie à chaque fois que l'équipe marque un but. Et c'est toujours mieux que d'aller travailler à l'usine ou dans un bureau. Un jour peut-être, je te dirai pourquoi je me suis exilé dans la solitude, si

j'arrive à m'en souvenir... »
— Yog Sothoth, qu'est-ce que c'est, le titre d'un livre ?
— C'est le nom d'un... démon.
— Un démon ! Tu ne fais pas partie d'une secte satanique, j'espère ?
— Les démons anciens n'étaient ni bons ni mauvais, du moins comme on l'entend aujourd'hui. Quant à Lucifer, si c'est lui que tu prends pour modèle démoniaque, n'oublie pas qu'il était le premier des archanges avant d'être banni par Dieu pour avoir transmis certains secrets aux hommes. Rien à voir avec le Satan guignolesque de la chrétienté.
— Tu t'intéresses aux forces du mal maintenant ?
— À Yog Sothoth en particulier.
— Qu'a-t-il de particulier ?
— Il est très ancien, peut-être un des plus archaïques du monde, et surtout, je ne parviens pas à trouver l'étymologie du nom, alors forcément, ça m'intrigue. Connais-tu l'histoire d'Abdul al-Hazred ?
— Non... qui est-ce ?
— Un poète arabe qui vivait au huitième siècle de notre ère, enfin, d'après la légende, à moins qu'il n'ait été une prêtresse d'un peuple dont on a tout oublié aujourd'hui. Mais la légende à laquelle Lovecraft se réfère...
— Qui ça ? L'interrompt la jeune femme.
— C'est un écrivain de récits fantastiques, précise Émile. Lovecraft dit qu'Abdul a été banni par son prince pour avoir courtisé l'une des femmes du harem. L'amour a toujours un prix, excessif la plupart du temps.
— Les femmes sont à l'origine de toutes les histoires d'amour.
— Oui... et de l'histoire avec un grand « H ». Abdul a donc été banni. Il s'est terré un temps dans les ruines de Babylone après un long voyage à travers le désert, toujours selon la légende, et c'est par hasard qu'il aurait découvert l'entrée des souterrains secrets d'une ancienne cité.
— Et que contenaient-ils de mystérieux ces souterrains ?
— L'histoire n'en parle pas vraiment en détail. Peut-être un trésor, plus sûrement un savoir ésotérique et sans doute quelque chose qui l'a poussé à s'exiler plus loin dans le désert d'Arabie. Il y est resté dix ans. C'est là qu'il a fait une rencontre qui allait changer sa vie.
— C'est là qu'il fait la connaissance de Yog-Sothoth ?
— Oui... Abdul s'enfonce dans le désert de l'Arabie Saoudite qu'il va

fouiller des années durant. Ces ruines sont de très anciennes cités oubliées et enfouies sous le sable et la rocaille, il va les explorer deux années entières avant de mettre au jour leur secret. Et c'est là qu'il fait une découverte étrange.
— Qu'est-ce qu'il découvre ? Mais tu ne m'as pas dit qu'il y est resté dix ans dans son désert ?
— C'est exact, deux ans d'exploration et huit années pour comprendre le sens de sa découverte.
— Et qu'a-t-il découvert ?
— Al Azif.
— Quoi ?
— Al Azif.
— Et… c'est qui cet Al Azif, un démon, lui aussi ?
— Non… un manuscrit ou plus exactement la copie manuscrite de très anciennes tables de pierre, gravées de signes mystérieux. Al Azif est le nom ancien du manuscrit. Il est plus connu sous le nom de Nécronomicon. La légende dit qu'il est relié avec de la peau humaine…
— C'est macabre.
— Probablement écrit à partir de pigments et de sang humain, entièrement recouvert de caractères indéchiffrables, de symboles et de dessins pour le moins inquiétants ou tout simplement étranges pour le non-initié. Certains disent qu'il aurait été écrit par Abdul lui-même d'après ces fameuses tables de pierre.
— Tu as lu ce manuscrit ?
— Non… très peu de gens ont eu la chance de le lire et la malchance de le comprendre. Il existe d'ailleurs certaines histoires dont celle d'un richissime inconnu qui parcourt les océans à bord d'un superbe yacht dans lequel se trouve un coffre-fort, un coffre-fort qui, selon les légendes urbaines, contiendrait un mystérieux trésor, peut-être un très vieux manuscrit renfermant des secrets qui ont le pouvoir de rendre fou celui qui parvient à les comprendre.
— Al Azif est un livre maudit ? articula Caroline.
— Oui… en quelque sorte. Il est arrivé des choses étranges à ceux qui ont pu déchiffrer ce livre.
— Des choses étranges… que leur est-il arrivé ?

27

Al Azif...

Al Azif était le terme utilisé par les Arabes pour désigner le bruit nocturne produit par les insectes et supposé être le murmure des démons. Al Azif est aussi le nom donné à un mystérieux manuscrit ayant le pouvoir de rendre fou celui qui tente de le déchiffrer sans y être préparé. De nombreux témoignages attestent de l'existence de ce livre maudit.
La légende dit qu'il fut composé par un poète dément, du nom d'Abdul Al-Hazred, originaire de Sanaa, au Yémen, vers l'an 700 de notre ère. Le manuscrit dans sa forme connue aurait été rédigé à Damas après la découverte de souterrains secrets dans les ruines de Babylone et de Memphis où l'arabe passa plus de dix ans de sa vie dans la solitude de ces vastes étendues désertiques appelées El Khaliyeh. On raconte que ce désert est habité par des esprits qui protègent le mal. Ceux qui prétendent y avoir pénétré disent qu'il s'y passe des choses étranges.
La mort du poète arabe est elle-même entourée de surnaturel. Son biographe, Ibn-Khallikan, raconte qu'il aurait été dévoré vivant en plein jour par un monstre invisible devant nombre de témoins horrifiés qui assistèrent impuissant au carnage des chairs déchiquetées.
Abdul Al-Hazred prétendait avoir visité l'antique Cité des Piliers, et avoir trouvé sous ses ruines les annales et les secrets d'une ancienne race, plus ancienne encore que l'humanité dont le Dieu se nommait Yog Sothoth. C'est de ces secrets qu'est né Al Azif.
Personne ne sait que devinrent les écrits de l'arabe dément.
Mais ce manuscrit sulfureux fut secrètement traduit en grec vers 950 de l'ère chrétienne par Théodorus Philetas de Constantinople. C'est Théodorus qui lui donna le titre de Nécronomicon.
Durant un siècle, à cause de ce livre, se déroulèrent des expériences terribles, de telle sorte que le manuscrit fut interdit et brûlé (pense-t-on), par le patriarche Michael.
Il ne fut alors plus question de ce livre maudit durant des siècles.
Mais en 1228, Olaus Wormius fit imprimer plusieurs copies en latin du manuscrit déjà ancien.
Le pape Grégoire IX, dit-on, l'aurait de nouveau fait interdire en 1232.

Mais on ne sait pas ce que devint ce livre maudit. Peut-être hante-t-il encore les souterrains du Vatican. Certains érudits le pensent.
Une autre copie se trouvait également à Salem en 1692, sans doute celle-là même qui se retrouva à San Francisco au début du XIXe siècle.
Certaines rumeurs attestent que le Dr John Dee aurait fait une traduction d'Al Azif, jamais imprimée, à partir de fragments des textes originaux.
D'ailleurs, des fragments du Nécronomicon seraient secrètement conservés par le British Museum et la Bibliothèque nationale de Paris, et qui peut dire si d'autres traductions ne sont pas détenues par des collectionneurs privés.
Tout comme le bibliothécaire Jorge Luis Borges de Buenos Aires, qui fut frappé de cécité après la lecture du livre maudit découvert dans la bibliothèque universitaire. Depuis lors, tous ceux qui tentèrent d'en arracher les secrets furent victimes du même mal étrange.
Le Nécronomicon existe, certains auteurs ont eu la chance d'en tourner les pages sans heureusement en comprendre le sens.
Le titre Nécronomicon signifierait, en langue grecque, cadavre (nekros), loi (nomos) et image (eikon). Une traduction littérale est cependant difficile à établir.
Ce livre renfermerait l'histoire de la magie et de la démonologie, un symposium sur les rapports entre la Terre et d'autres dimensions ainsi que l'histoire de Yog Sothoth sur lequel on ne sait pratiquement rien.
L'ouvrage contiendrait également les formules et incantations permettant d'accéder à d'autres espaces-temps.
Mais nombre de manuscrits tout aussi secrets et maudits existent, tels le livre d'Eibon ou les fragments Pnakotiques...

Notes retrouvées dans la maison de Morlaix après la mort de l'archéologue et professeur en langues anciennes : Paul Beauregard, disparu dans un accident d'avion.

28

Le soleil a presque disparu derrière les murailles des Portes de Gand. Caroline s'en est allée avec regret, laissant le bouquiniste aux prises avec ses démons.
— Bonsoir, dit Sophie en déposant son sac sur le divan. Ton après-midi a été bonne ?
— Oui… et toi, questionne Émile, cette conférence ?
— Intéressante.
« Je vais certainement hériter d'un trouble hystérique »
— Tu veux un verre ? propose-t-il.
— Oui, merci.
— Gin ?
— Avec du citron.
— Alors, raconte-moi, cette conférence, comment c'était ?
— Sais-tu que la plupart des gens s'imaginent que l'hystérie est une affection typiquement féminine…
« Oui, c'est aussi ce que je croyais avant ma séance d'hypnose chez le psy ».
— … Eh bien c'est typiquement masculin de le penser, mais c'est faux. En fait, certaines attitudes masculines ne sont rien d'autre que des comportements hystériques.
— Comme se saouler et parler aux clients du café en leur racontant ses exploits ou sa philosophie de la vie ?
« Ou se parler tout seul pour atténuer sa solitude. Comme toi, Émile ».
— Oui… et savais—tu qu'en fait, les crises d'hystérie sont culturellement déterminées ?
« Comme la plupart de nos comportements ».
— Raconte-moi, ça m'intéresse.
— Eh bien, c'est Charcot qui l'a découvert, et tout à fait par hasard d'ailleurs, en fait lorsque La Salpêtrière a été réaménagée pour les travaux d'extension de l'hôpital, Charcot a déménagé les hystériques dans les dortoirs des épileptiques, et il s'est aperçu qu'au bout d'un certain temps, les hystériques faisaient les mêmes crises que les épileptiques, tu vois ce que je veux dire ?
— Ils se roulaient par terre en bavant des litres de salive et en poussant des cris inquiétants.

— Oui, enfin, j'aurais pas dit ça comme ça. En fait, les hystériques ont fini par développer les mêmes symptômes que les épileptiques. Curieux, non ?
— En effet.
— Oui... mais aujourd'hui les hystériques souffrent plutôt d'hallucinations et de douleurs psychosomatiques, mais à l'époque de Charcot, ils développaient les mêmes symptômes que les épileptiques simplement parce qu'ils avaient été en contact avec eux et qu'ils s'étaient rendu compte, inconsciemment, que les symptômes épileptiques attiraient l'attention des médecins. Et c'est quand même le but de l'hystérie que d'attirer l'attention sur la souffrance qui ronge l'âme et l'esprit de ceux qui n'ont pas su ou pu exprimer leur douleur.
— Exact, c'est un processus inconscient.
— Oui... d'ailleurs, je me demande si tes douleurs dans le dos ne sont pas psychosomatiques, mon chéri. Mal de dos égal plein le dos... Peut-être que tu n'es pas heureux avec moi. Parfois, je me le demande.
— Non... tout va bien... je t'assure, j'aime la vie que je mène, même si elle est empreinte de solitude. Et puis depuis ma dernière séance d'hypnose, la douleur a complètement disparu.
« En réalité, je ne supporte plus le monde et je crois que les autres non plus ne me supportent plus. Je suis bien trop critique pour être apprécié. J'ai choisi de vivre selon ma pensée, je dois en payer le prix, accepter d'être incompris, rejeté aussi, même par ceux que j'aimais. Je ne peux ni ne veux changer le monde, du moins je ne le veux plus ».
— À quoi tu penses ?
— Que tu dois sûrement avoir raison..., mais ça va beaucoup mieux depuis quelque temps.
— En fait, je me demande s'il n'y a pas en toi des souffrances que tu n'as jamais exprimées... reconnais que tu as souvent l'air triste, sans parler de cette manie qui te pousse à toujours d'habiller en noir.
« C'est vrai que j'ai le cœur triste, certaines choses me font souffrir, d'ailleurs, je ne suis pas ce monstre de froideur que certains voient en moi, j'ai simplement fait un mauvais rêvé... la réalité m'a éveillé... le cynisme heureusement m'a sauvé ».
— Je ne suis pas très expansif, voilà tout.
— Je crois que tu es malheureux au fond. Peut-être qu'on devrait en parler.

« Je pourrais te raconter mes souvenirs d'enfance, la méchanceté de la directrice d'école, la bêtise de l'assistante maternelle, mes désillusions idéologiques, mes déceptions amoureuses. Ou peut-être ce jour où… »
— J'en ai discuté avec Annie, après la conférence. Les souffrances qui ne sont pas exprimées finissent toujours par trouver un chemin dans notre corps pour épuiser la tension qu'elles génèrent en nous. Ce n'est jamais bon de retenir ses larmes, sa révolte, devant les injustices.
— Je sais tout ça, Sophie, mais parfois les autres te l'interdisent.
« L'éducation pose beaucoup trop d'interdits sur nos désirs, et plus tard les adultes que nous sommes se refuseront eux-mêmes l'accès à leurs rêves, à leurs désirs, un peu comme toi, ma chérie, qui trouvais certaines pratiques sexuelles dégoûtantes, et qui as fini par les aimer quand le jugement moral a enfin laissé la place au plaisir et à la sensualité ».
— En fait, les douleurs du corps expriment souvent des souffrances morales, des conflits entre deux désirs qui sont inconciliables. Des choses qu'on s'interdit nous-mêmes alors qu'en fait on en aurait envie.
— La culpabilité est une maladie de civilisation, ma chérie, si la morale n'enfermait pas dans un carcan d'interdits nos pulsions sexuelles, nous serions moins névrosés.
— Je me demande parfois si ce que tu ne dis pas ne te rend pas plus triste.
« Ce que je ne dis pas me rend triste, mais je ne peux te dire ce qui justement me fait souffrir en silence, parce que tu souffrirais toi aussi de me voir ainsi et qu'entre ces deux souffrances, j'ai choisi la mienne, parce que tes larmes me seraient plus insupportables que le souvenir qui me ronge… »
— Tu ne dis rien, toi qui d'habitude as la parole facile.
— Il faut croire que j'ai plus de facilité pour le silence !
— Tu t'en sors toujours avec une pirouette quand ça te dérange.
— Ça ne me dérange pas, au contraire, j'aime beaucoup discuter avec toi.
— Pas quand c'est toi le sujet d'analyse, tu es plus loquace quand il s'agit d'analyser les autres, mon chéri, c'est ça, en fait, qui est énervant avec toi, c'est que tu ne te dévoiles jamais vraiment.
— Parler est parfois bien plus douloureux que de se taire, Sophie, surtout quand dire les vérités qui nous semblent essentielles ne

change rien. Parler, ce n'est pas simplement faire du bruit avec sa bouche pour le plaisir de s'écouter, les paroles qu'on lance dans le monde nous font exister ou nous détruisent lorsqu'elles ne prennent pas corps dans le réel. Les mots ont un pouvoir sur les choses.
— Qu'est-ce que tu veux dire au juste, tu pourrais être plus clair ?
— Oui... je vais essayer. Imagine une femme amoureuse... eh bien, tant qu'elle n'exprime pas son désir d'être aimée au principal intéressé, elle ne risque pas de se voir éconduite par l'homme qu'elle convoite... je dis un homme pour rester conventionnel...
— Viens-en au fait s'il te plaît !
— Si elle parle de son désir à celui qu'elle aimait jusque-là en secret et que ce dernier lui avoue qu'il n'est pas amoureux d'elle, l'amoureuse souffrira terriblement. Alors que si elle ne lui dit rien de ses sentiments, elle peut toujours espérer en secret qu'il l'aimera un jour. D'accord, elle souffre quand même, mais beaucoup moins que si elle devait renoncer définitivement à lui et à son espoir d'être aimée. Conclusion : parler est parfois bien plus douloureux que de se taire, surtout quand on prend le risque de perdre ce que l'on désire, y compris l'espoir.
— Je dois avouer que ta petite démonstration est convaincante. Mais ça ne répond pas à la question de la tristesse en toi, ou de ta difficulté à faire confiance, ton regard critique à l'égard des femmes et du monde en général me semble symptomatique, mon chéri.
« Touché ! Je fais difficilement confiance en effet, particulièrement aux femmes, mais cela n'a rien d'inexplicable ou de mystérieux, c'est juste... »
— Tu ne veux pas répondre ? Tu dis souvent que dans un couple c'est important de ne pas rompre la communication, tu dis aussi que vivre sans essayer d'agir en fonction de ce en quoi on croit, c'est vivre dans le mensonge et l'hypocrisie.
Émile ne trouve aucune réplique susceptible de contrecarrer les affirmations de sa femme. D'ailleurs, il n'en a pas vraiment le désir.
— Ton silence signifie-t-il que le mensonge et l'hypocrisie ne sont pas si faciles à écarter, même pour un idéaliste comme toi ?
— L'idéaliste n'est pas, à l'origine, le doux rêveur puéril et naïf qu'en a fait la socioculture. L'idéaliste, tel que l'entendaient les anciens, est celui qui pense le monde avec les formes multiples de la réalité pour en déterminer la plus efficace à engendrer le bien, non pour lui seul,

mais pour sa communauté, en cela l'idéaliste se rapproche du philosophe bien que le philosophe soit plus consciemment égoïste.
— Tu crois t'en sortir en philosophant, comme à ton habitude, mon chéri.
« À défaut de la vérité que tu réclames, je peux toujours te donner une demi-vérité, après tout, l'omission n'est pas mensonge ».
« Sauf quand elle est consciente, Émile ».
— Si je ne parviens que difficilement à faire confiance, en particulier aux femmes, c'est que j'ai de bonnes raisons, ou si tu préfères un bon gros traumatisme.
— Lequel ? Tu refuses toujours d'en parler.
Émile est assis sur un des fauteuils du salon, un verre de Gin à moitié plein à la main. Sophie, quant à elle, est installée dans le canapé, les jambes repliées sous elle. Son verre est vide. Elle fixe Émile avec intensité.
— Eh bien... après la mort de mon père, articule-t-il d'une voix sourde, ma mère était désespérée...
« C'est drôle, je ne parviens pas à me souvenir des sensations que j'ai vécues à ce moment-là, de la peur et de la colère que j'ai éprouvées quand... »
— Qu'est-il arrivé ?
— Ça s'est passé en automne... mon père était mort en mai, la même année...

29

Tout est calme dans la petite boutique de livres anciens de la rue de Gand.
Plongée dans l'ombre du soleil matinal, elle attend de recevoir les premiers clients de la journée.
Dehors, le ciel est un peu couvert, l'air est lourd comme avant un orage.
« J'ai mal dormi ».
« Après notre conversation d'hier soir, Sophie semblait bouleversée. Selon elle, le souvenir de l'assistante maternelle et plus tard celui de la directrice de l'école Branly, n'ont fait que s'associer au traumatisme pour le renforcer. Elle a sans doute raison : cela explique ma méfiance à l'égard des femmes et mon esprit critique sur les motivations des hommes. Et finalement mon isolement, ma solitude ».
Soudain la porte de la boutique s'ouvre, faisant tinter la clochette de cuivre accrochée au-dessus du chambranle. Un homme d'allure sombre avance sur les lames du plancher encore souillé des pas des clients de la veille.
« Allons bon ! Qu'est-ce qu'il me veut encore celui-là ? »
— Monsieur Tiembpont, je vous avais dit que nous nous reverrions.
— C'est toujours un plaisir de vous recevoir, Lieutenant.
— Ce n'est pas par plaisir que je viens vous voir, Monsieur Tiembpont, ne peut s'empêcher de répliquer le policier, l'air agacé.
« Évidemment, on a parfois de ces expressions à la con ».
« Qu'est-ce que ça va être aujourd'hui, encore une disparition, un nouveau meurtre sanglant, une affaire de livre maudit... »
— Reconnaissez-vous cette personne ?
Mégrais tient une photo polaroïd entre ses doigts.
« Émile, tiens-t'en à la vérité, ça sera plus facile de la détourner le moment venu... si nécessaire ».
— Oui, enfin, façon de parler. Elle est passée hier, peu après votre visite. Elle était trempée...
— Que vous a-t-elle dit ?
— Elle voulait savoir si je connaissais son petit ami...
Et que lui avez-vous dit ?
— À peu près la même chose qu'à vous, lieutenant. Et je n'ai pas la moindre idée de ce qui lui est arrivé, ni pour quelle raison son cadavre

était… enfin, inutile de parler des détails.
Des bruits de pas résonnent dans l'escalier.
— La signification des marques…
— Chéri ! Oh pardon, s'excuse Sophie. Je ne savais pas que tu étais occupé.
Comme à son habitude, Sophie a brusquement fait irruption dans la bouquinerie.
— Chérie, je te présente le lieutenant Mégrais, de la police criminelle. Lieutenant, voici ma femme.
— J'ai toujours pensé que les policiers avaient un faible pour les polars, est-ce vrai lieutenant ?
« Sacrée Sophie, tu n'en rates jamais une ».
— Pour ma part, Madame, j'ai très peu le loisir de lire autre chose que des rapports.
— Le lieutenant Mégrais est là pour le travail, ma chérie, non pour acheter des livres.
— Que veux-tu dire, il s'est passé quelque chose de grave ?
— Ne t'inquiète pas, chérie, le lieutenant fait une enquête de routine sur la disparition d'une jeune femme, il se trouve qu'elle est venue hier...
— Qui vous a dit qu'elle a disparu ? L'interrompt le policier.
« Grosse gaffe, Émile ».
— Mais vous, lieutenant, il y a à peine une minute, juste avant que mon épouse ne débarque… je veux dire… n'arrive.
— Pourriez-vous passer à mon bureau pour établir votre déposition, Monsieur Tiembpont, disons en début d'après-midi ?
— Oui, d'accord.
— Voici ma carte, dit Mégrais d'un geste sec.
— Alors, disons quatorze heures trente, lieutenant.
— Quatorze heures trente, c'est parfait.
Émile et sa femme saluent le policier atypique au physique ingrat qui déjà tourne les talons. La porte vitrée s'ouvre et se referme en faisant tinter la clochette de cuivre accrochée sur l'encadrement de bois. Chaque jour, la peinture s'écaille davantage sous l'effet du temps et des secousses que les clients lui infligent à chaque passage.
— Ce type me fait froid dans le dos, il a l'air d'un gangster.
— Oui, je suis d'accord avec toi, répond Émile, ça doit être le métier

qui veut ça.
Sophie affiche une moue dubitative, tout cela lui paraît suspect.
— Tu connaissais cette fille qui a disparu ?
— Non… je l'ai vue pour la première fois hier après-midi, ment-il.
— Pourquoi est-elle venue te voir ?
— Son ami, lui aussi a… disparu.
— C'est étrange tous ces gens qui disparaissent, dit-elle, songeuse.
— Oui… c'est inquiétant. Chaque année, des milliers de personnes se volatilisent dans la nature sans qu'on sache vraiment ce qu'il leur arrive.
— Que crois-tu qu'il leur arrive ?
— La plupart du temps, il s'agit d'enlèvements ou d'assassinats, voire les deux. On retrouve leur corps par hasard lors de travaux d'excavation ou dans un fossé aux abords d'une départementale. D'autres disparaissent sans laisser de trace, ceux-là sont les plus nombreux. La science officielle ne veut toujours pas l'admettre, mais des expériences menées par les États-Unis depuis les années trente pourraient pourtant fournir une explication logique. J'ai lu quelques articles là-dessus…
— De quoi tu parles ?
— C'est un peu… compliqué. Tu préfères la conclusion, directement, ou bien que je te raconte l'histoire là où elle a commencé ?
— Hum… c'est plus excitant si tu fais durer l'attente.
— Oui… Les faits remontent au début du vingtième siècle avec Tesla. C'est un mathématicien, un physicien aussi. C'est un homme brillant qui déposera pas loin de neuf cents brevets ayant trait à la production et l'acheminement de l'énergie. Mais en France, personne ne s'intéresse à ses travaux. Edison lui propose alors de venir travailler pour lui en Amérique. Tesla accepte et Edison l'engage pour résoudre les problèmes qu'il rencontre dans l'installation et la distribution de son réseau électrique qui produit du courant continu. Celui-ci tombe souvent en panne et provoque de nombreux incendies dans la ville où a été construit le dispositif, mais les deux hommes finissent par se fâcher…, pour une histoire de sous.
— Les mecs se brouillent toujours pour de l'argent ou pour une histoire de fesses, réplique Sophie.
— Là, c'était pour des sous. Edison aurait promis une forte prime à Tesla s'il résolvait un certain nombre de problèmes concernant le

courant continu. Tesla aurait résolu l'équation, montrant, par ailleurs, la supériorité du courant alternatif sur le courant continu, mais Edison ne l'aurait pas payé...

— Viens-en au fait, chéri.

— Tesla se fâche et quitte son boss. Il développe le courant alternatif grâce à un investisseur américain et Edison perd le marché... Et, sais-tu comment Tesla l'a remporté ?

— Cette digression n'est pas mal placée dans ton récit, ça risque d'obscurcir ton histoire, non ?

— Non... écoute ça. Tesla apportera la preuve de la supériorité du courant alternatif en démontrant la terrible efficacité de la Chaise électrique.

— Très drôle, fait-elle, exaspérée.

— Tu trouves ?

Sophie se contente d'un regard pour signifier qu'il ne s'agissait que d'une expression et qu'elle ne rigole pas avec la peine de mort.

— Bref... Tesla obtient finalement un poste au sein de l'US Army ou un département de recherche lié à la Marine américaine qui s'intéresse à ses travaux. Il est nommé directeur de projet et il démontre, mathématiquement d'abord, qu'un champ magnétique suffisamment puissant et synchronisé à celui de la Terre, peut rendre invisible au radar de l'ennemi n'importe quel appareil militaire d'observation ou d'attaque.

Émile est tout à son récit quand un client potentiel, vêtu d'un complet bleu marine, pousse la porte de la bouquinerie, faisant tinter avec légèreté la clochette de cuivre. Il salue poliment Émile et Sophie qui discutent près du bureau.

L'homme porte des lunettes à monture métallique. Brun, cheveux courts, l'air affable. Il se dirige vers les rayonnages de livres anciens sans écouter, apparemment, la conversation du bouquiniste et de sa femme. Ses pas font à peine craquer les lames du plancher tant il semble se déplacer avec fluidité.

— Qu'est-ce que je disais déjà... ah oui... on est dans les années 1930 et Tesla construit de gros générateurs, assez puissants pour se synchroniser avec le champ magnétique terrestre et entrer en résonance avec la masse de la Terre. C'est l'armée qui paie les dépenses.

— Et ça marche ?
— Bien au-delà de ses espérances. Tesla réussit à faire disparaître, durant plusieurs minutes, un petit croiseur américain amarré dans la rade du port qu'il a équipé de générateurs électromagnétiques disposés sur le pont du bâtiment.
— Disparaître ?
— Oui, il disparaît et réapparaît au bout de quelques minutes.
— Incroyable !
— Le croiseur est pourtant devenu invisible durant plusieurs minutes et chez les militaires c'est l'enthousiasme. Du coup, Tesla obtient des crédits illimités pour développer ses recherches. L'objectif des Américains est de rendre invisibles les navires de guerre et leur équipage.
— Tu veux me faire croire que dans les années trente, les Américains réussissent à faire disparaître des bateaux gros comme des buildings en leur jetant des petits rayons électromagnétiques ?
L'homme au complet bleu marine se tourne alors vers Émile et Sophie.
— C'est pourtant ce qui s'est passé, Madame. Pardonnez-moi, je n'ai pu m'empêcher d'entendre votre conversation, et, si vous me permettez, ce que dit Monsieur est authentique…
— Monsieur est mon mari, croit utile de préciser sa femme.
— Enchanté, je m'appelle David Hilbert, je suis informaticien.
— Émile Tiembpont, bouquiniste.
— Tu disais, chéri ? intervient alors Sophie dans une attitude hautaine déplacée.
— Euh, je ne sais plus.
— Les Américains deviennent invisibles, reprend Sophie d'un air moqueur.
— Oui… donc Tesla est chargé de développer le projet, mais contre toute attente, il quitte le département de recherche de la marine américaine. Apparemment, il aurait découvert quelque chose d'assez inquiétant en étudiant les effets produits par l'émission des champs magnétiques.
— Qu'a-t-il découvert de si inquiétant qui l'oblige à partir ?
— Je ne sais pas…
— Permettez que je vous éclaire sur ce point ? intervint Hilbert qui s'est sensiblement rapproché du bureau. Tesla pense que soumettre des

êtres humains à un champ magnétique intense aura des répercussions sur leur organisme, et, de fait, cela est prouvé aujourd'hui. Les champs électromagnétiques ont un tas d'effets secondaires sur le cerveau de l'homme, des effets très étranges pour tout dire. Mais poursuivez, Monsieur Tiembpont, je vous prie.
— Je vois que vous connaissez, vous aussi, cette histoire, mieux que moi, apparemment.
— Je la connais, en effet, ajoute Hilbert d'un ton faussement modeste.
— Oui… le projet va végéter encore quelques années dans les dossiers secrets de l'armée américaine. Puis il est confié à un autre scientifique, moins scrupuleux celui-là. Et une nouvelle fois, le navire qui a spécialement été équipé avec des générateurs électromagnétiques plus puissants que la génération précédente, disparaît littéralement. Il disparaît quatre heures durant, quatre heures durant lesquelles les responsables de la marine américaine paniquent, car ils n'ont aucun moyen de communiquer avec l'équipage qui a disparu avec le navire.
— Et que s'est-il passé ensuite ?
— Au bout des quatre heures d'efforts nécessaires pour rétablir la connexion, le croiseur réapparaît enfin. Une équipe médicale monte à son bord et là, ce qu'elle y découvre est à la fois fantastique et…
— L'équipage s'est métamorphosé en une bande de crapauds à pulls rayés ? L'interrompt sa femme.
— C'est presque aussi horrible, réplique Émile.
— Il leur a poussé une trompe à la place du nez ? Ironise Sophie.
— Il semble, ma chérie, que ce soit plus facile pour toi de croire à l'astrologie qu'à une expérience scientifique. Pourtant…
— L'astrologie est une science, mon chéri.
— L'astrologie est une ineptie, un prêt à penser l'avenir pour tous ceux qui sont désespérés ou n'ont pas le courage de s'interroger sur les conséquences de leurs actes, ce qui, à mon sens, est plus instructif que d'attendre que tombe du ciel une définition toute faite de qui on est vraiment et de notre destinée. Mais bon, le désespoir parfois…
— Tu dis ça parce que tu ne supportes pas que quelqu'un, ou quelque chose, puisse te dicter ta conduite, mon chéri. Je reconnais bien là ton esprit rebelle.
Hilbert assiste à la scène sans en éprouver de gêne, au contraire, la petite altercation verbale semble beaucoup l'amuser, même si son

sourire affable n'en laisse rien paraître.
— Soit… veux-tu tout de même entendre la fin de l'histoire ?
— Oui, je suis curieuse de savoir quel est le lien entre le fait que des milliers de gens disparaissent chaque année à travers le monde, sans laisser la moindre trace, et les rayons magnétiques de l'armée américaine.
— Merci d'avoir replacé la conversation à son point d'origine, ma chérie, je suis sûr que Monsieur Hiblerte t'en sera reconnaissant.
— Hilbert, rectifie l'homme, mon nom c'est Hilbert.
— Pardonnez-moi d'avoir écorché votre nom.
— Il n'y a pas de mal, dit-il, affable.
— Alors, finalement, en quoi se sont transformés tes fameux marines ? Reprends Sophie, l'air goguenard.
— Certains marins faisaient corps avec le blindage du navire, carrément incrustés dans la paroi métallique… vivants. Leurs cellules avaient fusionné avec les atomes de l'acier. L'un d'eux avait la main prise dans la cloison du poste de pilotage, il a dû être amputé sur place.
— Tu rigoles. Tu es sûr que ce que tu me racontes est vraiment arrivé ?
— Oui... d'après ce que j'ai lu de l'expérience de Philadelphie, précise Émile. Les marins étaient complètement désorientés, comme des enfants perdus dans la foule, la plupart d'entre eux ont d'ailleurs été internés en hôpital psychiatrique, un hôpital militaire, évidemment. Certains étaient pris de violents vomissements ou disparaissaient et réapparaissaient partiellement à intervalle régulier. Tu imagines les effets que cela produisait sur leur mental. D'autres s'enflammaient spontanément sans pour autant être brûlés vifs. Un petit nombre de marines a définitivement disparu dans une autre dimension. Après ça, la plupart des hommes d'équipage encore en vie sont devenus fous ou sont morts…
— D'accord, admettons l'invraisemblable, mais quel lien avec les disparitions ? s'énerve soudain Sophie sans raison apparente.
— Il est assez simple, ma chérie. Des perturbations du champ magnétique terrestre pourraient fort bien désintégrer des gens ou les envoyer dans l'espace… ou le temps… En clair, il se pourrait que des modifications ou manipulations des champs électromagnétiques les projettent à travers l'espace-temps sans jamais leur donner la possibilité de revenir.

— Si je puis me permettre, intervint alors l'informaticien, l'histoire ne s'arrête pas là.
— Hum... que savez-vous d'autre à propos de cette expérience ? Questionne Émile afin de ne pas paraître discourtois.
— L'expérience a de nouveau été réalisée en 1984, sous le nom de Project Phoenix. Elle n'a jamais été reconduite après cela, à ma connaissance. Ce qui se produisit alors fut assez déconcertant.
— Ah.
— Oui. Souvenez-vous du croiseur qui durant quatre heures avait disparu, celui de l'expérience qui s'est déroulée en 1943, pendant la guerre, si ma mémoire est bonne, après que Tesla ait quitté l'US Army... Eh bien, le navire qui avait disparu cette année-là s'est matérialisé en 1984, quarante ans plus tard, ou presque.
— Nous sommes en pleine science-fiction, ironise Sophie.
— Et pourtant, cela est vrai, chère Madame. L'expérience a démontré ce qu'Einstein avait pressenti, c'est-à-dire la relativité de l'espace et du temps. Le navire et l'équipage de la marine américaine ont tous deux traversé cet espace-temps dont parlait Einstein pour ne citer que le plus célèbre des scientifiques ayant exploré cette voie. Car en modifiant autour du croiseur la structure magnétique de la Terre lors de l'expérience de Philadelphie, un vortex a été ouvert sur l'espace et le temps. Et croyez-moi, cela se produit naturellement tous les vingt ans en moyenne, bien que la cause n'en soit pas connue. C'est d'ailleurs durant ces périodes que l'on aperçoit le plus d'O.V.N.I. dans le ciel.
— Des OVNI ?
— Oui, chère Madame. Et ne vous imaginez pas que ces observations ne datent que de notre siècle, oh non, de tous les âges et à travers toutes les civilisations, des témoignages existent sur l'apparition d'êtres venus d'ailleurs voyageant dans des machines volantes. On retrouve ces légendes dans les cultures Maya, Égyptienne, Tibétaine, dans les légendes Dogons...
— Oui... eh bien ce n'est pas que je m'ennuie, la conversation est intéressante, mais il me reste un million de choses à faire. À tout à l'heure, chéri, je vais me rematérialiser dans la cuisine. Monsieur Huiblert...
— Hilbert, chère Madame, Hilbert.
— Pardonnez-moi.

— Il n’y a pas de mal.
Sophie disparaît derrière la porte de communication entre la boutique et l'appartement. Ses pas résonnent dans l'escalier un court instant.
— Votre épouse ne semble pas croire à cette histoire.
« C’est là une bizarrerie chez Sophie. Elle peut croire aux horoscopes et aux prédictions des voyantes, mais elle rejette les mystères du monde ».
— Non, en effet.
— Et vous, cher Monsieur, croyez-vous aux O.V.N.I. ?
« Oups ! Si je dis oui, j’en ai pour des heures à m’en défaire, si je dis non, il va essayer de m’en convaincre ».
— Et bien, j’ai un rayon plein de ces histoires, là sur votre droite, je vous invite d’ailleurs à y jeter un coup d'œil, il se pourrait que vous y trouviez quelques livres intéressants.
— Malheureusement, je crois avoir tout lu sur le sujet.
— Vraiment ?
— Je vous l’assure, du plus sérieux au plus farfelu. À ce propos, connaissez-vous la théorie de la terre creuse ?
« Il ne me manquait plus qu’un spécialiste en bizarroïde ».

30

Al Azif — Extrait d’un fragment du Nécronomicon.

[...]

Deux arbres millénaires ceinturent un cercle de pierres gravées de runes dont la signification m’échappe. Peut-être sont-elles sans rapport avec les présences qui hantent les lieux, signes d'un culte d'anciens habitants de la région aujourd'hui disparus.

Plus loin sur la route, un pont de jade enjambe une mince rivière. C'est en la descendant vers les collines que le voyageur pénètre dans une sombre forêt. En affronter les multiples dangers demande un courage et une chance remarquables. Car la forêt fait partie de ces parcelles des contrées reliées avec d'autres lieux encore plus formidables. Des recoins de l'univers oubliés du regard de tous.

Malheur à celui qui devrait les affronter sans s'y être préparé. C'est pourquoi je me réjouissais en la traversant de m'être placé auparavant sous la protection du Grand Messager. Son signe est une protection toute puissante contre de tels ennemis. Il est connu et redouté aux quatre coins de l'univers.

Au sortir de la forêt, le voyageur n'a plus besoin de quelconques indications pour s'orienter. La colonne de pierre s'élève au sommet d'un pic et semble luire malgré son manque de couleur. Elle domine l'ensemble de la vallée de sa présence maléfique.

Le reste du voyage ressemble à une quête sans repos guidée par la présence hypnotique du monolithe. Des jours entiers de marche sont nécessaires pour l'atteindre.

La tour possède un diamètre cyclopéen. Sa surface est étrangement lisse et semble indifférente à l'empreinte du temps. J'imagine qu’elle existe en fait dans plusieurs univers. En effet, depuis sa base, le paysage de la vallée semble disparaître. Il est remplacé par des dizaines de visions différentes et chacune est une porte sur des milliers d'univers merveilleux. Lorsqu'il doit quitter la tour, le voyageur ne sait pas vraiment où il va se rendre. Cela peut être dans un lieu merveilleux ou dans un endroit bien plus maléfique habité par des créatures innommables.

J'ai aperçu de tels mondes en scrutant l'horizon depuis la tour. J'ai même cru reconnaître des lieux interdits. Leur seule vue me glaçait le sang et l'idée même de devoir quitter la terrible tranquillité de la tour m'était insupportable.
Cette dernière est intégralement recouverte de runes énigmatiques. En fait, les inscriptions sur la tour ne sont autres que des messages laissés par des voyageurs tels que moi, mais venus de bien des endroits étranges et différents.

[...]

31

Quelques heures plus tard.
— Monsieur Tiembpont ? Interpelle un officier de police.
— Oui, confirme l'intéressé.
— Le lieutenant Mégrais va vous recevoir, suivez-moi, je vous prie.
« J'espère qu'on n'en aura pas pour des heures. Cet endroit est sinistre, ça doit faire au moins cent ans que les murs n'ont pas été repeints. J'ai beau m'être préparé à l'interrogatoire, j'ai les tripes qui gargouillent. Peut-être que je devrais lui parler de la fille ».
« Non... non, pas pour le moment, et puis, je suis trop impliqué maintenant qu'elle a disparu... D'un autre côté, je devrais quand même lui parler de ce qu'elle m'a dit à propos de... »
— Ah... Monsieur Tiembpont, l'accueille Mégrais en le prenant par l'épaule. Entrez... asseyez-vous confortablement, je reviens dans un instant.
« Il se paie ma tête ou quoi ? Installez-vous confortablement, installe-toi confortablement sur la chaise en bois, Émile, une chaise à barreaux, histoire de te mettre dans l'ambiance. On dirait une visite chez le docteur... déshabillez-vous, j'arrive ».
Le regard du bouquiniste se pose sur le bureau désuet du lieutenant.
« J'y crois pas... il fume la pipe. Une bonne vieille pipe en écume de mer, posée délicatement dans un gros cendrier de marbre. Il doit sûrement écraser les doigts des suspects avec ».
Le cendrier en poussière de marbre ambré est sculpté sur le pourtour d'une danse macabre où des squelettes se déhanchent, rappelant que le tabac conduit parfois au cimetière avant l'heure prévue.
La chemise cartonnée de couleur rouge qui repose sur le sous-main de cuir élimé, accentue encore l'ambiance criminalistique de la rencontre entre le petit bouquiniste de la rue de Gand et le policier de la Crim.
« Le dossier rouge doit certainement être celui du gars qui a été assassiné. On se croirait dans un roman de Simenon, Quai des Orfèvres, Quai des Brumes. T'es tombé dans un vrai polar, mon p'tit Émile ».
— Bien... à nous maintenant, annonce Mégrais en reparaissant dans son bureau.
« Dans deux minutes, y me balance le spot de sa lampe de bureau dans la gueule, me menotte aux pieds de son bureau et me tabasse pour me

faire avouer le meurtre du colonel Moutarde dans le salon avec le chandelier ».
— Si nous reprenions depuis le début, Monsieur Tiembpont.
— Je vous écoute.
« Et j'allume ma pipe, et je m'installe confortablement dans mon fauteuil, le regard inquisiteur. C'est sûr que je dois avoir l'air mal à l'aise, assis sur ma chaise mal équarrie. Décontracte-toi, Émile, décroise les bras ».
« Bordel, je sais pas quoi faire de mes mains ».
Mégrais tire sur sa pipe, faisant rougir le tabac comme les braises d'un feu de bois. Des volutes fantomatiques s'élèvent jusqu'au plafond jauni par le temps et l'âme consumée des nombreuses feuilles de tabac, une plante exotique victime des habitudes tabagiques et néfastes des policiers qui se sont succédé des décennies durant dans le bureau grisâtre du lieutenant de la Criminelle.
— J'espérais, pour tout dire, que vous me raconteriez ce que vous savez sur le meurtre de ce jeune homme.
Mégrais tend une main blafarde et ouvre le dossier rouge posé devant lui, éparpillant quelques photos morbides sur le bureau.
« Merde ! J'espérais qu'il m'aurait épargné les clichés, c'est horrible de finir comme ça... pire que la dissection des grenouilles en classe de sciences nat. »
— Alors ?
— Hum... Comme je vous l'ai dit, cet homme est venu pour m'acheter un livre, le Nécronomicon. Apparemment, il le cherchait depuis longtemps parce que, tout de suite, il me l'a demandé en entrant. Je lui ai vendu celui que j'avais en boutique, évidemment.
« Je me souviens aussi qu'il me regardait d'un air étrange, et il y avait ce couple, dehors, derrière la vitrine... »
— Quand était-ce ? Voulut savoir Mégrais.
— Il y a deux jours, je crois.
— Quelle heure était-il ?
— Je ne sais pas, dix heures peut-être. Il est arrivé dans la matinée, ça, je m'en souviens.
— Il ne vous a rien dit de particulier ?
— Non.
— Vous ne l'aviez jamais vu auparavant ?

— Non.
— Et les marques ?
— Quoi, les marques ?
« Bon Dieu, j'ai mal au bide. Calme-toi Émile ».
— Celles qui couvrent le corps de la victime ?
— Sous le sang, c'est difficile d'en deviner les contours.
« Je suis cynique… je sais, mais j'ai trouvé que ça à lui répondre ».
— Voici quelques gros plans, Monsieur Tiembpont… y distinguez-vous quelque chose qui vous évoquerait certains souvenirs ?
« Pauvre garçon, son corps est couvert de signes. Ça n'a pas l'air d'émouvoir Mégrais. Il me regarde en fumant sa pipe, ce genre de scène ne l'impressionne plus. Je sens son regard sur moi, allez Émile, concentre-toi ».
— Les marques, je veux dire les signes, ressemblent à du grec. Je ne sais pas lire le grec, mais je connais quelqu'un qui pourrait vous traduire ça.
« C'était le père de Caroline, mais il est mort… Alors pour la traduction… »
— Certaines inscriptions sont en latin, précise le lieutenant, la pipe entre les dents. Regardez, là, ici sur les épaules de la victime. Et ici, sur les cuisses, c'est de l'arabe. Celui qui a tracé ces signes est un érudit.
— C'est un malade, lieutenant. Seul un déséquilibré peut faire ça à un homme.
« Pas très convaincante ta tirade, Émile ».
« Bon Dieu j'ai mal au bide. On dirait que ses yeux me fouillent, à l'affût des moindres de mes réactions ».
« Allez, Émile, détends-toi ».
— Détrompez-vous… beaucoup d'hommes, que vous jugeriez ordinaires… de bons pères de famille en somme, commettent parfois d'horribles crimes… Les plus grands meurtriers sont des hommes comme vous et moi, Monsieur Tiembpont, du moins ce ne sont pas des monstres, mais je vous accorde que c'est dérangeant pour l'esprit d'admettre que le commun des mortels est capable de telles atrocités. Cependant, il n'est nullement besoin de recourir à l'existence du mal pour justifier cette sauvagerie, l'homme est à lui seul une explication suffisante.
« Bon Dieu, j'ai évité son regard, il s'en est aperçu, je l'ai senti ».

« Calme-toi Émile, soutiens son regard, montre-lui que tu n’as pas peur, tu n’as rien à te reprocher après tout, enfin, ça c’est ce que tu dois réussir à lui faire croire ».
— Avez-vous fait traduire ce qui est écrit sur le corps de ce malheureux ? Interroge Émile.
« Ce petit lieutenant est redoutable, il est en train de me calculer, il a le regard d’un prédateur et c’est moi sa proie ».
— Oui, en partie... la même phrase revient plusieurs fois dans les trois langues.
— Que dit-elle ?
— Pour le moment, il n’est pas utile que vous le sachiez. Parlez-moi plutôt de ces inscriptions, les aviez-vous déjà vus avant aujourd'hui ?
Le bouquiniste hésite à répondre, mais le mensonge représente un risque plus grand qu'une demi-vérité qu'il peut aisément manipuler.
— Eh bien... oui.
« Il se frotte le menton, c’est mauvais signe, Émile, il a senti quelque chose... la fille... il sait, je parie qu’il sait déjà pour la fille ».
— Pouvez-vous me dire où, et dans quelles circonstances ?
— Dans un livre, enfin des fragments.
« Si la jeune fille a dit vrai, il n’y a qu’un seul moyen de savoir ce qui s’est réellement passé... c’est d’aller là-bas. Mais si elle avait menti, si elle cherchait simplement à m’attirer dans un traquenard... qu’on retrouve mon corps, dénudé, couvert de signes kabbalistiques ? »
— Dans un livre ? insiste le policier.
— Oui.
— Lequel ?
« Les questions sont courtes, implacables, il te pousse tout doucement dans l’impasse, Émile, méfie-toi ».
— Un livre très ancien, un manuscrit pour être exact, il n’en existe plus aucun exemplaire... à ma connaissance.
— Avez-vous ce livre, ce manuscrit, en votre possession ?
— Non... non, lieutenant, je viens de vous le dire. Mais je connaissais un homme qui en avait découvert quelques fragments.
— Qui est-il ?
— Il est mort.
« Il va s’apercevoir que ma réponse biaise sa question ».
— Quand ça ?

— Il y a longtemps
« Il s’est enfoncé dans son fauteuil, le cuir craque, il dodeline de la tête en tirant sur sa pipe, il ne te croit pas, Émile, il sent que tu lui racontes un bobard. Respire Émile, respire… respire cette bonne odeur de tabac chaud ».
— Et les fragments du livre, du manuscrit ?
— Enterrés avec lui sans doute.
— Voilà qui est fâcheux… Parlez-moi de la jeune fille qui a disparu.
— Je ne sais rien de plus que ce que je vous ai déjà dit. Elle est venue peu après votre visite pour me demander si je connaissais son petit ami.
« Et me raconter une histoire incroyable, c’est elle qui a tracé les symboles sur le corps de ce pauvre gars pour… »
— Que lui avez-vous dit ?
— Que je ne le connaissais pas, ce qui est la vérité, avant qu’il n’entre dans ma bouquinerie, je ne l’avais jamais vu.
« En fait, si... derrière la vitrine quand ce type m'a acheté le Nécronomicon ».
— Elle ne vous a fait aucune confidence ?
« Étrange comme question, il sait peut-être qu’elle m’a parlé ».
— Non, lieutenant. D'ailleurs, pour quelle raison m'aurait-elle confié quoi que ce soit, elle non plus, je ne la connaissais pas.
— Parlez-moi un peu des circonstances dans lesquelles vous avez été amené à voir pour la première fois des marques semblables.
« Il me montre les photos du regard. Non, c’est impossible, il n’y a que dans les romans qu’on fait de telles répliques. Oui, c’est ça ! Je suis allongé sur le divan de cuir de mon psy et je suis enfermé dans un cauchemar, une espèce de rêve, genre fantastique, ouais, c’est ça Émile. Et cet imbécile de psy ne parvient pas à me réveiller. Enfin quoi, un type est retrouvé mort dans son salon, en plein centre-ville, et personne n’a rien vu, rien entendu. Et cette fille, tout droit sortie d’un magazine, fraîche comme une fleur à peine éclose, encore toute recouverte de rosée, qui vient me voir pour me raconter une histoire incroyable… »
— Monsieur Tiembpont !
« … et me voilà embarqué dans l’aventure, prêt à explorer des catacombes à la recherche de l’impossible vérité, répondant aux questions d’un flic qui fume la pipe et ressemble à Colombo… »

— Monsieur Tiembpont ! insiste le policier en élevant la voix.
— Quoi ?
— Vous allez bien ?
— Oui... pourquoi ?
— Vous sembliez... absent, comme absorbé par un dialogue intérieur.
— Oui, enfin non... c'est juste qu'il m'arrive... d'avoir des absences, enfin non pas vraiment, je veux dire que... mon esprit décroche de temps en temps... pour réfléchir... J'ai l'air d'être ailleurs, mais c'est juste que chez moi la concentration est plus intense que la normale.
— Hum hum... À quoi pensiez-vous ?
— Eh bien, je réfléchissais à... à la question que vous m'avez posée... sur la première fois où j'ai vu ces signes.
— Et alors ?
— C'était il y a des années, j'étais amoureux d'une jeune fille...
« Qu'est-ce que tu fais Émile, tu vas pas lui raconter ton histoire d'amour avec Caroline ».
— ... son père était archéologue, je crois, ou historien, je ne sais plus, c'est si loin. Enfin, il travaillait sur la traduction de fragments d'un manuscrit découvert durant des fouilles qu'il avait effectuées je ne sais plus où, des signes qui ressemblent beaucoup à ceux-là.
— Et vous dites qu'il est mort ?
— Oui.
— Comment s'appelait-il ?
— Je l'ignore, lieutenant... j'ai oublié.
— Hum... dommage.
« Il cherche à me déstabiliser avec ses hochements de tête. Il a posé sa pipe. Il s'accoude au bureau... il réduit l'espace entre nous. Il empiète sur mon espace vital, complètement tordu ce flic. Il se masse le menton à présent, mauvais signe..., il ne me croit pas ».
— Avez-vous lu le livre que vous avez vendu à la victime, Monsieur Tiembpont ? Ce fameux Nécronomicon
— Oui, sans doute. Pourquoi ?
— Regardez bien..., ici..., sur cette photo. Ces signes ont été dessinés dans le creux des deux mains...
— Oui. Oui..., je vois où vous voulez en venir, lieutenant. Ces symboles sont la marque d'un démon.
— Un démon ? Vraiment.

— Oui, c'est la marque d'un démon appelé Yog Sothoth.
— Yog Sothoth ? Questionne le policier en fronçant les sourcils.
« Tu t'enlises, Émile, explique-toi ».
— Oui... Que je vous explique, dit-il, l'air ennuyé. Après votre visite, j'ai fait quelques recherches sur le Nécronomicon... parce que tout ça m'intriguait...
— Vous étiez intrigué, hum, intéressant.
« T'arrêtes pas Émile, te laisses pas désarçonner ».
— Oui, et je suis naturellement tombé sur les légendes écrites par Lovecraft, un écrivain de romans fantastiques du début du siècle dernier. C'est lui qui pour la première fois a révélé l'existence du Nécronomicon dans un de ces romans. Il est possible que le meurtrier soit un fanatique de la magie noire, lieutenant. Faites traduire les marques inscrites sur le corps et vous aurez certainement une idée de ce que vous cherchez.
— Vous pensez qu'il peut s'agir d'une secte ?
— Je n'en ai pas la moindre idée, lieutenant, tout ce que je crois c'est que celui ou celle qui a commis ce crime recommencera...
— Vous pensez que ce pourrait être une femme qui a fait ça ?
« Il te manœuvre, Émile, il entend tout ce que tu ne dis pas, il comprend tes silences, cesse de penser, CESSE DE PENSER ».
— Vous n'avez pas besoin de moi pour formuler des hypothèses, lieutenant. Je ne peux vous être d'aucune utilité dans la résolution de cette affaire. Je n'ai aucun contact avec de quelconques groupes occultes ou ésotériques, appelez-les comme vous voudrez, lieutenant. Peut-être qu'il vous faudrait chercher de ce côté-là, qui sait ?
— Comment s'appelait-elle déjà ?
— Qui ?
« Il a réussi à te surprendre, Émile, son sourire le trahit ».
— Cette fille dont vous étiez amoureux.
— Elle s'appelait Caroline.
— Est-elle morte, elle aussi ?
— Non. Enfin... je ne sais pas. Votre question est bizarre, veut protester Émile.
— Et son nom de famille ? Renchérit le policier.
« Il t'a piégé, tu ne peux pas lui dire que tu ne t'en souviens pas ».
« Je n'aurais pas dû me frotter les yeux ».

« Tu marques des signes de fatigue, Émile, il ne va pas te lâcher ».
— Désolé, lieutenant, je ne m'en rappelle pas, il y a si longtemps. Elle n'a été qu'un amour d'adolescent, ça n'a duré que l'espace d'un été.
— Hum... où habitait-elle ?
— En Bretagne.
— Tiens donc, en Bretagne. Intéressante.
« Il m'agace avec ses répliques ».
— C'était une rencontre de vacances, lieutenant.
— Hum... je comprends. Dans quelle ville était-ce ?
— Ça ne m'est pas resté en mémoire... Ker... quelque chose... je ne sais plus.
— Était-ce en bord de mer ?
— Probablement...
— Étiez-vous en camping ?
— Oui, je crois.
— Quel nom ?
— Un nom sûrement impossible à retenir, lieutenant, j'avais à peine dix-sept ans, je ne me souviens plus.
— Hum... intéressant.
Mégrais s'enfonce de nouveau dans son fauteuil de cuir en tirant sur sa pire, silencieux.
Son regard plane sur les photographies prises par le médecin légiste, juste avant l'autopsie, une autopsie qui d'ailleurs n'a pas permis de déterminer comment l'assassin s'y était pris pour briser tous les os de sa victime.
— Votre mémoire laisse à désirer, Monsieur Tiembpont, cela est regrettable... pour vous.
— Lieutenant, je ne connaissais pas ce type, ni sa petite amie, je ne suis pas franc-maçon et je n'appartiens à aucun groupement ésotérique ou groupuscule occulte. Je ne comprends pas où vous voulez en venir avec toutes vos questions sur mes amours adolescentes, ça n'a pas de sens. Et il y a certainement des gens plus compétents que moi pour vous instruire sur la signification des marques qu'un malade a griffonnées sur le corps de ce malheureux.
— Bien... je n'ai pas d'autres questions... pour le moment.
— Je peux partir ?
— Allez-y.

« J’aurais dû éviter de lâcher un soupir… Non, c’est tout à fait normal, c’est pas drôle un interrogatoire. Il ne me regarde plus, il bourre à nouveau sa pipe ».
— Bien, alors au revoir, lieutenant.
— Au revoir, Monsieur Tiembpont.
« Un peu d’air frais, ça va me faire du bien, on étouffe ici ».
— Monsieur Tiembpont !
— Oui ?
« Bon sang, mon rythme cardiaque s’est emballé, j’ai le cœur qui cogne comme un tambour, il avait sûrement calculé son coup, salopard de flic ».
— Connaissiez-vous la profession de la victime ?
— Non, lieutenant, comment pourrais-je le savoir. Je suis bouquiniste pas voyante.
— Votre mémoire, sans doute ?
— Quoi, ma mémoire… Qu'est-ce que vous voulez dire au juste ? S'agace Émile.
— Je suis surpris d'apprendre votre ignorance… Guirec Beryann était écrivain, auteur de romans fantastique, un peu comme votre Lovecraft.
— Je ne connais pas tous les auteurs de romans fantastiques, lieutenant. D’ailleurs, ce n’est pas ma spécialité, je fais plutôt dans le livre ancien.
— Hum… oui, c’est possible.
« Ne le lâche pas des yeux ».
« Bon sang, il faut que je me calme ».
« Respire calmement Émile, respire calmement. Et bouge-toi le cul, tu ne vas pas rester planté là, le regard flottant sur le linoléum crasseux ».
— Autre chose, lieutenant ?
— Je suppose que vous ne connaissiez pas davantage la profession de sa petite amie ?
— Non… non. Mais vous allez sûrement m’en informer, lieutenant, on ne sait jamais, des fois que la mémoire me reviendrait, je veux dire, ça pourrait me rappeler quelque chose.
— Hum… elle travaillait pour la Bibliothèque Nationale de France.
— À Paris ?
— Hum hum… à Paris. Elle s’occupait de la restauration et de la conservation des manuscrits anciens. Elle est d'ailleurs recherchée

pour le vol d'un incunable de grande valeur.
« C'est trop beau pour être vrai, d'un autre côté, si elle avait été caissière dans un supermarché, ça n'aurait pas collé. Elle avait pourtant l'air si jeune. Je ferais mieux de retourner dans ma bouquinerie et d'oublier tout ça ».
— Vous serez certainement surpris d'apprendre qu'elle parlait couramment le grec, le latin et l'arabe, en plus de sa propre langue et de deux ou trois autres dialectes plus courants.
— Je suis admiratif, lieutenant, moi je n'ai jamais su aligner trois mots d'anglais.
« Il faut que je sorte d'ici, j'étouffe ».
« Respire Émile, respire ».
— Je vous convoquerai si j'ai des précisions à vous demander, Monsieur Tiembpont. Merci de vous être déplacé.
— Je vous en prie, bonne journée.
« Ouf ! C'est fini. De l'air frais, vite. L'air est sec ici, irrespirable. J'ai besoin d'un verre d'eau, j'ai la gorge sèche comme une peau de chamois oubliée au fond du placard poussiéreux d'une maison en ruine. Non, une bière, oui, une bonne bière, c'est ça qu'il me faut, une bonne bière bien fraîche avec de la mousse... une bière au miel »
— Monsieur Tiembpont ! l'interpelle Mégrais, alors que le bouquiniste a la main posée sur la poignée de porte.
« Putain ! Y va pas me lâcher, il veut me pousser à bout ce salaud ».
— Oui, lieutenant. Une question de dernière minute, je suppose.
— Juste une question de routine, où étiez-vous la nuit où l'écrivain a été assassiné ?
« Respire Émile, laisse pas ton cœur s'emballer, respire et calme-toi ».
— Chez moi, lieutenant. Ma femme pourra vous le confirmer, mais j'aimerais autant que vous la laissiez en dehors de ça, ce n'est pas la peine de lui causer du souci pour rien.
— Votre parole me suffit... pour le moment.
— D'autres questions-surprises, lieutenant ?
— Non.
— Au fait, lieutenant !
— Oui !
— Vous ne m'avez pas dit... sur les photos, j'ai vu beaucoup de sang, mais aucune blessure. De quoi est-il mort ?

— Les os de son corps ont été broyés… tous ses organes internes ont littéralement explosé, c'est un vrai mystère pour les légistes.
— C'est dingue.
— À bientôt sans doute, Monsieur Tiembpont.
— Oui… au revoir, lieutenant, fait Émile en refermant la porte du bureau derrière lui.
« Bon Dieu ! Quel cauchemar ».
« Une bonne bière, Émile, une bonne bière c'est ce qu'il te faut pour effacer tout ça, une bonne bière bien fraîche, avec une belle mousse crémeuse… »

32

La mise en bière du cadavre de Guirec Beryann a été retardée par le lieutenant Mégrais. Celui-ci a bien l'intention, le moment venu, de confronter le bouquiniste à la dépouille de la victime afin de le faire craquer. Car le petit flic austère de la Crim à l'intime conviction qu'Émile Tiembpont n'est pas étranger au meurtre de l'écrivain.
Le policier est resté seul assis derrière son bureau, tel un Vidocq des temps modernes, l'air pensif. À moins que son esprit ne soit tout simplement ailleurs pour oublier ne serait-ce que quelques instants la vision des actes de barbarie que lui inflige son métier de flic.
Son regard croise les photos de la victime. Il tire sur sa pipe à la recherche de la vérité. Mais la seule certitude qu'il est possible d'entrevoir dans le tabac et ses volutes de fumée bleutée, c'est qu'il aura votre peau un jour.
Le lieutenant de police le sait.
Le bouquiniste lui a menti, de cela aussi, il est convaincu. Pour le flic de la criminelle, le scénario s'écrit autour de la possession d'un incunable de grande valeur dérobé par Maryse, la petite amie de l'écrivain, à la Bibliothèque Nationale de France.
Lui reste sur les bras un mystère médicolégal : l'écrivain Guirec Beryann est passé sous un rouleau compresseur, là où ce genre de machine infernale n'est pas censée œuvrer. Certains de ses os sont émiettés tant la pression exercée sur le corps a été forte. Comme si la victime avait subi un écrasement énorme, comme celui de plusieurs atmosphères terrestres, une pression qui l'avait broyée de l'intérieur sans abimer l'enveloppe... la peau était quasi intacte. C'était à n'y rien comprendre.
Les éléments qu'il a recueillis sur le passé du bouquiniste sont troublants et ce n'est qu'une question de temps avant qu'il n'ordonne son arrestation. Pour l'heure, il s'apprête à suspendre la surveillance de l'appartement de la rue Sainte-Catherine. Maryse ne prendra pas le risque de s'y monter, il le sait.
La jeune femme se cache probablement quelque part dans la capitale de Flandre, une complicité, peut-être. Les enquêteurs qui ont passé au crible l'ordinateur de Guirec sont sur la piste d'une urgentiste et de deux étudiants en master d'archéologie et d'histoire qui tous trois entretenaient des relations avec Guirec Beryann.

33

« La bière était bonne, mais je ne peux pas tout effacer d'un revers de main. Bon Dieu ! Ce type a été broyé comme une noix ».
« Mégrais soupçonne sûrement quelque chose. Il n'a pas fait allusion à la gaffe que j'ai faite dans la boutique, il ne m'avait pas dit que la jeune femme avait disparu. Il ne doit pas savoir que c'est elle qui a tracé les signes sur le corps de l'écrivain… comment s'appelle-t-il déjà ? Guirec… oui c'est ça, Guirec… Mégrais la soupçonne peut-être d'être mêlée à sa mort. Au fait ! Comment savait-elle le nom du lieutenant si elle ne l'a jamais vu ? »
« Je crois pourtant qu'elle était sincère quand elle disait qu'elle ne savait pas ce qui avait mal tourné. Et pour le savoir, il faudrait aller là-bas. Oui, il faudrait, mais ça n'a rien d'une balade dans les bois le dimanche en famille. J'imagine bien qu'elle n'avait pas envie d'y retourner seule ».
« Si ça se trouve, elle y est allée quand même. Si ça se trouve, son cadavre repose là-bas. Ou alors, elle est rentrée chez elle à Paris. Non, si elle était rentrée chez elle, Mégrais l'aurait su et elle aurait été interpellée. Elle se cache, mais où ? ».
« Y a pas trente-six solutions, Émile, faut que t'y ailles ».
« Bon… je vais pas y aller comme ça, il me faut au moins une lampe-torche. Je devrais peut-être attendre qu'il fasse nuit ? Non… c'est idiot, ça ne change rien, et puis les recherches en nocturne c'est bon pour les films d'horreur, sans compter qu'il faudrait que j'invente une excuse pour Sophie. Merde ! Dans les films le héros se pose pas toutes ces questions, il y va. Ouais, mais c'est dans les films, Émile… dans la réalité, la perspective d'aller visiter des souterrains oubliés depuis la Révolution, ça fout les jetons. Surtout quand tu sais qu'un type s'est peut-être fait broyer les os quelque part dans ces souterrains. Et puis, tu n'as rien d'un héros, Émile, alors déconne pas ».
« Bon… voilà la lampe de poche. Mon sac à dos. Il date du temps où je faisais de la moto, c'est pas d'hier. La moto, elle, je l'ai broyée sous une camionnette, un accident bête, enfin presque. Broyée, elle aussi. Coïncidence. Drôle non ! Un livreur qui m'a coupé la route, enfin pratiquement. J'ai eu de la chance, je m'en suis sorti sans fracture. Pas de fracture, mais une belle couleur rouge sombre, qui a viré au noir,

sur les côtes et la jambe droite... Un peu comme les signes tatoués sur le corps de ce pauvre garçon. C'est ça, la synchronicité ».
« Merde... »
« Bon… quelques tartines de Nutella ne seraient pas superflues, et une gourde avec de l'eau, ouais, il faut pas que je m'embarque comme ça à la va-vite. Des piles ! Faut que je prenne des piles neuves, on ne sait jamais ».
« Espérons que Sophie ne va pas rentrer maintenant, j'aurais toutes les peines du monde à trouver une raison logique à la préparation d'un pique-nique ».
« J'allais oublier le principal : un téléphone portable, le problème, c'est que j'en ai pas. Si j'avais un flingue, je le prendrais aussi ».
« T'as peur, Émile ! »
« Ouais j'ai peur. Merde ! »
« Pourquoi je raconte pas tout ça à Mégrais ? Hein ! »
« Si c'était un piège ? Que la fille m'attende tranquillement au tournant d'un tunnel pour me faire la peau à l'encre de Chine, genre tatouages mystiques pour l'outre-tombe ».
« Franchement, vous iriez, vous, explorer les souterrains de la Citadelle, à la recherche du truc qui a broyé un gars ? »
« La mort, ça n'arrive pas que dans les romans. C'est vrai que la société a un peu occulté les rituels, le cimetière et tout ça, mais des morts mystérieuses, ça arrive. D'ailleurs, la mort elle-même, à l'instar de la vie, est mystérieuse ».
« Tu as les foins parce que tu ne sais pas ce qui est arrivé dans ces souterrains, mais si ça se trouve, il y a une explication logique. Les deux loulous, là, ils se sont amusés avec des grimoires de magie noire et ça a mal tourné. Ouais… mais qu'est-ce qui a bien pu broyer tous les os et les organes d'un gars sans l'ouvrir un peu ? »
« Bon… où sont mes chaussures de marche ? Il faudrait aussi que je m'habille chaudement, y doit pas faire très chaud là-dessous ».
« Je devrais retrouver l'entrée facilement, elle m'a dit que c'était dans le petit carré de la citadelle, les anciens postes de garde ont été murés, bien sûr, mais il y a une ouverture, suffisamment grande pour qu'on se glisse à l'intérieur..., d'après elle. »
« À l'origine, la Citadelle est une fortification militaire construite par Vauban, enfin, dessinée par lui, c'est pas Vauban qui l'a construite de

ses petites mains. Le premier rempart abrite une caserne militaire, séparée du second rempart par un fossé rempli d'eau vaseuse. Je me souviens, quand j'étais jeune, j'avais un chien, Boby. Un jour, je me promenais avec lui dans le bois et cet idiot a cru que les algues vertes qui recouvraient l'eau croupie c'était de l'herbe, ça lui a fait tout drôle quand il a piqué une tête. Enfin. »
« Le second rempart, qu'on appelle aussi grand carré, vu que c'est lui le plus grand, sauf qu'il est pas vraiment carré, est pratiquement entouré d'un fossé rempli d'eau lui aussi, on peut même y pêcher. Faut un permis bien sûr, pas question de pêcher librement. La liberté à des limites administrativement circonscrites ».
« Le bois autour de la Citadelle est très fréquenté, on peut s'y promener en famille ou faire son jogging. Et, accessoirement, être broyé comme une coque de noix ».
« Il faut s'imaginer les remparts hauts de plusieurs dizaines de mètres, sur lesquels on peut aussi se promener, enfin, pas sur celui qui entoure la caserne, non, celui-là est réservé aux militaires ».
« Bon... trouver l'entrée des souterrains devrait être facile. Je ferme la boutique pour l'après-midi et j'y vais. Ça va faire bizarre quand même un type qui se balade avec un blouson de moto en cuir... sans sa moto. Je vais le porter sur l'épaule, ça fera plus naturel. Naturel ! Ouais, comme si la nature avait créé les blousons de cuir. Il y a de ces expressions qui sont vraiment comme des alibis à nos modes de vie, à tel point qu'on confond la nature avec nos habitudes. Cela dit la peau c'est comme un vêtement... le cuir c'est de la peau de bête. C'est horrible quand on y pense, écorcher un animal pour revêtir sa peau ».
Émile, un sac à dos sur l'épaule, quitte la boutique de livres anciens et se dirige vers les portes de Gand.
« En passant par les Portes de Gand et en remontant directement la rue du Pont Neuf, j'y serai en un quart d'heure, ouais, mettons vingt-cinq minutes, y fait chaud, c'est pas la peine de courir ».
« Les Portes de Gand font partie des anciennes fortifications de la ville. Il y a trois passages en clef de voûte, un piétonnier et deux autres pour les voitures. Mais depuis qu'ils ont fait des travaux de rénovation, on ne peut plus entrer par là. On sort par les Portes de Gand, mais on n'entre plus... sauf à pied ».
« J'aime bien ce coin, faut dire, c'est le quartier où je suis né ».

« Quand vous êtes passé sous la voûte en pierre de taille, sur ses pavés flambant neufs, vous débouchez sur un pont de pierre. De chaque côté, il y a les anciennes douves, mais il y a longtemps qu'elles ne sont plus inondées. On peut s'y promener. Remarquez, on a vite fait le tour... de l'ancienne fortification, il ne reste que quelques morceaux de remparts ».
« La rue du Pont Neuf est toujours revêtue de ses pavés, elle aussi, mais plus sur toute sa longueur. Il y a même une vieille église coincée entre les maisons, comme un anachronisme, des maisons sur deux ou trois étages. Ça fait des lustres que cette église est fermée, elle a même été désacralisée. On est au cœur du Vieux Lille. On s'attendrait presque à voir le charretier à chaque coin de rue, transportant ses tonnelets de bières pour les estaminets. Enfin, je romance un peu ».
« Il fait doux aujourd'hui. Je sens la chaleur du soleil sur mon visage, c'est agréable. Les femmes sont légèrement vêtues... Les hormones s'affolent on dirait, Émile ».
« C'est étrange, il y a comme un parfum de fleur… peut-être les arbres du square de l'avenue du Peuple Belge, elle coupe la rue du Pont Neuf. Autrefois toute l'avenue était aménagée d'un parc central, j'y jouais quand j'étais gosse. C'est loin tout ça ».
« Ouais… c'est pas le moment de rêver, Émile, ni de laisser ton imagination divaguer ».
« À part des rats, que peut-il bien y avoir dans ces souterrains ? Des loups-garous ! Des cafards ! Des araignées sûrement, noires et velues ».
« J'ai quand même du mal à croire ce que m'a dit la fille, si l'écrivain a exécuté…, exécuté, j'aurais pas pu choisir meilleur terme, enfin. S'il a exécuté le rituel dans une des salles souterraines, comment s'est-il retrouvé dans son appartement ? Complètement nu, le corps dégoulinant de sang… écrabouillé, son cadavre entièrement recouvert de signes ésotériques ».
« Merde ! C'est dingue ! »
« Elle aussi était nue pour exécuter le rituel, et sur son corps les mêmes signes que sur le garçon. J'imagine son corps tatoué d'incantations, ouais, ben, n'imagine pas trop, Émile ».
« Ça me fait penser au roman — Le fruit de la vengeance — l'héroïne traverse l'espace-temps elle aussi, mais dans le roman il ne s'agit pas d'incantations, c'est en faisant vibrer des statuettes de cristal que la

traversée s'opère... et à un secret lié à la trépanation, un rite que pratiquaient les chamans. Selon la légende, les crânes entraient en résonance et ouvraient d'autres portes sur le monde. Je sais que des crânes de cristal sont conservés dans des musées ou chez des collectionneurs privés. J'ai même lu quelque part que le Muséum de Londres avait mené des analyses sur plusieurs crânes de cristal sans jamais publier ses découvertes. Étrange. »
« L'idée qu'il pourrait y avoir d'autres mondes que le nôtre n'est pas facilement acceptée, ça reste encore du domaine de la spéculation ».
« Pourtant, si l'expérience de Philadelphie menée par les Américains a réussi, il faut bien admettre qu'il est possible de traverser l'espace-temps. Sauf que là non plus, il ne s'agit pas d'incantations, mais d'une manipulation des champs magnétiques terrestres ».
« Einstein aussi parlait de la relativité du temps ».
« Est-ce que les mots, prononcés d'une certaine façon, auraient le pouvoir de traverser le tissu spatiotemporel. Un rythme spécifique pourrait-il activer une aire cérébrale particulière ».
« Le magnétisme, les champs de forces électromagnétiques... c'est ça la clef ! »

34

Al Azif — notes et commentaires — Rédacteur inconnu.

[...]

Le rythme de prononciation et l'intonation des incantations semblent revêtir une importance particulière. Malheureusement, l'arabe dément les a lui-même extraites de tablettes de pierre plus anciennes et la force des mots s'est perdue dans la traduction. De plus, il est dit que le sorcier devra se munir de la Pierre d'Eau sans laquelle il s'expose à la colère des créatures qu'il invoque, capables d'enflammer toute matière et de faire fondre en un instant l'acier issu de la meilleure forge. Mais qu'en est-il de la Pierre d'Eau dont il est question plus haut ? Il faut chercher beaucoup plus en avant pour trouver un ouvrage y faisant référence. Car la réponse existe. Elle se trouve dans le terrible « Livre d'Eibon ».

[...]

35

Sur le chemin goudronné de la Citadelle, Émile avance.
Le bouquiniste de la rue de Gand est mal rasé, les cheveux en désordre, vêtu comme à son habitude d'un pantalon et d'une chemise noire. Son sac à dos et son blouson de cuir sur l'épaule, il marche l'esprit hanté par l'image du cadavre disloqué de l'écrivain.
Les racines ont, par endroits, craquelé l'asphalte.
Le bois est désert.
Des étourneaux s'envolent des hautes herbes, dérangés par l'apparition impromptue sur leur territoire de ce piéton solitaire. Une brise légère fait tanguer la cime des arbres, les hautes herbes ondulent, caressées, elles aussi, par cette main invisible de l'air. Les semelles du bouquiniste font craquer les débris végétaux qui parsèment le chemin goudronné. Si la Lune venait à éclipser le soleil alors à son zénith, la scène pourrait paraitre lugubre.
Les piaillements d'oiseaux, les frondaisons qui murmurent tel un ressac océanique permanent ainsi que le crépitement de ses pas sont les seuls bruits qui parviennent aux oreilles d'Émile Tiembpont.
Tout est étrangement calme, et les bois, d'ordinaire si accueillants, paraissent soudain hostiles, comme si les entités vivant dans les profondeurs du sol terreux se courrouçaient de la venue de cet homme qui s'apprête à fouiller leur demeure.
Puis, brusquement, le silence devient assourdissant, envahissant tout l'espace. Plongé dans ses pensées, le bouquiniste n'a pas conscience du changement d'atmosphère.
« Voilà l'entrée. Enfin, si on peut dire ça comme ça. C'est juste quelques pierres descellées dans un des murs du rempart, un trou juste assez grand pour passer la tête et les épaules. Heureusement qu'elle m'avait signalé l'endroit. Avec la végétation et les arbres, je ne l'aurais peut-être pas repéré ».
Émile se retrouve devant l'un des murs lépreux du rempart de la Citadelle. Entouré par la végétation, il n'est pas visible du chemin goudronné qu'empruntent habituellement les badauds et les coureurs.
Cet espace, ceinturé par les hautes herbes et les arbustes, ouvert sur le ciel comme les cloîtres des monastères, a quelque chose d'oppressant.

« C'est curieux, je n'ai pas croisé un seul coureur à pied, ni même un couple d'amoureux, le bois est désert. Faut croire que tout le monde est au boulot aujourd'hui. Dommage parce qu'il fait vraiment beau. Ça sent bon l'herbe coupée et les fleurs sauvages, un vrai petit Éden. Je me demande où se cache le serpent... »
Dans le mur du rempart, des pierres ont été descellées par de mystérieux inconnus. Ce trou obscur ressemble à la gueule béante d'un monstre figé dans la roche. Soudain, un écho lointain aussi court que distinct en sort tel un rot discret de la bête après un déjeuner copieux. Dans les frondaisons, le vent a repris sa mélodie.
« J'ai cru entendre du bruit... C'est bien silencieux... Il n'y a que le bruissement des feuilles des arbres sous l'effet de la brise, une brise un peu fraîche... j'ai le visage en feu, la fraîcheur me fait du bien ».
« J'entends ma respiration, on dirait que je viens de monter trois étages ».
« Il faut que tu respires plus calmement, Émile ».
« Je ne suis même pas encore entré dans les souterrains et je suis déjà mort de trouille ».
Le soleil réchauffe le petit espace où se tient Émile, hésitant sur la stratégie à adopter pour pénétrer dans la gueule béante de la Terre. L'obscurité à l'intérieur du rempart est totale. Le froid s'empare du bouquiniste quand il plonge son regard dans l'œil unique des souterrains. Dehors, pourtant, il fait chaud, mais là encore sa conscience ne semble pas vouloir l'avertir.
Quand...
« Cette fois j'ai entendu du bruit... à l'intérieur... il y a quelqu'un ».
« Non... ça doit être un chat qui a attrapé un rat, un rat noir et velu ».
« Oui, ça doit être ça. Oui... qui veux-tu qui se balade dans les souterrains de la Citadelle, des souterrains dont je n'avais jamais entendu parler avant que cette fille ne m'en révèle l'existence. Personne, à part quelques initiés, ne doit savoir que des catacombes courent sous le Vieux Lille et la Citadelle, non, personne. Sauf le truc qui broie les mecs trop curieux ».
Son sac à dos toujours sur l'épaule, Émile ne semble pas se décider à entrer dans la gueule du monstre de pierre et d'humus. Quelque chose le retient, il doit pourtant y pénétrer s'il veut comprendre l'énigme évoquée par Maryse dans la boutique de livres anciens.

De nouveau, un souffle se fait entendre…
« Il y a quelqu'un là-dedans, Émile… j'entends sa respiration… il y a quelqu'un… non… c'est la mienne, c'est moi qui respire aussi fort. Bordel ! Faut que tu te calmes, Émile. Détends-toi ».
Le bouquiniste de la rue de Gand s'approche à nouveau du trou obscur. Le tapis végétal bruisse sous ses pieds. De près cela ressemble à une plaie dans un corps de pierre.
« Il fait vraiment sombre là-dedans. Bon… le sac d'abord… ATTENDS ! La lampe de poche, prends la lampe de poche, Émile, avant de balancer ton sac dans le tunnel. »
« J'ai peur… c'est idiot. Je n'ai qu'à passer la tête, juste la tête et regarder à l'intérieur… pour voir ».
« Et si quelqu'un m'attendait de l'autre côté, qu'il m'attrape par le cou… Bon Dieu, Émile ! Arrête ton cinéma. Allez… courage. »
« D'abord, je jette un coup d'œil ».
Émile passe la tête de l'autre côté du mur, à l'intérieur du rempart.
« Hum… ça ressemble à n'importe quel souterrain. Des murs en pierre, un plafond voûté et un sol de terre battue. Pas de quoi en faire un cinéma. Ça sent drôlement l'humidité là-dedans, y a comme une odeur de moisi, de champignons, comme dans les sous-bois en automne quand l'humidité sourdre de la terre, recouverte de feuilles mortes ».
La fraîcheur qui règne dans les souterrains contraste avec la chaleur extérieure, là où le soleil brille. À l'intérieur du rempart, la nuit semble se terrer en attendant d'envahir le monde.
« Le sac… le blouson… et maintenant, à toi, Émile... Bon Dieu, c'est plutôt étroit comme passage. J'aurais dû passer les jambes en premier…, merde, t'es pas doué, mon vieux ».
Le bouquiniste est tombé lourdement sur le sol terreux, tête en avant. L'écho se propage dans les galeries souterraines où plane une obscurité d'encre. Alertant du même coup les ténèbres, que leur demeure vient d'être violée.
« Ça sent vraiment le moisi. Une odeur de champignons, on se croirait dans un bois en automne, dans un bois après une averse, quand l'humidité remonte du tapis de feuilles mortes et vous chatouille les narines, ouais, tu te répètes, Émile ».
Soudain, dans cet espace confiné et humide, un rayon de lumière tranche la nuit.

« Ma lampe torche n'éclaire pas très loin... bon, avançons ».
« Je ne sais pas si c'est sur des cafards que je marche, mais en tout cas ça craque drôlement. Rien à voir avec la balade dans les bois en automne... quoique. Les murs sont humides, ça suinte de partout ».
« Allons bon ! Fallait que ça se complique : une intersection ».
« Réfléchis, Émile, à droite ou à gauche ? À droite, le tunnel plein de cafards, noirs et..., non, les cafards c'est noir, mais pas velu. À gauche, à travers la flaque d'eau croupie ? Oui... peut-être bien... Tiens, on dirait des traces de pas dans la boue, enfin, on dirait ».
« Il fait pas si froid que ça finalement, par contre il fait noir ».
« N'y pense pas, Émile... non, ne te retourne pas... avance. C'est comme traverser une forêt en pleine nuit, avec le bruit des feuilles mortes qui craquent sous tes pas, des feuilles sèches, évidemment. C'est comme traverser une nuit noire..., obscure comme le fond d'un lac sous tes pieds. C'est angoissant de ne pas voir ce qui se passe sous la surface des eaux d'un lac, on imagine toutes sortes de choses, des monstres vivants sur les grands fonds ».
« C'est tout ce que t'as trouvé pour te rassurer ».
La fraîcheur entoure le bouquiniste comme une couverture mouillée. Le bruit de ses pas semble se répercuter sur les murs comme une bille de flipper. Sous terre, tout n'est qu'écho, sourd et lointain.
Les bruits de la vie extérieure ne pénètrent pas l'opacité des ténèbres. Derrière lui, Émile entend alors un son qui ressemble à une éclaboussure. Cette fois, ce n'est pas son imagination qui travaille, l'écho est bien réel.
« Quelqu'un ! Quelqu'un a marché dans la flaque d'eau ! Éteins la lampe ! Vite ! »
« Quelqu'un marche dans le souterrain... l'écho se répercute contre les murs. Quelqu'un approche, tu ne rêves pas, Émile, merde ! Qu'est-ce que je fous là ? »
« Respire... calme-toi Émile, calme-toi ».
« Bon sang, j'y vois plus rien ».
Un léger crissement monte du tunnel plongé dans l'encre des ténèbres inquiétantes où Émile se tient, tétanisé par l'angoisse. Les bruits ressemblent à des pas feutrés, comme si la chose qui les produisait voulait surprendre sa proie.
« Plaque-toi contre le mur, Émile... ne bouge plus. Respire calmement,

détends-toi ».
« Il approche… »
L'obscurité entoure le bouquiniste, plaqué contre la paroi humide, il écoute. Le sang lui bat les tempes. Quelque chose approche, prudemment. Quelque chose qui le cherche dans le noir, Émile en est sûr. Il n'a même pas un couteau pour se défendre, l'angoisse de la mort lui noue la gorge.
« Il approche, j'entends ses pas… »
« Ne déglutis pas, contrôle ta respiration, calme-toi ».
Émile parvient, au prix d'un effort surhumain, à reprendre le contrôle de ses émotions, comme si quelqu'un d'autre en lui prenait les commandes. Ses muscles se tendent, prêts à bondir sur la chose qui est en train de le pister.
« Il approche… je vois une lumière… »
« Reste calme ».
Soudain, le silence tombe. Dans le noir complet, Émile perçoit les battements réguliers de son cœur. L'autre, tout comme lui, écoute, à l'affut.
« Il s'est arrêté… bon Dieu, qu'est-ce qu'il fout ? Il écoute, il sait que je suis là, il faut que je fasse quelque chose ».
Et soudain, Émile se met à hurler.
— QUI EST LÀ ?
Un cri strident retentit alors sous la Terre.
« Une femme »
— Qui est là ? demande-t-il d'une voix ferme.
— Émile… c'est moi !
— Bon sang, vous m'avez foutu une de ces trouilles !
— Je suis désolée.
— Mais que faites-vous ici ?
— Je vous attendais, vous en avez mis du temps à vous décider à venir.
— Vous voulez dire que vous vous promenez dans ce foutu souterrain depuis hier ?
— Pas exactement, non. Je vous ai suivi.
— Laissez-moi respirer une minute, on étouffe ici. Depuis quand connaissez-vous l'existence de ces galeries ?
— Ce n'est pas moi qui les ai découvertes, c'est Guirec avec l'aide d'un ami.

— Guirec.
— Oui… il a fait cette découverte en faisant des recherches pour un roman qu'il écrivait.
— Sur quoi travaillait-il ?
— Le thème tournait autour des livres maudits.
— Je vois.
— Guirec n'était pas un illuminé, se rembrunit Maryse. Il avait étudié durant des mois toute la littérature disponible sur les manuscrits interdits, le Livre d'Eibon, le Nécronomicon…
— Le Nécronomicon, celui que je lui ai vendu ?
— Non, une version plus ancienne.
— Celui que vous avez volé ?
— Oui, avoua-t-elle.
— Si nous en parlions devant une bonne bière…
— Non ! Il faut d'abord retrouver l'endroit où Guirec a laissé ses notes, c'est pour ça que vous êtes venu, non ?
Le bouquiniste paraît se résigner à poursuivre l'exploration des souterrains.
— Bien… avançons, dit-il.
La jeune femme acquiesce.
— Dites-moi, où est ce livre à présent ?
— Ici... je l'espère.

36

Seule dans son appartement lillois, Caroline éprouve une sensation de malaise à la lecture des pages d'un carnet de notes dont les coins sont quelque peu roussis. Ce carnet est celui que son père a laissé dans l'accident d'avion qui lui a coûté la vie quelques mois auparavant. C'est l'un des seuls objets personnels qui a survécu à la catastrophe.
L'archéologue, comme les autres membres de l'équipage, a brûlé vif, sanglé à son fauteuil. Ses restes ont été rapatriés et sont aujourd'hui enterrés dans le cimetière de Morlaix, en Bretagne.

[...]

Au centre de nulle part, s'étendent les cavernes obscures. Elles sont la frontière et le passage.
Inexistantes et multitemporelles. Inhumaines dans leur antigéométrie.
Autrefois utilisées par le Peuple Serpent, ces cavernes permettaient de se rendre en tous points de l'univers. Elles étaient un point de passage.
Là se trouve le sanctuaire, l'endroit même où les âmes maléfiques échouent après la déchéance de leur enveloppe corporelle.
Les cavernes d'entre les mondes sont accessibles depuis tous les points de l'univers puisqu'elles conduisent elles-mêmes à tous les lieux et toutes les dimensions.
Malheur à celui qui penserait que la déchéance des Serpents permet d'emprunter librement les cavernes pour voyager d'entre les mondes.
Des êtres merveilleux venus des parties les plus reculées de l'imagination ont envahi ces cavernes et y résident librement. Des entités d'une beauté et d'une pureté rares y représentent le mal incarné.
Le « Labyrinthe » ne fut pour moi qu'un passage. Un pont tendu vers « l'entre les mondes » et son infinie connaissance qui brûla à jamais mon esprit torturé. La route était pavée des restes de malheureux intrépides qui se rendirent en ces lieux sans consommer une mixture décrite sur la pierre qui fut retirée de la pyramide de Gizeh par Aménophis pour en préserver le secret. J'en reproduis ici les lignes utiles au voyageur pour concocter le breuvage.

[...]

Sur notre monde, le « Labyrinthe » n'est accessible en fait qu'à certains endroits privilégiés par le cosmos à l'origine de la création. C'est le cas des ruines de l'île contenant la grande pierre brisée et le cercle de pierre aujourd'hui englouti, ainsi que des grottes maudites du nord de l'Écosse.
C'est en ces derniers lieux que j'ai pénétré le somptueux dédale.
Imprudents, misérables, déchets de la création, fanges putrescentes, ce n'est pas le sorcier qui se rend dans « l'entre les mondes », mais « l'entre les mondes » qui étend certaines de ses cavernes jusqu'à lui comme autant de tentacules pour le pénétrer et lui faire visiter d'autres lieux. Les divines paroles doivent être chantées, lancinantes et pénétrantes. La nudité et la présence de sang animal sont une aide morale importante pour le sorcier. Seules l'orgie et la dépravation peuvent aiguiller le voyageur. Certains trouveront la flagellation comme un moyen simple d'accorder l'esprit avec la portée du chant incantatoire. Le sorcier peut également être supplicié au moment où il prononce les paroles ou les faire chanter à un ennemi à qui il ouvrira le ventre au milieu du chant pour y plonger ses organes génitaux et uriner au cœur même de ses entrailles. Réduites sont les chances de l'esprit pur qui prononcera les paroles sans les accompagner d'aucune perversion physique ou morale.

[...]

Au gré des tâtonnements d'une science ancienne, le passé s'écrivit avec les entrailles du futur.
Jamais la science ne pourra résoudre ni expliquer la matérialisation d'un être venu de nulle part. L'espace est infini de par le nombre de dimensions qui le composent. Le degré d'avancement d'une créature s'évalue en fonction du nombre de dimensions qu'elle maîtrise. Maîtriser une dimension supplémentaire permet de repousser les limites du déplacement et de la connaissance pure. L'homme normal évolue dans un espace en trois dimensions et connaît sans les maîtriser deux dimensions supplémentaires : le temps et le rêve. C'est dans la maîtrise de ces deux dernières qu'il peut évoluer.

Lors de leurs déplacements dans le néant des dimensions, les créatures aperçoivent les appels de l'incantateur comme une lumière qui les guide jusqu'à lui. Une incantation n'est autre qu'une conjonction de plusieurs dimensions qui correspondent à celles dans lesquelles la créature évolue. Il est par exemple facile d'appeler un humain en opérant une incantation depuis la dimension des rêves. L'humain ainsi contacté répondra à l'appel puis retournera dans son propre monde en trois dimensions. Mais qui sait ce qui peut apparaître si une incantation est mal prononcée ou si le sorcier n'en maîtrise pas parfaitement les paramètres. Qui le sait, sinon celui qui essaye.
Le livre des incantations est d'une complexité ultime dont la seule lecture peut amener le plus puissant sorcier au bord de la folie la plus suicidaire.

[...]

37

— C'est encore loin ? Questionne Émile.
— Environ un Kilomètre de galeries souterraines, répond la jeune femme dont les courbes dessinent sous la lumière blanche de sa torche électrique des arabesques qui ensorcellent l'esprit du bouquiniste.
Un silence se traine sur quelques mètres, collant comme la terre noire des souterrains sous leur pas, avant que celui-ci ne se manifeste à nouveau.
— Votre prénom, c'est Maryse, c'est ça ?
— Oui, confirme-t-elle.
Les briques rouges ont laissé la place à des blocs de pierre crayeuse, et le tunnel s'est rétréci, au point qu'ils doivent presque courber la tête en marchant. L'odeur d'humidité se fait moins présente. Il fait une nuit d'encre et le faisceau des lampes électriques ne parvient pas à percer à plus de quelques mètres le voile de ténèbres opaque, inquiétant. Dans l'obscurité qui les enveloppe comme une couverture épaisse, l'écho d'un murmure s'élève, des voix sous la Terre annoncent les prémices malfaisantes de l'ombre.
— Racontez-moi comment tout ça est arrivé, Maryse.
— C'est Guirec qui a eu l'intuition de départ, peut-être à force d'écrire des récits fantastiques...
— Une intuition ?
— Oui. Il croyait possible de traverser le temps... non avec l'aide d'une technologie comme dans les romans de science-fiction, mais grâce au pouvoir d'incantations agissant sur le cerveau humain. Je sais que ça a l'air dément et moi aussi je n'y ai pas cru, mais Guirec avait fait des recherches et tout le conduisait à penser que cela était possible.
— C'est difficile à croire, en effet.
— Guirec n'était pas fou ! Il ne croyait pas à la magie, mais au pouvoir des mots, de leur potentiel vibratoire.
— Comment ça... je ne comprends pas.
— Guirec avait trouvé dans la littérature et les mythes anciens des indices prouvant l'existence du voyage dans le temps, enfin, pour être exacte, de la possibilité pour l'esprit humain de voyager dans le temps et l'espace.
— Certains scientifiques le croient aussi.

— À juste titre... Guirec avait découvert que certains mots avaient le pouvoir de créer des vibrations... tout comme le champ électromagnétique, et nous savons aujourd'hui que les champs magnétiques peuvent provoquer des troubles du comportement. C'est la preuve que le cerveau réagit aux ondes qui l'entourent. Les Russes ont effectué des recherches qui confirment la possibilité d'utiliser des champs de force comme arme psychologique de masse.
— Quel est votre rôle dans cette histoire, Maryse ?
— J'ai fourni certaines copies de grimoires ainsi que des traductions d'anciens textes inaccessibles au public. Je vous l'ai dit quand je suis venue vous voir à la bouquinerie, j'ai travaillé pour le service de conservation de la Bibliothèque Nationale.
— Alors c'est vrai... l'enfer existe.
— Quoi ?
— Je veux parler des enfers dans lesquelles les bibliothèques conservent et oublient certains ouvrages interdits aux profanes.
— Oui... Guirec a également eu accès à l'original du Nécronomicon et du Livre d'Eibon.
— Le Nécronomicon existe donc réellement, ce n'est pas une légende.
— J'en ai traduit une bonne partie.
— Où se trouvent ces manuscrits ?
— Je ne peux pas vous révéler cette information, en vérité, je l'ignore.
— Hum... Et que s'est-il passé ensuite ?
— Guirec a mis au point un protocole, enfin, je veux dire une technique permettant d'accéder à d'autres niveaux de conscience... une sorte de transe hypnotique.
— Ce qui explique les incantations dessinées sur son corps.
— Oui... en partie.
Maryse se retient de pleurer, mais sa voix ne laisse aucun doute quant aux émotions qui la traversent.
— Ce n'était donc pas la première fois que vous tentiez l'expérience ? Poursuit Émile.
— Non... ce n'était pas la première fois, en effet.
— Est-ce que les expériences précédentes ont fonctionné, je veux dire, vous et Guirec avez voyagé dans le temps ?
— Seul Guirec a pu franchir le vortex... jusqu'à l'incident.
— Que s'est-il passé ?

— Les deux premières fois que nous avons essayé de passer de l'autre côté, Guirec a eu l'impression de vivre un rêve éveillé.
— Et ensuite ?
— La troisième fois, il est revenu avec la conviction que ce n'était pas un rêve qui se produisait, mais une autre réalité... il en était effondré.
— Vous voulez dire que son corps s'est dématérialisé... il s'est dématérialisé et rematérialisé dans une autre dimension que la nôtre ?
— Oui... aussi incroyable que cela vous paraisse.
— C'est difficile à croire, en effet...
— C'est arrivé pourtant... j'étais là.
— Ne se pourrait-il pas que vous ayez été victimes d'une hallucination ou d'un quelconque processus hypnotique ? J'ai lu quelque part que les champs électromagnétiques sont connus pour provoquer chez certains sujets des hallucinations.
— Guirec y avait pensé, c'est pour cette raison qu'il a filmé les séances. Il existe un enregistrement vidéo des expériences. C'est ce que nous allons chercher.
— Je croyais qu'il s'agissait de notes.
— Oui... en quelque sorte. Elles se présentent simplement sous forme numérique. Guirec les transportait toujours avec lui, par sécurité, disait-il. Il projetait même d'emporter une caméra miniature lors de son dernier voyage, ce qu'il a fait d'ailleurs. Mais la caméra n'a pas réapparu quand Guirec s'est écrasé sur le plancher de l'appartement...
À nouveau, Maryse fait ce qu'elle peut afin de se retenir de pleurer.
— ... Il y a peut-être une chance pour qu'elle se trouve dans la salle souterraine, dit-elle.
— Pourquoi avoir choisi cet endroit ?
— Il se produit des phénomènes étranges... quand le corps du voyageur temporel se dématérialise...
— Voyageur temporel...
— Oui... c'est comme ça que Guirec avait baptisé ceux qui voyagent dans le temps.
— Au fait, ne m'aviez-vous pas laissé entendre que vous étiez plusieurs ?
— Oui... les trois autres personnes qui participaient aux expériences ont également disparu.
— Arrêtez-vous une minute, Maryse. Expliquez-vous. Que voulez-vous dire ?

— Guirec ainsi que les trois autres membres de notre groupe étaient du dernier voyage.
— Et vous, Maryse, où étiez-vous ?
— Je n'ai pas le temps de vous raconter tout ça maintenant, le temps presse…
— Il me semble urgent au contraire de prendre le temps d'une explication. Je vous ai suivie sans poser de question sur cette révélation concernant ma véritable identité. Je vous ai fait confiance parce que certains trous de mémoire étranges sont apparus après mon accident de moto et que… enfin, je veux dire… c'est à votre tour de me faire confiance. Je dois en savoir plus, Maryse.
La jeune femme soupire… l'écho emporte alors comme le courant d'un ruisseau le chuchotement de sa voix qui va se perdre sous la terre.
— Pour revenir, il est nécessaire d'avoir un point d'attache du lieu de départ, je servais de guide, comme un phare dans la nuit, permettant aux voyageurs temporels de réintégrer leur dimension initiale. Sans cela, il est impossible de retrouver son chemin.
— Comment ça ?
— Je ne sais pas, c'est Guirec qui a découvert le processus, c'est lui qui en maîtrisait les arcanes. Je n'ai fait que suivre ses instructions… mais cette fois, quelque chose n'a pas marché. C'est pour déterminer exactement ce qui s'est passé que nous sommes là.
— Et que va-t-on découvrir dans cette salle souterraine ? s'inquiète le bouquiniste.
— Je ne sais pas… la vérité sur ce qui s'est passé… je l'espère.
L'écho des pas se prolonge le long de la galerie souterraine. L'obscurité est écrasante et l'angoisse remonte des profondeurs de leur inconscient, créant des ombres menaçantes.
Soudain…
— CHUT ! ordonne-t-elle.
— Quoi ? s'inquiète Émile.
— Éteignez votre lampe, chuchote-t-elle. Vite.
— Qu'est-ce que c'est ?
— Je ne sais pas, taisez-vous.
Tous deux murmurent à présent. Le son de leur voix est à peine audible tant la peur de l'inconnue leur serre la gorge.
— Vous me foutez la trouille, Maryse.

— On dirait que quelqu'un est en train de fouiller, articule-t-elle.
— Dans cette obscurité ? Impossible.
— Oui... vous avez raison, tente-t-elle de se rassurer. C'est sans doute un animal.
— Un rat noir et velu.
— Je vous en prie, Émile, ce n'est pas drôle.
— Continuons.
— La salle doit être toute proche maintenant.
— Alors, allons-y.
— Écoutez ! dit-elle dans un souffle.
— Oui, cette fois j'ai entendu... il y a quelqu'un avec nous dans les souterrains.
— Ou quelque chose.
— La salle où a eu lieu l'expérience est à combien d'ici ? Interroge le bouquiniste.
— Juste après le coude, articule Maryse.
— Elle est grande ?
— Quoi ?
— La salle, elle est grande ?
— Oui, assez. Pourquoi ?
— Simple curiosité. Bon, essayons d'avancer sans faire de bruit.
— S'il y a quelque chose là-bas, il doit savoir que nous sommes là, fait remarquer la jeune femme. La lumière des lampes a déjà trahi notre présence.
— Vous avez raison... alors, allons-y..., ensemble
— Attendez, s'il vous plaît, Émile... donnez-moi la main.
— Venez, dit-il en serrant sa main dans la sienne.
Quelque chose s'agite dans l'obscurité, des griffes semblent lacérer le sol terreux de la salle souterraine où l'expérience a eu lieu.
Émile et Maryse ne sont plus qu'à quelques mètres de la vérité.
— Attendez, dit-elle.
— Quoi ?
— Guirec avait installé des spots, ils fonctionnent à l'aide d'un générateur, il se trouve de l'autre côté, plus loin dans la galerie opposée, à cause du bruit.
— Ce sont les câbles qui sont par terre, là ? Demande Émile.
— Oui, il faut les suivre, ils conduisent au générateur. Si nous

parvenons à le faire tourner, nous aurons de la lumière dans toute la salle.
— Vous avez peur, Maryse ?
— Oui... pas vous ?
— Si... si, bien sûr, moi aussi j'ai peur.
Les pattes griffues ont cessé de lacérer le sol, quelque chose écoute.
Le générateur se met alors en marche dans un grondement sourd.
— Ça fonctionne, se réjouit le bouquiniste. Allons-y.
— Je vous suis.
À pas lent, ils remontent le tunnel. Une lumière dorée... diffuse... éclaire la galerie souterraine. Dans le mur, sec et poussiéreux, une arcade s'ouvre sur une salle circulaire, une odeur infecte en émane, une odeur poisseuse, gluante, une odeur de peur.
Émile, talonné de près par Maryse, entre alors dans la chambre souterraine.
Quand Maryse pose les yeux sur le sol, elle ne peut s'empêcher de hurler.

38

Un rat monstrueux git dans le caniveau, offrant ses entrailles puantes aux hordes de mouches qui viennent pondre dans ses chairs putréfiées afin de donner à leurs larves la nourriture dont elles ont besoin pour opérer leur métamorphose. Sophie détourne la tête, écœurée par cette vision macabre.

Elle vient rendre visite à son père, car elle souhaite lui parler.

Chassant de son esprit la dépouille du rongeur, la jeune femme pousse la porte cochère et pénètre dans la cour dont les pavés ondulent comme un voile agité par le vent et où se dresse un marronnier séculaire. Ses talons résonnent sur la pierre l'espace d'un instant, brisant le calme régnant dans l'enceinte constituée d'une haute muraille en calcaire.

Elle toque à la fenêtre de la pièce où son père a aménagé son bureau. En l'apercevant derrière la vitre, il sourit et fait signe qu'il vient ouvrir. Heureux de cette visite, il délaisse pour une heure l'étude qu'il mène depuis quelques jours pour la conférence qu'il doit tenir prochainement dans sa loge maçonnique.

La jeune femme lui confie ses inquiétudes concernant Émile. Il semble qu'il se perde de plus en plus souvent dans ses pensées, explique-t-elle. Il est comme absent à la réalité, absorbé par un univers mental dont elle se sent exclue.

Son père essaie de la rassurer, mais elle ne peut s'empêcher de se faire du souci.

Puis, Sophie s'en retourne avec une bouteille de Bordeaux remontée spécialement de la cave pour elle.

Après le départ de sa fille, le franc-maçon s'est remis au travail. Assis derrière son bureau, il a rouvert le livre sur lequel il étaye son exposé, mais depuis quelques minutes, il plane autour de lui comme un parfum électrique.

Étrange.

Dehors les nuages obscurcissent le ciel. Le franc-maçon est obligé de faire la lumière pour voir ce qu'il rédige.

Soudain, un grondement de tonnerre fait vibrer l'atmosphère et pendant une fraction de seconde la lampe de chevet s'éteint. Aussitôt, une ondée rafraichissante inonde la capitale de Flandre et le bruit des

milliers de gouttes d'eau est semblable aux battements d'ailes d'une invasion d'insectes.
Le franc-maçon frissonne, la pluie a fait chuter la température d'un coup.
Seul dans son bureau, il est alors témoin d'un phénomène mystérieux...

39

Ce qui s'est passé sous le dôme de la salle souterraine, le bouquiniste l'ignore encore. Mais l'expérience menée par Guirec et les autres a trouvé sa conclusion ici.

Quelque part, sous terre, dans une salle circulaire coiffée d'un dôme de pierre, des pierres grossièrement taillées et jointes à la chaux, sous la lumière dorée des spots montés sur des trépieds métalliques… trois cadavres gisent sur le sol terreux où quelques rats, noirs et velus, terminent précipitamment leur festin avant de s'enfuir dans les anfractuosités obscures du ventre de la Terre. Trois cadavres… complètement nus… dont les visages et les entrailles ont été à moitié dévorés par les rats. Trois cadavres… aux chairs noires et gluantes, lacérées de griffes, et dont les restes ensanglantés portent des marques semblables à celles que Maryse avait peintes sur le corps de Guirec.

Trois corps, gisants sur le sol comme les morceaux épars d'une fresque brisée.

Trois cadavres reposant tels des pantins désarticulés au milieu d'un cercle de pierres dressées, et d'une odeur de mort.

— Que s'est-il passé ici ? Murmure Émile, sous le choc.

Maryse pleure, les genoux repliés sur sa poitrine, secouée de soubresauts, dos contre la pierre. Elle pleure, le visage enfoui aux creux de ses mains.

— Maryse.

Le corps de la jeune femme est secoué de chagrin, elle tressaille quand le bouquiniste s'agenouille près d'elle.

— Maryse… écoutez-moi…

— Qu'est-ce qu'il leur est arrivé ? gémit-elle. Oh, mon Dieu, c'est horrible…

— Maryse… essayez de retrouver votre calme.

— Tout ça est ma faute, se plaint-elle.

— Que voulez-vous dire ? … Maryse… pourquoi dites-vous que tout cela est votre faute ?

— L'expérience avait toujours réussi sans problème…, oh mon Dieu…, je n'étais pas suffisamment concentrée, j'étais tellement certaine que tout marcherait…

— Écoutez, Maryse, essayez de reprendre votre calme, il faut comprendre ce qui s'est passé ici.
— Oui… vous avez raison… il faut que je sois forte.
— Oui… nous devons examiner… je veux dire…
— Oui… je comprends.
— Levez-vous maintenant, ça va aller, faites-moi confiance, Maryse.
— Oui… j'ai confiance en vous, Émile.
— C'est Guirec qui a installé tout ça ?
— Oui… avec François, Marc et Gaëlle.
— François, Marc et Gaëlle, ce sont…
— Oui… dit-elle en retenant ses larmes.
Leur corps git sur le sol terreux, méconnaissable.
— À quoi servait le cercle de pierre ? Interroge Émile, bouleversé, lui aussi par le spectacle morbide.
— C'est un cromlech. Guirec pensait que la roche granitique avait des propriétés particulières qui renforçaient le champ magnétique cérébral…
— Qu'y a-t-il, Maryse ?
— La caméra miniature, dit-elle en fixant un objet fracassé sur le sol... Elle est détruite.
— En effet, il n'en reste rien, constate le bouquiniste en s'approchant. Voyons si on peut trouver quelque chose par là. Regardez dans les vêtements… aidez-moi.
Maryse s'exécute, le regard vide.
— Il n'y a rien… des papiers, un trousseau de clefs, rien de plus… Nous ne trouverons rien ici, renonce-t-elle.
— Prenons les clefs… nous découvririons peut-être quelque chose dans l'appartement d'un de vos amis…
— Non. Il n'y a rien là-bas qui puisse nous révéler ce qui est arrivé ici.
Maryse fuit le regard du bouquiniste, comme si elle craignait qu'il ne lise la vérité dans ses yeux.
— Quoi… qu'avez-vous ?
— Je ne vous ai pas tout dit… quelqu'un d'autre savait.
— Comment ça, que voulez-vous dire ?
— Guirec ne s'est pas rendu dans votre bouquinerie pour vous acheter le Nécronomicon, cette édition ne lui aurait été d'aucune utilité.
— Après ce que vous m'avez raconté, j'aurais dû m'en douter, même

les quelques gravures qui y sont reproduites ne sont pas de bonne qualité, vous m'avez menti, Maryse.
— Pardonnez-moi.
— On verra ça plus tard, dites-moi pourquoi Guirec est venu me voir.
— Justement... pour vous voir... à cause de ce que lui avait dit François.
— Expliquez-vous, je ne comprends pas.
— Guirec voulait voir votre visage.
— Pour quelle raison ?
— Il pensait avoir découvert votre véritable identité. L'expérience devait en apporter la preuve formelle... Malheureusement, Guirec est mort... les autres aussi.
— D'où tenait-il la photo que vous m'avez montrée ?
Quelques rats, les plus intrépides, hument l'air de la salle souterraine où se dressent les deux humains. Leurs museaux, noirs et humides, cherchent à localiser les voix que renvoient les murs de pierres crayeuses.
— Il serait temps de me dire la vérité, Maryse, de me dire ce qui s'est réellement passé.
— Il existe d'autres dimensions que la nôtre...
— Admettons... et après ?
— Je ne connais pas toute la vérité vous concernant, je sais juste ce que Guirec m'en a dit.
— Je m'en contenterai pour l'instant.
— Guirec avait découvert que vous existiez sous une autre identité.
— Vous voulez dire dans une autre dimension ?
— Oui... en quelque sorte...
— Vous êtes en train de me parler de vies antérieures, c'est ça ?
— Non, non, pas du tout... La réalité est bien plus impossible à croire. Moi-même, je doute encore que cela soit vrai malgré les preuves...
— Expliquez-vous, Maryse, je perds patience.
— Il n'y a pas d'au-delà... Guirec avait découvert que chacun de nous possédait une Source Identitaire..., une entité capable de revêtir d'autres formes. Guirec était à la recherche de sa propre source et c'est par hasard, au cours d'un voyage temporel, qu'il a appris qui vous étiez vraiment. Au départ, il ignorait jusqu'à votre existence. Guirec a été anéanti par ce qu'il a découvert... il était déprimé...
— Et quelle est ma véritable identité ?

— Je n’en sais rien, je vous l’ai dit, seul Guirec le savait... et... il est mort.
— S’il n’y avait ces trois cadavres recroquevillés sur le sol, je penserais que toute cette histoire est l'œuvre d’un dément.
— Guirec n’était pas fou ! Écoutez, ne vous arrive-t-il jamais de parler tout seul, dans votre tête, comme si vous vous adressiez à quelqu'un ?
— Oui... cela m’arrive tout le temps... J’ai consulté un psy, mais..., je..., où voulez-vous en venir exactement ?
— Guirec affirmait que c’était une preuve de ce qu’il avançait, quelqu’un nous manipule, quelque part, et Guirec était sur le point de le découvrir.
— Guirec pensait-il qu’un dieu nous manipulait ?
— Non, non, je vous l’ai dit, ça n’a rien à voir avec la religion ni avec l’au-delà, la vérité est plus simple, mais si difficile à admettre.
— Est-ce qu’il m’est possible d’accéder à cette autre dimension dont parlait Guirec ?
— Non... pour ça il faudrait que vous subissiez une opération.
— Quel genre ?
— Chirurgicale.
— Guirec et les autres avaient-ils subi une opération chirurgicale ?
— Oui.
— Alors il nous suffit d’aller voir le chirurgien qui les a pratiquées.
— C’est impossible.
— Pourquoi ?
— Elle est morte... C’est Gaëlle qui a réalisé les opérations.
Le silence s'empare du temps, les murs eux-mêmes semblent se resserrer autour des deux compagnons de voyage. L'odeur des corps en putréfaction monte des cadavres par vague, donnant la nausée, réchauffée par les lampes perchées sur des trépieds métalliques.
Le visage du bouquiniste se tourne vers la dépouille de Gaëlle qui est comme jetée sur le sol terreux. Elle n’est plus qu’un amas de chair noirâtre lacérée par les rats. La vision du cadavre de la jeune femme à moitié dévorée devient vite insupportable et Émile se tourne à nouveau vers Maryse pour ne pas vomir.
— Gaëlle a subi elle aussi l'opération ?
— Oui.
— Gaëlle ne s’est pas opérée toute seule.
— C'est Guirec, François et Marc. Gaëlle les a guidés.

— François et Marc ce sont...
— Oui.
— Vous étiez présente lors des opérations ?
— Évidemment.
— Vous sauriez la reproduire sur moi ?
— Non.
— Pourquoi ?
— Il s'agit d'une trépanation, avoue Maryse.
— Une trépanation ! Vous prétendez que Gaëlle a guidé Guirec et les autres pour pratiquer une trépanation sur son propre crâne ?
— Oui, l'anesthésie n'était que locale, Gaëlle était consciente durant toute la durée de l'opération, elle guidait les gestes de Guirec sur un moniteur vidéo. Vous ne le savez peut-être pas, mais on peut manipuler le cerveau sans que le patient ne ressente de douleur.
— En quoi consistait cette trépanation ?
— Elle avait pour but de loger dans le crâne, à un endroit très précis, un minuscule éclat de cristal, de la taille d'un petit diamant.
Un rat, noir et velu, le museau encore taché de sang séché sort furtivement de sa cachette. La faim est plus forte que la peur. Ses griffes, noires et acérées, laissent des empreintes peu profondes dans la terre sombre et poisseuse de la salle souterraine.
Plus loin, dans la galerie qui s'enfonce dans les ténèbres, le générateur gronde. Un bruit sourd, à peine perceptible parvient jusque sous le dôme où se tiennent les deux humains, épiés par des yeux, noirs et perçants.
— Maryse, parlez-moi de ce que Guirec avait appris sur cette source identitaire.
— Je préférerais que vous le découvriez par vous-même.
— Dites-moi ce que Guirec savait, Maryse, insiste le bouquiniste.
— Très bien, finit-elle par céder. Guirec était écrivain et il lisait beaucoup... c'est par hasard qu'il est tombé sur un cahier relié en cuir, un manuscrit datant du début du siècle dernier... c'est à partir de là que tout a vraiment commencé...

40

Les rues du Vieux Lille sont désertes. Les nuages s'amoncellent, prémices du mauvais temps.
Émile en a l'intuition, la mort des quatre membres du groupe dont Maryse faisait partie est d'une manière ou d'une autre liée à son histoire. Mais qui se cache derrière les meurtres atroces des quatre jeunes gens ? Et surtout, pour quelle raison ont-ils été si sauvagement assassinés ?
« C'est impossible... pourtant, j'ai vu les cicatrices sur leurs crânes... les inscriptions sur leurs corps mutilés... et il y a cette photo... Non, c'est impossible. Pourtant, il doit bien y avoir une explication à ce carnage. La théorie des cordes, oui. »
« Peut-être y a-t-il un moyen d'intervenir sur le cerveau pour traverser l'espace-temps comme le croyait Guirec... et s'il avait réussi ? Si c'était la raison pour laquelle on l'avait tué... lui et les autres ».
« Si au moins nous avions pu récupérer la caméra intacte. Si le disque de la caméra numérique n'avait pas été brisé en mille morceaux, nous saurions ce qui s'est réellement passé... Qu'est-ce qui a bien pu les tuer ? Un démon ? Non, il doit sûrement y avoir une autre explication ».
« Pourtant... qu'est-ce qui pourrait avoir la force de broyer un homme comme ça ? »
« Si Maryse dit vrai, il n'y a qu'un seul moyen de découvrir la vérité, c'est d'avoir accès à l'une des portes qui s'ouvrent sur l'espace-temps. Il faut que je lise le cahier découvert par Guirec. Ce cahier relié en cuir dont Maryse m'a parlé, il comporte peut-être des indications pour parvenir à localiser une porte qui ouvre les couloirs du temps. Non, Maryse affirme qu'il n'a été qu'un déclencheur... mais peut-être qu'elle ment ».
« J'aurais dû l'accompagner là-bas. Non, l'appartement de Guirec est sans doute surveillé par la police, il vaut mieux que les flics ne me voient pas entrer dans l'immeuble, et puis Maryse ne semblait pas désireuse que j'y aille avec elle ».
« Quand je pense à ces trois malheureux qui pourrissent sous terre, mais nous ne pouvions pas alerter les flics, ils nous auraient coffrés aussi sec ».
« De toute façon, Émile, qu'ils pourrissent dans les souterrains ou dans

un cercueil, c'est pareil pour eux, non ? »
« Oui, tu as raison, c'est pareil ».
« Je sais, je suis cynique, et après. Allez raconter aux flics que vous vous promeniez en compagnie d'une jeune femme dans les souterrains de la Citadelle, et que par hasard vous êtes tombés sur trois cadavres tatoués d'inscriptions bizarres et à moitié dévorés par les rats, au beau milieu d'un cromlech décoré de signes kabbalistiques. La suite du scénario est toute trouvée, ou bien ils vous collent au trou pour meurtres, ou bien ils vous enferment à l'asile pour le reste de votre vie..., parce que personne ne peut croire que... »
— Chéri ! Où étais-tu ? J'étais morte d'inquiétude.
« Sacrée Sophie, toujours la réplique de circonstance ».
Émile pose son sac de motos sur le plancher de la bouquinerie et referme la porte derrière lui, faisant tinter la clochette de cuivre dont le son lui semble soudain lugubre.
— Je... je suis allé prendre l'air, j'avais envie de marcher un peu.
— Et que fais-tu avec ce sac ?
— Le sac ? Ah oui, le sac... rien. Il fait chaud, alors je me suis dit... j'ai pensé que je ferais bien d'emporter de l'eau.
— Et le blouson ?
— La météo avait annoncé de la pluie pour aujourd'hui, je l'ai pris au cas où.
— Tu es sûr que tout va bien, mon chéri ? Tu as l'air bizarre, tu es tout pâle.
— Ça va, t'inquiètes pas, je t'assure.
— Tu es allé te promener au bois ?
— Hein ?
— Tu es allé au bois ? Tu as de la terre sur tes chaussures et le bas de ton pantalon.
— Oui... oui, j'avais envie de nature. Toujours rester enfermé dans la bouquinerie, ça finira par me rendre neurasthénique. Enfin, j'étais morose, j'avais besoin de prendre l'air.
« J'espère que Maryse va retrouver le cahier relié en cuir de Guirec ».
— Émile ! Qu'est-ce qui se passe ? Je vois bien que quelque chose te préoccupe, parle-moi s'il te plaît, ne t'emmure pas dans ta solitude.
« Merde ! Merde, merde et merde ! »
— Émile... tu sais que tu peux avoir confiance en moi, mon chéri.

« Je me sens perdu… je ne sais plus où j'en suis ».
Dehors, la lumière s'est assombrie et la pluie s'est mise à battre la vitrine de la bouquinerie… dans la pénombre deux êtres se font face, deux ombres chinoises, immobiles parmi les étagères de livres anciens où d'autres Êtres attendent de vivre leur histoire.
— Sophie…
— Oui, mon chéri.
— Hum, allons-nous asseoir au salon, veux-tu.
— D'accord.
« J'aimerais tant m'endormir dans tes bras, ne plus penser à rien, mourir... Bon Dieu, je me sens si fatigué…, ma vie est en train de basculer dans le vide, je… attends un peu, Émile, et si tout ça n'était que la conséquence des séances d'hypnose ? Si je ne m'étais pas réveillé en fin de compte... nom de Dieu, cette histoire me rend dingue ».
Le bouquiniste s'assoit lourdement dans le canapé sous l'œil inquisiteur de Sophie. Dehors l'orage vient d'éclater, des éclairs zèbrent le ciel et un formidable coup de tonnerre secoue les vitres de l'appartement. Sophie saisit un briquet dans son sac et allume les bougies à moitié consumées qui traînent sur la table basse du salon. Les doubles rideaux prennent une teinte orangée sous l'effet des flammes.
— Je t'écoute.
— Quoi ?
— Dis-moi ce qui te tracasse.
« Fais-lui confiance, Émile. Pour une fois dans ta vie, aie confiance en quelqu'un, oui…, mais la dernière fois que tu as fait confiance à une femme, ça a failli te coûter la vie, alors mets de l'ordre dans tes pensées, et reprends l'histoire au point de départ ».
— Tu te souviens de cet homme qui a disparu il y a quelques jours…
— Oui, celui dont t'a parlé l'inspecteur Mégrais, un écrivain, c'est ça ?
— Lieutenant.
— Quoi ?
— On dit Lieutenant maintenant. En fait, ce type est venu ici…
— Tu veux dire dans l'appartement, alors tu le connaissais ?
— Non, non, je ne le connaissais pas, il est passé à la bouquinerie pour acheter un livre… le Nécronomicon.

— Nécronomicon, ça me dit vaguement quelque chose...
— Pour le moment, coupe-t-il, ça n'a pas beaucoup d'importance. En fait, cet homme n'a pas disparu... enfin si... d'une certaine manière, on peut dire ça comme ça...
— Tu pourrais être plus clair, mon chéri. Il a disparu oui ou non ?
— Il est mort.
— Mort ! Comment ?
— Assassiné.
— Tu me fais peur, Émile.
— Quand Mégrais est venu me questionner pour savoir si je connaissais l'écrivain, je lui ai dit que je ne l'avais jamais vu avant, ce qui est vrai. Puis Mégrais m'a demandé si je lui avais vendu d'autres livres que le Nécronomicon, là encore, je lui ai répondu que non, ce qui est vrai aussi. Mais ça m'a fait penser que j'en avais un exemplaire dans mes cartons, là-haut au grenier...
— Quel livre ? interroge Sophie, impatiente.
— Le fameux Nécronomicon... je suis donc monté au grenier tout à l'heure... mais... les cartons avaient été ouverts, quelqu'un a volé mon bouquin, et d'après ce que j'ai pu en juger, rien d'autre n'a disparu...
Sophie a soudain l'air amusée.
— Qu'est-ce qui te fait sourire ?
— C'est ça qui te tracasse ? dit-elle.
— Oui... en partie.
— C'est moi qui ai pris ce livre...
— Quoi !
« Bordel ! Qu'est-ce que c'est encore que cette histoire, qu'est-ce que ça veut dire ? »
— J'avais complètement oublié.
— Pour quelle raison as-tu pris ce livre ?
— Je voulais te le dire, mais ça m'est sorti de la tête. C'est parce que tu m'en parles que ça me revient.
— Pourquoi as-tu pris ce livre, et qu'en as-tu fait, Sophie ?
— Rassure-toi, il n'est pas perdu...
— Où est-il ?
— Je l'ai prêté à mon père.
— À ton père ?
— Oui, tu sais que papa est franc-maçon, et il devait plancher pour une

des loges à laquelle il appartient, c'est pour ça que je lui ai rapporté... il y a un mois environ..., je m'en souviens parce que c'était la veille du jour où les sculptures du Château du Septentrion ont disparu... mais si, rappelle-toi, les neuf statues qui se trouvaient dans le jardin, en face de la galerie d'art...

« Si je te disais que les fameuses statues taillées dans le granit gisent sous nos pieds, dans une salle souterraine... mais pourquoi ton père voulait-il ce livre ? »

— Ton père fait un exposé sur le Nécronomicon ?

— Non, je crois que ça concerne les cercles de pierres en Bretagne, tu sais... comment ça s'appelle... tu vois ce que je veux dire ? Il y a une gravure dans le livre qui...

— Oui, des cromlechs.

— Quoi ?

— Les cercles de pierres, ce sont des cromlechs.

— Qu'est-ce que tu as ?

— Ton père a encore le Nécronomicon ?

— Oui, certainement, quand il me l'a demandé le mois dernier, tu n'étais pas là, et après j'ai oublié de t'en parler. Je suis désolée de t'avoir causé de l'inquiétude.

— Ce n'est rien... Comment savait-il que je possédais ce livre ?

— Tu ne te rappelles pas ? C'est lui qui te l'a offert, juste avant que nous nous installions ici.

— Oui... oui, bien sûr.

— Tu m'inquiètes, mon chéri, tes trous de mémoire sont de plus en plus fréquents... tu as l'air bizarre, tu es sûr que tout va bien ?

— Ça va. Je prendrais bien un verre... tu en veux un ?

— Oui, pourquoi pas. Un Gin.

— Un glaçon ?

— Oui, merci.

« Il faut que je lui dise pour Maryse, Bon Dieu ! Tout ça est compliqué ».

« Pourquoi ne pas dire simplement la vérité ? »

« Parce que la vérité n'a rien de simple ».

« De quoi as-tu peur Émile ? Que Sophie ne veuille pas te croire ? »

« La vérité nous fait peur... non, ce sont les conséquences qui nous effraient. La vérité nous fait peur parce que nous ignorons les conséquences qui en découleront ou nous les redoutons. Nous avons peur de l'inconnu, nous projetons nos fantasmes dans l'inconnu, et c'est ça qui nous fait peur, nos fantasmes... »

— Chéri ! Ça va ?

— Oui.

— Annie m'a appelée aujourd'hui, dit-elle pour clore de sujet.

— Ah, répond Émile, distrait.

« Qu'est-ce qui lui arrive encore... »

— Tu sais qu'Annie a un petit appartement à Sangatte..., elle a prévu d'y passer la semaine prochaine et..., elle m'a proposé de l'accompagner. Elle a besoin de se changer les idées, elle doit prendre une décision importante et...

« Bien sûr..., Annie, la solution au problème ».

— Si tu préfères que je reste avec toi, je lui dirai...

— Non... non, si tu en as envie..., vas-y. Tu m'enverras une carte postale.

— Je ne pars que quelques jours.

— Dis-lui quand même de lever le pied, je trouve qu'elle conduit un peu vite.

— Tu es sûr que ça ne te dérange pas ?

« Si tu savais comme ça m'arrange au contraire, ça m'évite de trop longues explications. C'est sans doute mieux comme ça, de toute manière tu ne croirais jamais à cette histoire ».

— Tu me manqueras un peu, ment Émile.

— Un peu seulement ?

— Je m'occuperai.

— Et si en attendant tu t'occupais de moi... J'aimerais que tu poses tes mains sur moi, Émile. J'ai envie de sentir ton corps contre le mien.

41

Au trente-cinq de la rue Sainte-Catherine, le pan d'un imperméable beige disparaît derrière la porte cochère. Mégrais traverse la coursive et passe la porte vitrée, pensif.
Il fait sombre dans l'étroit couloir qui mène aux appartements de Guirec Beryann.
Le policier gravit les marches qui le séparent de la scène de crime. La montée est rude dans les escaliers poussiéreux de l'immeuble ancien. C'est le souffle court qu'il parvient sur le palier exigu du cinquième étage.
Les investigations scientifiques n'ont rien révélé et hormis les conclusions du légiste il n'est pas très avancé sur la cause de ce meurtre atypique.
Les locataires du « 35 », quant à eux, sont restés muets comme des carpes. Dans le quartier, cette affaire a remué de mauvais souvenirs. Au café « chez Julo », les commentaires sont légion, certains disent, sous des airs entendus, que l'immeuble serait maudit.
Le vieux Vronsky, qui habite le bâtiment d'en face, se souvient, lui aussi, des morts qui se sont succédé depuis près de quarante ans au « 35 » de la rue Sainte-Catherine, mais il tient sa langue dans sa poche. Au comptoir, il se contente d'écouter, et derrière ses rideaux grisâtres, la nuit lorsqu'il ne dort pas, il observe l'histoire de la rue.
Au moment où Mégrais glisse la clef dans la serrure de l'appartement du mort, Maryse est encore à l'intérieur. Prise au piège, elle a entendu les plaintes du policier qui a eu du mal à récupérer son souffle, maudissant son manque de jeunesse et l'avarice des propriétaires qui les a poussés à ne pas faire installer d'ascenseur.
Rapide et silencieuse comme une couleuvre, elle a soulevé la banquette du divan et s'est faufilée dans le compartiment, sous les cousins, in extrémis.
Le cliquetis de la serrure est suivi des pas du lieutenant de police.
Les lames du plancher craquent. Il était temps.
Blottie dans sa cachette improvisée, elle devine les allées et venues de l'inspecteur qui tente, tel un profiler mal dégrossi, de comprendre la succession des événements qui ont conduit au drame qui s'est joué dans le salon où il se tient debout.

Au bout d'un quart d'heure d'intense réflexion, il finit par renoncer, agacé par un bruit d'eau qui s'écoule derrière la porte des toilettes. Mégrais ne croit pas à la piste satanique à laquelle pensent nombre de policiers de la brigade. Pour lui, cette mystérieuse affaire a un lien avec le vol de l'incunable de la Bibliothèque de France.

42

Dans la chambre, le calme est revenu.
Émile et Sophie sont recouverts d'un drap mauve, l'esprit en veille, quand le téléphone du salon se met à biper.
« Maryse »
— Ne te lève pas tout de suite, mon chéri, minaude Sophie, reste encore tout contre moi.
« Ce n'est peut-être pas Maryse après tout ».
La sonnerie digitale semble insister pour qu'on décroche, mais le bouquiniste fait mine de s'en désintéresser.
« De toute façon, je ne peux pas lui parler maintenant. J'espère qu'elle fera ce que je lui ai dit, m'appeler avant de sortir de l'appartement ».
« C'est sans doute ce qu'elle fait, Émile. Seulement si tu ne décroches pas... »
Émile se concentre afin d'oublier ce satané téléphone qui continue de se manifester dans le salon.
« Finalement, ce n'était qu'une coïncidence... le Nécronomicon n'a pas disparu, c'était une fausse piste. Une CO—INCIDENCE ? Deux singularités dans l'espace-temps, comme des indices semés sur ton chemin, Émile... mais semés par qui ? »
« Je me demande comment il les a tués... s'il me tuera, moi aussi, s'il découvre que je suis sur ses traces ».
Le combiné téléphonique émet un dernier bip.
— À quoi tu penses ? Demande Sophie.
— À rien, ma chérie..., je profite de ce moment de douceur et de tranquillité.
— Hum mm..., C'est vrai qu'on est bien, là, dit-elle, lascive.
— Oui.
Émile essaie de faire le vide, mais il n'y parvient pas. Il doit concentrer son esprit sur autre chose où Sophie risque de s'apercevoir qu'il est préoccupé et elle lui posera un tas de questions auxquelles il n'a de toute façon pas envie de répondre.
— Annie passe te prendre ?
— Oui... demain matin, vers neuf heures. Il faut que je fasse ma valise ce soir.
— Comment va-t-elle ?

— Annie ? Pas très bien. Son mec l'a quittée... il s'est comporté comme un gamin stupide.
— Tu veux parler du pompier ?
— Oui, ils vivaient ensemble depuis une semaine, lui n'avait même pas encore résilié son appartement. Heureusement pour lui, dans le fond. Enfin, peut-être que ça l'aurait obligé à réfléchir et à se comporter autrement. Un connard de première, celui-là, si tu veux mon avis.... Tu veux que je te dise pourquoi il l'a plaquée.
— Laisse-moi deviner, Annie a laissé brûler le rôti.
— Ce n'est pas drôle, Émile.
— Excuse-moi... que s'est-il passé ?
— Son ex-petit ami, à Annie...
— Le prof de maths, le grand blond avec une fine moustache, genre Valentin de la belle époque ?
— Oui, eh bien, cet imbécile a renvoyé à Annie les lettres d'amour qu'elle lui avait écrites, comme ça, glissées sous la porte, une à une...
— Et le pompier est tombé dessus.
— Tout juste. Là-dessus grosse dispute, pleurs, claquement de porte et rupture.
— Quel salaud.
— De qui tu parles ?
— Du prof de maths, sa vengeance est simpliste, mais machiavélique.
— Oui..., quel salaud.
— Il aurait mieux fait de ne pas les lire, il aurait dû les mettre au feu quand il les a trouvées. Ça n'apporte rien de connaître les histoires amoureuses de l'autre, rien d'autre que de la souffrance. L'ignorance est parfois souhaitable.
« La souffrance engendre toujours la souffrance. L'amour, c'est bien souvent vouloir tenir l'autre en son pourvoir, et ça, en toute inconscience. Les hommes et les femmes devraient se parler au lieu de vouloir se dominer l'un l'autre ».
« Si seulement il n'y avait pas en nous cet instinct qui nous pousse à faire mal. Combien de fois ai-je vécu ce moment où l'autre est en position de force, où il nous domine et nous écrase le sourire aux lèvres, où nous tombons sous les coups, les petites phrases assassines ».
« Nous ne faisons que reproduire des schémas de comportements, sans même le savoir. Comme l'épouse qui se comporte comme une

petite fille devant la colère de son père quand son propre mari exprime la sienne… comment ne pas traduire ce mutisme comme de l’indifférence, comment ne pas en souffrir ».
« Pourquoi choisir de se taire ou de feindre l’indifférence ? »
« Pour dominer, pour ne pas montrer ses sentiments, pour ne pas donner ce plaisir à l’autre de voir notre faiblesse. Lui montrer qu’il n’a pas de prise sur nous, ne surtout pas perdre la face, s’avouer vaincu. Faire semblant de se soumettre par contrainte et jouer l’indifférence. Parce que nous savons bien, au fond, que l’autre en souffrira, que ça le rendra fou, que la soumission apparente nous permettra de dominer quand l’autre aura épuisé sa rage ».
« Tout serait plus simple si on se parlait, surtout dans les moments difficiles ».
« C’est exactement ça, Émile, comme ce que te disait Sophie à propos de la notion de respect, si quelqu’un t’insulte, il ne faut pas répondre, l’ignorer. Autrement dit, lorsque tu te trouves dans une situation conflictuelle avec quelqu’un, ignore-le, fais celui ou celle qui reste indifférent, ne réponds pas. L’autre en crèvera, c’est certain. Il en crèvera de rage ou de désespoir. Il crèvera de n’avoir aucune prise sur toi ».
« C’est utile dans les relations sociales, le travail, mais dans un couple ce n'est pas la meilleure façon de se comporter, d’être ensemble »
Sur les pavés de la rue de Gand, la pluie finit de ruisseler jusqu’aux caniveaux pour enfin terminer sa course dans une bouche d’égout édentée, dans un murmure de flip flop qui rythme la fin d’après-midi. Dans un autre quartier, le cadavre d'un rat a lui aussi achevé son voyage dans les égouts de la ville, là où il aurait dû rester à l'abri. Les larves de mouches n'y survivront sans doute pas.
Sophie s’est levée, elle prend une douche, heureuse du plaisir qu'elle a éprouvé et de la perspective de passer quelques jours à la mer.
Émile a enfilé un peignoir et décide de faire cuire des spaghettis. Il a faim.
Il pense à Maryse qui en ce moment même, alors qu’il ouvre un pot de sauce provençale, fait pivoter le fond du panneau de la bibliothèque de Guirec pour y retirer le journal relié en cuir qui y repose depuis la mort tragique de l’écrivain et de ses trois compagnons d'infortune qui pourrissent dans une salle souterraine, sous les pavés lillois. Mais le

manuscrit ne s'y trouve pas. À sa place, trône une fiole à l'aspect peu ragoutant. Le cahier est ailleurs.
La nuit tombera bientôt.
Le nez collé à une des vitres de la fenêtre à meneaux de l’appartement de Guirec, Maryse regarde le soleil disparaître derrière l'immeuble où vit le vieux Vronsky. Elle ne sait pas encore que cette nuit, le voile d’ombre qui recouvre le mystère de la mort de ses amis sera levé. Elle ne sait pas encore que dans quelques heures, elle aussi connaîtra la vérité.

43

Guirec Beryann a ouvert une porte, c'est ce que pense Maryse et c'est ce que François, Marc et Gaëlle ont cru eux aussi. Le passage s'est transformé pour eux en *Boite de Pandore.*
Ils en sont morts.
Maryse est convaincue que quelqu'un d'autre manipule la trame de leur existence, elle peut presque ressentir sa présence parfois. Guirec est responsable de leur fin tragique, elle le sait, mais cela ne change rien à leur histoire.
L'écrivain a compris trop tard son erreur.
À moins qu'il ait deviné la vérité qui se dissimule dans l'ombre du bouquiniste et qu'il ait voulu percer le mystère.
À présent, Maryse a peur. Elle pressent, comme une intuition brumeuse, qu'elle aurait dû mourir, elle aussi.
L'incunable, comme tout ce qui pouvait mettre le bouquiniste sur la piste de l'assassin, a disparu.
Émile devra trouver seul le chemin de sa destinée, si elle existe.
Seule dans l'appartement de la rue Sainte-Catherine, Maryse a rouvert le cahier relié en cuir que Guirec a pris soin de placer dans une cache secrète autre que celle aménagée derrière la bibliothèque, juste avant sa mort. Heureusement, elle en connaissait l'existence.
Bien qu'elle ait déjà lu le récit qu'il contient, elle décide de reprendre la lecture de cette étrange histoire.
Un lien existe entre le témoignage du policier du début du siècle dernier et la découverte de son amant. À moins que tout ceci ne soit un leurre, que le détective des années folles ait codé ces textes pour égarer le profane.
Comment Guirec a-t-il su qu'une voie pouvait être ouverte dans l'espace et le temps ? Elle voudrait comprendre. Elle se souvient alors que c'est elle qui la première a évoqué l'existence des livres maudits.

44

Des perles de pluie s’accrochent aux carreaux de la chambre, battant les vitres comme une armée d’insectes fluides et incolores cherchant à envahir le monde des humains.
Un parfum de chocolat chaud se répand soudain dans la pièce quand la porte s’ouvre…
— Chérie ! Ton chocolat est prêt.
— J’arrive ! Je ferme la valise et je descends.
Le bouquiniste s'en retourne dans le salon, accaparé par ses pensées.
« Maryse n’a pas rappelé. Il faudrait quand même que j’en parle à Sophie. Ce n’est peut-être pas une si bonne idée que ça, Émile… Héberger Maryse quelques jours risque de devenir compliqué. Sophie part pour la semaine, mais après ? Maryse est très belle, enfin, elle a la fraîcheur de la jeunesse. Sophie sera malheureuse si elle apprend par hasard que tu as partagé l’appartement avec une jeune femme pendant son absence. Mieux vaudrait le lui dire. Oui, il vaudrait mieux. »
« Merde !… J’ai complètement oublié Caroline ».
— Fallait pas m’attendre, le gronde-t-elle.
— Sophie…
— Oui…
Le gong cuivré de la porte d'entrée vient l'interrompre.
— Ça doit être Annie, j’y vais, dit Sophie.
— Elle est en avance.
— Les femmes, mon chéri, sont toujours en avance… ou en retard.
« Ça commence à m’énerver, ces interventions extérieures, jamais moyen de terminer une phrase sans que le téléphone sonne ou qu’on frappe à la porte ».
« C’est ça qui pimente l’histoire, Émile, la véritable nature des choses aime à demeurer cachée…, ça s’arrange pas…, je me mets à paraphraser Héraclite maintenant. Évidemment, ceux qui n’ont jamais étudié Héraclite sont dans la panade. C’est quand même un des rares philosophes qui ne se branlent pas le cerveau avec la grammaire. On se fait souvent piéger par la grammaire, on en oublie la véritable signification des mots, leur sens… parler de la nature ou dire : “c’est naturel” est un non-sens, ça justifie tellement de comportements

culturels… »
— Bonjour, Émile ! Tu carbures toujours au Nutella à ce que je vois.
Annie apparaît derrière Sophie, légèrement plus grande qu'elle avec ses hauts talons. Émile se lève pour lui faire la bise.
— J'ai essayé la bière au petit déjeuner, mais ça me faisait vomir.
— Émile, mon chéri, c'est pas drôle. Tu vas me rendre malade.
— Excuse-moi chérie..., assieds-toi, Annie… Tu as déjeuné, tu veux un café ?
— Oui, mais je veux bien un café, merci.
— Ne bouge pas, chéri, je suis debout, j'y vais.
— Comment vont les affaires, Émile ?
— C'était plus simple quand j'étais salarié, les livres, ça marche pas très fort en ce moment, nous allons peut-être ouvrir un sex-shop sur le Net.
— Tu rigoles ?
— Pas le moins du monde. Sophie et moi, nous en avons longuement discuté hier soir, le sexe ! C'est ça qui fait marcher le monde et…
— Ne l'écoute pas, Annie, Émile est incapable de vendre du sexe. Tiens, ton café.
— C'est vrai qu'avec les préservatifs je ne suis pas doué, hein...
— Émile ! Non.
— Laisse-le parler, intervient Annie. Allez vas-y, raconte, l'exhorte-t-elle en s'asseyant dans un des fauteuils.
— Quand nous nous sommes connus, Sophie et moi… enfin… les premières fois nous avons voulu utiliser des préservatifs… quand j'essayais de les enfiler… je les tendais trop fort et ils bondissaient comme un élastique à travers la chambre… Je me souviens qu'une fois, Sophie s'est penchée au-dessus de moi pour m'aider à l'enfiler… et paf ! dans l'œil…
Le trio part dans un fou rire irrépressible et le bouquiniste a le plus grand mal à poursuivre son histoire.
— J'en ai même craqué un…
— Quel homme, une vraie bête…
— Annie, réplique Émile en se tenant les côtes, s'il te plaît, arrête de rire… j'ai vécu là un grand moment de solitude, crois-moi... Sophie aussi ça la faisait rire... mais elle n'est pas plus douée que moi…
— Émile ! S'offusque-t-elle.
Nouvel éclat de rire général.

— Bon... ce n'est pas tout de rigoler, mais faut y aller. Sophie, tu es prête ?
— Oui... je vais chercher mes valises, dit-elle en essuyant ses larmes.
— Tes valises ! On ne part que pour une semaine.
Rassure-toi, elles sont toutes petites.
Le silence s'installe alors que Sophie va prendre ses deux énormes sacs de voyage posés au pied du lit conjugal. Émile croise le regard bleu azur d'Annie, elle est souriante, comme toujours, en apparence.
— Soyez prudentes sur la route, conseille-t-il.
— T'inquiète pas, je te la ramènerais vivante.
— Tiens ta promesse.
— Annie te fait des promesses dans mon dos ? Interroge Sophie en reparaissant dans le salon.
— Elle promet de te ramener vivante, explique Émile.
— Ne t'inquiète pas, mon chéri... On y va, Annie ? Je suis prête.
— Ouais ! dit-elle en s'extrayant du fauteuil.
Sophie pose ses lèvres sur celles d'Émile et se redresse.
— Ne fais pas de bêtises sans moi, mon chéri.
— J'essayerai.
Les deux femmes quittent l'appartement et le bouquiniste reste seul.
« Bon, je mets tout ça au lave-vaisselle et je vais ouvrir la boutique. Je mettrai tout ça en route tout à l'heure, après le déjeuner. Un peu de solitude m'aidera à réfléchir ».
Les rayons du soleil matutinal pénètrent enfin le salon où Émile installe son ordinateur portable. Dehors, la pluie a brusquement cessé comme si mère Nature avait fermé le robinet.
À l'étage, derrière la vitre constellée de gouttelettes, Émile regarde la Ford blanche quitter le trottoir où Annie l'avait laissée en stationnement.
« Maryse n'a pas rappelé... c'est inquiétant... j'espère qu'elle ne s'est pas fait pincer par les flics. Si Mégrais a... »
Quelqu'un frappe à la vitre de la boutique de livres anciens. Les bruits parviennent jusqu'à l'étage, étouffés par le plancher et la cage d'escalier. Le bouquiniste les perçoit entre deux pensées.
« Qu'est-ce que c'est encore ? Maryse ? »
Émile descend précipitamment les escaliers qui mènent à la bouquinerie. Derrière la porte vitrée de la boutique, une mauvaise

surprise l’attend.
« Non, c’est pas vrai… »

45

Dans la rue de Gand, les rayons dorés du soleil chauffent les pavés humides et les vieilles façades sur lesquelles les moulures de plâtre s’effritent sous l'action irrémédiable du temps. Le bruit d’un moteur qui s’éloigne rebondit sur les murs puis le silence retombe. Devant la vitrine de la bouquinerie, un homme se tient debout, le regard tourné vers les étagères de livres anciens.

La rue est déserte.

Une brise légère s’engouffre dans les pans de l’imperméable de cet homme au visage ingrat qui s'avance d'un pas lourd vers la boutique où Émile s'interroge sur l'étrange cliché que lui a montré la petite amie de l'écrivain.

Le bouquiniste se remémore les corps brisés, ces visages déchiquetés abandonnés sous terre quand la porte s’ouvre, faisant tinter nerveusement la clochette accrochée au linteau de bois.

— Entrez lieutenant, quel bon vent vous amène… je veux dire… quel est l’objet de votre visite ?

— Des nouvelles de la jeune femme ? Questionne le policier aigri.

— Non… et vous ?

« Que peut bien faire Maryse ? Elle aurait dû m’appeler depuis longtemps ».

— Je suis ici, monsieur Tiembpont, parce qu’il s’est produit un fait nouveau, auquel, d’ailleurs, vous pourrez certainement m’apporter quelque éclairage.

— Ah. Qu'est-il arrivé ?

— Rappelez-moi, quand Maryse est-elle venue vous voir ?

— Maryse ?... Qui est Maryse, lieutenant ?

« Le salaud, il m’a tendu un piège. Mais tu ne me coinceras pas avec ta stratégie de petit flic mal rasé ».

— La petite amie du mort, vous vous souvenez ?

— Oui… Mais j'ai déjà répondu à cette question, elle est passée peu de temps après votre visite, le jour où vous m’avez appris le meurtre de l’écrivain. Je ne l’ai pas revue depuis. Ça aussi, je vous l'ai dit.

— Vous en êtes sûr ? Réfléchissez, votre mémoire vous joue peut-être des tours, qui sait ?

— Non, lieutenant, elle n’est pas revenue ici.

— Étrange.
— Qu'est-ce qui est étrange ?
Mégrais élude la question du bouquiniste.
— Reconnaissez-vous ceci ?
« Reste calme Émile, respire tranquillement ».
— Qu'est-ce que c'est ?
— J'espérais que vous me l'apprendriez.
— Je peux voir ?
— Tenez.
« Bon sang, où est Maryse ? »
— Le reconnaissez-vous ?
— Non... je n'ai pas vendu ce livre si c'est ça votre question, lieutenant.
Émile ouvre le cahier relié en cuir. Il s'agit d'un manuscrit dont l'écriture incurvée semble assez ancienne.
« ... J'ai découvert... que ma vie n'était pas la mienne... », déchiffre-t-il sur la première page.
— D'où provient-il selon vous ? Questionne le policier.
— Je n'en ai aucune idée, il y a beaucoup de bouquinistes à Lille, avez-vous interrogé d'autres confrères ?
« ... des destinées qui finissent par engendrer leurs propres existences... »
— Oui, tous. Aucun d'eux n'a vendu ce manuscrit. Mais selon eux, il est très ancien, sans doute début des années mille neuf cent. Qu'en pensez-vous ?
« ... que c'est un de ces passages qui est la cause des événements auxquels je suis à présent confronté... »
— Oui, probable. Je n'en sais rien. Si vous me le laissiez, je pourrais effectuer ces recherches pour vous.
— Malheureusement, cela n'est pas possible, fait mine de regretter le lieutenant. Puis-je le récupérer ?
— Oui, bien sûr... tenez.
— Qu'a-t-il à voir avec le meurtre de l'écrivain ?
— Ce manuscrit, Monsieur Tiembpont, semble avoir une grande importance.
— Laissez-moi y jeter un coup d'œil, une heure ou deux. Je pourrai vous donner mon avis.
— Nous le lirons, Monsieur Tiembpont, avec attention. Et le cas

échéant, je ne manquerai pas de m'entourer de l'opinion de spécialistes, tels que vous-même.

— D'où provient-il ?

— La nuit dernière, il s'est produit… un événement, comme je vous le disais.

« Maryse ! »

— Quel genre d'événement ?

— La nuit dernière, la voisine de palier de Guirec, l'écrivain qui a été assassiné, dans des conditions plus qu'étranges d'ailleurs… mais je ne vous avais pas dit qu'il s'appelait Guirec ?

— Si, lieutenant, lors de ma déposition.

— Hum… bref. En pleine nuit, la locataire du « 35 » a entendu des cris dans l'appartement de l'écrivain. Des hurlements, pour reprendre ses propres termes, suivis d'un vacarme épouvantable…

« Maryse, je n'aurais pas dû la laisser partir seule ».

— … Lorsque nous sommes arrivés sur place, après qu'elle nous ait alertés, nous avons découvert Maryse… dans la rue, écrasée sur les pavés…, morte. Malheureusement, la voisine de palier n'a rien pu nous dire d'autre. La pauvre femme est devenue hystérique quand elle a vu le corps recroquevillé sur le trottoir et nous avons été contraints de la faire hospitaliser.

« Je n'aurais jamais dû la laisser y aller seule, tout ça est ma faute ».

— La victime tenait, serrée contre elle, ce cahier relié en cuir.

« Le cahier de Guirec, elle n'a pas voulu le laisser à son agresseur. Mais pourquoi quelqu'un chercherait-il ce livre ? Qu'a-t-il de si important ? »

— Visiblement, elle s'est défenestrée. Enfin… s'il n'y avait pas le témoignage de la voisine concernant ces hurlements de même que les éclats de verre sur le trottoir et si son petit ami n'avait pas été assassiné il y a deux jours, je serais enclin à le croire. Mais là… je crains qu'elle n'ait été elle aussi assassinée…

« Que contient ce livre ? »

— … La question est : pourquoi ? Dit Émile.

« Une vérité ! Une vérité pour laquelle on tue ? »

— Où étiez-vous la nuit dernière ? Demande innocemment Mégrais.

« Ça veut dire qu'il est ici ».

— Quoi ?

— Où étiez-vous la nuit dernière ?

— Vous me soupçonnez, lieutenant ?
— C'est une simple question.
— J'étais ici, ma femme vous le confirmera.
— Toute la nuit ?
— Toute la nuit, lieutenant.
— Votre femme est-elle là ?
— Non, elle est partie avec une amie pour quelques jours. D'ailleurs, vous l'avez certainement croisée en venant ici.
— C'est ennuyeux.
— Pourquoi vous acharnez-vous sur moi, lieutenant ?
— Je dois explorer toutes les pistes possibles, ne serait-ce que pour en éliminer certaines. Selon vous, est-ce que ce livre a beaucoup de valeur ?
— Pour vous répondre, il faudrait que je l'examine.
— Vous l'avez eu en main, qu'en pensez-vous ?
— Qu'il ne suffit pas qu'un livre soit ancien pour en déterminer sa valeur. L'édition, le contenu ainsi que l'auteur et éventuellement les gravures qui sont à l'intérieur ont leur importance.
— Cet ouvrage ne comporte pas d'édition, pas plus que de gravures ou de dessins. Ce manuscrit est anonyme, enfin a priori. Il s'agit peut-être d'un roman sur lequel travaillait l'écrivain.
— Non, la calligraphie est ancienne, l'encre nous indique également que le texte a été écrit il y a fort longtemps. Le cuir et le type de reliure aussi.
« D'ailleurs, si vous aviez réellement consulté d'autres bouquinistes, ils vous l'auraient dit. Je doute que vous ayez eu le temps de faire le tour de la ville ce matin. Depuis le début vous me soupçonnez, lieutenant. Pourquoi ? »
« Guirec avait peut-être laissé des notes me concernant... »
— Savez-vous ce que veulent dire les lettres I et X ?
— Ces lettres se trouvent sur le cahier ?
— Oui, sur la première page.
— Une page blanche ?
— Oui.
— Ces deux lettres représentent un chiffre, lieutenant. Le chiffre neuf. Émile se trompe de peu, mais il ignore que le manque de rigueur du policier l'a induit en erreur.

— Savez-vous qu'elle pourrait être sa signification ?
— Non, les autres lettres ont peut-être été effacées... si c'est le cas, cela signifie qu'il s'agit probablement de l'année à laquelle ce cahier a été écrit. Je ne peux pas vous en dire plus, lieutenant.
— Bien... si quelque chose vous revenait en mémoire, Monsieur Tiembpont, appelez-moi.
— Je le ferai, lieutenant.
— Soyez prudent, Monsieur Tiembpont.
« Maryse est peut-être morte à cause de ce cahier, c'est vous qui devriez être prudent, lieutenant. Mais je doute que vous en tiriez quelque chose qui vous mette sur la piste du meurtrier, il vous manque la clef, sans la clef qui vous permettrait de comprendre ce qui est écrit vous ne découvrirez jamais la vérité. Ça vaut peut-être mieux d'ailleurs ».
« Cette histoire est un cauchemar, sans Maryse je n'y arriverai jamais. Maryse, Guirec et les autres étaient les seuls à savoir. Non... Quelqu'un d'autre sait, forcément ».
— J'oubliais... l'autopsie de l'écrivain a révélé quelque chose d'étrange.
— D'étrange, lieutenant, toute cette affaire me semble étrange, à dire vrai.
— Il y avait quelque chose dans le crâne de la victime...
« L'éclat de cristal ».
— ... un petit éclat de cristal... en fait, il semble que Guirec ait subi une trépanation, une trépanation Monsieur, Tiembpont, vous savez ce que c'est ?
— Oui lieutenant, je sais.
— Bizarre, n'est-ce pas ?
« L'éclat de cristal permettait de synchroniser les oscillations cérébrales avec les champs électromagnétiques terrestres afin d'ouvrir les portes de l'espace-temps... s'il n'y avait déjà cinq morts, je dirais que c'est impossible, mais il y a cinq cadavres, Guirec, François, Marc, Gaëlle et maintenant Maryse... »
— Évidemment... vous ne savez pas pourquoi Guirec avait cet éclat de cristal logé dans le crâne ?
— Évidemment non, lieutenant. Je ne suis pas un expert.
— Ceux de la police scientifique n'en savent pas plus que vous, enfin... ils cherchent, eux aussi.

« Si je vous disais ce que je sais, vous ne le croiriez pas. Maintenant nous ne sommes plus que deux à connaître la vérité... moi... et l'assassin ».

— Vous allez souvent vous balader au bois ?

— Quoi ?

« Il va finir par croire que je suis sourd dingue ».

— Je dis, vous allez souvent vous promener à la Citadelle ?

— Oui... cela m'arrive. Pourquoi me posez-vous cette question, lieutenant ?

« Il m'a fait suivre, salaud de flic ».

— À tout hasard... il y a une feuille séchée sur votre paillasson. Un client, peut-être, qui revenait du bois et qui ensuite est venu dans votre bouquinerie, pour vous acheter un livre d'occasion...

— Non, lieutenant, il est probable que ce soit moi qui aie amené cette feuille jusqu'ici. Hier, je suis allé me promener à la Citadelle.

— Hum... avez-vous fait des rencontres ?

— Non... il semble que personne n'ait eu la même idée, lieutenant. Le bois était désert.

— Hum... à bientôt, Monsieur Tiembpont. Soyez prudent.

« Tu joues avec moi Mégrais, tu joues avec mes nerfs, qu'est-ce que tu sais que j'ignore ? »

La clochette tinte mollement quand le lieutenant de la Criminelle referme la porte de la boutique de livres anciens derrière lui, laissant Émile seul avec ses interrogations.

« Si je pouvais récupérer un éclat de cristal... ça ne me servirait à rien, j'en sais trop peu sur l'expérience pour pouvoir la reproduire ».

« Peut-être que l'expérience est décrite quelque part, voyons..., non, pas chez Guirec, ce serait trop dangereux, la police doit surveiller l'appartement à présent et s'il y avait des documents ou des notes, les flics ont certainement tout raflé ».

« Gaëlle ! Oui... il doit sûrement y avoir des documents, des notes... en tant que scientifique, elle devait tenir un journal des expériences. Il faut que je récupère ses clefs. Oui, mais comment vais-je savoir lesquelles parmi toutes les clefs qui se trouvent dans la salle souterraine ? »

« Réfléchis... ses clefs sont forcément dans ses vêtements, ses vêtements seront faciles à repérer puisque ce sont ceux d'une femme ».

« Oui, mais Maryse était présente, elle aussi ».
« Il te suffit de regarder les papiers d'identité ».
« Oui. Mais si elle avait déménagé entre-temps ».
« Une fois que tu auras son nom, tu pourras vérifier sur l'annuaire. Tu trouveras facilement son adresse ».
« Gaëlle devait sûrement tenir un journal du déroulement des opérations, en tant que médecin, c'est probable, ça. Elle a bien dû se documenter pour savoir où placer l'éclat de cristal. Si seulement Maryse m'avait dit où Gaëlle avait pratiqué les trépanations ».
« Aucun hôpital n'aurait accueilli une telle expérience. Chez elle peut-être ? »
« Il n'y a qu'un seul moyen de le savoir, Émile, tu dois fouiller l'appartement de Gaëlle ».
« J'attendrai l'heure du déjeuner pour récupérer les clefs dans la salle souterraine. Oui, si je suis surveillé, ça paraîtra plus naturel, des tas de gens profitent de l'heure du déjeuner pour s'acheter un sandwich et se balader. Une fois dans le bois, il me sera facile de repérer si je suis suivi... et si c'est le cas... j'aviserai ».
« Il ne me reste plus qu'à attendre le moment adéquat, d'ici quelques jours, quand Mégrais m'aura un peu oublié ».

46

Sur le feu de la cuisinière, la bouilloire s'est mise à siffler.
Caroline se lève et coupe le gaz.
Sur sa table de travail, une tasse est posée. Un sachet de thé attend qu'on déverse sur lui une pluie d'eau frémissante.
La jeune femme saisit la bouilloire à l'aide d'une manique pour ne pas se brûler, car le manche en bois a depuis longtemps disparu. Elle devrait s'en débarrasser pour acheter une bouilloire électrique, mais l'ustensile désuet lui vient de son arrière-grand-mère qu'elle n'a d'ailleurs pas connue et Caroline ne parvient pas à s'en défaire.
C'est l'esprit accaparé par le souvenir de son père qu'elle verse le liquide bouillant dans sa tasse. L'infusion se colore de rouge et lui fait penser à du sang. Un frisson parcourt sa peau. L'espace d'une seconde, elle se sent glacée.
« Tu délires, ma fille », se morigène-t-elle en souriant au vide de son appartement. Puis, après avoir reposé la bouilloire, elle se masse les bras pour faire disparaître la chair de poule qui lui hérisse les poils.
La lecture du carnet de bord de son père influence son imagination, conclut-elle, mais ce n'est pas tant le contenu du carnet qui la trouble que la raison pour laquelle son père a cru bon de le lui remettre en héritage.
Caroline ne possède pas suffisamment d'érudition pour poursuivre les recherches de l'archéologue, alors qu'avait-il en tête en lui laissant ses écrits. D'ailleurs, cela lui fait peur. Et il y a ce nom étrange qu'elle a lu, traduit d'un fragment de texte qui, selon les études menées par son père, serait identique à celui se trouvant dans un manuscrit ancien appelé Manuscrit Pnakotique. Un nom qu'elle a déjà entendu prononcer.
Yog Sothoth.

47

Maryse est morte.
Son crâne a heurté la bordure du trottoir après sa chute du cinquième étage et s'est disloqué, tout comme ses os qui se sont brisés sur les pavés de la rue Sainte-Catherine. Le choc violent a provoqué des lésions multiples et certains organes ont éclaté ou ont été perforés par des côtes cassées.
Sa mort a été instantanée.
Le vieux Vronsky, derrière ses rideaux maculés de poussière a tout vu, mais l'émigré polonais ne dira rien. À quoi cela servirait-il, ses aveux ne ressusciteront pas la jeune femme.
Maryse emporte avec elle le secret de l'identité de son meurtrier.
D'où vient-il ?
D'une autre dimension, d'un univers parallèle ?
Émile semble le croire.
Le lieutenant de la Police Criminelle quant à lui, croit davantage à une histoire de trafic lié à un réseau de collectionneurs anonymes. Le vol de l'incunable dérobé dans les locaux de la Bibliothèque de France semble d'ailleurs lui donner raison.
Mais au-delà des apparences se cache peut-être une autre réalité à laquelle chacun de nous participe, sans vraiment en avoir conscience.

48

Les frondaisons oscillent sous la brise. Les feuillages, vert émeraude, laissent passer les rayons du soleil dans un bruissement qui rappelle les battements d'ailes des insectes.
Al Azif.
Le bois respire une douce chaleur, loin des bruits de la ville.
Des branches… s'éveillent des murmures… des chants d'oiseaux.
Un couple marche main dans la main sur le chemin de terre battue. L'amour qui semble les unir se lit dans leurs yeux. L'amour… fragile équilibre… mortel comme les cœurs qui l'abritent et dont l'espérance de vie est moindre que les individus qui s'y abandonnent.
Tout est tranquille.
« Je ne crois pas que quelqu'un m'ait suivi… je devrais peut-être faire le tour du petit carré pour vérifier… non, je n'ai pas le temps, si je n'ouvre pas la bouquinerie avant quatorze heures, ça paraîtra louche ».
« Il y a plus de gens qui se promènent aujourd'hui, ça sera moins facile de passer inaperçu. Heureusement, l'entrée des souterrains est à l'abri des regards ».
« Encore une minute et j'y serais. Marche tranquillement, Émile, essaie de paraître le plus naturel possible. Non, ne te retourne pas ».
Une jeune femme joue avec son chien au bout du chemin. Les aboiements effraient un couple de corbeaux perchés sur les branches d'un chêne centenaire. Leurs battements d'ailes légers, presque majestueux, les emportent au loin. Émile les suit du regard l'espace d'un instant.
« Un petit coup d'œil avant d'entrer dans les broussailles ».
« C'est là ».
La brise s'est apaisée… soudainement.
Le bruissement des feuilles a disparu, les aboiements se sont tus… Dans le ciel, un croassement déchire le silence.
« Qu'est-ce que ça veut dire ? »
« Bon sang, pourtant je suis sûr que c'est ici ».
Le bouquiniste n'en croit pas ses yeux.
« Le mur est intact… c'est impossible, il y a encore quelques jours les pierres étaient descellées ».
« Je ne me suis pourtant pas trompé ».

« Merde ! »
Émile sent l'angoisse qui peu à peu lui serre la gorge comme un lacet sur son coup.
« Fous le camp Émile, tire-toi de là ».
« Personne…, vas-y, sors de là ».
« Non, ne reviens pas sur tes pas, continue, tu sortiras par la Porte Dauphine ».
« Bon Dieu ! Qu’est-ce que ça veut dire ? »
« Les flics ? Non, ils n’auraient pas rebouché l’ouverture, ils auraient scellé l’entrée des souterrains avec des planches. Alors qui ? Des ouvriers chargés de rénover les remparts de la Citadelle ? Non, il n’y a pas trace de maçonnerie, on dirait que l’ouverture n’a jamais existé ».
« C’est impossible ».
Le bouquiniste continue son chemin. Le doute l'envahit à chacun de ses pas. Peut-être s'est-il trompé d'endroit.
« C’est peut-être là ? »
« Non… il n’y a rien ici ».
« Qui a rebouché l’ouverture ? »
« Quelqu’un qui savait, quelqu’un qui savait que l’ouverture dans le mur existait. »
« Il est ici… c’est lui qui a condamné l’entrée… Il est en train d’effacer ces traces et après il me tuera. Il est peut-être là, dans les bois, à m’épier ».

49

Émile n'a pas retrouvé l'entrée des souterrains dans les murs des remparts de la Citadelle.
Déboussolé, il a marché jusqu'à la Porte Dauphine avec un malaise grandissant. Pas après pas, il s'est senti épié par une présence invisible, maléfique.
À présent, le bouquiniste de la rue de Gand ne sait plus ce qu'il doit penser. A-t-il rêvé toute cette histoire ? Bien sûr que non, tente-t-il de se convaincre. On ne peut vivre dans une hallucination permanente. Seul l'assassin a pu replacer les pierres que les deux étudiants en archéologie, Marc et François, avaient descellées du rempart.
Il aurait dû examiner la maçonnerie avec plus de sang-froid, se morigène-t-il.
La confusion qui perdure dans son esprit vient du fait que non seulement le passage était clos, mais qu'il n'a remarqué aucune différence de couleurs entre les pierres constituant la paroi, comme si le trou dans le mur n'avait jamais existé.
Pourtant, il se souvient des deux étudiants qui gisent, à moitié dévorés par les rats, dans la salle circulaire nimbée de ténèbres, aux côtés de Gaëlle, la jeune urgentiste. Sous les pavés du Vieux Lille, les trois corps pourriront jusqu'à ce que leurs os soient nettoyés de leur chair par les rongeurs et autres insectes nécrophages. Leurs âmes hanteront les entrailles de la Terre, le maudissant pour les avoir abandonnées sans sépulture. Les morts, tout comme les vivants, doivent être traités avec respect.
C'est aux prises avec de sombres pensées qu'Émile est rentré chez lui, rue de Gand.
De retour dans sa bouquinerie, il est parvenu à retrouver son calme. Il cherche à présent à comprendre qui se cache derrière les meurtres cruels auxquels il est lié, d'une manière ou d'une autre.
Étrange est la sensation qui le maintient éveillé dans ce cauchemar où l'invisible menace ne vient pas du dehors, mais d'une force qui sourdre de son inconscient. Le bouquiniste commence à percevoir, confusément, qu'il y a quelque chose en lui qu'il ne connait pas, quelque chose que l'hypnose a réveillé.
Sur son bureau, des notes éparses se partagent l'espace avec

l'ordinateur portable et une tasse de café froid. Sur l'une des pages, figure une inscription sibylline qu'il ne parvient toujours pas à déchiffrer.
« N'est pas mort ce qui dort à jamais »
« Et au long des siècles peut mourir même la mort »
« Si seulement j'étais capable de comprendre cette énigme »
« Et si je faisais fausse route, l'étude du Nécronomicon est peut-être inutile. Maryse disait pourtant que Guirec avait étudié tous les livres interdits avant de comprendre l'énigme du voyage dans le temps et de mettre au point un protocole ».
« Si le père de Caroline était encore en vie, il pourrait sans doute m'éclairer sur la signification de ce texte sibyllin ».
Le bouquiniste se lève et fait quelques pas parmi les ouvrages qui s'amoncèlent sur les étagères. Le plancher grince au rythme de ses allées et venues. Son regard rampe sur les couvertures de cuir, tel un insecte explorant l'espace à la recherche d'un abri.
« Il est temps de reprendre les éléments un par un, Émile »
Le bouquiniste ferme les yeux et se concentre.
Debout, immobile au milieu des livres anciens, Émile passe en revue les éléments dont il dispose, les agençant en un monologue silencieux comme un professeur traçant à la craie blanche sur un tableau noir les données d'une équation.
« Guirec tombe par hasard sur un cahier relié en cuir. Ce journal manuscrit, probablement écrit au début des années 1900, semble être le déclencheur d'une intuition. L'écrivain travaille alors sur un roman qui a pour thème les livres maudits, il étudie pour ça toute la littérature disponible sur le sujet. Il a même accès au Nécronomicon, un manuscrit original qui aurait été écrit par Abdul al-Hazred, un poète arabe mort dans d'horribles souffrances au cours du VIII siècle de notre ère. Des témoignages concernant la mort de cet érudit ont traversé l'Histoire, attestant de la réalité de la légende ».
« L'écrivain a également accès au Livre d'Eibon, un écrit datant du Moyen Âge et dont l'existence est également attestée par les historiens. Un manuscrit dont seuls les deux tiers ont pu être traduits à ce jour. Un manuscrit qui parle de la création du monde, des sciences, d'astronomie et de magie ».
« Le Nécronomicon et le Livre d'Eibon, évoquent tout deux l'existence

de Yog Sothoth, un démon ancien prisonnier de l'infini, à qui les frontières de notre monde ont été à jamais interdites par de mystérieux Anciens sur lesquels on ne sait presque rien et qui étaient présents sur Terre en des temps bien antérieurs à ce que les historiens et anthropologues sont prêts à admettre ».

« Il faut aussi garder à l'esprit que ces légendes puissent avoir une valeur symbolique dans la mesure où elles ont été recopiées de nombreuses fois à travers les siècles et que l'histoire originelle a sans doute été transformée sous la plume des copistes ».

« Guirec, en croisant les informations tirées de ces trois ouvrages, le journal manuscrit écrit au début du siècle dernier, le Nécronomicon et le Livre d'Eibon, a l'intuition qu'il existe d'autres dimensions auxquelles il est possible d'avoir accès ».

« Cette idée l'obsède, il ne dort presque plus et se livre à de nouvelles recherches, aidé par sa petite amie. Maryse, qui a accès aux livres anciens de la Bibliothèque de France de par sa fonction. Maryse qui est convaincue que Guirec a découvert quelque chose d'important, une vérité impossible à croire pour les matérialistes que nous sommes devenus ».

« Guirec et Maryse découvrent alors, en étudiant d'autres ouvrages ésotériques, le moyen de voyager à travers l'espace et le temps, et grâce à un éclat de cristal implanté dans une aire du cerveau humain, l'expérience devient réalisable. »

« Les études anthropologiques montrent qu'en des temps très reculés, des hommes considérés comme des primitifs ont réalisé des trépanations et que ceux qui les ont subies y ont survécu. Mais les scientifiques n'ont jamais découvert les raisons pour lesquelles nos ancêtres pratiquaient ces trépanations. Ils se sont contentés de les classer dans la catégorie des actes chirurgicaux sans se demander s'il pouvait y avoir une autre explication que celle d'un acte curatif... Eux qui sont si prompts d'ordinaire à classer ce qu'ils ne comprennent pas sous l'étiquette religieuse ».

« Gaëlle, interne des urgences, qui, selon les dires de Maryse, a elle-même été confrontée à la mort clinique, à une expérience aux frontières de la mort, suite à un accident de voiture, prend contact avec Guirec par le biais d'Internet. Après quelques échanges sur la toile par écrans interposés, ils se rencontrent chez Maryse, à Paris. Guirec lui

parle alors de sa découverte ».
« Gaëlle accepte de participer à l'expérience. C'est elle qui pratique la première opération sur Guirec et Maryse. Les deux amants sont pris de violents maux de tête ainsi que d'hallucinations, mais au bout de quelques jours la cicatrisation est achevée et tout semble être rentré dans l'ordre, sans doute le temps pour le cerveau d'opérer un rééquilibrage, car l'éclat de cristal entre en résonnance avec les ondes cérébrales et provoque des émissions d'ondes encore inconnues ».
« La première expérience est un succès. Guirec accède aux portes du temps. Maryse affirme qu'il ne s'agit pas d'une hallucination provoquée par un champ de force, des ondes électromagnétiques par exemple ».
« Maryse est le lien par lequel Guirec est rattaché dans son espace-temps. Elle est son port d'attache et maîtrise de mieux en mieux les incantations qui provoquent un rythme d'ondes scalaires transformées par le rayonnement du fragment de cristal implanté sous son crâne afin de modifier la structure de l'espace-temps ou sa perception par le cerveau humain, sans oublier l'éclat de cristal lui-même qui doit certainement agir comme un catalyseur ou un amplificateur d'ondes sous l'impulsion de la pensée ».
« À son retour du troisième voyage, Guirec a l'air bouleversé par ce qu'il a vu. La vérité est plus inquiétante que ce qu'il avait envisagé. Chacun de nous serait issu d'une Source Identitaire mystérieuse. L'écrivain a également ramené avec lui un cliché noir et blanc qui va semer le doute dans les esprits. C'est sans doute à partir de là que les deux dimensions vont interagir entre elles ».
« Guirec, Maryse et Gaëlle poursuivent leurs recherches ».
« C'est François et Marc, étudiants en archéologie et en histoire, rencontrés, eux aussi, par le biais d'Internet, qui font le rapprochement entre les ondes électromagnétiques et les cromlechs. Des légendes racontent que les monolithes de granit disposés en cercle auraient le pouvoir de concentrer les courants telluriques. Certains auteurs d'ouvrages ésotériques le laissent également entendre. De tout temps, ils auraient été considérés comme des lieux chargés d'énergie. Une énergie capable d'être canalisée par des initiés, d'où les trépanations, qui sait ».
« Ils cherchent un endroit suffisamment désert pour réaliser de

nouveau l'expérience, car celle-ci provoque de plus en plus d'effets destructeurs sur l'environnement immédiat, Maryse raconte qu'une pièce de monnaie s'est retrouvée incrustée dans le bois de la table de salon de Guirec après un voyage temporel ».
« Marc tombe alors par hasard sur un livre d'histoire qui parle des catacombes construites par Vauban. Ils se livrent à des fouilles discrètes et trouvent quelques jours plus tard une entrée facile d'accès dans un des murs des remparts de la Citadelle de Lille ».
« Ils acheminent jusqu'aux souterrains neuf blocs de granit, en fait il s'agit des statues du jardin du Château du Septentrion qu'ils ont volées. Comment s'y prennent-ils ? Mystère. Mais je suis à peu près certain qu'il existe une autre entrée au bout des galeries que j'ai parcourues jusque sous le dôme de pierre, là où reposent les corps de Gaëlle et des deux garçons ».
« Le moment de l'expérience ultime approche ».
« Maryse et Guirec gravent les signes de Yog Sothoth sur les pierres disposées en cercle dans la salle souterraine dont l'entrée se trouve..., se trouvait dans un des murs des remparts de la Citadelle ».
« Au cours d'un voyage temporel, François, l'étudiant en archéologie, croit m'avoir déjà vu. Ça le perturbe et pour cause. À plusieurs reprises, il est venu m'acheter des livres et il en parle à Guirec ».
« C'est à partir de là que j'entre en scène. Guirec vient dans la boutique m'acheter le Nécronomicon, ce n'est qu'un prétexte pour observer de plus près mon visage. François, en compagnie de Maryse, se tient derrière la vitrine de la bouquinerie et me reconnaît formellement ».
« Au cours de leurs expériences, Guirec, qui guide Gaëlle, François et Marc dans les couloirs de l'espace-temps, est persuadé qu'il existe un lien entre nous. Il confie à Maryse l'importance de cette découverte sans lui dévoiler toute la vérité... apparemment ».
« Guirec et les autres sont à la recherche de la véritable source identitaire, mais le dernier voyage ne se déroule pas comme prévu. Guirec se rematérialise dans son appartement. Son corps nu est couvert de sang, il a été broyé comme une noix. Gaëlle, Marc et François gisent dans la salle souterraine, morts, eux aussi. Seule Maryse, qui est le lien par lequel ses compagnons ont la possibilité de revenir dans leur espace-temps, a survécu à l'expérience ».
« Les enregistrements vidéo des expériences ont été détruits... ou ont

disparu. »
« Il y a quelques jours, le lieutenant Mégrais vient m'interroger, le caractère étrange de la mort de Guirec et le livre qu'il est venu m'acheter la veille de sa mort, le Nécronomicon, sur lequel figure l'adresse de la bouquinerie, explique en partie sa démarche. Le fait que je vende des livres anciens l'incite à croire que j'ai un lien avec la mort suspecte de l'écrivain, il soupçonne un groupuscule, genre secte satanique, de s'être livré à un sacrifice rituel ».
« L'autopsie de Guirec le laisse perplexe. Le corps de l'écrivain a été broyé par une force inconnue. C'est plus tard qu'il me révèlera ce que Maryse m'a déjà appris : comme elle, Guirec a un éclat de cristal implanté dans le cerveau ».
« Après la visite de Mégrais, Maryse entre dans la bouquinerie. Elle me raconte que son ami avait découvert la possibilité de traverser d'autres dimensions à l'aide d'un rituel incantatoire qu'elle a elle-même traduit d'après d'antiques ouvrages auxquels ils ont eu accès. Elle m'affirme que la mort de Guirec a un lien avec moi, et que, si je veux connaître la vérité, je dois lui apporter mon aide. Elle me montre une photo, puis elle disparaît ».
« Je passe sur la deuxième visite de Mégrais ».
« À l'aide des indications que Maryse m'a données, je découvre l'entrée des souterrains qui courent sous la citadelle et probablement sous la ville entière, Maryse me rejoint. Ensemble, nous découvrons les cadavres nus et couverts de signes kabbalistiques de Gaëlle, Marc et François. Je laisse de côté la trouille et les rats velus ».
« Maryse me dit alors que Guirec connaissait ma véritable identité, que c'est pour cette raison qu'il était venu m'acheter le Nécronomicon. Qu'en fait, il voulait me parler, que c'est parce qu'il avait découvert la Source que tous sont morts ».
« Une mort pas naturelle ».
« L'histoire semble se resserrer autour de moi ».
« Je demande à Maryse de retourner chez Guirec, de chercher le cahier relié en cuir et de m'appeler lorsqu'elle l'aura en sa possession ».
« Dans la nuit, on la retrouve recroquevillée sur le trottoir de la rue Sainte-Catherine, le cahier serré contre elle, elle s'est jetée par la fenêtre du cinquième étage de l'appartement, ou quelqu'un l'a poussée à travers la vitre, oui, on l'a poussée, Maryse aurait ouvert la

fenêtre avant de se suicider, à moins qu'elle n'ait tenté d'échapper à son agresseur ».
« Conclusion... »
« Les autres dimensions pourraient engendrer des phénomènes paranormaux, inutile de recourir aux histoires de fantômes pour expliquer les apparitions et autres phénomènes comme les poltergeist ».
« Les fantômes seraient des apparitions se produisant quand les mondes se touchent, quand des ondes provoquent des interférences créant des égrégores comme les appellent les médiums ».
« Les OVNI pourraient être issus de ces mondes non pas lointains, mais parallèles ».
« La voyance ne serait qu'une projection mnésique d'autres histoires de vies parallèles à la nôtre ».
« Les animaux étranges et inconnus échoués sur les plages s'expliqueraient aussi par la présence de portes de communication entre les mondes, ouvertes au fond les océans ».
« Les expériences aux frontières de la mort pourraient très bien être un passage vers d'autres dimensions où vit une autre humanité, semblable à la nôtre ».
« La régression dans des vies antérieures trouve aussi une explication dans le fait que l'énergie qui nous constitue puisse voyager dans les autres dimensions en créant un cycle d'incarnations ».
« La théorie des cordes expliquerait-elle la possibilité d'exister dans plusieurs dimensions, simultanément, peut-être ».
« Les disparitions inexpliquées s'expliquent elles aussi quand on considère que des portes puissent s'ouvrir dans des conditions mystérieuses, mais qui sont certainement liées aux champs électromagnétiques ».
« Les légendes sur des dieux venus des confins de l'espace seraient les récits d'explorateurs en mission, des missions élaborées dans une autre dimension où les hommes auraient conscience des mondes parallèles, peut-être existe-t-il des niveaux différents de développement dans les univers d'entre les mondes. Il est même possible que ces dieux soient simplement des hommes du futur ».
« Il reste la légende de Yog Sothoth qui évoque les portes par lesquelles il est possible de traverser l'espace-temps ».

« Yog Sothoth ? »
« Bon Dieu ! Où sont mes notes ? »
« Ah ! Les voilà ».
Émile parcourt les notes qu'il a prises à la volée en surfant sur la toile de l'araignée informatique qui étire ses fils de plus en plus profondément dans nos vies.
« ... porte du vide par laquelle doivent passer ceux qui viennent d'ailleurs... »
« ...car Yog Sothoth est le porche par lequel passeront ceux qui peuplent le vide... »
« ... Yog Sothoth connaît les dédales du temps... »
« ... car le temps est un pour lui... »
Émile comprend alors.
« Yog Sothoth n'est pas un démon ancien, Yog Sothoth est... »
La sonnerie du téléphone vient brutalement interrompre ses conclusions.
— Oui, j'écoute.
— [...]
— Bouge pas, je descends.

50

Qui peut vouloir la mort de tous ceux qui approchent de la légende des Anciens ?
Que cache ce mythe évoqué dans les pages les plus occultes des manuscrits interdits ?
Le bouquiniste de la rue de Gand sait qu'il existe un lien entre lui, la mystérieuse source identitaire découverte par l'écrivain, et les meurtres troublants qui ont suivi. Cependant, il ne peut concevoir la vérité... qui le pourrait.
Si le neuropsychiatre qu'il a consulté sur l'insistance de sa femme l'a aidé à récupérer certains souvenirs, il reste encore une zone d'ombre sur ce qu'était Émile Tiembpont avant l'accident de moto qui l'a plongé dans le coma. On ne sait presque rien de ce qui se passe dans l'esprit humain lorsqu'il est maintenu dans cet état.
Émile ne s'est peut-être jamais réveillé.
Il se pourrait qu'il soit toujours dans le coma, imaginant toute cette histoire afin de se raccrocher à la vie.
La réalité est peut-être pire encore... qui sait.

N'est pas mort qui dort à jamais..., et au long des siècles peut mourir même la mort...

51

— Caroline.
— Je ne te dérange pas ? s'enquit-elle.
— Non, entre.
— Ta femme n'est pas là ?
— Non. Elle est partie quelques jours avec une amie prendre l'air du large... pour soigner un amour moribond. Elles comptent d'ailleurs rester une semaine de plus que prévu.
Caroline n'y comprend rien, parle-t-il de sa femme ou de son amie. Elle décide de ne pas relever.
— La bouquinerie était fermée, je me suis dit que peut-être tu ne travaillais pas aujourd'hui.
— J'effectuais quelques recherches sur l'ordinateur portable, là-haut dans l'appartement.
— Tu n'ouvres pas aujourd'hui ? demande-t-elle.
— Non... finalement, j'ai changé le jour de fermeture, j'avais besoin de calme.
— Je te dérange alors ?
— Non, non, bien sûr... Tu veux un café ? J'allais m'en préparer un.
— Oui, merci, je veux bien.
— Je te croyais déjà partie pour Morlaix.
— Non. J'aurais dû affronter ça depuis quelques semaines déjà, mais je ne m'en sentais pas le courage.
— Je comprends.
Les deux anciens amants montent les marches qui grincent sous leur poids, brisant un silence devenu gênant de par l'exiguïté de cette montée d'escalier, rappelant un peu trop leurs rendez-vous dans des hôtels où les chambres se louaient à l'heure.
Dans l'appartement du bouquiniste, tout est tranquille, les doubles rideaux, d'un jaune orangé, sont tirés, donnant une atmosphère paisible au petit salon où traîne un ordinateur portable, ouvert sur un fichier contenant les notes que Émile a téléchargées depuis des sites Internet.
— Tu fais toujours des recherches sur Yog Sothoth à ce que je vois.
— Ça occupe mes moments de solitude.
Caroline songe sérieusement à lui parler de ses propres découvertes,

mais aujourd'hui sa priorité est ailleurs.
— Tu as réfléchi à ma proposition ? interroge-t-elle.
— Quoi ?
— Est-ce que tu viens avec moi à Morlaix ?
« J'avais oublié. C'est compliqué, si Sophie appelle et que je ne réponds pas, elle sera inquiète. Ou alors, il faudrait que je trouve une raison pour découcher, mais je n'ai pas vraiment envie de lui mentir ».
— Tu n'as pas envie de m'accompagner ?
Émile reste silencieux.
» Tu pourrais voir la bibliothèque, insiste-t-elle ».
— Quand pars-tu ?
— Demain matin.
« Je pourrais toujours dire à Sophie que je m'absente pour assister à une vente aux enchères. Non, ça ne marchera pas, je n'ai pas assez d'argent en banque pour participer à des enchères ».
— Je t'offre le billet... viens, ça te fera des vacances. De toute façon, tu es tout seul ici, tu ne manqueras à personne.
— J'avoue que ça me tente, mais j'avais prévu de faire des recherches... pour un client, préfère-t-il mentir.
— Un livre rare ? dit-elle, sans pour autant être dupe de son mensonge.
— Oui... ça va me prendre tout le week-end.
— Écoute, papa a des milliers d'ouvrages dans sa bibliothèque, à Morlaix. Viens, tu feras tes recherches là-bas pendant que je signe les papiers chez le notaire. Si tu le trouves, tu pourras l'emporter... Il t'aimait bien, tu sais...
— Ton père ne m'aurait jamais donné un livre rare.
— Là où il est, ça ne peut plus lui servir à rien, dit-elle d'une voix sourde.
Un silence gênant prend naissance. Émile se force à étouffer les cris du vide qui les enveloppe comme un brouillard sournois.
— À quelle heure part ton train ? demande-t-il en passant dans la cuisine ouverte sur le salon.
— Huit heures vingt.
— Est-ce que tu sais sur quoi travaillait ton père avant... avant l'accident ? Dit-il en plaçant une dosette dans la machine à expresso qui repose sur le plan de travail.
— Je sais juste qu'il s'agissait de fragments manuscrits du début de l'ère chrétienne, papa disait que si le manuscrit était authentique, il y

avait de fortes chances que ça modifie notre vision de l'histoire. Il n'a pas eu le temps de m'en dire plus.
— Je suis désolé pour ton père. C'était un érudit qui manquera à la science. Je t'avoue que son aide m'aurait été précieuse...
L'espace d'un instant, le silence tente une contre-attaque, mais là encore Émile lui tord le cou. Le bouquiniste lance l'expresso.
— C'est quoi, le livre que tu cherches ?
— Quoi ?
— Tu m'as dit que tu faisais des recherches pour un client.
— Ah oui..., eh bien..., c'est assez compliqué. Il s'agit d'un journal manuscrit. Relié en cuir, un peu plus grand qu'un format de poche.
— De quoi ça parle ?
— Eh bien... à dire vrai... je ne sais pas vraiment.
— En effet, ça a l'air compliqué. Ça a un rapport avec Yog Sothoth ?
— Euh..., non. Enfin, je ne crois pas.
— Tu ne veux pas en parler ?
— Je ne sais rien de plus sur cet ouvrage, je t'assure.
De nouveau, comme s'il était mu d'une volonté propre, le silence reparait.
Cette fois, c'est Caroline qui le fait taire.
— Tu viendras ? dit-elle.
« De toute façon, pour l'appartement de Gaëlle, c'est foutu. Et s'il est ici, il vaut mieux que je m'éloigne quelque temps. Qui sait, je trouverai peut-être quelque chose d'intéressant dans la bibliothèque de Morlaix, à défaut d'y faire des découvertes, ça me fera des vacances ».
— Huit heures vingt ? s'enquit Émile.
— Oui, gare Lille Europe.
— D'accord, finit-il par se décider en posant les tasses sur la table basse.
— On pourrait dîner ensemble ce soir ! Propose alors Caroline.
« Sophie risque de rappeler ce soir..., et puis merde ! Je lui dirai que je suis allé au cinéma ».
— Oui, si tu veux.
— Chez moi, vingt heures ?
— Tu me donnes ton adresse ?

52

Extrait du carnet de l'archéologue Jacques Beauregard

Les écrits Pnakotiques furent traduits en anglais et compilés en un seul manuscrit au XVe siècle, à partir d'un livre rédigé en grec et appelé Pnakotica. Celui-ci ne serait ni plus ni moins qu'une traduction des reliques sculptées dans la pierre par la « Grande Race » qui régnait sur la Terre il y a cinquante millions d'années. Une traduction approximative nomme ces êtres venus d'ailleurs les « Yithiens ».
L'auteur de cette compilation affirme que les Manuscrits Pnakotiques seraient d'origine préhumaine. À l'heure actuelle, il n'existe que cinq versions connues gardées précieusement dans des bibliothèques européennes et américaines, dont la bibliothèque de l'Université Miskatonic. Quatre de ces exemplaires sont des manuscrits de traduction anglaise, le dernier serait une ancienne version hyperboréenne. Ces textes renferment un savoir génétique, botanique, architectural, astronomique et historique, pour ce que j'ai pu en comprendre.
Ce n'est qu'à la fin du XVIIIe siècle que les Manuscrits Pnakotiques commencèrent à susciter de l'intérêt grâce à la découverte de nouveaux fragments contenant une écriture similaire à celles figurant dans ces fameux Manuscrits. Depuis, un grand nombre de caractères et de glyphes identiques sont apparus de par le monde, mais les conclusions des experts à ce sujet divergent. Ils sont néanmoins d'avis que les Manuscrits Pnakotiques remonteraient à une ancienne civilisation, vivant, il y a plusieurs millions d'années, à l'ère prépléistocène. Ces êtres auraient été les premiers « hommes », tenant leurs secrets des « Grands Êtres Ailés » qui les visitèrent et les aidèrent à survivre. De longs débats ont eu lieu pour savoir s'il s'agissait des Anunakis cités dans les légendes sumériennes. Cette hypothèse parait probable au vu des hiéroglyphes retrouvés de par le monde. Ces entités auraient créé l'humanité en des temps si reculés que les paléoanthropologues et les historiens se refusent encore à toutes études sérieuses sur le sujet, préférant reléguer le mythe des Anunakis au rang des croyances religieuses.
Nous sommes presque certains aujourd'hui que la toute première

version des Manuscrits Pnakotiques fut apportée en Europe par un culte secret. Ces initiés, alliés au dernier druide qui a préservé le Livre d'Eibon, auraient obtenu cet exemplaire en explorant la cité perdue de la « Grande Race ». Ce qui semble cohérent quand on sait que Pnakotis désigne la « Cité des Archives ». Si de tels ouvrages existent encore, leurs contenus seraient de loin supérieurs à celui du Nécronomicon.
L'auteur des traductions Pnakotiques est resté anonyme. On n'en sait guère à son sujet, excepté qu'il s'agissait d'un érudit anglais du XVe siècle.
L'église de Federal Hill, l'ancien lieu de réunion de la Secte de la Sagesse Étoilée, à Providence, cache un exemplaire des Manuscrits Pnakotiques, découvert en 1935 par Robert Blake. La bibliothèque de l'Universté de Miskatonic possède également un exemplaire anglais des Manuscrits Pnakotiques suite à la mort de Wilbur Whateley, après l'affaire de Dunwich qui vit la pire des abominations de l'histoire du crime, en 1928. Après cette affaire, le bibliothécaire aurait placé le grimoire dans un endroit tenu secret, en interdisant ainsi l'accès.

53

L'été semble vouloir s'installer durablement entre les murs de la capitale de Flandre, et après un début pluvieux et frais, la température est revenue à des normes plus saisonnières.

Ce soir, les rues sont calmes et tranquilles. Les Lillois se sont lancés sur les routes pour un long week-end, laissant derrière eux un vide que le bouquiniste apprécie particulièrement. Rien n'est plus agréable, en effet, pour Émile, que des rues désertées par leurs habitants.

Il est presque vingt heures quand le bouquiniste arrive dans la rue où vit Caroline. De succulentes odeurs de plats cuisinés planent aux abords des restaurants.

La soirée s'annonce prometteuse.

« C'est là ».

« Ce n'est pas bien ce que tu fais, Émile... »

« Je vais juste dîner chez une amie ».

« Une ex-petite amie, Émile, et qui serait heureuse de te mettre dans son lit ».

« Je n'ai pas envie de tromper Sophie, alors ça n'arrivera pas ».

« J'aurais dû apporter quelque chose, des fleurs ou du vin. Ça ne se fait pas d'arriver les mains vides ».

« Et depuis quand tu te préoccupes des convenances ».

« C'est vrai ça, les gens, faut toujours qu'ils achètent un truc quand on les invite à bouffer. Ça doit sûrement être une manière de ne pas se sentir redevable, de ne pas passer pour des profiteurs. Profiter, c'est mal. Encore une loi sociale pour réguler les échanges, l'Esprit du Don, loi ancestrale qui traverse les générations... »

— Oui ? Grésille l'interphone.

— Caroline, c'est moi.

— Émile ! Je t'ouvre, c'est au troisième, sur la gauche.

La serrure électromagnétique se désactive et le bouquiniste pousse la lourde porte qui grince sur ses gonds. Face à lui, un grand escalier conduit aux étages. Sur le poteau de départ de la rampe, une boule de verre lui renvoie son image.

« Une soirée tranquille me fera du bien, j'ai besoin d'oublier pour quelques heures au moins que la mort se tient tapie dans l'ombre. La vie était pourtant tranquille avant que cet écrivain ne déboule dans ma

boutique. Ma vie était sans surprise..., ma bouquinerie, les livres, Sophie..., la routine quoi. Oui, jusqu'à ce que ce type entre dans ma boutique... depuis, ma vie me semble étrange. Pourquoi est-ce que je parle tout seul ? La solitude ! Je le croyais, mais depuis que Maryse est entrée elle aussi dans ma petite vie... pauvre Maryse... »
— Émile, dit-elle en l'apercevant sur le palier.
— Bonsoir.
— Entre, l'invite Caroline.
« Bel appartement ».
— Je suis un peu en avance, s'excuse-t-il.
— Tu veux boire quelque chose ?
— Oui.
— J'ai mis du Lambrusco aux frais, ça te dit ?
— Volontiers.
« Toujours mince, jeans moulant, chemisier blanc, et cette petite pointe de parfum sucré, comment s'appelle-t-il déjà ? ... Angel. C'est drôle comme le parfum a le pouvoir de nous transporter dans le passé, d'évoquer des images qui nous rendent nostalgiques... le parfum du passé t'enivre de sa fraîcheur, mon pauvre Émile ».
Le bouchon de liège saute, provoquant une détonation. Caroline verse le liquide vermeil dans deux coupes.
« Réveille-toi mon vieux, avant que ça ne tourne au cauchemar... ou que tu t'imagines être amoureux ».
— Tiens, dit-elle en lui proposant un verre de vin pétillant.
— Merci, à quoi buvons-nous ?
— À nous.
— Hum...
Le vin est frais, légèrement sucré... exactement comme dans ses souvenirs.
— Joli, ton appartement. J'affectionne beaucoup les maisons de maître, le bois patiné des planchers et les boiseries finement travaillées, j'aime les lieux qui sont chargés d'histoire... c'est un peu baroque.
— Oui... si tu vivais ici, tu verrais que l'histoire et le baroque ont un prix, les plafonds sont trop hauts, l'hiver ça me coûte une fortune en chauffage, surtout qu'il n'y a pas de double vitrage.
— Tu travailles en ce moment ?
— Non, tu sais, les gens ne vont plus au théâtre et c'est de plus en plus

difficile de décrocher un casting. Et toi, raconte-moi un peu comment tu es devenu bouquiniste.
— Eh bien… après que Catherine m'ait quitté… à cause du bébé, enfin, de son absence plutôt.
— Assieds-toi.
Émile prend place dans le canapé qui trône dans un coin du salon.
— Après notre séparation, poursuit-il, je me suis retrouvé seul. Je n'arrêtais pas de penser… à la souffrance que le manque d'amour provoquait en moi, pour commencer. Puis sans m'en rendre compte, je me suis détaché des préoccupations du monde, j'observais et je réfléchissais, pourquoi les gens agissaient-ils comme ils le faisaient ? Mystère !
» Un jour, j'ai pris conscience que ceux avec qui je travaillais n'avaient d'autre but que leur ambition personnelle et leur besoin inassouvi de reconnaissance sociale. Chaque jour, je devais lutter contre leurs jugements de valeur et leurs idées reçues, à propos de nos motivations, de l'exclusion sociale, de la manière de conduire une politique d'intégration. Ils ne voyaient pas l'essentiel : l'argent, le jeu social entièrement fondé sur la domination. Leur système ne faisait que maintenir les gens dans une dépendance qui n'avait d'autre conséquence que de les culpabiliser davantage. Ils ne voyaient pas qu'ils entretenaient sur le compte de la misère humaine leur image de bienfaiteurs, se félicitant en assemblée du nombre toujours croissant de familles ayant bénéficié de leur aide ».
Dans les verres à pied finement décorés, le vin pétillant scintille sous l'effet des bougies posées sur la table basse du salon. La couleur pourpre du Lambrusco rappelle un étrange breuvage dont étaient friands les êtres de la nuit, ceux, dit-on, qui s'abreuvaient du sang des vivants. Mais ce ne sont que des légendes.
» J'ai alors réalisé que je ne luttais pas contre l'exclusion, que mon travail ne résolvait pas le problème de la misère, mais que je participais à cette illusion, ce marché de dupes qui consiste à utiliser le malheur des autres pour construire sa propre valeur, se sentir utile. Je ne travaillais pas à l'éradication de la misère, j'avais besoin d'elle pour exister. C'était effrayant ».
» Je n'ai pas été compris par le monde qui m'entourait. J'ai sombré un temps dans l'alcool et un soir où le désespoir est devenu insupportable,

j'ai enfourché ma moto et je l'ai projetée contre la camionnette d'un livreur de pizza. La moto a été broyée, mais la mort n'a pas voulu abréger mes souffrances, j'ai survécu. C'était certainement le prix à payer pour l'avoir défiée autrefois ».
— Que veux-tu dire ?
— Oh... c'était il y a longtemps... J'avais cinq ou six ans à l'époque.
— Raconte-moi, tu ne m'as jamais dit.
— Ça s'est passé en automne... mon père était mort en mai la même année. Ma mère était de plus en plus malheureuse. Et un soir...
Émile s'est tu, il semble plongé dans un sommeil hypnotique.
— Que s'est-il passé ? Demande Caroline.
— Je regardais maman..., elle pleurait..., J'étais assis dans le divan, je mangeais un carré de chocolat. Maman m'a caressé le visage comme elle le faisait quelquefois, elle souriait et en même temps de grosses larmes perlaient sur ses joues. Je lui ai demandé si elle pleurait à cause de papa..., elle m'a dit : « Ton papa me manque beaucoup, mon chéri ». Je me souviens alors que moi aussi, j'ai pleuré...
»... Elle m'a pris par la main et nous avons marché jusqu'à la baie vitrée. Maman a ouvert la fenêtre et nous avons regardé les étoiles en pleurant... »
» Ensuite, maman s'est agenouillée près de moi et m'a serré contre elle... »
»... elle est montée sur le rebord de la fenêtre, nous habitions au cinquième étage... elle m'a regardé en souriant tristement et elle m'a dit : « Viens, nous allons rejoindre ton papa ». J'avais tellement peur... Je me suis agrippé au pan de sa robe et je lui ai crié de ne pas faire ça... je hurlais en me tenant à elle, j'avais si peur... »
» Elle n'a pas basculé dans le vide, c'est tout ce dont je me souviens... je n'ai plus de souvenirs de mon enfance après ça, hormis quelques épisodes douloureux ou des anecdotes qui sont réapparues après mes séances d'hypnose ».
— Je suis désolée.
— C'est une des raisons pour lesquelles il m'est si difficile d'accorder ma confiance à une femme... La première femme que j'ai aimée... a failli nous tuer tous les deux.
Caroline l'observe sans oser lui demander ce qui a motivé ces séances d'hypnose.

— Comment ton père est-il mort, tu le sais ?
— Oui...
Nouveau silence.
— Tu ne veux pas en parler ? Le relance Caroline.
— ...Il s'est tiré une balle de revolver dans le cœur, dit Émile.
— Tu sais pourquoi il a fait ça ?
— Oui... il s'est donné la mort après que ma mère l'ait quitté. Quand elle l'a appris, elle l'a regretté, mais il était trop tard. Elle l'aimait, elle ne l'a compris que lorsqu'il s'est suicidé...
» Les êtres humains ne comprennent que dans la douleur, nous apprenons dans la souffrance... prisonniers de comportements dont nous ne parvenons que difficilement à nous débarrasser ».
— C'est vrai, acquiesce Caroline. Tu as raison. Si je ne t'avais pas quitté pour soi-disant faire le point et me reconstruire, nous serions peut-être encore ensemble.
— Tu voulais plus. Les amants en veulent toujours plus... plus d'amour, plus de quotidiens à vivre ensemble. Partager devient vite insupportable, même si au début cela nous semble sans importance. Le désir balaye les obstacles, jusqu'à en créer d'autres lui-même, insurmontables, ceux-là.
— Pourquoi tu ne m'as jamais rappelée ?
— Tu as quelque chose au four ?
— Merde ! La pizza, dit-elle en se précipitant dans la cuisine.

54

L'odeur de tabac emplit la pièce.
Seul, enveloppé dans la brume bleutée née de sa pipe, le lieutenant Mégrais parcourt depuis quelques minutes les pages manuscrites du cahier relié en cuir que les policiers ont arraché des doigts rigides de Maryse, après que son corps se soit disloqué sur les pavés de la rue Sainte-Catherine.
L'auteur du manuscrit semble être un policier ayant enquêté sur une affaire de disparition, celle de Louis Cadiou, un industriel de Landerneau, dans le Finistère, retrouvé mort en 1913. Une disparition qui fut d'ailleurs liée à un scandale politique.
Fatigué par toute cette affaire, Mégrais repose le cahier relié en cuir sur son bureau, il soupire et s'empare d'une photo noir et blanc qui s'y trouve. Toute cette histoire étrange est liée à cette photographie trouvée sur le corps de la jeune femme et à l'incunable dérobé à la Bibliothèque de France, le lieutenant de police en a l'intuition.
Il est tard et il sent soudain son estomac se contracter. Il referme alors le cahier, le range dans un tiroir et glisse le cliché noir et blanc entre sa table de travail et le sous-main qui est posé dessus.
La pipe entre les dents, il enfile son imper et sort de son bureau.
Peu après, il se retrouve à l'air libre.
Au coin de la rue, il aperçoit l'enseigne lumineuse d'une pizzeria et décide de s'y arrêter.

55

— Désolée pour la pizza, s'excuse Caroline.
— J'aime beaucoup quand le fromage est grillé… je t'assure, tout va bien.
— Tu veux encore un peu de vin ?
— Avec plaisir.
— Si on allait s'asseoir au salon, on sera mieux pour bavarder, dit-elle.
— Oui… bonne idée.
— Qu'est-ce que tu…
Émile semble attiré par quelque chose.
— … Ah ! Je me demandais…, combien de temps résistera-t-il avant de s'approcher de ma bibliothèque, ironise-t-elle.
— Je vois que tu as évolué dans le choix de tes lectures.
— Oui, je me suis mise à la littérature fantastique.
— Toi qui n'aimais que les romans policiers.
— Et toi, toujours passionné d'ésotérisme ?
— En ce moment, je serais plutôt plongé dans le policier fantastique, moi aussi.
« Guirec…, Il semble que tu sois sur ma route, je ne m'attendais pas à te retrouver ici ».
— Guirec Beryann ! L'enfant que la mort aimait, lit-il à voix haute.
— Tu connais cet auteur ? Interroge Caroline en s'approchant d'Émile.
— Il est mort il y a quelques jours.
— Je ne le savais pas.
Émile égrène mentalement chacun des titres des livres de Guirec Beryann, présents dans la bibliothèque de Caroline.
« L'enfant que la mort aimait... Dans les couloirs du temps..., Moïra mon amour..., le cercle de pierres..., l'ex-flic et l'abbé... Le sang qui coule dans tes veines..., au-delà des apparences ».
« Je devrais peut-être lire ces livres, j'en apprendrai sans doute plus sur Guirec en me familiarisant avec son univers… »
— Il était jeune pourtant.
— Oui… il a été… assassiné.
— Assassiné ! Comment le sais-tu ?
— C'est une longue histoire. Est-ce qu'il a écrit d'autres romans que ceux qui sont dans ta bibliothèque ?

— Je les ai tous. Tu le connaissais ? insiste la comédienne.
— Non, pas vraiment. Guirec Beryann est venu m'acheter un livre la veille de sa mort et un policier est passé m'interroger le lendemain, une espèce d'hybride entre le commissaire Maigret et le Lieutenant Colombo, tu vois le genre.
— Comment est-il mort ? Voulut savoir Caroline.
— Hum... une mort étrange, à dire vrai. On l'a retrouvé nu dans son appartement, le corps recouvert d'inscriptions ésotériques. Tous les os de son corps ont été brisés, comme broyés par une force inconnue.
— C'est horrible. Qui a pu faire ça ?
« Si seulement je le savais. Et si je te disais ce que je sais, tu ne me croirais pas. De toute manière, je n'ai aucun moyen de te le prouver ».
— ... Tu crois qu'il faisait partie d'une secte ?
— Non, non, c'est plus compliqué que ça... il est mort en exécutant un rituel.
— C'est Colombo qui te l'a dit ?
— Sa petite amie.
— La petite amie de Colombo ?
— Non... celle de l'écrivain, Guirec Beryann.
— Tu la connais ?
« Il y a comme qui dirait une pointe de jalousie dans ta voix, Caroline chérie ».
— Non... elle est passée me voir peu après la mort de l'écrivain, c'est compliqué comme histoire...
— Que sais-tu sur cette affaire au juste ?
— Guirec Beryann travaillait sur un nouveau roman, il avait l'intention d'écrire quelque chose autour du thème des livres maudits, Maryse m'a affirmé...
— Qui est Maryse, sa petite amie ?
— Oui, elle aussi d'ailleurs, a été assassinée.
— Comment ça ?
— Elle a été défenestrée, c'est Colombo qui me l'a appris.
— Tu es mêlé à cette affaire ?
— Ce flic, là, le lieutenant Mégrais, semble le croire.
— L'hybride ?
— Oui... merde, c'est un cauchemar cette histoire. La police s'imagine que Guirec et moi faisions partie d'un groupuscule. C'est ridicule. Tout

ça parce que Guirec est venu dans ma boutique pour m'acheter le Nécronomicon, un manuscrit pseudo-ésotérique. Mais ce n'était qu'un prétexte… enfin, ce que je veux dire c'est qu'à cause de ça et du fait que je vende des vieux bouquins, le lieutenant Mégrais me soupçonne.

— Ça me dit vaguement quelque chose, ça, le Nécronomicon. Qu'est-ce que c'est au juste ?

— Certains prétendent que c'est un livre né de l'imagination de Lovecraft, un écrivain de romans fantastiques du début des années 1900. Mais Maryse m'a affirmé que Guirec avait eu accès à un original du Nécronomicon. C'est un manuscrit qui parle de rites magiques et d'invocations des démons, des démons vaincus par de mystérieux Anciens qui auraient exilé ces démons aux frontières de notre monde, en des temps si reculés qu'aucun historien ni archéologue dignes de l'orthodoxie n'en admettra jamais la possibilité. Ton père avait décrypté quelques fragments du Nécronomicon, je m'en souviens, nous en avions parlé la première fois que je suis venu à Morlaix. Mais ton père n'a jamais osé communiquer ces travaux, c'est ce qu'il m'avait dit à l'époque. En fait, à l'origine, le Nécronomicon était constitué de neuf volumes et l'original que Guirec a pu consulter n'est en réalité qu'un ouvrage qui compile ces fragments.

— Et Guirec l'avait déchiffré lui aussi ?

— Avec l'aide de Maryse, sa petite amie, ainsi qu'un autre livre datant du huitième siècle, le Livre d'Eibon.

— Tu penses qu'ils auraient réveillé des forces maléfiques ?

— Non… il ne s'agit pas d'une histoire de démons, pas au sens où on l'entend d'ordinaire, ça n'a rien à voir avec un film d'horreur. Guirec pensait qu'il était possible pour l'esprit humain de voyager à travers l'espace-temps.

— Tu crois que c'est possible, qu'il y est parvenu ?

— Je crois que quelqu'un a essayé de l'en empêcher.

— Qui a pu commettre une telle horreur, broyer un homme, c'est horrible.

— Oui…, Guirec a fait une erreur, et cette erreur lui a coûté cher.

— Comment ça ?

— Guirec a découvert le moyen d'ouvrir une porte donnant accès à d'autres dimensions. Je sais que ça paraît difficile à croire, mais à l'aide d'incantations, peintes sur leurs corps, et grâce à un l'éclat de cristal

implanté dans leur cerveau...
— Tu veux dire qu'ils s'étaient...
— Oui, c'est une interne des urgences qui a réalisé l'opération sur Guirec et Maryse. Maryse était le point d'ancrage de Guirec lorsqu'il passait d'une dimension à une autre. Et au cours d'un de ces voyages, Guirec a subtilisé un objet... une photo, et je pense que Guirec est mort à cause de ça.
— Tu crois réellement que c'est possible ?
— Il y a cinq morts qui le prouvent, Caroline.
— Pourquoi ? D'autres personnes ont été assassinées ?
— Oui. Gaëlle, l'interne des urgences qui a réalisé les trépanations, et deux étudiants qui expérimentaient avec Guirec et Maryse le voyage spatio-temporel.
— J'ai du mal à croire ce que tu me racontes, Émile.
— Ça n'est pas plus fantastique que de croire en l'au-delà, en Dieu, à la politique ou en l'infini de l'univers.
— Tu penses vraiment qu'il existe d'autres dimensions que la nôtre et qu'on pourrait s'y promener à l'aide de rituels magiques ?
« Bon Dieu ! Mégrais l'a trouvée, voilà pourquoi il est sur mes talons, Maryse l'avait certainement sur elle quand ils l'ont retrouvée morte sur les pavés de la rue Sainte-Catherine. Et Mégrais me soupçonne d'être mêlé au meurtre de Guirec, il me soupçonne peut-être aussi d'avoir poussé Maryse à travers la fenêtre ».
— Émile ? Qu'est-ce qu'il y a, ça ne va pas ?
— Tout va bien, rassure-toi. Je viens juste de me souvenir, Maryse m'a montré quelque chose, quelque chose qui prouve que Guirec avait raison.
— Que veux-tu dire ?
— Maryse m'a raconté que Guirec pensait qu'à l'origine de l'univers, il n'existait qu'une seule dimension, que l'espace-temps s'est développé au rythme de la conscience humaine. D'ailleurs, aujourd'hui, les astronomes doutent que le fameux big bang se soit jamais produit, ou soit le commencement du début de l'histoire de l'univers. Et selon des découvertes récentes en astronomie, il ne serait pas né d'une explosion initiale. Les trous noirs pourraient même être à l'origine de l'univers.
— Et la théorie de l'évolution dans tout ça ?

— Elle n'est pas remise en cause sur le fond, quoique, mais je doute que l'homme ne soit qu'une création tardive de la nature. Je pense au contraire que l'humanité a connu plusieurs cycles de développement et d'anéantissement.
— Ce qui expliquerait les légendes et les mythes.
— Oui, combien d'objets insolites découverts dans des strates géologiques où l'homme n'est pas censé avoir existé, comme cette vis mise au jour dans un gisement carbonifère par des mineurs... du charbon, je veux dire. Ou encore ce petit objet en or, en forme de fusée aérospatiale, retrouvé dans une tombe amérindienne. Il n'y a rien de logique à penser l'histoire de l'humanité comme une progression constante et non comme un cycle d'évolution et de régressions permanentes.
— Mon père disait que la science ne détient jamais qu'une vérité relative, que nos croyances doivent s'incliner devant les faits. Il aimait à rappeler qu'avant la découverte de Troie par Schliemann, les scientifiques et les historiens pensaient que l'Odyssée n'était qu'un conte, que Troie n'existait pas.
— Oui... nous avons perdu la capacité de nous émerveiller. Personne ne s'étonne plus que la Terre semble flotter dans l'espace infini, que des galaxies entrent en collision, qu'un enfant puisse naître du ventre d'une femme.
— Crois-tu qu'on puisse changer son destin ?
— Que veux-tu dire ?
— Toi et moi... crois-tu qu'on se soit aimés dans une autre vie ?
Émile hésite à répondre à cette question. Il devine qu'elle cherche à savoir s'il l'aime encore et ne souhaite pas s'engager sur ce terrain. La nostalgie ne l'aidera pas à avancer, il en a l'intuition bien qu'il se sente troublé par le retour de Caroline dans sa vie.
— Je commence à croire qu'il existe d'autres espace-temps que le nôtre, dans lesquels, toi et moi, nous nous aimons peut-être, ajoute-t-il en souriant. Guirec, lui, pensait que nous avions une source identitaire au-delà de cet univers, que nous n'étions que l'émanation d'une seule et même réalité. Quelqu'un, quelque part, est le fruit des créations de notre subconscient. Quelqu'un qui évolue dans un monde qui paraît aussi réel que le nôtre, mais qui n'est qu'un égrégore. Une autre réalité qui se continuerait sans nous.

— Tu crois que nous vivons dans d’autres dimensions de la pensée.
— Je pense que les créations de notre subconscient poursuivent leur propre évolution, et que ces créations peuvent, sous certaines conditions, interagir avec notre monde. C’est ce que certains médiums appellent les archives akashiques, le fameux inconscient collectif de Lacan.
— Qu’est-ce qui te fait croire ça ?
« Par où commencer ».
— ... Est-ce que ça a un rapport avec la mort de l’écrivain ? demande-t-elle.
— Guirec a déclenché quelque chose malgré lui.
— Il y a quelque chose que tu ne me dis pas, Émile..., ou que tu ne peux pas me dire ?
— Guirec a découvert, par hasard, un manuscrit fort mystérieux, un cahier relié en cuir qui permettrait de comprendre le Nécronomicon. Mais je n'en suis pas sûr, je n'ai pas lu ce manuscrit. Peut-être n'est-ce qu'une fausse piste.
— C’est ce manuscrit que tu cherches ?
— Oui... l’exemplaire que Guirec a trouvé est entre les mains du lieutenant Mégrais. Il en existe sans doute une copie quelque part.
— C’est peut-être dangereux d’explorer cette voie, tu ne crois pas ? La mort de l’écrivain semble le prouver, non ?
— Non, Guirec est mort parce qu’il a commis l’erreur de révéler sa présence.
— Tu veux bien m’expliquer ?
— Je crois que celui ou celle qui voyage dans d’autres dimensions reste invisible aux yeux de ceux qui les peuplent.
— Un peu comme des fantômes. C'est une question de vibration, commente-t-elle.
— Exact, d'ailleurs ça expliquerait les apparitions, les maisons hantées. On peut croire aux démons, bien sûr, ou aux morts qui reviennent se venger des vivants, mais imagine que ces phénomènes ne soient que la conséquence de deux mondes qui épisodiquement se retrouvent en contact. Imagine que nos doubles puissent communiquer entre eux par le biais de notre subconscient, ça expliquerait certains de nos souvenirs, les impressions de déjà vu, ça expliquerait pourquoi certaines personnes que nous croisons dans notre vie, nous attirent

au-delà de toute logique. Pour autant que l’énergie qui nous constitue puisse traverser et vivre dans plusieurs dimensions au cours de son évolution.
— Et pour l’écrivain ?
— Guirec était en possession d'une photographie qui, selon Maryse, aurait été subtilisée dans une autre dimension au cours de l'une de leurs expériences temporelles.
— Tu as vu cette photo ?
— Je pense que c’est à cause de ça qu’il est mort.
— À cause d’une photo qu’il aurait prise dans une autre dimension que la nôtre ?
— Non... à cause d’une photographie qu’il a subtilisée.
— Qu’y avait-il de si important sur ce cliché ?

56

Carnet de notes de l'archéologue...

Connue uniquement de réputation, la version en Grecque antique sur papyrus du Pnakotica est censée avoir un contenu plus sulfureux que le fameux Nécronomicon. Il ne fait aucun doute, pour moi, qu'il s'agit de la traduction d'un ouvrage plus ancien que le manuscrit de l'arabe dément.

La version écrite dans un anglais archaïque au XVe siècle, dont au moins cinq exemplaires auraient survécu jusqu'à aujourd'hui, contient des récits sur l'Hyperborée, l'Atlantide ainsi qu'un troisième et mystérieux continent perdu.

La compilation Pnakotique résulte d'inscriptions gravées sur des reliques présentes un peu partout dans le monde dont les fragments se trouvent actuellement dans différents musées du monde. Ce qui figurait sur les reliques a été retranscrit par nombres d'érudits. Les textes que j'ai pu étudier ont visiblement été écrits en 600 ans avant JC.

Selon certains archéologues, ces inscriptions auraient été traduites par les peuples primitifs ayant vénéré les Anciens.

Description des fragments :

Il s'agit de tessons et d'écrits fragmentaires répartis dans les bibliothèques et les musées du monde entier. D'autres sont encore sur les sites archéologiques où ils ont été découverts. Mais ce n'est qu'une infime partie du contenu de ces fragments qui a été reprise dans les manuscrits Pnakotiques. Ils font presque tous référence aux « Choses très Anciennes », des entités mystérieuses que j'ai identifiées aux Dieux Sumériens avec lesquels ils partagent nombre de caractéristiques.

Certains fragments comportent également, tout comme le Nécronomicon, des sortilèges.

Fragments découverts sur des tessons de poteries grecques :

Il s'agit d'un vase brisé et en partie reconstitué. Il est conservé à l'Université d'Athènes. Les experts estiment qu'il remonte aux environs de l'an 600 avant J-C. Les symboles qui y sont présents sont indéchiffrables.

Stèle égyptienne :
Cette stèle a été découverte à la fin du XIXe siècle dans la nécropole orientale du plateau de Gizeh, en Égypte. Les symboles se retrouvent mêlés à des hiéroglyphes égyptiens. Ils n'ont pas encore été traduits.

Anciens parchemins hébreux :
Datant probablement du premier siècle de notre ère, ces parchemins qui malheureusement sont incomplets ont été découverts dans une grotte de Palestine. Malcom Howell, un érudit juif britannique, les a sortis clandestinement du pays. Il prétend en avoir traduit une partie, mais n'a jamais rien publié. Ces parchemins traitent essentiellement d'entités venues d'ailleurs qui seraient à l'origine du monde.

Pétroglyphes aborigènes australiens :
On en trouve sur plusieurs sites archéologiques australiens. Les plus significatifs sont localisés sur la paroi d'une falaise à quelques kilomètres au sud-est d'Alice Springs.

Inscriptions géantes sud-américaines :
Découverts dans la plaine de Nazca, au Pérou. Ces caractères présentent des symboles similaires à ceux présents dans les Manuscrits Pnakotiques.

Bas-relief nord-américain :
Il s'agit d'un glyphe de plusieurs dizaines de centimètres de circonférence. Ce symbole, profondément gravé dans la pierre, se trouve sur une falaise au nord-ouest de Fairbanks en Alaska.

Codex calciné :
Écrits en latin, les restes de ce codex remontent au XIIe siècle. Son contenu l'identifie clairement comme faisant partie de l'ensemble pnakotique. Le sortilège servant à contacter une entité évoluant dans

d'autres dimensions y est présent, mais il est inutilisable, car un segment est manquant. Il se trouve à la Bibliothèque Widener d'Harvard.

57

Dans les locaux de la Police Criminelle, le lieutenant Mégrais est assis derrière son bureau, tirant comme à son habitude sur sa pipe qu'il tient serrée entre ses dents.

Il parcourt, pour la troisième fois de la matinée, les pages du cahier relié en cuir, un manuscrit étrange retrouvé sous le corps recroquevillé de Maryse qui a terminé sa vie sur les pavés de la rue Sainte-Catherine. Ce journal insolite semble bien être le récit d'une enquête effectuée par un policier qui aurait vécu au début des années 1900. Si l'affaire évoquée dans ces pages correspond à des faits historiquement vérifiables, l'existence du policier, quant à elle, n'est pas prouvée. Les archives bretonnes ayant malheureusement disparu. Cependant, il n'y a apparemment rien de mystérieux là-dessous. Les dossiers relatifs à cette époque ont pour la plupart été perdus.

Le lieutenant ne parvient pas à s'expliquer le sentiment étrange qui le tiraille depuis le début de l'enquête. Il semble, en effet, qu'il soit en présence d'éléments qui bien qu'étant réels comportent une part d'incertitude qui fait osciller l'affaire entre conviction et doute.

C'est un peu comme face à un tableau de Dali où chacune des compositions est construite à partir d'une réalité fantasmée, symbolique.

Dans cette affaire, les éléments observés séparément ont indiscutablement pour cause une origine identifiable. Pourtant, le policier de la Crim ne peut que ressentir un malaise diffus devant l'ensemble des faits qu'il a compilés. Et, il y a ces marques présentes dans le texte qu'il ne parvient pas à comprendre.

La logique de Mégrais bute encore sur certaines pièces du puzzle qu'il tente de reconstituer afin de découvrir la vérité qui se dissimule à son regard. Le vieux flic expérimenté n'en croit pas moins à la culpabilité du bouquiniste de la rue de Gand.

Ce qui vient de se produire va peut-être lui donner raison.

58

Morlaix – au nord du Finistère.

Des rues piétonnes, bordées de maisons aux allures moyenâgeuses et dont les pierres, témoins de l'histoire du Finistère, chauffent au soleil. Une vieille église, érigée par des hommes aujourd'hui disparus, se dresse vers le ciel comme un anachronisme pictural noyé dans un ensemble moderne.

Sur la place entièrement pavée qui lui fait face, un arbre étend ses branches noueuses jusqu'à ses murs épais et grisâtres.

Face au porche de la vieille église, sur deux étages, s'élève une magnifique bâtisse à encorbellement du seizième siècle. Une impression de déséquilibre assaille quiconque lève les yeux sur cette étrange maison. Une étrange demeure qui s'ouvre sur d'antiques colonnes médiévales, aux fenêtres constituées de petites vitres d'un vert émeraude scintillant sous les rayons du soleil, et derrière lesquelles un savoir ancien attend, dans une semi-pénombre, que quelqu'un s'en empare.

— Caroline ! s'étonne Émile. Déjà de retour.

— Oui, le notaire m'avait fait parvenir une copie du testament. Hormis quelques signatures, il n'y avait pas grand-chose à faire. Me voilà maintenant officiellement l'unique héritière d'une charmante demeure du seizième siècle.

— Et d'une impressionnante bibliothèque. Il y a ici des manuscrits qui valent une fortune.

— Tu as déniché quelque chose d'intéressant ?

— Non... enfin si. Dans un des tiroirs du bureau, j'ai trouvé une traduction que ton père a faite de certains fragments du Nécronomicon, il y a plus de douze ans de ça, dit-il, nostalgique.

— Qu'est-ce que ça raconte ? interroge-t-elle en s'asseyant dans la bibliothèque où Émile traine depuis le début de la matinée.

— Que le Nécronomicon est une traduction faite d'après de très anciennes tablettes de pierre qui traitent d'astronomie, des sciences et de l'histoire du monde ancien. C'est dans cette partie que se trouvent les incantations et les descriptions des univers auxquels elles donnent accès. C'est dans ces mondes ou plus exactement dans ces autres

dimensions que les Grands Anciens auraient exilé une race d'Êtres que, faute de mieux, nous appelons démons.
— Mon père avait-il découvert l'origine de ces tablettes de pierre ?
— Non. D'ailleurs, il ne croyait pas qu'Abdul al-Hazred, le poète arabe dont je t'ai parlé, en ait été l'auteur. Il émet l'hypothèse que Lovecraft a inventé, d'une certaine manière, le Nécronomicon. Mais les tables de pierre existent, certaines d'entre elles appartiennent à des collections privées…
— D'une certaine manière, qu'est-ce que ça veut dire ?
— Lovecraft a sans doute imaginé le Nécronomicon sous sa forme littéraire, mais les légendes auxquelles ce livre maudit fait référence se trouvent dans d'autres textes plus anciens. Au fond, peu importe de savoir si Lovecraft était un érudit ou non, le fait est qu'on ne peut pas réfuter le contenu du Nécronomicon simplement parce qu'il serait l'œuvre d'un écrivain, auteur de romans fantastiques. Il est probable qu'il se soit inspiré des fragments Pnakotiques dont tu m'as parlé.
— Si je comprends bien ce que tu dis, le Nécronomicon serait une invention de Lovecraft, mais pas le contenu même du manuscrit.
— C'est exact. Ton père parle également du Livre d'Eibon, dont seulement un tiers des textes a pu être déchiffré à ce jour, ce manuscrit fait lui aussi référence à l'histoire de l'Ancien Monde ainsi que des incantations permettant de communiquer avec lui. Il contient une description des portes de l'enfer, qui ne seraient rien de plus que des passages ouvrant sur d'autres univers que le nôtre. Ce manuscrit était connu des Pères de l'Église ainsi que d'autres grimoires aux noms étranges. « Les neuf portes de l'enfer », dont le Livre d'Eibon fait mention, est une traduction christianisée évidemment. Les livres maudits ont été recopiés de nombreuses fois à travers les siècles et certaines vérités se sont perdues au fil des traductions ou ont délibérément été obscurcies. Mais ce n'est pas le plus intéressant.
— Qu'as-tu découvert ?
— Ton père croyait lui aussi qu'il était possible d'accéder à d'autres dimensions.
— Que veux-tu dire ? Papa ne m'en a jamais parlé.
— Ton père pensait que le rêve et l'hypnose étaient une preuve indirecte que d'autres dimensions que la nôtre existent vraiment. Non pas les rêves sous la forme que nous connaissons, mais un état

particulier du rêve qui ne peut être déclenché que par une certaine longueur d'onde, une longueur d'onde que notre cerveau est capable de contrôler.
— Est-ce qu'il dit comment y parvenir ?
— Oui... dans ses notes il parle de très anciennes légendes concernant des crânes de cristal d'origine amérindienne. Selon lui, en les plaçant d'une certaine manière autour de l'initié, les chamans ayant subi une trépanation auraient eu la possibilité d'entrer en résonance avec la Terre et de produire un champ magnétique susceptible d'ouvrir une porte vers d'autres mondes ou d'entrer en communication avec des êtres aux pouvoirs fantastiques.
— Tu crois vraiment que ces légendes disent la vérité ?
— Souviens-toi de la ville mythique de Troie, avant que Schliemann ne la découvre, les historiens affirmaient qu'elle n'était qu'une légende, tout au plus n'acceptaient-ils de la considérer que comme un symbole dont se serait servi Homère pour frapper les consciences de son époque. De plus, les crânes de cristal sont une réalité, le British Muséum a réalisé, il y a quelques années, des recherches sur deux spécimens, et les conclusions c'est qu'il n'y a pas de conclusion, tout simplement parce que l'étude n'a jamais été rendue publique, ni même publiée dans une revue scientifique. Elle est restée au fond d'un coffre.
— Pourquoi mon père n'en a-t-il jamais parlé ?
— Il aurait probablement ruiné sa carrière s'il avait défendu l'idée qu'il existe des univers parallèles. Tu imagines la réputation d'un professeur de langues anciennes donnant une conférence pour exposer la probabilité que notre monde n'est qu'une dimension d'un univers plus complexe, où une multitude de mondes, habités par des créatures fantastiques, coexistent ?
— Oui, tu dois avoir raison, papa n'aurait pas risqué sa réputation sur une idée aussi... farfelue.
— Si nous allions déjeuner, je meurs de faim, pas toi ?
— Oui... on peut manger dans une crêperie pas très loin d'ici. Je suis passée devant en revenant de chez le notaire, il y avait encore des tables de libres en terrasse tout à l'heure.
— Alors, allons-y !
Dehors, le soleil réchauffe l'atmosphère et les vieilles pierres de Morlaix.

« J'aimerais bien savoir où ton père a trouvé ses sources, il n'en fait pas mention dans sa traduction, c'est un comble : un scientifique qui ne donne pas ses sources ».
« Qu'allait-il faire au Moyen-Orient et en Égypte..., de nouveaux fragments ? Peut-être. C'est étrange, son avion s'écrase alors qu'il s'apprêtait à faire part d'une découverte importante ».
« Ça n'a peut-être aucun rapport avec le Nécronomicon. »
« Hum..., il y a beaucoup de morts violentes autour de moi ces derniers temps, je ne devrais peut-être pas mêler Caroline à tout ça ».
« Ça fait beaucoup de peut-être, mais comment ne pas imaginer que des liens existent entre les recherches du père de Caroline sur les mythes et légendes, et la mort de Guirec, Maryse, Gaëlle... »
— On y est, il reste encore des tables de libres, fait observer Caroline.
« Essaie de vivre le moment présent, Émile, l'air est doux, les femmes sont jolies... »
— Tu préfères déjeuner à l'intérieur ?
— Non, en terrasse c'est parfait.
— Tu te souviens le premier été qu'on a passé ici tous les deux ? Tu n'es resté que quelques jours, mais je n'arrive pas à oublier.
— Oui... je me rappelle.
« D'ailleurs, je ne fais que ça, me souvenir. Ça m'empêche de vivre, arrête de te souvenir, Émile. Oublie tes illusions perdues, les souvenirs ne sont que des présents qui sont morts, plus jamais tu ne vivras cet instant, assis à la terrasse d'une crêperie, au cœur de Morlaix, accompagné par une femme qui te désire encore... qui n'a pas oublié ».
« Mais toi, Émile, de quoi te souviens-tu vraiment ? »
« Le temps nous fait mourir, il tue le présent..., je commence à le comprendre. C'est peut-être ça, la nostalgie, comprendre que l'on va mourir et tout comme le présent... n'être qu'un souvenir... »
— Que veux-tu boire ? Demande Caroline.
— Du cidre... brut, précise-t-il.
— Une bouteille de cidre brut, commande-t-elle. Et... moi je prendrais une galette aux pommes de terre. Et toi ? dit-elle, radieuse.
— La même chose.
La serveuse prend note et s'éloigne.
— Je suis heureuse que tu sois là, avec moi.
— Hum... moi aussi, je ne suis pas mécontent d'être ici avec toi. Je

devrais en éprouver du remords ou de la culpabilité, mais... c'est étrange, j'ai l'impression que ma présence est... nécessaire.
— Dis-moi, j'aimerais savoir quelque chose...
— Quoi ?
— Pourquoi es-tu devenu bouquiniste ? C'est plutôt inhabituel pour quelqu'un qui voulait changer le monde.
— Et que deviennent habituellement, les gens qui veulent changer le monde, dit moi ?
— Eh bien..., ils font de la politique, s'engagent dans le milieu associatif...
— Oui..., je ne doute pas que leur combat soit utile. Ce dont je suis moins sûr, c'est de la sincérité de leurs motivations profondes, de leur conscientisation.
— Tu penses toujours que nous n'agissons que par intérêt personnel ?
— Oui, même si cela se déroule en pleine inconscience et même si nos actions peuvent bénéficier aux autres. L'individu agit toujours dans son propre intérêt, des intérêts qui sont masqués par le langage, que le langage permet de déguiser pour les rendre socialement acceptables.
— D'accord, mais pourquoi bouquiniste ?
— À cause d'une grosse directrice avec une robe à fleurs.
— Quoi ! Qu'est-ce que c'est que cette histoire de directrice ?
— C'est une longue histoire... Ah ! Voilà le cidre.
Une jeune femme, vêtue d'une jupe droite qui lui découvre les genoux et d'un chemisier blanc dont la transparence au soleil laisse deviner la dentelle de son soutien-gorge, dépose sur la table nappée de papier blanc deux bolées en terre cuite et une bouteille de cidre brut.
La fraîcheur de la bouteille crée au contact de l'air doux des perles de condensation qui brillent comme de petits éclats de diamant. La jeune femme sourit, ses pommettes se teintent de rose... d'un geste maladroit, elle replace une mèche de cheveux et détourne son regard vers une autre table. Elle fait sauter le bouchon de la bouteille de cidre puis s'éloigne en jetant un regard dérobé à la table où les deux clients qu'elle vient de servir poursuivent leur conversation.
— Fais-moi plaisir, Émile, tu veux, évite de faire du gringue à la serveuse en ma présence.
— Je lui ai juste rendu son sourire.
— Je crois que tu lui plais... C'est vrai, tu es séduisant, peut-être même

un peu plus que lorsque je t'ai connu. Tu n'es pas ce qu'on peut appeler un apollon, mais tu as toujours eu beaucoup de charme.
— Hum… un peu de cidre ?
— Oui, merci. Alors, dis-moi, qu'est-ce que c'est que cette histoire de directrice avec une robe à fleurs ?
— C'est une histoire qui remonte à l'école primaire, j'étais passionné par nos ancêtres…
— Sauvages et virils dans leurs élégantes peaux de bêtes.
— Oui, si tu veux voir ça comme ça. Tu sais, les livres d'histoire ne disent pas toujours la vérité, ou en tout cas des vérités limitées à leur temps. Les manuels scolaires sont écrits par des historiens dont l'imagination remplace parfois les faits lorsqu'ils font défaut.
— Et pour en revenir à ta propre histoire...
— Hum…, la coutume voulait qu'au mois de juin, la dernière semaine pour être exact, les élèves soient en activité ludique. Bref, tout le monde jouait à des jeux de société ou était plongé dans l'art créatif. Moi, j'avais pris mon livre d'histoire et je recopiais sur mon cahier le récit de la vie des premiers hommes. J'adorais recopier les histoires, à défaut d'en écrire moi-même. J'étais donc en train d'écrire quand la grosse directrice avec sa robe à fleurs, d'énormes fleurs rouge sang, s'est penchée au-dessus de moi pour me dire d'aller jouer avec les autres, ou de faire du collage ou je ne sais plus quoi…
— Un soleil en macaroni pour décorer le salon.
— Oui, un truc dans ce genre-là. Je lui ai dit, bien sûr, que je préférais recopier mon livre d'histoire et elle m'a regardé comme si j'étais une limace, ou un crétin incurable. Et puis elle m'a dit que je n'étais pas un garçon intéressant et elle est retournée féliciter d'autres élèves. Je crois que je n'ai plus jamais souri après ça. Enfin, pendant quelque temps du moins.
La même jeune femme, celle qui quelques minutes auparavant avait déposé sur la table les bolées de terre cuite et la bouteille de cidre brut, apporte les galettes aux pommes de terre, encore fumantes. Ses gestes gauches trahissent le trouble qu'elle ressent au plus profond de son ventre. Elle murmure un « bon appétit » et s'éloigne.
Le bruit des couverts résonne maintenant sur la terrasse de la crêperie qui peu à peu s'est remplie de couples ou d'affairistes en costume cravate.

— Tu lui fais de l'effet à cette petite...
— Elle n'est pas si petite que ça. Mais ce n'est pas avec elle que je suis en train de déjeuner, Caroline. Ne sois pas jalouse de ce que je n'ai pas consciemment provoqué... ni voulu consciemment.
— Oui... tu as raison. Tu dois me trouver ridicule, n'est-ce pas ?
— Non. Et c'est inutile de te dévaloriser pour avoir exprimé un sentiment naturel.
— Tu n'as pas terminé ton histoire, pourquoi es-tu devenu bouquiniste ?
— Eh bien, si la grosse directrice n'avait pas tué dans l'œuf ma passion pour l'écriture, je serais peut-être devenu écrivain. Je suppose que le métier de bouquiniste me permet, d'une certaine manière, de vivre ma passion pour les livres... à défaut d'en écrire moi-même, je vends ceux des autres. Je suis écrivain par procuration.
— C'est quand même dramatique, tous ces gamins qui ne feront jamais ce dont ils rêvent parce que quelqu'un un jour leur a dit qu'ils n'étaient pas faits pour ça.
— Ouais..., quand t'as zéro en dictée, on t'encourage pas à exercer l'activité d'écrivain, c'est sûr. Et ça, quelles que soient les capacités que te donne l'imagination.
« Finalement, à bien y réfléchir, je ne sais pas si je te pardonne vraiment, ô directrice de l'école Branly. Rappelle-toi le regard méprisant que tu m'as lancé quand j'ai refusé d'aller faire du pyrograveur ou du collage de macaroni... ça y est, ça me reprend. Voilà que je me remets à parler tout seul. Ça me fait penser que j'ai rendez-vous avec le psy la semaine prochaine ».
— Pourquoi n'essaies-tu pas d'écrire ?
— En vérité, j'ai quelques manuscrits dans mes cartons, au grenier, rue de Gand. Mais je n'ai jamais osé les envoyer à un éditeur.
— Pourquoi ça ? Ça marcherait peut-être. Que risques-tu à tenter le coup ?
— Un refus.
— C'est pas si grave que ça... si ?
— Si mes œuvres étaient refusées par l'éditeur, la grosse directrice aurait raison.
— Tu sais, quand on voit tout ce qui est édité aujourd'hui, on est bien obligé de reconnaître que ce n'est pas toujours le talent qui l'emporte.
— Peut-être.

— Tu veux un dessert ?
— Si tu te sens capable d'endurer encore une fois le trouble de notre jeune serveuse… oui.
— C'est ça…, moque-toi.
— Et si nous allions marcher un peu, après le dessert, avant de continuer les recherches, propose-t-il… qu'est-ce que tu en dis ?
— Oui, d'accord, il paraît que c'est bon pour la digestion, répond-elle, un sourire sur les lèvres.

59

L'astre solaire a laissé la place à la deuxième lune de la Terre, qui selon les légendes mayas, une civilisation qui sacrifiait des êtres humains aux Dieux Anciens, fut arrachée à la planète bleue lors d'une collision qui balaya toute vie terrestre... en des temps reculés.

— Il est plus de minuit, Émile. Nous avons ouvert tous les livres de la bibliothèque, je ne crois pas que ce que tu cherches soit ici. De toute façon, j'ai tellement mal aux yeux que je ne me sens pas capable de continuer.

— Moi aussi j'ai les yeux qui me brûlent à force de lire.

Au cœur de la maison de Morlaix, dans la plus grande pièce du deuxième étage, une immense bibliothèque de chêne tapisse les murs comme un coffrage maintenant une puissante étreinte autour d'un sanctuaire où le savoir sommeille.

Hormis les fenêtres à meneaux, constituées de carreaux vert émeraude qui donnent sur la place — là où un vieil arbre griffe les murs grisâtres de l'église médiévale de ses branches les plus basses — ainsi que la cheminée de pierres taillées et la porte à doubles battants donnant accès à la bibliothèque, pas un seul espace n'est laissé libre par les étagères, des étagères chargées d'un savoir oublié.

Une lampe de chevet, posée sur un bureau datant du siècle des Lumières, ainsi que des spots orientés vers les moulures satinées du plafond, éclaire faiblement les étagères de la bibliothèque, diffusant dans la pièce silencieuse un halo coloré qui s'étire sur le plancher couleur chêne clair.

Dans la cheminée le bois crépite, dévoré par les flammes, mêlant leur propre teinte rouge orangé à l'éclairage diaphane des ampoules encastrées dans les boiseries. C'est la fraîcheur de la nuit qui a poussé Caroline à y brûler quelques bûches.

Dans l'immense bibliothèque, un parfum de cèdre plane comme une brume invisible, imprégnant de son essence tenace le cuir patiné des livres anciens.

Dehors, le vent souffle sur les vitres dont les reflets rappellent la couleur de l'océan qui sommeille à quelques kilomètres de la ville médiévale. Le silence, dont ce sanctuaire du savoir est empreint, fait place au faible mugissement des courants d'air qui balaient la toiture

et la façade à encorbellement. De l'intérieur, cela ressemble à une plainte lointaine.
Soudain, une chauve-souris, surprise par une brusque bourrasque, s'accroche désespérément aux carreaux avant de poursuivre sa route dans la nuit d'encre.
— On dirait que tu as des locataires. Il doit certainement y avoir un espace entre les tuiles et le plafond, dit Émile.
— Tu crois qu'elles pourraient entrer dans la maison ?
— Non, rassure-toi, les chauves-souris cohabitent avec l'homme, mais ne partagent pas les mêmes appartements.
— Si nous allions nous coucher, il est tard et cette bibliothèque commence à me donner le frisson. Nous reprendrons nos recherches demain, si tu veux.
— Non, ça ne servirait à rien. Voilà deux jours que nous sommes enfermés ici, nous avons ouvert tous les livres. Le journal manuscrit que Guirec avait en sa possession n'existe qu'en un seul exemplaire, j'en ai peur... Il faudrait que je le récupère.
— C'est le lieutenant de police qui l'a ?
— Oui, Mégrais. Mais je doute qu'il sache vraiment de quoi il a hérité. La mort de Guirec Beryann dépasse la compréhension d'un flic moyen. Mégrais s'imagine encore qu'il a affaire à un crime satanique, et je suis sûr d'être en tête de sa liste des assassins potentiels.
— Que sait-il au juste sur le meurtre de l'écrivain ?
— Je l'ignore. Mais à mon avis, pas grand-chose. Maryse, la jeune femme qui a été défenestrée, devait me rapporter le journal de Guirec. Si j'avais pu le lire, j'aurais certainement compris...
— Maryse, l'interrompt Caroline, c'était la petite amie de Guirec, c'est bien ça ?
— Oui. Elle savait qui était l'assassin, elle avait peur qu'il ne la retrouve, elle aussi.
— Elle t'a dit qui il était ?
— Oui... enfin... je crois que je sais qui il est.
— Mais pourquoi ne le dénonces-tu pas à la police ?
— Les flics ne me croiront jamais, Caroline.
— Mais si le tueur sait que tu connais son identité, il risque...
— Oui, de vouloir me tuer moi aussi.
— Émile, cette histoire me fait peur...

— Moi aussi j'ai peur, Caroline, mais je n'ai pas le choix. Il faut que je trouve un moyen de le neutraliser avant qu'il ne m'atteigne.
Elle s'approche, elle est belle et le désir est palpable dans ses gestes. Le bouquiniste éprouve de l'attirance pour son amie d'autrefois, mais il est tiraillé par la culpabilité. La jeune femme, elle, est prête à s'ouvrir à lui dès qu'il le désirera.
— Je vais relire les notes que ton père a écrites au sujet des livres maudits et des fragments de manuscrits qu'il a traduits, dit-il. Quelque chose a peut-être échappé à mon attention. Je me souviens qu'il y parle des cercles de pierres, il en mentionne un dans le Morbihan. Un cromlech dont les pierres sont gravées et à moitié immergées, ainsi qu'un autre mégalithe sur l'île de Gavrinis, un cairn. Certains signes qu'il a reproduits ressemblent à ceux que j'ai vus sur les cadavres qui pourrissent dans les souterrains de la Citadelle ».
— Tu veux dire Gaëlle et les autres, ils...
— Oui... il les a tués de la même manière qu'il a tué Guirec.
— Comment s'y est-il pris ? Qui est-il, Émile ?
« Si je te disais qui il est... non, tu ne dois pas savoir, pas encore... »
— Qui est-ce, Émile ? Dis-le-moi, insiste-t-elle.
— Aie confiance en moi, Caroline, je te le dirai le moment venu, mais pour l'instant, il vaut mieux que tu l'ignores. Fais-moi confiance.
Le visage de Caroline s'assombrit, elle sait qu'il est inutile d'insister. Émile peut parfois se montrer intraitable.
— Je vais me coucher. Si tu as besoin de quelque chose, tu sais où me trouver...
Elle traverse la bibliothèque et se retourne vers Émile qui la regarde s'éloigner.
— Tu sais, tu n'es pas obligé de dormir dans la chambre d'ami cette nuit.
— On pourrait peut-être aller jeter un coup d'œil sur ce cromlech, demain, après le petit déjeuner.
— Oui, si tu veux.
Caroline est aux prises avec son désir, mais elle n'a pas l'intention de brusquer Émile.
— Tu peux dormir avec moi ? Je veux dire..., on peut dormir ensemble. Je n'ai pas envie d'être seule. Tout ça me fait peur.
« Si je m'allonge près d'elle, tu sais bien ce qui arrivera, non, ça ne serait

pas juste pour Sophie, elle ne mérite pas ça ».
« Mais tu ne peux pas nier que tu désires Caroline... et ça n'a rien à voir avec les sentiments, tu le sais, Émile, c'est juste du désir, l'envie de sa peau contre la tienne. Tu veux la baiser parce que c'est facile, parce que tu en as l'occasion »
— Je n'ai pas envie de dormir seule, je ne te propose rien d'autre, juste dormir, ça me ferait du bien de te sentir près de moi.
— Tu sais que...
— Je sais que nous sommes adultes, coupe-t-elle, et libres de nos choix. Je ne te demande pas de me faire des promesses... juste de m'aimer un peu... enfin, si tu veux.
— C'est plus compliqué que tu ne le crois...
— Qu'est-ce qui est compliqué, Émile ? Le fait que tu sois marié avec une femme qui te laisse seul pour tenir compagnie à une amie, et que tu éprouves du désir pour moi ? Tu n'es plus amoureux d'elle. D'ailleurs, si c'était le cas, tu ne serais pas ici avec moi, tu le sais bien.
— Ma présence ici ne signifie pas que je sois encore amoureux de toi...
La réplique est cinglante, plus qu'il ne l'aurait souhaité.
— Il suffirait pourtant que tu te souviennes, et puis ce n'est pas ce que je te demande, j'ai peut-être juste envie que tu me baises ! C'est si difficile que ça ?
— Caroline, je...
— Excuse-moi... je..., je n'aurais pas dû dire ça..., pardonne-moi...
Émile ne répond rien, il se contente de la regarder. Caroline est une femme séduisante et il ne peut nier que ces quelques jours passés près d'elle ont réveillé ses sentiments.
— Je vais me coucher. Bonne nuit...
Caroline s'apprête à franchir la porte à double battant, mais elle se tourne à nouveau vers lui.
— Émile !
— Oui.
— Merci d'être venu... à demain.
« Pourquoi tout est toujours si compliqué ».
« Comment résister aux tentations si ce n'est en s'imposant certaines valeurs auxquelles on veut croire ? Ce serait si facile de tromper Sophie, mais ce serait si injuste. Pourtant, c'est vrai, j'ai envie de Caroline, toucher sa peau, sentir son parfum. »

« Ok, inutile de te tarauder l'esprit parce que tu veux coucher avec elle, éprouver du désir c'est naturel. Caroline est une jolie femme, tu te retrouves seul avec elle, qui plus est dans un moment important pour elle, peut-être aussi pour toi, et vos deux solitudes se rencontrent, ça suffit à éveiller le désir. Oui, tout ça est prévisible et naturel ».
« Même si je ne suis plus amoureux de Sophie, ce n'est pas une raison pour trahir sa confiance ».
« Avoue quand même qu'elle ne fait aucun effort pour te comprendre ! »
« Non… non, ce serait trop facile de ne se souvenir que des mauvais côtés, des moments difficiles, de ne sélectionner que des mauvais souvenirs, juste pour se donner un alibi. Simplement pour se donner une excuse et justifier l'infidélité ».
« Elle t'a quand même laissé tomber pour passer des vacances avec Annie, la désespérée de service, l'éternelle amoureuse contrariée. Alors que tu aurais tellement besoin d'elle ».
« Arrête un peu, Émile, tu es en train de te chercher une excuse pour justifier que tu t'apprêtes à coucher avec une autre, faire croire que tu t'es laissé avoir parce que tu avais besoin d'une présence, que si tu couches avec Caroline, c'est parce que Sophie t'a laissé en plan. On a toujours le choix. Tu as le choix, Émile. Et si tu couches avec Caroline, tu perdras Sophie. Ce n'est pas un risque que tu prends, c'est un choix que tu dois faire. Ne laisse pas les événements décider à ta place ou faire comme si… ce serait trop facile, trop lâche ».
« Choisir, c'est exclure ce dont on peut aussi avoir envie par ailleurs. L'amour ne se divise pas dans le temps comme dans les épisodes d'une série télé. L'amour c'est le temps lui-même, c'est un effort pour se maintenir vivant, pour maintenir une relation dans les instants difficiles ou les moments de doute, quand la tentation d'un plaisir facile se présente ».
« Oui… mais peut-être que l'amour n'est qu'une idée romantique, une idée derrière laquelle le désir se dissimule, comme pour échapper au jugement de valeur d'une socioculture idéaliste, une socioculture qui ne peut s'exprimer que dans le déni de la nature, une nature qui est par définition incontrôlable, faite de désirs ».
« Oui… bien envoyé, Émile ».
« Deux êtres sont-ils destinés à se rencontrer, quoi qu'il arrive ?

Destinés à s'aimer dans l'éternité ? Oui, ce serait tellement merveilleux de retrouver celle qu'on a aimée dans une autre vie... mais comment la reconnaître dans chacune des vies réincarnées ? Pourquoi Caroline, et pourquoi moi ? Sommes-nous destinés, elle et moi, à nous retrouver jusqu'à ce que notre histoire s'achève ? Sommes-nous destinés à n'être que des amants, niant la socioculture et ses valeurs, juste pour retrouver notre véritable nature ? »
« Est-ce que tu crois vraiment que c'est le moment de te poser ce genre de questions, Émile ? Non ! Tu as juste envie de baiser Caroline et tu t'inventes une philosophie de la vie à deux balles pour pouvoir, sans troubler ta petite conscience, te glisser vers sa chambre et dans ses draps. Tu as juste envie de toucher son corps, sentir sa peau contre la tienne et le souvenir de Sophie vient se dresser entre ton désir et ta conscience morale, tu es tout simplement en train de culpabiliser, mon vieux ».
« Qu'est-ce qui cloche avec Sophie ? Je veux dire, si tout allait bien, peut-être que tu ne serais pas ici, à Morlaix, à te demander si tu vas faire l'amour à Caroline ou aller te coucher tout seul dans un grand lit froid ».
« Tu te cherches encore des excuses, Émile. Est-ce que tu es sûr d'avoir toujours fait les efforts nécessaires pour comprendre Sophie ? Est-ce que tu es sûr d'avoir toujours raison ? »
« Laisse tomber ! »
« Non... c'est trop facile d'abandonner et de faire comme si tout à coup la fatigue te fracasse le cerveau... quand les questions te gênent, te dire que ça n'a plus d'importance. Si tu couches avec Caroline, alors tu ne vaudras pas mieux que ceux qui trahissent la confiance des autres, toi aussi tu seras un menteur, et tu n'auras plus le droit de condamner le mensonge et l'hypocrisie, ou encore de parler d'amour, parce que ça ne voudra plus rien dire ».
« Et tu ne veux pas admettre que l'amour n'est qu'un voile de couleur jeté sur nos désirs pour les rendre plus acceptables, socialement acceptables... ça briserait la magie ».
« Merde ! »
« Il faut que je trouve le moyen de récupérer le cahier de Guirec, sans lui je n'arriverai jamais à décoder la signification de ces foutues incantations. Encore faut-il que ce cahier en donne une traduction. Et

comment savoir quels signes il faut utiliser, comment les prononcer, à quel rythme ? »
« C'est une histoire de fous. Je suis sûrement en train d'imaginer tout ça, allongé sur le divan de mon psy et ce foutu analyste n'arrive pas à me réveiller de mon sommeil hypnotique. Et moi, pendant ce temps-là, je débloque sur des histoires de quatrième dimension ».
« Bordel ! »
« Mais pourquoi je suis allé voir un psy ? »
« Oui..., bien sûr..., oui, je me souviens. Après cet accident j'étais dans le coma, et il y avait cette voix dans ma tête. Cette voix si familière... pourtant... ce n'était pas ma voix. Étrange. Oui, c'est étrange parce que je ne me souviens pas vraiment de ma vie avant l'accident. Je ne me souviens pas comment j'ai rencontré Sophie... Étrange. »
« En fait, je ne sais même pas qui est réellement Sophie ».
Un bruit feutré attire soudain l'attention du bouquiniste. Il tend l'oreille, retenant sa respiration afin de mieux percevoir l'étrange murmure qui s'élève de la bibliothèque.
« Qu'est-ce que c'est ? »
« Une chauve-souris ? »
Il se lève. Il se rapproche de la source...
« Non..., c'est impossible ».

60

La nuit a gobé le monde.
La terre de Bretagne, chargée de légendes, sommeille dans l'ignorance du mal qui rode dans le noir.
La chambre où dort Caroline est plongée dans l'obscurité. Il n'y a pas de lune dans le ciel nocturne, pas d'étoiles, et les réverbères eux aussi sont éteints, depuis un long moment déjà.
Un bruit de respiration monte du lit à baldaquin. Dans la chambre, tout est tranquille. Enfin, presque.
À pas feutrés, une ombre se dirige vers la forme allongée qui sommeille sous la couette... une main se tend...
— Caroline... Caroline, réveille-toi.
— Émile... que se passe-t-il ?
— Lève-toi, l'exhorte-t-il.
— Tu me fais peur.
— Suis-moi.
Vêtue d'un pyjama rose, Caroline lui emboite le pas.
Les lattes du plancher grincent. Dehors, le vent gémit, comme un animal plaintif.
Dans la maison à encorbellement, face à l'église médiévale plongée dans l'encre de la nuit, deux ombres glissent sur l'escalier de pierre conduisant à la bibliothèque. Le velours du tapis qui recouvre les marches étouffe le bruit de leurs pas qui montent lentement vers le deuxième étage.
Il est des plus étranges d'avoir aménagé la grande bibliothèque aussi haut perchée. Comme si, symboliquement, le savoir n'était accessible qu'à la condition de s'élever soi-même.
À moins, bien sûr qu'il y ait une autre raison.
— Que se passe-t-il ? Dis-moi.
— Je veux te montrer quelque chose...
— Émile, parle !
— J'étais en train de réfléchir au moyen de récupérer le manuscrit de Guirec...
— Tu veux parler du journal manuscrit ?
— Oui... j'étais assis dans un des fauteuils face au bureau, quand mon attention a été attirée par un sifflement.

— Pourquoi parles-tu si bas ? Tu me fais peur, Émile.
— Excuse-moi, ça doit être à cause de la pénombre, dans l'obscurité on a tendance à parler à voix basse…
— Vas-tu me dire de quoi il s'agit, à la fin ?
— Ne t'énerve pas, viens, entre… je vais te montrer.
La bibliothèque respire un parfum d'encens et de cuir mêlés.
Dans l'âtre de la cheminée, les braises encore rougeoyantes font penser à des rubis incandescents, à des yeux appartenant à quelque monstre tapi dans la nuit. Une lumière tamisée caresse le cuir des livres anciens peuplant les étagères finement sculptées.
Le vent continue de souffler ses assauts sur la toiture de la maison dans une respiration lugubre.
Dehors, le vieil arbre aux branches griffues dodeline comme un prédateur impatient, dans l'attente d'attaquer sa proie et lacérer ses chairs, répandant le sang sur une terre sacrée, en un lieu où le savoir attend lui aussi que le sang soit répandu pour réveiller les démons anciens.
— Regarde.
— Qu'est-ce que c'est ? On dirait… c'est impossible.
Caroline passe le doigt sur la serrure métallique qui se trouvait dissimulée derrière les livres.
— Mon père ne m'a jamais parlé de…, aïe !
— Qu'y a-t-il ?
— Je me suis écorché le doigt. Le métal est coupant comme un rasoir.
— Montre. Ça n'a pas l'air grave, mais tu devrais nettoyer la plaie.
— Comment l'as-tu découvert ?
— Comme je te le disais, je réfléchissais au moyen de récupérer le journal de Guirec, quand un sifflement a attiré mon attention. Je pensais que c'était une chauve-souris coincée dans le mur, ou bien le vent, mais le bruit ne venait pas des fenêtres de la façade. C'est pourtant bien le vent qui en était la cause. Quand je me suis approché de l'étagère, le sifflement est devenu plus distinct et j'ai commencé à retirer quelques livres. Ils sont là, par terre. Et j'ai découvert ça.
— Crois-tu que mon père en connaissait l'existence ?
— Cette serrure n'est pas très ancienne et c'est ton père qui a fait aménager cette bibliothèque, non ?
— Oui. Tu as regardé dans les tiroirs du bureau ? La clef y est peut-être.

— Non. Elle ne s’y trouve pas. Ton père a-t-il laissé un trousseau de clefs quelque part ?
Caroline semble réfléchir, elle est désorientée. La jeune femme, comme la plupart des enfants, s'imaginait que son père ne pouvait lui avoir caché quelque chose d'aussi important.
— Je ne sais pas. Ça ne me dit rien. Attends ! lance-t-elle en quittant la pièce.
— Où vas-tu ?
— Je reviens tout de suite, ne bouge pas, j’arrive !
« Qu’y a-t-il derrière cette bibliothèque ? Ton père y conservait-il les cadavres des femmes qu’il séduisait, tel un Barbe Bleue des temps modernes ? Ce n’est peut-être pas une pièce secrète, juste un coffre dans lequel il gardait des objets précieux. C’est étrange que Caroline n’en connaisse pas l’existence, son père se méfiait-il de sa fille ? Arrête, Émile, tu vas finir par devenir parano à soupçonner tout le monde, c’est déjà assez compliqué comme ça... »
Caroline réapparait sur le seuil de la bibliothèque.
— Je crois que je l’ai trouvée, elle était avec les affaires que la morgue a renvoyées. Regarde, elle est attachée à une chaîne, papa devait la porter autour du cou, c’est bizarre parce que je ne me souviens pas l’avoir vu avec cette clef en pendentif.
— Vas-y, essaie, on verra bien si elle ouvre le fond de l’étagère.
Caroline insère la clef et la tourne...
Clang..., clang...
— Je crois que je suis à fond, chuchote-t-elle. Émile... j’ai peur.
— T’inquiète pas. Essayons d’ouvrir la bibliothèque maintenant... tire de toutes tes forces.
Tous deux s'arc-boutent aux montants de bois finement sculptés... en vain.
— Ça ne s’ouvre pas, gémit-elle.
— Il y a peut-être une autre serrure plus haut.
— Peut-être qu’il faut appuyer sur un levier ou je sais pas quoi...
— Non, je ne crois pas... et il n’y a pas d’autre serrure que celle-là.
— Et si on essayait de pousser l’étagère ?
— Mais oui ! Tu as raison, je suis stupide, ça ne peut pas s’ouvrir vers l’intérieur de la bibliothèque. Allons-y. À « trois », on pousse en même temps vers le mur. Prête ?... Un, deux, trois !

Les étagères encore chargées de livres anciens roulent sur le sol et s'enfoncent lentement dans le mur.
Puis, glissant latéralement sous la pression des forces conjuguées des deux amants d'autrefois, elle laisse la place à un escalier de pierre, poussiéreux et obscur comme le ciel nocturne du Finistère.
Comme une coulée de lave brûlante, la lumière émanant de la bibliothèque s'est engouffrée dans l'escalier étroit, tournant sur lui-même comme la coquille d'un escargot. À présent, un vent frais pénètre dans la pièce et fait rougeoyer les braises dans la cheminée, réveillant le monstre qui y sommeillait. Encastré dans la pierre, un interrupteur commande une ampoule accrochée à mi-hauteur de l'escalier en colimaçon. Le clic de l'interrupteur frappe les pierres de l'étroit couloir qui s'élance vers la toiture quand Émile pose le doigt dessus, son écho brise le silence de plomb qui règne alors dans la bibliothèque éventrée.
— Émile, ça me fait peur. Que crois-tu qu'il y a, là-haut ?
— J'espère que ce n'est pas un truc qui broie les gars trop curieux.
— Quoi ?
— Rien, laisse tomber. Qu'est-ce que tu fais, tu restes là ou tu montes avec moi ?
— Je t'accompagne.
Sous leurs pas hésitants, craque la poussière qui s'est accumulée depuis des mois sur les marches de pierre.
Les escaliers sont nimbés d'une lumière blafarde.
Émile et Caroline se hissent vers l'inconnu.
Vingt-et-une marches de pierre qui grimpent vers la toiture assaillie par les bourrasques erratiques du vent. Vingt-et-une marches conduisant dans un lieu secret.
Vingt-et-une marches à gravir pour connaître ce qui se cache en ce lieu étrange et secret.
La pièce de dimension moyenne, qui s'ouvre sur l'escalier de pierre, est clairsemée de spots encastrés dans le plafond blanc et satiné. Ils diffusent une lumière douce et tamisée qui rappelle les dernières heures du jour avant le crépuscule.
Comme dans la bibliothèque, les murs sont tapissés d'étagères où s'entassent quelques manuscrits anciens, grimoires et autres incunables, parmi des fragments de roche sur lesquelles de mystérieux

signes sont gravés. Au centre de la pièce, repose un bureau envahi par des parchemins poussiéreux.
Le sol est recouvert d'un épais tapis aux arabesques compliquées.
Aucune fenêtre ne laisse deviner, lorsqu'on regarde la maison de l'extérieur, que ce lieu existe.
Il y règne une odeur de papier et d'encre dont les fragrances se mélangent à d'autres effluves qui rappellent la pierre ou la poussière que la ventilation ne parvient pas à éliminer. Une ouverture dans le plâtre du faux plafond laisse entrer les courants d'air. Un trou parfaitement circulaire, recouvert d'une grille encrassée.
— Mon père ne m'avait jamais parlé de cet endroit.
— Si ces parchemins sont authentiques, fait observer Émile qui s'est approché du bureau, cet endroit contient à lui seul plusieurs millions d'euros.
— Oui, on se croirait dans un musée... qu'est-ce que tu cherches ?
— Des notes, des documents, dit-il en explorant les lieux. Quelque chose écrit dans une langue que je peux comprendre.
— Ça limite considérablement le choix.
— Tu fais allusion à mon manque de culture ?
— C'est trop tard pour regretter ta scolarité perdue, Émile.
— Tu es fâchée contre moi, on dirait. Écoute, pour tout à l'heure, je suis désolé si...
— Regarde ! Je crois que j'ai trouvé quelque chose.
— Hum..., montre-moi.
— Tu vois la date, dit-elle en la désignant du doigt, papa a écrit ces pages avant de partir pour le Moyen-Orient.
— Oui... ça concerne les recherches qu'il s'apprêtait à faire là-bas, c'est écrit là.
— Et ça... qu'est-ce que c'est ?
— On dirait que c'est une copie d'une page de manuscrit, mais je ne sais pas la lire.
— C'est un frottis. On dirait de l'araméen, ou...
— Ton père travaillait sur un fragment de parchemin découvert récemment, dit-il en s'emparant d'une liasse de papier, ces feuillets sont les premières pages d'un mémoire.
— Qu'est-ce que ça raconte ?
— Un truc qui fait froid dans le dos, répond le bouquiniste. Écoute ça :

« Certaines tribus amérindiennes, tout comme les Celtes d'Europe, sacrifiaient dans le sang, sur un autel de pierre, des victimes consentantes afin de retarder l'inéluctable destruction du monde. Les Mayas, et sans aucun doute ceux qui les ont précédés en Amérique, possédaient d'antiques livres de pierre sur lesquels étaient gravées des connaissances astronomiques. Ils avaient calculé les cycles de l'univers et les effets qu'un tel cycle produisait sur les corps célestes. C'est de là que nous viennent les prédictions de la fin du monde. Peu de gens le savent, mais le champ magnétique terrestre s'est déplacé au cours de ces derniers mois. Ce qui ne manquera pas de provoquer séismes et autres catastrophes naturelles dont nous ressentons déjà les contrecoups. »
« J'ai découvert », poursuit Émile à voix haute, « en étudiant les signes présents sur des fragments de monuments anciens, les plans d'un vaste complexe, dont autrefois les pyramides d'Égypte (plateau de Giza), de Chine (X'ian) et d'Amérique du Sud (Tiahuanaco), gardaient les entrées. Personne n'avait encore mis en évidence que les pyramides qui s'élèvent sur ces trois sites possèdent le même alignement, ce qui est étrange si l'on songe à l'éloignement qui les sépare. »
— Tu savais qu'il existait des pyramides en Chine ? Dit Caroline.
— J'ai lu ça dans un magazine scientifique le mois dernier. Écoute la suite :
« Le Nécronomicon, qui n'est sans doute qu'une compilation d'un savoir antique, décrit certains univers dimensionnels où le mal est contenu. Un univers qui pourrait bien n'être qu'une conséquence physique résultante de la psyché humaine ou d'une pensée qui serait à l'origine de la matière, tout comme l'écrit le romancier et érudit Guirec Beryann dans l'un de ces livres, intitulé « Le fruit de la vengeance ». L'inconscient de Lacan est en réalité un monde psyché auquel certains hommes peuvent avoir accès. Un univers emplit de formes-pensées les plus horribles de l'humanité ».

« La clef de l'énigme se trouve dans les livres... »

61

Liber Ivonis

Extrait du « Livre d'Eibon »

De l'autel taillé dans le roc, les rainures s'étendent vers le sol. L'arme sacrée doit pénétrer chacune des victimes sans l'anéantir. Leur mort se doit d'être lente et pénible. La souffrance répétée est en elle-même un appel aux Dieux Anciens. Plus la victime est consentante et plus sa désillusion est grande, ses souffrances atroces et bruyantes. Leur sang doit s'écouler à la lumière d'une lune pleine, sans nuages, et imbiber profondément le sol. Le sorcier se sera peint le corps des trois runes primaires. Lorsque le sol autour de lui sera comme imprégné et rougi du sang de ses victimes, il pourra chanter les sombres paroles :

Ia Ia CTHUgga Anolf Analph CTHUgga
Naa Trash Zewwa Shaamesh CTHgga

Ce qu'il peut advenir après, seul celui qui a fait le voyage peut le décrire.

[...]

Rituel extrait du Nécronomicon

Il est important que l'élu soit allongé sur l'autel et totalement figé dans le carcan pour qu'il lui soit impossible d'imprimer un quelconque mouvement à son corps. Le sorcier prendra soin de choisir une victime bien en chair et tout à fait saine mentalement. De ces bons vivants dont la joie de vivre n'a d'égale que l'incrédulité. La désillusion et l'accès à la folie d'un tel personnage libéreront une certaine puissance au moment où les mots seront prononcés.
La première incision sera pratiquée sur la partie haute des paupières qui seront totalement décollées pour s'assurer que le sujet ne perde rien du merveilleux spectacle qui l'attend. Deux jours d'attente seront ensuite nécessaires pour laisser cicatriser la blessure et éviter que l'homme ne soit aveuglé par son sang. Le manque de sommeil et les

excréments qui l'entoureront alors seront un facteur d'affaiblissement intéressant.
La première amputation peut alors débuter. Elle doit concerner les parties génitales. Personne ne peut convoquer Yog Sothoth en présence d'une victime féconde. Lui seul doit représenter l'avenir et la multiplication de notre misérable espèce.
Cette préparation doit suffire à garantir l'accès indispensable de la victime à la folie. Si celle-ci ne survient pas à ce stade, d'autres sévices plus avilissants encore peuvent être pratiqués. Néanmoins, les amputations ne devraient jamais concerner la bouche et les organes vocaux qui doivent être épargnés absolument sans quoi Yog Sothoth ne pourrait se repaître des cris et des supplications de son nouvel esclave. Sa tentation serait alors immense de se tourner vers celui qui appelle pour en obtenir ces si délicieuses souffrances.
La nuit doit être à son tiers consommée. L'autel doit être banni, car la vérité émerge du sol fait de terre brute. Le cercle de pierres doit être large et consacré. Le rythme est lent du début pour atteindre une continuité finale. La langue est celle de l'ancienne Terre du Milieu.

[...]

62

Trois jours plus tard.
Gare de Lille Europe : 14 heures 21.

Le vent court sur les rails des voies ferrées désertes, balayant les papiers gras jetés sans conscience par des gamins distraits, s'engouffrant sur les quais où les voyageurs n'ont pas encore débarqué.
Le train en provenance de Morlaix, via Paris, entre en gare. Les freins sifflent leur refrain métallique et la longue file de wagons fuselés s'immobilise lentement.
Quand les portes s'ouvrent enfin, les premiers voyageurs à poser le pied sur le quai frissonnent sous ce vent frais et permanent qui les enveloppe.
Il y a bien longtemps que les nuages de vapeur des locomotives à charbon ont laissé la place au grésillement des lignes à haute tension et des moteurs électriques des trains profilés comme des fusées spatiales. Mais le passé est révolu et le présent n'a cure des nostalgiques.
Un bruit de gare glisse sur les voies qui à présent sont encombrées de voyageurs qui reviennent ou s'en vont loin de chez eux. Des valises traînent sur les quais, des gens se bousculent, des mains se lèvent pour dire adieu, ou signaler leur présence. Des larmes perlent sur la joue d'une jeune femme alors que d'autres sourient de bonheur.
Sur les panneaux lumineux s'affiche la liste des trains ainsi que leurs destinations, des gongs sonores retentissent et des voix féminines résonnent pour avertir les voyageurs qu'un train arrive ou qu'un autre va partir.
Près du kiosque à journaux, un homme en costume cravate se tient debout face au distributeur de friandises. Il glisse une pièce dans la fente de l'automate et appuie sur les touches B-1. Un paquet de chewing-gum à la chlorophylle tombe dans le bac en faisant un bruit de tôle. L'homme le ramasse. Il fait un signe discret de la tête à l'un de ses complices qui se tient devant la cabine téléphonique. Tous deux se dirigent alors vers les escaliers roulants. Et, dans la gare, dont les courants d'air semblent, eux aussi, comme les voyageurs, aller et venir, d'autres hommes leur emboîtent le pas.

Dans cette ambiance surpeuplée et bruyante, Émile et Caroline viennent de franchir le seuil de l'escalator.
— Tu veux que je te prenne quelque chose ? dit-elle en repérant les distributeurs dans le hall.
— Non, merci.
Caroline se fraye un passage parmi les voyageurs.
— Je t'attends devant l'entrée, lance Émile, mais le son de sa voix se perd dans la foule.
« Sophie doit déjà être rentrée, j'espère qu'elle ne s'inquiète pas trop. J'aurais dû l'appeler hier. Ouais... j'avoue que je l'ai un peu oubliée... »
— Émile Tiembpont... Police, l'interpelle un homme en complet sombre. Je vais vous demander de bien vouloir venir avec nous, Monsieur.
— Pourquoi ?
— Suivez-nous sans faire de difficulté. Ça sera mieux pour tout le monde.
Deux inspecteurs s'emparent du bouquiniste et l'immobilisent.
— Que faites-vous...
— Vous êtes en état d'arrestation.
— Vous n'avez pas le droit de me passer les menottes sans une raison valable, proteste Émile, en vain.
— Le lieutenant Mégrais vous expliquera tout ça au poste...
Émile n'écoute plus.
« Caroline ! Non, ne t'approche pas, reste où tu es. Pour l'instant, ça vaut mieux. »
La jeune femme est restée pétrifiée devant l'arrestation un peu musclée du bouquiniste. Comme d'autres voyageurs, elle regarde son ami, menottes aux poignets, qui s'éloigne, entouré d'une demi-douzaine de policiers en civil.
« C'est ça ! Profitez bien du spectacle, vous autres, ça vous fera quelque chose d'intéressant à raconter ce soir au dîner, pour peu que les journaux s'en mêlent, vous pourrez dire : j'y étais ».
« Tu débloques là, Émile, on n'est pas au cinéma ».
« N'empêche, tous ces regards qui me dévisagent comme si j'étais un criminel, ça me noue l'estomac... Merde ! Qu'est-ce que c'est que ce bordel ? Pourquoi ils m'arrêtent comme ça ? Ce salaud de flic me fait suivre depuis le début, mais tu n'as rien contre moi, Mégrais, et si tu

crois m'impressionner avec ton numéro de Gestapo, tu te goures ».
« J'espère que Caroline aura la bonne idée de ne pas se manifester. Elle est capable de tout déballer à cet imbécile de flic. Crétin de poulet ! Qu'est-ce que tu t'imagines ? Que c'est moi qui ai buté Guirec et sa petite amie ? »
« Ça ne devait pas finir comme ça ! Non, ça ne se terminera pas comme ça, je vais te retrouver, mon salaud, et c'est toi qui finiras en taule. Où que tu sois, je te retrouverai, même si je dois m'enfoncer un bout de cristal dans le crâne et me tatouer le corps, je finirai bien par trouver un moyen de te débusquer ».
Quelques minutes plus tard, une voiture banalisée entre dans la cour du commissariat où le lieutenant Mégrais attend. Elle est suivie de près par un autre véhicule de police.
Derrière une fenêtre du deuxième étage, un homme observe en silence, une fumée bleutée vient lécher la vitre et s'étire comme la barbe à papa des foires aux manèges en des volutes compliquées jusqu'au plafond jauni.
Cinq hommes s'extraient alors de la voiture de tête, des portes claquent et le petit groupe pénètre dans le bâtiment.
Le soleil inonde les pavés de la cour et les pierres de la façade grisâtre aux moulures émiettées.
L'été embaume de son parfum la capitale de Flandre, à moins que ce ne soit l'odeur de l'herbe fraîchement coupée des espaces verts qui fleurissent un peu partout dans la ville.
Les policiers en civil conduisent Émile, menotte aux poignets, à travers les couloirs du commissariat. L'écho de leurs pas se répercute contre les murs gris.
« Le bureau de Mégrais ».
« Tu dois être en train de fumer ta pipe, confortablement installé dans ton fauteuil de cuir, tu imagines sans doute que l'affaire est réglée, mais ne te réjouis pas trop vite, tu ne me feras pas porter le chapeau, tu n'as rien contre moi… »
L'un des policiers cogne à la porte.
« Entrez ! »
— Enlevez-lui les menottes, ordonne le lieutenant.
— Pourquoi suis-je ici, qu'est-ce que ça veut dire…
— Asseyez-vous, Monsieur Tiembpont, je vais vous expliquer pourquoi

vous êtes là, mais auparavant, vous allez répondre à quelques-unes de mes questions.
— Et si je refuse ?
— Je vous ferais transférer au palais de justice, enfin, d'ici quarante-huit heures, et vous serez mis en détention provisoire par le juge d'instruction, jusqu'à ce que vous coopériez.
— Je vois.
— Que décidez-vous ?
— Je peux toujours entendre vos questions.
— Bien. Le sergent Pauverty, avec qui vous avez fait connaissance à la gare, assistera à l'interrogatoire.
— Vous ne pensez pas, lieutenant, que ce genre de civilité est un peu..., déplacé ?
— Les flics, Monsieur Tiembpont, ne sont pas comme dans les séries télé, des voyous au service de la justice. Croyez-moi, on obtient de bien meilleurs résultats avec un peu de respect. Même si parfois les individus qui se retrouvent devant nous ont commis des actes, disons... impardonnables. Mais ce n'est pas à nous de juger, n'est-ce pas ?
— Aurais-je commis des actes impardonnables, selon vous ?
— Nous verrons cela plus tard. Pour l'heure, j'aimerais que vous me parliez de Guirec Beryann.
Émile ne peut retenir un long soupir d'exaspération.
— Je vous l'ai déjà dit, lieutenant..., Guirec est entré dans ma boutique pour m'acheter une édition du Nécronomicon, je ne le connaissais pas avant ça... pas même comme auteur, je n'ai découvert ses romans qu'après vous avoir parlé. Je vous le répète, c'est vous-même qui m'avez appris sa mort. Je ne sais rien sur cet homme, pas plus que sur l'écrivain qu'il était. Tout ce que je sais, c'est ce que vous m'avez dit, lieutenant. Et pareil pour sa petite amie, inutile de perdre votre temps à me poser la question, non, je ne la connaissais pas. Je l'ai vue pour la première fois quelques minutes après votre apparition dans ma bouquinerie, celle où vous m'avez montré une photo de Guirec tatoué et broyé comme une feuille de papier froissé.
— Hum... lorsque Maryse est venue dans votre boutique, que vous a-t-elle dit ? Questionne Mégrais, assis face à son prévenu.
— Elle paraissait inquiète, elle voulait savoir si je connaissais Guirec..., je lui ai fait la même réponse que celle que je vous avais faite,

lieutenant.
— Essayez de vous souvenir, vous a-t-elle parlé d'autre chose ?
« Réfléchis, Émile, tu ne peux pas lui dire la vérité sur ce que Guirec avait découvert ».
« D'un autre côté, Mégrais a certainement trouvé la photo que Maryse m'a montrée dans la boutique. Dire que s'il n'y avait pas eu cette foutue photo, je serais à cette heure-ci dans ma bouquinerie... »
— Monsieur Tiembpont ? Le rappelle à l'ordre le policier.
— Non, lieutenant, je ne me souviens pas qu'elle m'ait dit autre chose d'intéressant.
— Et vous ne l'avez pas revue ?
— Non.
Mégrais engoncé dans son siège, tire sur sa pipe en écume de mer, impassible. Pauverty se tient debout près de la fenêtre, les fesses appuyées contrent le radiateur en fonte. Silencieux.
Une fumée bleutée et diaphane dessine des arabesques qui s'étirent jusqu'au plafond, le cuir du fauteuil craque, tout comme le plancher poussiéreux du bureau à chaque changement de position du sergent Pauverty.
Le silence est lourd comme la chaleur soudaine de l'été qui semble se souvenir que c'est à lui d'entrer en scène. L'air est sec, l'atmosphère étouffante. La pollution n'y est d'ailleurs pas étrangère. La chaise de bois sur laquelle Émile Tiembpont se tient assis est inconfortable, austère et usée comme un vieux banc d'école.
— Connaissez-vous le docteur Gaëlle Ribéro, Monsieur Tiembpont ?
— Non... non, je ne la connais pas.
— Comment savez-vous que c'est une femme ?
— Je l'ignorais, je l'ai simplement présumé, mais maintenant que vous me le faites remarquer...
« Tu viens de commettre une erreur, Émile ».
— Enfin quoi, lieutenant ! C'est avec ce genre de questions ambiguës que vous comptez établir la vérité ? Il y avait une chance sur deux pour que je tombe juste, le prénom Gaëlle me fait plutôt penser à une femme, pas vous ?
— Hum... Vous aviez peut-être des amis communs ou déjà rencontré cette personne lors d'une soirée ?
« Vous aviez peut-être des amis communs... c'est bien ça que tu as dit,

Mégrais : vous aviez… ça veut dire que tu sais, ça veut dire que tu sais qu'elle est morte, elle aussi ».
— Non, lieutenant.
— C'est ennuyeux, Monsieur Tiembpont…, il serait plus simple de me dire la vérité.
— Je vous dis la vérité, lieutenant.
— Hum… Vous reconnaissez ceci ?
— Oui.
— Ce livre, ce cahier manuscrit pour être exact, écrit au début du siècle dernier, appartenait à Guirec. Nous l'avons retrouvé sur le corps de Maryse. Il y a vos empreintes sur la couverture…
— Vous m'avez piégé, Mégrais, c'est vous-même qui m'avez apporté ce cahier à la boutique, c'est vous qui me l'avez mis dans les mains pour me demander mon avis sur sa valeur.
— Vous me pardonnerez ce petit stratagème, mais il fallait que je trouve un moyen de prendre vos empreintes sans vous alarmer, juste pour vérifier que vous n'aviez jamais eu affaire avec nos services. D'ailleurs, si je me souviens bien, vous sembliez très intéressé par ce journal. Savez-vous qui en est l'auteur ?
— Non. Mais je pensais que vous aviez accès aux empreintes par le biais du fichier des cartes d'identité.
— Oui, mais je devais vérifier que c'était bien les vôtres. Selon vous, ce cahier a-t-il beaucoup de valeur ? Disons, assez pour justifier le meurtre d'un homme ?
— Avez-vous lu ce qui est écrit dans ce journal, lieutenant ?
— Vous ne répondez pas à ma question, Monsieur Tiembpont !
— Ce journal ne vaut pas plus de cinquante euros, a priori. Si je savais de quoi il parle, je pourrais certainement estimer sa valeur marchande au plus juste. Mais même si ce qu'il contient avait une valeur quelconque, il ne se vendrait pas plus de deux cents euros. Mais ce n'est évidemment pas une estimation objective, je vous le répète, il faut déterminer si le contenu a de l'importance.
— Ce journal a probablement appartenu à un policier, c'est en tout cas ce que l'auteur prétend être.
— Pourquoi suis-je ici, lieutenant ?
— Pour répondre à mes questions, Monsieur Tiembpont. Et pour éclaircir certains points obscurs.

— Lesquels ?
— Vous intéressez-vous à l'Histoire, Monsieur Tiembpont ?
— Quel genre d'histoire ?
— Celle qui traite d'occultisme et de magie, par exemple.
— Non, pas vraiment.
— Hum... vous connaissez la Citadelle, j'imagine, ne m'aviez vous pas dit d'ailleurs que vous alliez vous y promener de temps en temps ? C'est un endroit agréable.
— Oui. Est alors...
— Que savez-vous de l'histoire de la Citadelle ?
« Nous y voilà, tu m'as fait suivre, hein, mon salaud ».
— Hormis qu'elle fut construite par Vauban, qu'il y a une caserne militaire et qu'on peut y pratiquer la pêche à la ligne dans ses faussés, pas grand-chose.
— Vous n'ignorez pas que ses remparts abritent des souterrains, aujourd'hui inaccessibles au public, en théorie.
— C'est ce que prétendent certains historiens locaux.
— Avez-vous rencontré l'un de ces historiens ?
— Non.
Mégrais ouvre un tiroir du bureau et en tire une pochette transparente. La lecture du document qui se trouve à l'intérieur semble l'absorber durant quelques secondes.
Pauverty n'a pas bougé, debout près de la fenêtre, il observe les réactions du bouquiniste.
— Tenez, Monsieur Tiembpont... lisez ceci.

« *D*'AUTRES *M*EURTRES O*N*T EU LIEU »
« DERR*I*ERE LE*S* PIERRES DES REMP*A*RTS »
« LEURS CADAV*R*ES GISENT DANS *L*ES S*O*US-*S*OLS DE LA CITAD*E*LLE »
« À L'ANCIE*N* POS*T*E DE GAR*D*E »
« APRES LE MONUMENT CONSACRE À TR*U*LIN »
« IL FAUT ENTRER PAR LES PIERRES *B*LANCHES »
« LÀ-*B*AS VOUS TROUV*E*REZ LES C*O*RPS »
« DANS *U*NE SALLE SO*U*TERRAINE »
« POUR *Q*UI SAIT VO*I*R... L'OMBRE DEVIENT LUMIÈRE »

— Savez-vous qui a écrit ce message, Émile ?

— Non, dit-il, l'air secoué. Comment... quand, articule-t-il sans parvenir à terminer ses phrases.
— Une enveloppe anonyme, elle attendait sur mon bureau. Celui ou celle qui a pris la peine de me transmettre cette lettre a pris beaucoup de risques.
« Il ne m'avait pas fait suivre. Quelqu'un d'autre savait. Maryse m'a-t-elle menti ? À moins que ce ne soit celui qui les a tués qui ait écrit ce message, mais pourquoi ? »
— Pourquoi me montrez-vous ce message ?
— Nous avons trouvé les corps, monsieur Tiembpont, à un kilomètre et demi sous les remparts de la Citadelle. Sous les rues du Vieux Lille, il y a une salle souterraine, le cadavre d'une femme, ainsi que celui de deux hommes, y pourrissait depuis plusieurs semaines, selon les premières constatations du légiste.
Émile reste silencieux, il encaisse le choc.
— Nous y avons également trouvé vos empreintes, ainsi que celles de Guirec et de Maryse.
— Je ne les ai pas tués, lieutenant... Je ne les ai pas tués !
— Le sergent Pauverty va vous informer de vos droits et vous accompagner jusqu'à votre cellule, nous nous reverrons d'ici deux heures. J'espère que d'ici là, vous prendrez le temps de réfléchir à la version des faits que vous avez l'intention de défendre devant le juge d'instruction. Vous allez être inculpé d'homicides volontaires avec préméditation, pensez-y, Émile, il est encore temps de nous dire la vérité.
Le bouquiniste ne dit mot. Il est pris au piège, tout l'accuse, il le sait.
— Vous pouvez l'emmener, lance Mégrais à l'attention de Pauverty.
— Je ne les ai pas tués, lieutenant... JE NE LES AI PAS TUÉS !

63

Après l'arrestation d'Émile dans le hall de la Gare Lille Europe, Caroline est rentrée chez elle.

Elle n'y comprend rien.

Le bouquiniste de la rue de Gand lui a raconté son histoire depuis l'apparition de l'écrivain dans sa boutique de livres anciens. La jeune femme sent en elle un trouble indéfinissable qui la tenaille.

Tout comme Émile, l'ex-comédienne se demande s'il est possible que d'autres univers coexistent, se superposant les uns aux autres en vibrant de manière différente.

Le bouquiniste a évoqué la théorie des cordes et les courbures de l'espace-temps. Ils ont parlé ensemble, durant de longues heures, des mondes décrits dans les fragments traduits des Manuscrits Pnakotiques ainsi que de certaines pages du Nécronomicon ; de l'éventualité que des créations mentales puissent naitre des instincts les plus basiques, qu'ils puissent vivre en dehors de toute volonté humaine, tout comme une énergie libérée de la matière ; des créations mentales capables d'interagir avec d'autres dimensions, sous certaines conditions.

64

« Seule Maryse pourrait m'innocenter ».
« Comment les flics ont-ils su pour la gare ? »
« Sophie ? Oui, c'est probablement elle qui le leur a dit, elle a dû leur montrer le mot que je lui avais laissé ? C'est comme ça qu'ils ont su que j'étais à Morlaix. Heureusement, je n'avais pas précisé où je me trouverais ni avec qui ».
« Mégrais a certainement consulté la liste des trains en provenance de Morlaix, il n'a eu qu'à poster des hommes à lui pour m'attendre. Il a peut-être même fait parvenir mon signalement aux inspecteurs du Finistère et fait surveiller la gare pour savoir dans quel train je me trouverais. Et si ça se trouve, des flics nous surveillaient dans les wagons. J'espère que Caroline a pu passer entre les mailles de leur filet. Elle risque des ennuis à cause de moi. Les flics ne feront pas de détails. S'ils s'imaginent que Caroline a quelque chose à voir avec les meurtres, ils mettront son appartement à sac. Derrière leur civilité se cachent toujours des voyous en puissance, quoi qu'en dise Mégrais ».
« Qui d'autre savait pour Gaëlle et les autres ? L'assassin, bien sûr. Si c'est lui qui a déposé la lettre anonyme sur le bureau de Mégrais, ça veut dire qu'il n'a pas l'intention de me supprimer. Il veut me faire inculper à sa place. Assassin et manipulateur, un mélange plein de surprises et d'imagination ».
« Si Guirec a vu juste, comment fait-il pour agir dans cette dimension ? Peut-être connaît-il lui aussi le moyen de passer d'un espace à l'autre. À moins qu'il n'ait un complice, ici ».
« Le père de Caroline croyait lui aussi, tout comme Guirec, qu'il existait des portes permettant de franchir l'espace-temps. Mais il n'a jamais publié ses recherches sur le Nécronomicon et le Livre d'Eibon. Comment les flics pourraient-ils croire à mon histoire si même les scientifiques ne sont pas prêts à admettre l'impossible ? »
« Les cercles de pierres. Il faut que je trouve le moyen de vérifier, oui, mais c'est mal parti, mon vieux. Ce n'est pas en moisissant dans cette cellule que je vais pouvoir vérifier quoi que ce soit... M'évader ?... Dans les films, ça a l'air facile ».
« Qu'est-ce que je dois faire ? »
« Mégrais ne croira jamais la vérité. Pourtant, des scientifiques

réfléchissent sur la possibilité de téléporter des objets dans l'espace. En théorie c'est parfaitement envisageable. Des résultats ont même été obtenus en laboratoire, des expériences ont démontré que c'était possible, oui... avec des particules élémentaires. Mais de là à croire que des incantations magiques exécutées dans un cercle magnétique suffisamment puissant puissent nous permettre de traverser l'espace-temps en modifiant les ondes scalaires... reconnais que, même toi, tu as du mal à y croire. Oui... mais il y a cinq morts ! »

« Sophie doit être morte d'inquiétude. Elle n'était pas à la gare, oui, mais je ne lui avais pas dit à quelle heure je rentrerais. Si ça se trouve, elle aussi est interrogée par Mégrais à l'heure qu'il est ».

« Les flics ont dû fouiller la bouquinerie et l'appartement. Ils n'ont rien pu découvrir qui ait un lien avec les meurtres puisque je suis innocent. Il y a mes notes ! Si Mégrais a mis la main sur les recherches que j'ai effectuées sur Yog Sothoth, ça ne fera que renforcer ce qu'il pense depuis le début, à savoir que les meurtres ont quelque chose à voir avec une secte magico-religieuse. Je ne suis pourtant pas plus que lui sensible à la pensée magique, peut-être un peu plus ouvert d'esprit, moins dogmatique ».

« La raison ne peut tout expliquer ».

« La pensée magique semble toujours s'opposer à la raison. Elle n'est que le reflet de croyances qui masquent notre ignorance, notre besoin de croire en une puissance qui nous dépasse, une force qui peut vaincre là où il ne nous reste plus que l'espoir ou la mort. Ce n'est qu'une manière comme une autre de masquer notre soumission, notre refus de nous battre, de comprendre ce qui nous arrive. La pensée magique s'oppose à la raison et la rejette parce que la raison ne peut tout expliquer ou au contraire explique trop dangereusement que nous sommes prisonniers d'attitudes mentales et de pensées stupides, parce qu'au-delà il y a l'inconnu. L'esprit reste figé dans son cadre de référence, que ce soit celui d'une croyance en des forces occultes ou celui de la raison, un cadre de référence qui n'est jamais qu'un point de vue sur le monde. Mégrais est trop cartésien pour accepter qu'une vérité existe au-delà de son entendement. Il s'imagine sans doute que Guirec, moi et les autres, nous faisions partie d'une secte et que les choses ont mal tourné pour une raison ou une autre. Oui, mais voilà, il n'y a pas de mobile, je veux dire raisonnable..., ou alors les livres

interdits. Et si Mégrais apprend que je vois un psy, je suis bon pour l'asile ».
« Je ne suis pas fou ! »
« C'est cet accident de moto, le coma..., depuis, je ne me souviens plus vraiment de ma vie d'avant, je n'ai que des souvenirs épisodiques, sans liens... Des souvenirs, oui ! Mais rien que des souvenirs construits, pas de souvenirs insignifiants, pas d'images isolées. Rien que des souvenirs construits et clairs : l'école maternelle..., ma mère qui me prend la main pour sauter dans le vide... la directrice d'école..., Caroline..., les quelques mois qui ont précédé l'accident de moto, ma prise de conscience que mon travail ne lutte pas contre la misère, mais y participe dans une certaine mesure, reproduisant un système qui maintient les gens dans la dépendance sans leur permettre vraiment de sortir de leur condition. Et Sophie ! Sophie qui est là à mon réveil à l'hôpital. Je n'ai pas de souvenirs de notre rencontre, de notre mariage... Qu'est devenue ma famille ? Est-il possible que l'accident ait tout effacé ? Ou alors... »
Des pas résonnent dans le couloir où sont alignées plusieurs cellules de détention. La porte en plexiglas de la geôle numéro 5 s'ouvre, interrompant le bouquiniste dans un dialogue intérieur.
— Suivez-moi.
— Où m'emmenez-vous ?
— Le sergent Pauverty a des questions à vous poser. Tendez les bras.
— C'est vraiment indispensable les bracelets ?
— C'est le règlement.
— Hum..., le règlement, hein.
« Quand je pense qu'il y a quelques jours j'étais assis à la terrasse d'une crêperie, à Morlaix, avec un joli brin de femme qui me souriait, et aujourd'hui je me retrouve les menottes aux poignets, sans lacets, sans ceinture, sans liberté, sans espoir..., sans Caroline ».
« Ta vie bascule, Émile ».
Le gardien le force à avancer dans les couloirs déserts en le poussant à l'épaule.
« Est-ce pour ça que Caroline te manque ? Est-ce que tu prends conscience qu'en fait, elle t'a toujours manqué ? »
« Quand on perd la liberté, on se souvient peut-être de ce qui nous est essentiel... »

— Entrez… asseyez-vous, ordonne le policier.
« Le bureau de Pauverty est encore plus miteux que celui de Mégrais ».
— Ne pourrait-on pas m'enlever ces menottes ?
— Nous verrons ça plus tard, dit Pauverty, l'air préoccupé. Je vais enregistrer votre déposition. Veuillez me décliner votre nom, prénom, profession...
« Nom, prénom, profession…, oui, bien sûr, et après ? »
« Après tu finiras dans une cellule, Émile… Tu moisiras le reste de tes jours en prison et personne, personne ne connaîtra jamais la vérité »
Le sergent Pauverty tape sur le clavier de son ordinateur les informations relatives à l'enquête qu'il mène conjointement au lieutenant Mégrais, à qui la direction de l'affaire a été confiée par le commissaire divisionnaire de la brigade criminelle de Lille.
Émile, menotté, assis sur une chaise de bois austère, regarde les traces laissées sur le linoléum usé par les chaussures des criminels et autres délinquants qui l'ont précédé dans ce bureau. Sa voix est monocorde, il égrène des réponses aux questions du policier, le regard absent.
Où était-il hier, dimanche ? Et samedi ? Qu'a-t-il fait la semaine dernière ? Connaissait-il Guirec Beryann ? Comment a-t-il fait sa connaissance ?
Émile raconte une nouvelle fois, inlassablement, ce qui ressemble maintenant à une demi-vérité : la rencontre de l'écrivain dans sa boutique, Maryse… Il fait l'impasse sur les souterrains de la Citadelle, les cadavres recroquevillés de Gaëlle et de ses deux compagnons d'infortune, l'odeur de mort, les rats noirs et velus. Il invente une histoire à propos de son séjour à Morlaix, un particulier qui voulait lui vendre des livres anciens, il n'a pas fait affaire, le prix demandé était trop élevé. Il tait le nom de ce vendeur imaginaire malgré l'insistance du policier.
Pauverty enregistre chaque mot sur le disque dur de son ordinateur, le bruissement du ventilateur de la tour rappelle à Émile le bruit des réacteurs d'un avion, des ailes d'un insecte, Al Azif, pensée étrange. Mais tout, depuis cet instant où il s'est allongé sur le divan de son psychologue pour régresser jusqu'au moment de sa naissance par le biais de l'hypnose, lui paraît maintenant irréel.
Où est Caroline ? Que fait-elle ? Émile se surprend à penser à elle, comme si elle était devenue essentielle à son équilibre psychique. Assis

dans le bureau du commissariat lillois, le bouquiniste sait désormais qu'elle est la seule qui le relie encore au monde extérieur, au monde libre.
Caroline représente la liberté.
Émile ne sent plus l'odeur poussiéreuse du linoléum et des parquets cirés, mais la douce fragrance du parfum de Caroline. Un parfum de vanille et d'épice envahit ses sens, et soudain, son cœur se serre... plus jamais il ne respirera cette peau sucrée aux effluves vanillés et épicés.
Le bouquiniste est arraché à ses rêveries par un flic qui brusquement passe la tête par la porte entrebâillée du bureau du sergent.
— Pauverty ! Tu peux venir une minute ?
— J'arrive, un instant.
Il soupire en silence et se lève.
» Tendez-moi vos poignets, Monsieur Tiembpont ».
— Qu'est-ce que vous faites ?
Le policier libère un des poignets du bouquiniste.
— Simple précaution, dit-il. Ne bougez pas, je reviens tout de suite.
Le cliquetis des menottes qui se referme vrille les tympans d'Émile. Il observe alors Pauverty qui franchit, sans grand enthousiasme, la porte de communication entre son bureau et celui du lieutenant Mégrais.
« Simple précaution, ne bougez pas ! Il s'imagine peut-être que je vais traîner le bureau derrière moi... Bon Dieu ! Ces menottes sont trop serrées ».
« Est-ce que je suis vraiment là, attaché au pied du bureau, est-ce que j'ai tué tous ces gens comme semble le penser Mégrais ? Non, non ! Émile, tu ne les as pas tués, c'est l'autre ».
« Est-ce qu'il existe vraiment ? »
« Est-ce que je me suis vraiment réveillé après l'accident de moto, suis-je conscient ou est-ce que j'imagine tout ça, encore plongé dans le coma dans une chambre d'hôpital aux murs couleur de craie ? Pourquoi je ne me souviens que de bribes de mon passé ? »
Du bureau voisin, des voix étouffées par l'épaisseur des parois semblent murmurer des mots incompréhensibles. Mais, en tendant l'oreille, cette suite de sons étranges s'enchaîne et prend sens dans l'esprit torturé du bouquiniste.
Alors, pour qui sait écouter, l'ombre des mots devient lumière.
« Ils ont dû laisser la double porte de communication du bureau

ouverte... Pauverty ne semble pas être d'accord avec Mégrais... »
— ... Encore une fois, lieutenant, je ne crois pas que ce soit lui, ça ne colle pas. Il cache sûrement quelque chose qu'on ignore, mais je ne le vois pas assassiner de sang-froid cinq personnes pour... »
— Six, sergent ! Il y a six victimes.
« Une sixième victime ? Mais qui ? Sophie ? Non ! »
— Il était à Morlaix, argumente Pauverty, nous en sommes à peu près certains maintenant, il n'aurait pas eu le temps matériel pour revenir et repartir aussi vite. De plus, nous ignorons toujours ce qui a broyé les os et les organes de ces malheureux, un homme seul n'aurait pas eu la force de faire ça, lieutenant...
— Vous seriez étonné, sergent, de ce qu'un homme est capable de faire sous l'emprise de la colère ou de la passion. Lorsque vous aurez passé, comme moi, quelques années à la Criminelle, vous comprendrez que l'impossible arrive parfois.
— Admettons. Et si c'était le type du journal qui avait éliminé Guirec et les autres ?
Mégrais dodeline doucement de la tête, ses lèvres grimacent, il n'est pas convaincu par cette hypothèse qu'il juge improbable.
— Le type du manuscrit ? Soyons sérieux, même s'il était encore en vie, il aurait dans les quoi..., cent trente ans aujourd'hui. Vous imaginez un vieillard en fauteuil roulant broyer les os de l'écrivain et des autres victimes ? Non, et puis n'oublions pas que c'était un flic...
— Ce ne serait pas la première fois qu'un flic commettrait l'irréparable, insiste Pauverty.
— Vous avez lu comme moi son journal, si ce qu'il raconte dans ces pages est exact, alors... Un instant.
« Qu'est-ce qui se passe ? »
« Merde ! Mégrais a dû s'apercevoir que la double porte n'était pas fermée ».
« Il y a une nouvelle victime... Sophie ».
« Je n'aurais pas dû accompagner Caroline à Morlaix. S'il est arrivé quelque chose à Sophie, je ne me le pardonnerai jamais, elle n'a rien à voir dans tout ça ».
« Je n'aurais peut-être pas dû lui parler du meurtre de Guirec, Sophie n'a jamais su tenir sa langue, elle en aura parlé à quelqu'un ».
« Je dois savoir. Ils ne peuvent pas me refuser de voir ma femme..., si...,

ils le peuvent, s'ils croient que je suis le meurtrier, ils ne me laisseront voir personne avant vingt-quatre heures, pas même un avocat ».
« Réfléchis, Émile, il faut que tu te sortes de là ».
« Pauverty semble douter des conclusions de Mégrais me concernant. Je pourrais peut-être en profiter pour en tirer avantage ? Oui, mais pour faire quoi ? »
« Renforcer le doute chez Pauverty… »
« Oui… lui inspirer confiance… et après… »
Le policier fait son entrée dans la pièce où, quelques minutes plus tôt, il a menotté le bouquiniste à l'un des pieds métalliques de son bureau. Émile remarque que Pauverty a l'air sombre, préoccupé.
— Monsieur Tiembpont, je vais vous demander de relire votre déposition et de bien vouloir la signer.
— Je veux voir ma femme.
— Ce n'est pas possible.
— Je veux la voir... savoir si elle va bien. Il y a un malade, là, dehors, qui essaie de me faire inculper de meurtres, des meurtres que je n'ai pas commis. D'ailleurs, vous savez que je suis innocent, Mégrais croit que c'est moi qui ai tué Guirec, Maryse et les autres, mais c'est faux. Je n'ai rien à voir avec leur mort. Je veux voir ma femme, je ne signerai rien tant que je ne saurai pas si elle va bien.
— Votre épouse est ici, nous sommes en train de prendre sa déposition.
« Sophie va bien…, mais alors qui a été assassiné ? »
— Pourquoi me regardez-vous comme ça ? Que se passe-t-il ? Répondez-moi ! »
— Essayez d'être raisonnable, lisez votre déposition...
— Non... s'entête Émile. Je veux la voir.
— Faites ce que je vous demande. Je vous promets qu'ensuite j'irai parler au lieutenant pour qu'il vous autorise à voir votre épouse, mais c'est lui qui décide, pas moi. Allons, signez ceci.
Émile s'obstine.
— Votre entêtement ne fera qu'aggraver votre situation.
Le bouquiniste garde le silence. Pauverty l'observe et finalement se résout à intervenir.
— Bien, dit-il, mais votre attitude risque de le mettre dans de très mauvaises dispositions à votre égard et je ne serais pas étonné qu'il vous renvoie dans votre cellule. Il me suffira d'annoter sur votre

déposition que vous refusez de la signer et d'ici quelques heures vous serez transféré au palais de justice dans l'attente de passer devant un juge d'instruction qui ordonnera votre mise en détention provisoire, là-bas, vous ne pourrez pas recevoir de visite avant plusieurs semaines ».

— Je veux voir ma femme... s'il vous plaît.

— D'accord. Je vais parler au lieutenant, mais je ne vous promets rien.

— Merci.

Pauverty se lève et referme la porte derrière lui.

Plusieurs minutes s'échappent hors du temps, le silence règne au point qu'Émile entend les battements de son cœur. Le bouquiniste est toujours menotté au bureau. Il ne sait pas encore que la sixième victime va sceller son isolement, il ne sait pas encore que son monde vient de s'écrouler.

Le temps s'écoule, interminable, sans que rien ne se passe. Puis, Pauverty entre de nouveau dans le bureau.

— Le lieutenant Mégrais consent à vous laisser voir votre épouse, juste une minute et en présence d'un agent. Pour le moment, nous enregistrons toujours sa déposition, nous la rejoindrons dans quelques instants. Je vais vous demander, en attendant, de bien vouloir relire votre déposition et de la signer.

— Je ne ferais rien avant d'avoir revu ma femme. Depuis le début, votre boss essaie de me piéger. Je n'ai aucune confiance en lui.

— Comme vous voudrez, cède Pauverty.

— Allez-vous m'ôter ces menottes ?

— C'est impossible, les détenus doivent être menottés lorsqu'ils sont en dehors de leur cellule. Je n'y peux rien. C'est le règlement.

— Que raconte le policier dans le cahier relié en cuir que vous avez retrouvé sur Maryse ?

— Comment connaissez-vous ce détail ?

— Je vous ai entendu tout à l'heure.

— Je ne peux rien vous dire.

« Le père de Sophie pourra certainement me tirer de là, il lui suffira d'un coup de fil et un avocat me sortira des griffes de Mégrais. En tant que franc-maçon, il a beaucoup de relations. Je dois gagner du temps. La seule chose qu'ils aient contre moi ce sont mes empreintes, ça ne prouve pas que c'est moi qui les ai tués. Il n'y a pas de mobile... si...

bien sûr... l'incunable volé par Maryse ».
Une jeune femme blonde entre dans le bureau. Elle est vêtue d'une jupe droite qui lui tombe jusqu'au dessus du genou et d'un chemisier blanc échancré qui laisse deviner la naissance de ses seins menus. Elle porte à la ceinture un holster duquel émerge la crosse noire d'un pistolet, une arme automatique dont le chargeur contient onze balles. Il émane d'elle une autorité toute féminine. Le timbre de sa voix est agréable, mais suffisamment ferme pour inspirer le respect. Elle informe le sergent Pauverty que l'audition de Sophie Tiembpont est terminée.
Après avoir libéré le bouquiniste attaché au pied du bureau, le policier intime l'ordre à Émile de suivre la jeune femme à laquelle il adresse un sourire empreint de mélancolie. Elle détourne alors les yeux comme si le regard de son collègue lui faisait mal. Puis, sans un mot, elle emmène le bouquiniste dans les couloirs du commissariat en le tenant fermement par le bras.
Émile est toujours menotté.
— Pourquoi avez-vous l'air si triste ? Ne peut-il s'empêcher de lui demander.
— Le lieutenant Mégrais vous accorde une minute d'entrevue avec votre épouse, je vous reconduirai ensuite dans le bureau du sergent Pauverty.
— Vous ne répondez pas à ma question ?
— Je n'ai pas l'habitude de répondre aux questions des détenus sur des sujets qui ne les intéressent pas, d'ordinaire ici, ce sont les flics qui posent les questions.
— Hum... pourriez-vous m'ôter ces menottes ?
— Non, c'est le règlement, je crois qu'on a déjà dû vous le dire.
La femme flic conduit son prisonnier dans les couloirs lugubres et les escaliers du commissariat pour finalement s'arrêter, quelques instants plus tard, devant la porte vitrée d'un petit bureau.
— Entrez, ordonne-t-elle.
— Sophie...
Sophie est assise à une table au milieu d'une pièce vide. Quand Émile s'approche, elle reste distante. Ses doigts s'emmêlent dans un foulard en soie qui lui ceint la nuque. Quelque chose dans ses yeux montre qu'elle a beaucoup pleuré ces dernières heures. Elle a l'air épuisée.

La femme flic se tient debout, les fesses appuyées contre le radiateur, les bras croisés sur sa poitrine, comprimant ses petits seins qui gonflent sous la pression.
— Sophie, que se passe-t-il, pourquoi pleures-tu ?
— Mégrais m'a dit que tu avais tué tous ces gens, gémit-elle dans un sanglot.
— C'est faux ! Je n'ai tué personne ! proteste Émile.
— Hier, ils ont fouillé l'appartement et la boutique... Émile... ils ont trouvé le Nécronomicon, le livre que j'avais prêté à mon père...
Sophie fond en larmes.
— Je ne comprends pas ?
— Quand as-tu revu mon père, Émile ? Dis-moi la vérité, je t'en supplie.
— Pourquoi me poses-tu cette question Sophie ? Et comment ce livre s'est-il retrouvé chez nous, tu m'avais dit que tu le lui avais porté le mois dernier...
— Émile... mon père a été assassiné, dit-elle la gorge nouée par le chagrin.
— Comment... comment est-ce arrivé ?
— Émile... dis-moi que tu n'as pas fait ça..., jure-moi que ce n'est pas vrai !
— Sophie, je suis innocent ! Comment peux-tu croire que je puisse faire une chose pareille ? Ça n'a pas de sens...
« Bien sûr que si, Émile. Tout devient clair, il y a un mobile... Les livres maudits. L'assassinat du père de Sophie peut très bien s'expliquer par les recherches qu'il effectuait, tu t'es fait piéger. Et maintenant, Sophie s'imagine que tu as tué son père. »
« Tu te retrouves seul, Émile. Tu vas finir ta vie en prison... ou dans un hôpital psychiatrique ».
— Il faut y aller maintenant, intervient la femme flic.
— Attendez...
— Soyez raisonnable, Monsieur Tiembpont, le lieutenant avait dit une minute, allons, suivez-moi.
Sophie reste assise au milieu de la pièce, elle pleure en silence, les mains jointes sur ses genoux, le regard dans le vide, sa vie a basculé.
La femme flic tire son prisonnier en le maintenant toujours fermement par le bras. Émile se laisse emmener, il parait abattu par la révélation de la mort du franc-maçon.

La porte claque.
Le silence se fait soudain pesant.
Le bouquiniste marche dans les couloirs, menottes aux poignets, l'air absent.
La jeune femme relève une mèche blonde qui lui tombe sur la joue et la fait glisser derrière son oreille, de l'autre, elle conduit Émile à travers les corridors austères du commissariat. Tous deux empruntent l'escalier central, les talons claquent sur la pierre. Il est presque cinq heures de l'après-midi et les bâtiments paraissent avoir été vidés de leur occupant comme si tous s'étaient donné rendez-vous à la cantine pour un immense goûter d'anniversaire.
Dans quelques secondes, un événement va de nouveau bouleverser le destin d'Émile Tiembpont...
« Si Guirec n'était pas mort... si son cadavre n'était pas identifiable... »
Dans l'esprit du bouquiniste, une théorie prend forme.
La réalité du monde à laquelle il se heurte à présent lui fait douter de l'existence d'un assassin d'entre les mondes. La matérialité des menottes qui meurtrissent ses poignets l'empêche de croire plus longtemps qu'on puisse passer d'une dimension à une autre par un simple rituel incantatoire. Le fragment de cristal implanté dans le cerveau des victimes pourrait n'être qu'une manipulation n'ayant pour seul but que de reléguer au second plan le vol du manuscrit ancien de la Bibliothèque de France.

65

— Émile… ne faites pas ça…
— La ferme, intime le bouquiniste.
La porte derrière laquelle Sophie se tient toujours prostrée s'ouvre brusquement.
— Émile… Mais qu'est-ce que tu fais ? dit-elle, abasourdie.
— Sophie… approche…
— Émile, non…
— Sophie, fais ce que je te dis. Approche.
— Vous ne réussirez pas, Émile, tente de le convaincre la femme flic. Vous serez arrêté avant d'avoir…
— Fermez-la ou je vous assomme !
Il y a à peine une minute, dans l'escalier désert du commissariat de la capitale de Flandre, alors que la jeune femme relevait de nouveau la mèche blonde qui depuis le début de la matinée ne cessait de lui agacer la joue, Émile s'est emparé de l'arme de sa gardienne.
La plaquant d'un coup d'épaule contre la balustrade, face au vide des deux étages, Émile a arraché l'arme automatique de son holster. Avec calme et détermination, il a maintenu en joue la jeune femme et l'a poussée dans le bureau où Sophie était demeurée seule.
La chance, qui jusque-là semblait avoir abandonné le bouquiniste de la rue de Gand, favorise soudain l'action désespérée d'un homme ordinaire, enchevêtré dans l'écheveau d'une histoire dont il maîtrise enfin le cours… apparemment.
— Sophie, prends-lui les clefs des menottes.
— Émile, sois raisonnable…
— Fais ce que je te dis, Sophie, prends-lui les clefs.
— Écoutez votre femme, elle…
— La ferme. Si vous ouvrez encore une fois la bouche, je jure que je vous assomme. Au point où j'en suis, ce n'est pas une bosse sur la tête d'un flic qui aggravera les choses.
— Vous ne réussirez pas à sortir d'ici…
— Fermez là, éructe-t-il en la serrant plus près. Je sais ce que vous essayez de faire, mais vous ne me ferez pas perdre mon sang-froid, alors taisez-vous ou je vous fracasse le crâne avec la crosse de votre propre Glock.

La menace est exprimée avec suffisamment de violence, juge-t-elle, pour être prise au sérieux. Aussi, détourne-t-elle son regard de celui du bouquiniste afin de ne pas le provoquer davantage.
— Sophie, ordonne-t-il, les clefs..., dépêche-toi.
Le cliquetis métallique des menottes libère les poignets d'Émile pour aussitôt emprisonner ceux de la femme flic dans une série de cliquetis quelque peu différents, semblables à ceux produits par le bouton de combinaison d'un coffre-fort.
Émile a poussé une chaise près du radiateur en fonte auquel il a menotté la jeune femme. Il est calme, précis dans ses gestes, à croire qu'il n'en est pas à sa première prise d'otage. Le maniement du pistolet automatique ne paraît pas avoir de secret pour lui. Où l'a-t-il appris, il n'en a pas la moindre idée, à l'armée sans doute ? À vrai dire, Émile ne se pose pas la question.
— Sophie, donne-moi un mouchoir et ta ceinture.
— Quoi ?
— Un mouchoir et ta ceinture, vite, s'agacent-ils.
— Vous, ouvrez la bouche, ordonne-t-il à sa victime. Sophie, j'ai besoin d'autres mouchoirs.
— Ne fais pas ça, Émile, elle a raison, nous ne réussirons pas à sortir d'ici. Si tu les menaces avec une arme, ils nous abattront.
— Sophie, je ne vais pas rester enfermé le reste de ma vie dans une cellule de deux mètres carrés pour des crimes que je n'ai pas commis. Le meurtrier est là, dehors, il faut que je le trouve si je veux prouver mon innocence.
— Mais si tu dis vrai, il te tuera comme il a tué les autres.
— Si je dis vrai, merci pour cette marque de confiance.
— Émile, tu me fais peur...
— Sortons d'ici.
— Je ne peux pas, Émile, je n'en ai pas le courage, je...
— Tu vas venir avec moi, Sophie, et tu vas m'aider à sortir d'ici. Les flics ne se méfieront pas d'un couple. Tu ne risques rien.
— J'ai peur.
— Merde ! Je n'ai plus de lacets. Si on croise un flic dans les couloirs, il trouvera ça louche, un type qui se balade sans lacets.
Émile jette un coup d'œil à sa prisonnière menottée au radiateur et dont la bouche est pleine de mouchoirs en papier parfumés à la

lavande, maintenus en place par la ceinture de sa femme. Elle porte des mocassins noirs à talon plat.
— Il faut sortir d'ici, tant pis pour les lacets.
— Je ne sais pas si j'y arriverai, Émile…
— Mais si, tu vas y arriver. Viens… Attends, donne-moi ton foulard.
— Pourquoi ?
— Donne et cesse de discuter.
Quand Émile s'approche de la femme flic solidement menottée au radiateur en fonte, la peur fait briller les yeux de la prisonnière. A-t-il finalement décidé de l'étrangler pour couvrir sa fuite ? Non, il se contente de lui ligoter les chevilles aux barreaux de la chaise afin d'éviter qu'elle n'ait l'idée de mettre des coups de pied dans le radiateur pour alerter ses collègues. Puis, après un rapide coup d'œil dans les couloirs, le fugitif s'extrait du bureau en compagnie de Sophie qu'il tient fermement par le bras.
Dans les couloirs et l'escalier central, il n'y a pas âme qui vive, à croire que tout le monde est en train de goûter ou de tabasser les prévenus pour leur faire avouer leurs crimes.
Dans le hall, les chaussures sans lacets d'Émile ne semblent pas attirer l'attention du gardien de la paix qui leur fait signe de la tête lorsqu'ils passent le porche. L'arme automatique qu'Émile a subtilisée à la jeune femme flic est dissimulée sous sa veste, glissée dans son pantalon. Une fois sur le trottoir, il se dirige tranquillement vers la voiture de Sophie, garée quelques mètres plus loin.
— Où veux-tu aller ?
— À l'appartement, j'ai besoin de prendre quelques affaires.
— Que comptes-tu faire, Émile ?
— Changer de chaussures et retrouver l'assassin.
— Tu ne vas pas…
Les portières claquent.
— Démarre, nom de Dieu...
Quelque part, dans un bureau poussiéreux du commissariat central, une femme flic menottée à un vieux radiateur en fonte tente désespérément de donner l'alerte en cognant ses poignets contre de l'antique foyer grisâtre dont la peinture s'écaille sous l'action des bracelets métalliques.
Quelques minutes s'écoulent avant que le sergent Pauverty, inquiet de

ne pas voir revenir sa collègue, se décide à la rejoindre.
Dès qu'il ouvre la porte du petit bureau, il découvre avec stupeur la jeune femme, pieds et poings liés, muselée, poussant des gémissements incompréhensibles. Il se précipite alors pour la libérer.
Enfin libre de ses mouvements, elle fond en larmes dans ses bras, enroulant ses poignets meurtris autour de son cou. Pauverty s'enivre une demi-seconde du parfum de la jeune femme, de la chaleur de son corps qu'il sent à travers ses vêtements. Cela fait si longtemps qu'il attend ça. Puis, comprenant ce qui vient de se passer, il donne l'alerte.
Quelque part dans la capitale de Flandre, un homme lutte désespérément pour maintenir sa liberté, aux prises avec des pensées impossibles à imaginer.
L'enfant mort-né s'est-il vraiment éveillé à la vie dans un tiroir de la morgue ?
Émile Tiembpont s'est-il réveillé de son coma suite à l'accident de moto ?
Est-ce lui qui rêve cette histoire ?
Est-ce lui qui est en train de rêver cette vie qui trébuche ?
Est-il toujours allongé sur le divan d'un psychiatre, sombrant dans une hypnose qui tourne au cauchemar ?
Où se trouve la vérité ?
À mi-chemin sans doute, entre l'imaginaire et la réalité... Au-delà des apparences.

Alerté, Mégrais a lancé le dispositif d'interpellation normalement mis en place pour le grand banditisme.
Le bouquiniste mal rasé qui clamait son innocence s'est mué en un dangereux prédateur. Le lieutenant de police a la certitude que le fugitif sera le soir même de retour dans les locaux de la criminelle. Aussi est-il confiant lorsque les véhicules banalisés quittent le commissariat.
La culpabilité d'Émile Tiembpont n'a pour lui plus aucune zone incertitude. Pour Mégrais, le bouquiniste a élaboré toute cette histoire afin de subtiliser l'incunable dérobé par Maryse. Il a ensuite éliminé tous ceux qui auraient pu le démasquer, sans la moindre compassion pour ses complices, et le lieutenant de la Crim a bien l'intention de le confondre dès qu'il sera de nouveau entre ses griffes.

* * *

Émile Tiembpont est maintenant un fugitif pourchassé par la police, et c'est en fugitif qu'il a jeté en vrac quelques vêtements dans un sac de voyage. Un rapide coup d'œil en ligne sur son compte épargne, lui indique que deux mille euros sont disponibles, il en aura besoin.
Sophie le regarde, les yeux rougis par le chagrin, celui d'avoir perdu son père et bientôt son mari. L'homme tranquille qu'elle a connu s'est transformé en animal traqué, menaçant, dangereux. Sophie ne sait pas encore si ce qui la terrorise le plus c'est l'arme automatique posée sur la table basse du salon ou l'apparente froideur de son mari.
— Que vas-tu faire, Émile ?
— Retrouver celui qui manipule ma vie.
— Rends-toi à la police, Émile. Avoue-leur la vérité.
— Que veux-tu dire, de quelle vérité parles-tu ?
— Tu es peut-être malade…
— C'est ce que tu crois ? C'est ce que t'as dit Mégrais ?
— Mon père est mort, Émile, il…
Sophie ne peut retenir ses larmes, elle s'affaisse sur l'un des fauteuils du salon, à bout de force.
« Mort… mais pour quelle raison ? »

« Il a éliminé Guirec et les autres pour leur interdire l'accès au Nécronomicon, à une vérité impossible à imaginer... Non. Pourquoi s'en prendre au père de Sophie ? À cause de l'étude sur les cercles de pierres ? Le père de Sophie avait peut-être découvert quelque chose d'important sans le savoir. À moins qu'il ne veuille me rendre fou, m'isoler pour me rendre plus vulnérable ».

— Comment est-ce arrivé ?

— Émile, tu me fais peur, que vas-tu faire avec cette arme ?

— Tu crois que c'est moi qui ai assassiné ton père ?

— Émile, pour l'amour de moi, rends-toi à la police...

— Je ne me rendrai pas !

« Il faut que je parvienne à contacter Caroline, elle m'aidera sûrement. Je ne peux pas compter sur Sophie, elle est trop fragile et elle me croit coupable. Elle pense que je suis malade. Que s'est-il passé pour qu'on en arrive là, pourquoi le sort s'acharne-t-il sur moi ? »

La colère s'empare soudain du Bouquiniste. N'a-t-il pas déjà suffisamment souffert autrefois.

Il est des Êtres maudits dès leur naissance et il en fait partie, comment expliquer autrement ce qui lui arrive, conclut-il.

« Si Guirec n'avait pas volé cette putain de photo, rien de tout cela ne serait arrivé. Oui..., mais à quoi bon le maudire maintenant, ce n'est pas ce qui me sauvera. »

— Sophie, j'ai besoin de savoir ce que tu sais, dis-moi ce qui s'est passé, je t'en prie.

— Ce matin, très tôt, la police est venue perquisitionner la boutique et l'appartement... ils ont trouvé des notes que tu as prises... des choses concernant des démons et des documents relatifs aux cercles de pierres... des notes que mon père avait écrites en étudiant les gravures du livre que je lui avais remises le mois dernier. Le livre était là lui aussi. Comment est-ce possible... comment est-ce possible si tu me dis que tu ne l'as pas revu depuis, comment le livre et les notes de mon père se trouvaient-ils dans la bouquinerie ?... Émile... dis-moi que ce n'est pas vrai..., dis-moi que tu n'as pas fait ça ?

— Fait quoi ?

— Que tu n'as pas tué mon père...

Sophie éclate en sanglots, à croire qu'elle dispose d'une réserve lacrymale inépuisable.

— Comment peux-tu imaginer une chose pareille. Évidemment non, je ne l'ai pas tué.
Un sac est posé sur le plancher du salon, Émile et Sophie se font face comme deux marionnettes dont les fils ont été coupés, livrés à eux-mêmes dans un monde qu'ils ne comprennent plus.
Les doubles rideaux, jaune orangé, flottent sous la brise que laisse passer la fenêtre entrouverte.
Il fait doux sur la capitale de Flandre et le fugitif perd de précieuses minutes.
— Qui t'a prévenue pour ton père ?
— La police. Ils l'ont retrouvé dans sa cave parmi des bouteilles de vin éclatées sur le sol… C'est une amie de mon père qui l'a trouvé mort…, Mégrais dit que son corps… que son corps est couvert de coups…, mon père a été battu à mort, Émile !
« Ton père était franc-maçon, y aurait-il un lien avec Guirec et les autres, un lien avec des livres anciens ? Au marché noir, le Nécronomicon et le Livre d'Eibon pourraient bien se monnayer une fortune ».
— Que t'a dit Mégrais sur les raisons pour lesquelles ton père pourrait avoir été assassiné ?
— Il ne m'a rien dit.
— Quelque chose lui a-t-il été volé ?
— Non… Qu'ait-ce que tu sais et que tu me caches, Émile ?
Le bouquiniste ne répond rien. Le temps file et joue contre lui.
— Il faut que je parte, Sophie.
— Où vas-tu ?
— Il vaut mieux que tu n'en saches rien.
— Rends-toi, Émile.
— Pour finir mes jours en prison ou dans un hôpital psychiatrique… non.
Émile se détourne de sa femme et quitte le salon.
La porte claque.
Sophie reste seule, assise sur le canapé. Elle se demande si son mari est malade comme le croit le lieutenant Mégrais. Sophie lui a avoué, au cours de son interrogatoire, qu'Émile voit un psychiatre depuis quelques mois. Celui-ci, interrogé par des policiers, entre deux consultations, leur a confié que son patient, Émile Tiembpont, ne se souvient pas de certains épisodes marquants de sa vie, qu'il parle seul,

perdu dans ses pensées durant des heures. Et surtout, il ne se souvient pas que sa mère est morte. Il ne se rappelle pas si, au bord de la fenêtre, lorsqu'il avait cinq ans, ses doigts se sont refermés sur le pan de sa robe qui s'est déchirée quand elle a basculé dans le vide, ou si c'est lui qui l'a poussée parce qu'il était en colère. En colère parce que son père s'était tiré une balle de revolver dans le cœur, après que sa femme l'ait quitté, quelques jours auparavant.
Une schizophrénie ? L'hypothèse est plausible.
Selon le psychiatre, Émile pourrait bien être un meurtrier, ou du moins, une autre partie de sa personnalité aurait pu commettre ce premier meurtre, lorsqu'il était enfant, celui de sa mère. Un premier meurtre qui aurait définitivement fait sombrer Émile dans un dédoublement profond de sa personnalité.

67

Personne ne parait s'interroger sur la lettre déposée sur le bureau du lieutenant Mégrais, vingt-quatre heures auparavant. Cependant, sans ce message l'enquête n'en serait pas arrivée là.
Tous semblent l'avoir oubliée, pourtant, ces quelques mots imprimés sur un papier ordinaire signifient que quelqu'un d'autre sait ce qui s'est passé dans la salle souterraine, sous les pavés du Vieux Lille où trois corps horriblement mutilés ont été découverts.
Le sergent Pauverty est le seul à croire en l'innocence du bouquiniste, mais l'analyse de la lettre n'a révélé aucune autre piste et la fuite d'Émile scelle sa culpabilité.
Ce que tous ignorent, c'est que la lettre contient un code que seul un esprit aiguisé pourra décrypter.

68

Les policiers de la capitale de Flandre sont en alerte maximum. Un psychopathe, armé d'un pistolet automatique, court les rues de Lille. Parmi les passants qui profitent de ce bel après-midi d'été, chaque uniforme est devenu une menace pour Émile.

Dans le bureau de poste, face à l'Opéra, la file des clients se réduit lentement. Il fait chaud, étouffant. Les ventilateurs rafraîchissent à peine l'atmosphère pesante qui plane dans la salle qui s'étire en longueur et où, les uns derrière les autres, des femmes, essentiellement, attendent qu'un guichet se libère. Au même instant, des policiers pénètrent en force dans sa bouquinerie et son appartement où Sophie pleure toujours sa vie qui lui échappe.

L'horloge du beffroi égrène les minutes. La grande aiguille approche du moment où les portes se refermeront et où chacun retournera à son quotidien. Le rituel de fin de journée, où on évacue les frustrations endurées au boulot, s'épuisera dans des critiques interminables, un verre d'alcool à la main ou dans une partie de jambes en l'air. Un homme le bouscule lorsqu'il sort du bureau de poste et s'éloigne en direction de la rue de la Clef.

Émile vient de vider son compte épargne, deux mille euros. Il en aura besoin pour échapper au traçage électronique des cartes de crédit et autres gadgets qui permettent la localisation d'un individu. Une cartographie rendue possible par des technologies que la population est à des années-lumière d'imaginer. Sauf peut-être les mordus de séries télé.

Dehors, les patrouilles policières ont été renforcées, et depuis quelques minutes déjà, des agents circulent à pied ou en voiture dans les rues de Lille, quadrillant chaque trottoir, ruelles et lieux susceptibles d'accueillir le fugitif, Émile Tiembpont.

Le bouquiniste est sorti du bureau de poste, un vent frais vient lui caresser le visage. Sur la place, il y a toujours des courants d'air. Il se sent bien, étrangement serein.

Émile se dirige maintenant vers la Vieille Bourse, à l'intérieur, des bouquinistes étalent leurs livres d'occasion autour de la cour carrée ouverte sur le ciel azuré. Cernée par des colonnes de pierre, la Vieille Bourse ressemble par bien des côtés à un cloître dont les moines érudits s'adonneraient au commerce des mots. Il est déjà dix-sept heures cinquante, mais les bouquinistes peuvent encore espérer faire de bonnes affaires. D'ailleurs, une foule de badauds fouine ici et là, à la recherche du bouquin introuvable ou du roman qui les accompagnera en vacances.

Émile, le fugitif, ne traverse pas la cour carrée de la Vieille Bourse, il la contourne et prend une ruelle où jamais personne ne passe. Il n'y croise qu'un rat furetant dans les poubelles des cafetiers et restaurateurs, dont l'entrée se trouve de l'autre côté du pâté de maisons, côté Opéra ou place du Général de Gaulle, là où coule une fontaine d'eau fraîche. Il évite ainsi les badauds assis aux terrasses des cafés ou sur la pierre entourant le jet d'eau.

Émile se glisse dans les ruelles peu fréquentées pour déboucher rue Sainte-Catherine, dont les cloches de l'église, sise une rue plus loin, font écho à celles de la cathédrale Saint-Sauveur dans le quartier voisin. Au numéro « 35 » de la rue Sainte-Catherine se trouve l'appartement de Guirec. C'est là qu'il a l'intention de se rendre, malgré le danger que cela représente.

Avant de passer le porche, le fugitif, ancien bouquiniste, s'arrête, jetant des coups d'œil autour de lui afin de s'assurer que personne ne le remarque. C'est alors qu'il sent quelque chose dans la poche intérieure de sa veste.

« Une lettre ».

Sur l'enveloppe blanche, écrit à l'encre noire, Émile y lit son propre nom.

« Sophie ? Non… ce n'est pas son écriture ».

« Ce n'est pas le moment d'ouvrir ton courrier, Émile. Entre avant que quelqu'un ne te voie ».

« Après ce qui s'est passé ici, les gens ne prennent même pas soin de fermer à clef ».

Le bouquiniste a passé la petite porte du porche. Il franchit celle dont une des vitres est fendue et se faufile jusqu'à la cage d'escalier.

« L'appartement de Guirec est au cinquième, j'espère que la voisine n'est pas là, après ce qui s'est passé ici, elle doit sûrement être sur les nerfs ».

« Il fait sombre dans ces escaliers, j'aimerais pas habiter là ».

L'ampoule blafarde qui pend au plafond de chaque palier, étroit et

poussiéreux, éclaire à peine les marches qui couinent sous les semelles du fugitif.
Émile ressent, au fil de son ascension, une étrange accélération de son rythme cardiaque. L'effort, peut-être, à moins que ce ne soit la réminiscence obscure d'un souvenir le rattachant à ces lieux.
« Les flics ne penseront pas à venir me chercher ici. Si Sophie leur a dit pour le compte épargne, ils penseront que je vais essayer de quitter la région. Eh ouais, t'es un malin, Émile ».
« Bon... il n'y a qu'un seul verrou, mais je n'arriverai pas à ouvrir la porte sans briser les scellés. Espérons que la voisine ne le remarquera pas. Ouais... je n'ai qu'à dévisser légèrement l'ampoule du plafonnier, oui, c'est ça, le palier sera plongé dans la pénombre et elle ne remarquera rien ».
« Bon... vas-y, Émile, un coup sec, comme au cinéma ».
Un bruit sourd résonne sur le palier. Ce n'est pas l'épaule d'Émile qui vient de s'écraser contre la porte de l'appartement de Guirec, mais un petit objet qui était posé en équilibre au-dessus du chambranle, il est tombé sur le plancher, à quelques centimètres du paillasson. Il s'agit d'une clef.
« Merde ! Pourtant à la télé, ça marche. Nom de Dieu, ça fait un mal de chien, c'est un coup à se déboîter l'épaule. Je n'ai plus qu'à revisser l'ampoule si je veux y voir quelque chose ».
« La voilà ! »
« Guirec avait laissé une clef au-dessus de la porte... peut-être à l'attention de Maryse. Non... Maryse a été retrouvée sur les pavés sous les fenêtres de l'appartement, à moins qu'elle ne l'ait remise en place après avoir ouvert ».
Alors qu'il s'apprête à entrer, il fait brusquement volte-face.
« Merde ! J'allais oublier de redévisser l'ampoule du palier ».
L'appartement de Guirec s'ouvre sur un petit vestibule, semblable à n'importe quel hall d'entrée des années cinquante. Sur la droite, se trouvent les toilettes dont la chasse d'eau fuit. Elle laisse entendre un léger bruit de cascade comme un ruisseau après une grosse averse ou le jet d'une fontaine.
Le vestibule donne sur un salon. Sur la gauche, apparait une cuisine à l'américaine, à droite, canapé et fauteuils se partagent l'espace avec une table basse et des bibliothèques chargées de livres, ce qui n'a rien

de surprenant dans l'appartement d'un écrivain, à priori.
La fenêtre entre le séjour et le coin-cuisine est brisée et recouverte d'une bâche plastique. C'est de cette fenêtre qu'est tombée Maryse quelques jours plus tôt, après avoir été projetée à travers les vitres par l'assassin. C'est du moins la conclusion officielle de l'enquête de police et du légiste.
Deux autres pièces sont fermées par deux portes tapissées d'un patchwork de photographies. Émile y reconnaît Maryse et Guirec, enlacés sur le bord d'une fontaine, celle précisément qui se trouve derrière la Vieille Bourse, place du Général de Gaulle. Il remarque également qu'une photo a été enlevée. Que pouvait bien représenter cette photographie ? Sans doute un Polaroïd de la jeune femme, celui que Mégrais lui a montré dans la bouquinerie juste après le meurtre de l'écrivain.
Émile fait quelques pas en direction du salon, le plancher grince sous ses pieds. Il s'assied dans un des fauteuils, il a besoin de réfléchir.
« Qu'est-ce que tu cherches, Émile ? »
« Un indice ».
« Le lien entre la mort du père de Caroline, celle de Guirec, Maryse, Gaëlle et les autres… et la mort du père de Sophie ? »
« La clef du mystère ».
« Quelle relation existe-t-il entre le cahier relié en cuir et les meurtres qui ont lieu depuis que Guirec a traversé l'espace-temps ? »
« Guirec n'a peut-être pas ouvert un passage dans le temps comme le croyait Maryse. L'expérience menée par l'U.S. Navy sur la manipulation des champs électromagnétiques a peut-être laissé une porte ouverte entre nos deux temporalités ».
« Le temps. Le temps n'est qu'une illusion de notre conscience. C'est elle qui nous fait croire que le temps s'écoule. Ce n'est qu'une impression créée par notre mémoire qui organise les souvenirs de manière chronologique, qui classe les événements qui jalonnent notre vie. Ouais, c'est quand même difficile de se le représenter, un éternel instant présent où tout existe simultanément ».
« Il faut que je récupère le cahier de Guirec, il faut que je trouve un moyen de reprendre à Mégrais le cahier relié en cuir. Que peut bien raconter ce policier des années folles ? Les années 1930 ! C'est à cette époque que Tesla fait des expériences sur l'électromagnétisme. Tesla

était un drôle de type. Il a peut-être finalement réussi à mettre au point un moyen de traverser l'espace-temps, ces fameux Trous de Ver qui permettraient de passer d'un point de l'univers à un autre. Einstein a évoqué, lui aussi, cette possibilité. Oui… mais certains physiciens prétendent que les forces en jeux sont si puissantes que tout objet ou être vivant serait désintégré dès son entrée dans la bouche du tunnel spatio-temporel ».

« Et si les cromlechs avaient, sous certaines conditions électromagnétiques, le pouvoir de fusionner deux espace-temps ? Comme l'effet Hutchinson ! Oui, l'effet Hutchinson permet la lévitation des objets, de les fondre l'un dans l'autre sans modifier leur structure d'origine. Si sous l'effet Hutchinson un morceau de bois peut se retrouver encastré dans une barre de métal sans être endommagé, alors deux espace-temps peuvent sans doute s'interpénétrer en un lieu de l'espace… Personne n'a vraiment maîtrisé les conditions dans lesquelles se produisent ces phénomènes, mais il s'agit bien d'encercler les objets dans un champ électromagnétique puissant couplé à plusieurs fréquences d'ondes radio, ce qui a pour effet de modifier leur structure, c'est ce qui permet au morceau de bois d'être emprisonné dans la barre de métal sans être endommagé. Oui, mais le métal, lui, l'est forcément. Ce qui veut dire que la structure des objets peut aussi être modifiée et être endommagée. Ça marche avec des objets, mais avec des êtres vivants ? À ma connaissance, l'effet Hutchinson n'a jamais été expérimenté avec un animal… Est-ce que les cercles de pierre érigés par nos ancêtres pourraient reproduire les champs électromagnétiques du dispositif Hutchinson ? »

« Les cercles de pierres sont de puissants capteurs d'ondes et nous savons aujourd'hui que le sous-sol terrestre est parcouru par des ondes électromagnétiques puissantes. Si on est en mesure de les capter et de les rediriger alors… oui, mais pour ça, il faut un appareillage compliqué ».

« J'ai faim. Il doit bien y avoir encore de quoi manger dans un placard ».

Le cuir du fauteuil craque. Le plancher grince sous ses pieds malgré les efforts du fugitif pour être le plus discret possible.

Dans le silence relatif de l'appartement de Guirec, l'écoulement continu de la chasse d'eau laisse une impression de fraîcheur.

Dans les placards à moitié vides, quelques boîtes de conserve se

partagent l'espace avec toutes sortes de pâtes. Émile s'empare d'un paquet de spaghettis au blé complet, ses préférés. S'il a de la chance, l'eau et le gaz n'auront pas été coupés.
Prudemment, Émile s'approche d'une fenêtre, le soleil n'est pas encore couché, ses rayons annoncent le crépuscule et donnent une teinte mordorée aux pavés et aux façades de la rue Sainte-Catherine. Au coin de la rue, une cabine téléphonique attire alors son attention.
« Caroline ».
« Elle doit être inquiète. Je pourrais l'appeler. Non, quelqu'un pourrait me voir. »
« Le téléphone de Guirec ! Oui, si la ligne n'est pas coupée ».
En dépit de toute prudence, Émile compose son numéro.
La sonnerie retentit dans le combiné...
— Caroline.
[...]
— Non, je vais bien, la rassure-t-il.
[...]
— Je ne peux pas te parler plus longtemps, est-ce que je peux compter sur ton aide ?
[...]
—Ne t'inquiète pas pour moi... je te rappelle, promis.
Quand les spaghettis sont enfin prêts, Émile les égoutte et verse les pâtes encore fumantes dans une assiette. Le bruit de cascade de la chasse d'eau qui fuit rythme ses coups de fourchette et sa mastication. L'arme automatique, subtilisée à la femme flic quelques heures plus tôt, traîne sur la table basse du salon, Émile remarque alors la pièce de monnaie incrustée dans le bois comme Maryse le lui avait raconté.
Le soleil a disparu derrière les tuiles de l'immeuble à cinq étages qui fait face à l'appartement de Guirec.
Le ciel est rouge.
Après son frugal repas, Émile s'affale sur le divan et finit par s'endormir, bercé par le bruit de l'eau qui s'écoule dans les toilettes.
Une heure passe.
Brusquement, il se réveille.
La lettre... il a oublié la lettre.
Il se lève et bute contre une des lames du plancher.
Émile fouille dans la poche de sa veste jetée sur l'un des fauteuils et

déchire l'enveloppe.
Il est inutile que je me présente, je crois que tu sais qui je suis.
Tu veux connaître le secret ?
Oui, bien sûr, tu le veux.
Tu te demandes si Guirec avait raison et si Maryse a dit la vérité.
Je répondrais à toutes tes questions si tu acceptes le marché que je vais te proposer.
Si tu n'es pas encore chez Guirec, je t'invite fortement à t'y rendre. Inutile de défoncer la porte, il y a une clef au-dessus du chambranle de la porte d'entrée. Guirec avait une fâcheuse tendance à laisser traîner ses clefs un peu partout et à les égarer.
Dans le salon, tu verras que la bibliothèque d'angle n'est pas tout à fait contre le mur. Derrière le panneau du fond, il y a un espace. Trouve la clef qui ouvre le panneau de bois. Prends le flacon qui s'y trouve, avec les charbons et les bougies. Je te dirai plus tard ce que tu dois en faire.
Dans quelques semaines, la Lune sera ronde.
Fais en sorte de ne pas te faire prendre d'ici là et sois sur l'île de Gavrinis, dans le golfe du Morbihan, le 31 octobre, à 23 heures précises.
Je te rassure, il n'y aura pas de loup-garou guettant ta venue. La pleine lune te permettra simplement de naviguer de nuit jusqu'à l'île sans te perdre dans les eaux du golfe.
N'utilise surtout pas d'éclairage, ni lampe électrique, ni bougie.
Une fois sur l'île de Gavrinis, force la porte du cairn, utilise un pied-de-biche.
Une fois à l'intérieur de l'allée couverte, tu trouveras des instructions.
Si tu les suis à la lettre, nous pourrons nous parler et je répondrai à toutes tes questions.
L'arme automatique ne te sera d'aucune utilité, laisse-la à l'entrée du cairn.
Encore une chose, n'oublie pas de prendre une boite d'allumettes, quand tu seras dans la chambre des morts, tu en auras besoin.
Si tu ne vas pas jusqu'au bout, tu ne sauras jamais ce qui s'est réellement passé.
Et crois-moi... tu n'es pas préparé à ça...

69

Dans l'appartement du cinquième étage du « 35 » de la rue Sainte-Catherine, les livres traînent pêle-mêle sur le plancher du salon face à l'angle de la bibliothèque dont les étagères sont maintenant à moitié vides. Le crépuscule rouge sang du soleil couchant éclaire à peine l'appartement de Guirec.

Avec la nuit, qui livre un combat incessant à la lumière mourante du jour, une légère brise s'est levée, faisant claquer la bâche plastique qui recouvre la fenêtre brisée.

Émile a oublié, oublié que lorsqu'il avait cinq ans, il vivait avec sa mère au cinquième étage du même immeuble. Par deux fois déjà, les pavés de la rue Sainte-Catherine ont senti se briser sur leur dos le corps d'une femme, senti sur leur surface dure et lisse du sang chaud s'écouler.

L'éternel clapotis de l'eau s'échappant des toilettes accompagne les claquements secs de la bâche plastique, un peu comme des os qui se brisent sous le choc de l'impact du sol.

La clef, trouver la clef qui ouvre le panneau derrière la bibliothèque, l'ancien bouquiniste, maintenant fugitif, ne cesse d'y penser.

Mais où est-elle ?

« Je pourrais défoncer le panneau, mais le bruit alerterait la voisine, et elle alerterait la police. Merde ! Où est cette foutue clef ? »

« Voyons, réfléchis Émile, où Guirec a-t-il pu mettre la clef ? Dans sa lettre, IL dit que Guirec avait la fâcheuse tendance à laisser traîner ses clefs. Mais qu'est-ce que ça veut dire ? Que Guirec les perdait tout le temps, ou qu'il avait la manie de les planquer quelque part ? Ouais, ouais, ouais..., tu te poses trop de questions. Guirec n'avait pas cette clef avec lui puisque Maryse est venue chercher le cahier relié en cuir et il était sûrement caché derrière la bibliothèque, ça signifie peut-être qu'elle avait la clef du panneau coulissant sur elle. Non. Essaie de réfléchir, Émile, qu'a fait Maryse lorsqu'elle est entrée... elle est allée chercher la clef, oui... et après ? Elle est allée faire pipi, m'a appelé, et comme je n'ai pas répondu, elle s'est installée sur le divan et elle a commencé à lire le livre. Oui, probable. Elle a sans doute mangé un morceau, comme moi, mais elle, elle a fait sa vaisselle. Ouais ».

C'est alors que son regard se pose sur le plancher vieilli, quelque chose l'intrigue. Il remarque qu'une des lattes du plancher du salon est

légèrement surélevée par rapport aux autres.
Le bouquiniste s'avance et s'agenouille.
Il n'a aucune difficulté à soulever la latte de bois sous laquelle apparaît un vide. Quoi que cette cache ait pu dissimuler, l'objet ne s'y trouve plus, constate-t-il.
« Réfléchis Émile ».
L'écoulement continu des toilettes finit par agacer le bouquiniste, cette fuite l'empêche de se concentrer.
« Cette chasse d'eau commence à m'énerver… »
« Je n'ai qu'à fermer le robinet qui alimente la réserve ».
Le bouquiniste se tient debout devant la cuvette des toilettes quand il est soudain pris d'un étrange frisson qui lui parcourt la colonne vertébrale et les poils de ses bras se hérissent.
Le glouglou fait toujours entendre sa mélopée, et tout à coup... il comprend.
La fuite d'eau... c'est parce que Maryse y a déposé la clef. Probablement enveloppée dans un plastique qui, lorsqu'elle a tiré la chasse d'eau, s'est glissé dans le siphon, provoquant la fuite.
Sans plus attendre, Émile ôte le couvercle de la chasse.
« Bingo ».
Il récupère le sachet qui dégouline et le déchire. Puis, impatient, il se précipite vers la bibliothèque.
« Je me demande comment il sait ce qui se trouve derrière la bibliothèque. Peut-être que Maryse le lui a avoué avant qu'il ne la tue ? »
« Ça n'a pas l'air d'être la bonne clef ! »
« Merde ! Ça ne s'ouvre pas ».
« Je n'ai plus qu'à essayer de briser le fond de l'étagère si je veux récupérer le flacon ».
« Que peut-il contenir ?... Pourquoi cet enfant de salaud a-t-il choisi le cairn de Gavrinis ?
Tout ce que je sais, c'est que les constructeurs du cairn semblent l'avoir abandonné et dissimulé sous des tonnes de pierrailles peu de temps après sa construction. Et si c'était une porte ? Yog Sothoth... »
Émile comprend soudain.
« La serrure est montée à l'envers, il faut tourner la clef dans l'autre sens ».

70

Les tables de pierre, indifféremment appelées par le profane, dolmens, tertres ou cairn, sont la plupart du temps considérées par les archéologues comme des tombeaux. Cependant, peu d'ossements furent découverts dans de tels monuments mégalithiques, trop peu pour étayer cette hypothèse d'une sépulture préhistorique.
Ces allées couvertes sont disséminées un peu partout en Europe. La Bretagne et l'Irlande ainsi que l'Angleterre sont connues pour accueillir sur leur territoire les plus énigmatiques de ces constructions.
L'orientation des tables de pierre suggère, par ailleurs, que ces structures mégalithiques puissent avoir joué un rôle de chambre de résurrection ou de passage vers l'au-delà. Car à certaines dates correspondantes aux solstices ou aux équinoxes, le soleil se lève dans l'espace circulaire situé au fond de l'allée couverte.
Dans plusieurs constructions, dont l'âge nous est inconnu, un orifice fut spécialement creusé dans la roche afin que les premiers rayons de l'astre solaire éclairent la chambre et frappe une sorte de coffre de granit y reposant. Ce sarcophage miniature renfermait parfois les restes d'un être humain. Ce qui laisse supposer que la cavité rocheuse, tel un utérus, ait pu accueillir la dépouille des morts pour les aider à franchir le passage conduisant auprès de la Déesse Mère des Commencements. À moins que les ossements ne soient ceux d'un sacrifié.
Mais peu d'archéologues ont considéré la possibilité que ces tertres soient d'antiques portes vers d'autres dimensions de la réalité... pourtant, les trépanations dont témoignent nombre de crânes de la préhistoire devraient nous convaincre qu'une réinterprétation de ce que nous croyons savoir sur l'histoire des premiers hommes est nécessaire.

71

Émile a passé une bonne partie de la nuit, assis sur la cuvette des toilettes. C'est le seul endroit de l'appartement de Guirec où il avait la possibilité d'allumer une lampe sans trahir sa présence.
Derrière le panneau de la bibliothèque, le bouquiniste a trouvé un étrange flacon de verre, l'odeur qui en émanait avait des parfums d'herbe fraîchement coupée. Guirec y conservait également un premier jet d'un roman sur lequel il travaillait. Apparemment, il n'utilisait pas le traitement de texte informatique pour rédiger le canevas initial du scénario, il écrivait de façon manuscrite et les feuillets portaient d'innombrables ratures et ajouts. La trame du récit était étrangement semblable à ce qu'Émile vivait depuis sa première rencontre avec l'écrivain, quand celui-ci était venu le voir dans sa boutique, prétextant l'achat du Nécronomicon, un soi-disant livre maudit retraçant l'histoire énigmatique d'un poète arabe qui aurait, selon Lovecraft, découvert le fameux manuscrit dans les ruines d'une cité antique en plein cœur du désert d'Arabie.
Le roman de Guirec était inachevé et s'arrêtait brutalement sur la découverte faite par le personnage principal d'un secret lié à sa naissance. Émile avait ressenti un malaise à la lecture des pages manuscrites et ce malaise faisait écho à sa propre quête de vérité.
Ces feuillets étaient tout ce qui restait. Les documents et papiers personnels appartenant à l'écrivain avaient été emportés par les policiers. Ainsi, d'ailleurs, que l'ordinateur.
Cependant, Émile était convaincu que le seul élément permettant de découvrir l'identité de l'assassin se trouvait dans le cahier relié en cuir que la police avait arraché au cadavre de Maryse, écrasé sur les pavés, quelques mètres plus bas sous l'immeuble où vivait Guirec. Là où, précisément, le fugitif traqué par tout ce que comptait de policiers la capitale de Flandre, avait échafaudé un plan des plus risqué avant de s'endormir sur le divan.
Derrière l'une des portes closes de l'appartement, où s'étalaient pêle-mêle des photos souvenirs, une chambre sommairement meublée avait été aménagée, un peu à la manière d'un jardin zen. Dans l'autre pièce, trônait un bureau où, adossé contre l'un des murs tapissés d'un papier vert émeraude aux motifs compliqués, un tableau blanc noirci

de signes étranges composés d'une écriture fine, presque indéchiffrable, semblable à des pattes de mouche, exposait tel un synopsis les pistes sur lesquelles le bouquiniste s'était concentré.
Dans la pénombre, le fugitif y avait posé sa pensée. Décrivant de façon chronologique les éléments importants qui selon toute vraisemblance devaient l'aider à comprendre pourquoi, lui, un modeste bouquiniste de la rue de Gand se retrouvait mêlé à des morts énigmatiques. Émile y avait fait une description sommaire de la photographie noir et blanc que Maryse lui avait montrée. Cette photo l'avait convaincu que quelque chose de mystérieux se dissimulait dans sa propre vie. Une photo sur laquelle Émile s'était reconnu, tout en sachant que ce n'était pas lui. Qui était l'homme qu'il avait vu sur le cliché noir et blanc ? L'assassin ? Un tueur qui lui ressemblait comme un frère jumeau.
Au côté du double d'Émile, un sosie de Guirec se tenait debout devant une pile de livres. Aussi n'y avait-il rien d'étonnant à ce que Mégrais ait cru que les deux hommes se connaissaient.
Émile finissait par se demander s'il n'avait pas effectivement connu l'écrivain avant son accident, si malgré tout, il n'était pas en train de perdre la raison. Mais cette photo avait quelque chose d'étrange qu'il ne parvient pas à saisir.
Évidemment, s'il avait pu étudier la photographie à la loupe, il aurait remarqué quelque chose qui l'aurait certainement fait chavirer encore un peu plus dans la folie. Mais ce détail avait échappé à sa perspicacité.
Sur le tableau blanc du bureau, Émile avait émis l'hypothèse que Guirec, par un procédé tel que l'effet Hutchinson en produisait, avait permis la fusion de deux dimensions de la réalité, ou plus exactement d'un point de fusion limité dans l'espace-temps. Deux mondes étaient entrés en contact et quelqu'un s'était senti menacé par cette intrusion. Pourquoi ? Émile ne le savait pas. Mais il existait une raison pour laquelle un inconnu avait assassiné au moins six personnes, la mort dans le crash de l'avion du père de Caroline pouvant être réellement accidentelle.
Émile ne croyait pas à l'hypothèse avancée par Maryse. Plus il y réfléchissait et plus il trouvait cela incroyable. La dimension traversée par Guirec et ses compagnons ne pouvait pas être un Eggrégore de notre propre dimension comme l'affirmait la jeune femme, non, pour Émile, il s'agissait d'un monde parallèle bien réel, aussi réel que celui

où le bouquiniste était devenu fugitif.
D'autres univers étaient-ils nés des créations du cerveau de l'homme ? L'imaginaire avait-il créé des êtres dont l'histoire se prolongeait dans d'autres dimensions, indépendamment de leur créateur ? Ainsi Maryse croyait-elle qu'à l'aide des incantations magiques tirées du Livre d'Eibon, qu'elle avait étudié avec l'écrivain, une brèche dans le continuum espace-temps avait permis à une créature, issue de la pensée humaine, de prendre corps dans la réalité. Que ce monstre, maintenant tapi dans l'obscurité, broyait sauvagement tous ceux qui avaient participé à son extraction dans le réel.
Maryse s'était quelque peu écartée de l'hypothèse de Guirec. Celui-ci croyait en une multitude de mondes habités, non par des chimères nées de l'imaginaire, mais par des hommes. Il pensait que d'autres dimensions du réel, dont une seule aurait engendré toutes les autres, pouvaient influencer certaines destinées humaines. Que des êtres semblables aux humains, et non des monstres assoiffés de sang, manipulaient l'univers dans un but mystérieux. Que des portes de communication pouvaient être ouvertes entre ces différentes dimensions du réel. Guirec en avait exhumé les preuves dans les mythes et les légendes retraçant la naissance du monde et les apparitions des dieux venus du ciel. Apparemment.
Puis, l'écrivain avait réussi à pénétrer dans cet univers parallèle pour y découvrir quelque chose qui l'avait bouleversé. Mais Guirec était mort avant d'avoir résolu ce mystère. Un mystère auquel le bouquiniste de la rue de Gand s'était retrouvé mêlé.
Ce dont Émile était convaincu pour sa part, c'est qu'un individu sans état d'âme condamnait à une mort horrible tous ceux qui menaçaient de le découvrir. Comment s'y prenait-il pour broyer leur corps ? Émile n'en avait pas la moindre idée et c'est sans doute cette énigme qui avait conduit Maryse à croire en l'existence d'un monstre.
Le bouquiniste comprenait également la raison pour laquelle son beau-père avait été retrouvé assassiné, nu, étendu sur le sol de sa cave, baignant dans une mare de vin parmi les éclats de verre des bouteilles brisées. Des millésimes qu'il avait mis des années à élever.
Quel gâchis !
La mort de son beau-père n'avait aucun rapport avec la loge maçonnique à laquelle il appartenait. Le père de Sophie avait

cependant découvert, parallèlement à Guirec, l’existence d’un passage vers un autre monde. La planche sur laquelle il avait travaillé, afin de présenter une étude complète sur les cercles de pierres, l'avait peut-être mis sur la piste de l’endroit où un tel passage existait encore. Mais sa mort n'avait été qu'un moyen d'accuser Émile et de l'isoler de ceux qui auraient pu l'aider.
Aujourd’hui, dans le monde, il n'existe plus un seul cromlech. Ce fait étrange n’a pas échappé à Émile. Pourquoi tous les cercles de pierre ont-ils été détruits ou endommagés ? Personne, pas même les archéologues, ne se pose la question. De même que personne, et surtout pas les archéologues, ne sait vraiment de quelle époque date la construction des monuments mégalithiques et à quoi, précisément, ils servaient.
Pour l’heure, le fugitif, traqué par tous les policiers de la capitale de Flandre, dort paisiblement sur le divan d’un écrivain de roman fantastique, assassiné pour, semble-t-il, avoir de trop près frôlé la vérité.
Sophie, quant à elle, se demande où se cache son mari. Elle aussi se pose beaucoup de questions. Différentes de celles d'Émile, cependant. Sophie se demande si l'homme qu'elle a épousé n’a pas sombré dans une folie meurtrière. Depuis son accident de moto, le bouquiniste est devenu un mystère pour elle. Les médecins lui ont expliqué que le choc à la tête, s’il ne lui avait pas été fatal, avait plongé Émile dans une amnésie partielle et que son comportement pouvait en être affecté.
Puis Émile s’était mis à parler tout seul, comme s’il s’adressait à quelqu’un d’invisible. Et quand il lui avait proposé d’inviter sa mère pour Noël, Sophie avait senti sa raison chavirer. Émile avait oublié qu'elle s’était jetée du cinquième étage de l’appartement où elle vivait avec lui lorsqu’il avait cinq ans.
D'ailleurs, avait-elle réellement sauté ?
Quand Sophie, bouleversée, avait rappelé à Émile que sa mère était morte, il s’était blotti dans le divan et s’était endormi en position fœtale.
À son réveil, il semblait ne se souvenir de rien, c’est du moins ce qu’en déduisit son épouse en le regardant se préparer un café et descendre travailler dans sa boutique de livres anciens.
Elle l’avait interrogé pour savoir s’il allait bien, il lui avait répondu que

oui. Sophie l'avait alors obligé à voir un psychiatre.
Mais les régressions hypnotiques, entreprises par le neuropsychiatre Édouard Brainmind, n'avaient pas fait ressurgir ce drame dans l'esprit conscient du bouquiniste, et l'accident était resté enfoui dans les circonvolutions profondes de son inconscient. Quant aux jumeaux aperçus derrière la vitre de l'appartement de la rue Sainte-Catherine lors d'une séance d'hypnose, alors qu'il était encore dans le ventre de sa mère, ils n'étaient qu'une image résiduelle de l'étrange histoire qui se déroulait dans le présent, une sorte de prémonition. Car la référence aux jumeaux n'avait d'autre réalité que ce que lui avait révélé Maryse en lui montrant le cliché noir et blanc.

72

La lumière du jour a chassé les ténèbres de la nuit, mais l'astre solaire n'a pas pour autant triomphé.
Ce matin, il pleut sur les pavés lillois.
Décidément, l'été est pourri, se désole le bouquiniste.
La nuit a été courte. Émile a appelé Caroline, juste avant le lever du soleil. Il lui a révélé le contenu de la lettre et ils se sont donné rendez-vous sur l'un des bancs du jardin Vauban. Ce banc a une importance toute particulière pour les deux amants d'autrefois, c'est sur ce banc que Caroline a dit à Émile, pour la première fois, qu'elle l'aimait.
— C'est de la folie, Émile, proteste la comédienne.
— Est-ce que tu m'aideras ? Est-ce que je peux compter sur toi oui ou non ?
— Oui, évidemment. Mais je trouve que tu prends trop de risques.
— Je n'ai pas le choix si je veux connaître la vérité.
— Tu devrais te débarrasser de cette arme, tu pourrais être tenté de t'en servir, et qu'arrivera-t-il si tu blesses quelqu'un...
— Elle pourrait m'être utile, Caroline. Si c'est nécessaire je... Émile hésite à dévoiler le fond de sa pensée. Je ne pourrirai pas entre les murs d'une prison.
— Bien..., alors allons-y. Plus vite ce sera fait, plus vite nous pourrons partir. Mais je continue de penser que c'est une fausse piste. Tiens, n'oublie pas le portable.
Dans les premières lueurs de l'aube, deux silhouettes s'éloignent l'une de l'autre. Deux chemins différents pour deux destins qui sont désormais liés par une trame invisible.
Pendant vingt minutes, Émile rase les murs des rues les moins fréquentées de la capitale de Flandre. Il a longuement mûri un plan qu'il s'apprête à exécuter. Mais pour cela, il lui faut encore attendre, attendre que les pièces de l'échiquier se mettent en place, que chacun se trouve au bon endroit. Lors, le jeu pourra commencer.
Pour l'heure, Émile pousse la porte d'un café miteux. Caroline, de son côté, pénètre dans la salle d'un café-brasserie, quelques rues plus loin. Tous deux, dans une synchronicité que les esprits profanes appellent hasard ou coïncidence, commandent un café et un croissant.
La synchronicité.

Deux événements liés, non par une même cause, mais par un lien de sens.
Devant son expresso, Émile se demande si la mort du père de Caroline dans cet accident d'avion n'a pas un lien de sens avec les meurtres perpétrés depuis le début de l'été. Car ses recherches sur les fragments Pnakotiques conduisent, elles aussi, à penser qu'il existe d'autres réalités qui n'ont toujours pas été découvertes ou connues des seuls initiés.
Tout en mastiquant son croissant, le bouquiniste se convainc que la mort de l'archéologue ainsi que celle de Guirec sont liées, et qu'il est la clef ou pour le moins celui que le destin a désigné pour dévoiler un mystère qui lui échappe encore. Qui est-il vraiment ? Plus Émile y réfléchit et plus les zones d'ombre de sa vie lui semblent être le fait d'une manipulation. Mais pourquoi voudrait-on effacer de sa mémoire sa véritable identité ?
Parce qu'elle recèle un secret. Émile en a l'intuition.
L'accident de moto, son amnésie partielle ne sont pas dus au hasard. Ont-ils seulement eu lieu ?
Le hasard.
Explication rassurante masquant notre ignorance.
Pour le fugitif, le hasard n'a plus de sens, il n'y croit plus. Il y a trop de morts autour de lui qui sont autant de dénis au concept de coïncidence. Le meurtre du père de Sophie qui planchait sur une énigme encore jamais élucidée, celle relative aux cercles de pierres, est là également pour lui indiquer qu'un mystère entoure sa vie.
Tout comme l'initié au centre du cromlech, l'inconnaissable prend sens pour Émile.
Il est celui qui relie les événements entre eux.
« Caroline, elle aussi, est un signe, une synchronicité… oui. Elle est de retour dans ma vie, et ça juste avant que les événements ne se déclenchent. Elle est mon alliée face à l'adversité, je n'ai plus qu'elle. Je l'avais pressenti quand Pauverty est venu m'arrêter à la gare. Sophie, elle, me croit fou, Mégrais quant à lui s'imagine que je suis un tueur en série ».
« Et toi, Émile, qu'est-ce que tu crois ? »
« Je crois que je suis toujours allongé sur le divan de mon psychiatre et que cet imbécile a perdu le contrôle de l'hypnose régressive. Et si

c'était ça ? Oui, si d'autres dimensions que la nôtre n'étaient accessibles que par le psychisme, une autre réalité dont la porte serait notre inconscient ? Qui nierait que ceux qui sont victimes d'apparitions ou de phénomènes paranormaux vivent vraiment l'expérience qu'ils subissent ? Les stigmates existent, les guérisons inexpliquées aussi, les combustions spontanées, oui… tout ça est vrai. Il faudrait être idiot pour le nier ».
« Les autres dimensions existent. D'une manière ou d'une autre, tu en auras bientôt la preuve, Émile ».
— Un autre café, Monsieur ?
— Quoi ?
— Un café ? Demande le barman qui s'il ne se trouvait pas de l'autre côté du comptoir pourrait sans l'ombre d'un doute passer pour un pilier de bistrot.
— Euh… oui, merci.
« J'ai perdu le fil de ma pensée ».
« Notre monde est plein de mensonges et de mystères, pourquoi sommes-nous si aveugles ? »
« Hum… c'est l'heure ».
Émile avale le liquide d'un trait et règle ses cafés et son croissant.
Le barman, un homme d'une cinquantaine d'années, le visage clairsemé d'une couperose déjà rougeoyante malgré l'heure matinale, regarde son unique client traverser la rue et pénétrer dans la cabine téléphonique trônant sur le trottoir d'en face.
L'horloge du café indique alors 8 h 07.
Derrière son antique comptoir de zinc, sans doute le seul encore en activité dans le monde des cafetiers lillois, le barman quinquagénaire voit son client entrer de nouveau dans son modeste établissement.
La pendule affiche 8 h 12.
— Un expresso, s'il vous plaît.
L'homme à la couperose s'exécute.
La machine à café chuinte, troublant la paix quasi religieuse qui règne dans le bar. Le liquide noirâtre s'écoule dans la tasse. La cuillère tinte sur la porcelaine blanc cassé qui a déjà servi son million de cafés, elle en a connu des lèvres et pourrait en raconter des histoires si elle savait parler.
Dans le silence de la salle imprégnée des fragrances du houblon et du

malt fermentés, le papier d'emballage déchire la tranquillité ambiante, le sucre plonge puis se dissout presque instantanément dans le liquide brûlant.

Quelques minutes s'écoulent. Une odeur de café froid traine sur le comptoir.

Les trottoirs sont encore déserts à cette heure estivale. L'ombre et la lumière se partagent chaque côté des rues en demi-teintes.

Étrange.

L'horloge égrène la monotonie matinale. L'homme à la couperose semble maintenant absorbé dans la lecture d'un article, son journal posé sur le zinc.

Émile sursaute soudain.

Quelque chose vibre dans sa poche. Une demi-seconde d'hésitation passe avant qu'il comprenne qu'il s'agit du vibreur du téléphone portable de Caroline. Elle le lui a remis après qu'il lui ait expliqué dans le détail le plan qu'il avait échafaudé durant la nuit, alors qu'il s'était réfugié dans l'appartement de Guirec.

— Oui, j'écoute.

Caroline lui laisse un court message, quelques mots qui donnent à Émile le signal.

Il peut passer à l'action.

Puis, sa complice raccroche le téléphone du sous-sol du café brasserie où elle a maintenu une surveillance accrue des allées et venues du bâtiment se trouvant de l'autre côté de la rue.

Émile dépose quelques pièces sur le zinc, et avec un calme qui lui est devenu coutumier, il sort sous le regard curieux du quinquagénaire couperosé qui se demande pourquoi un type, qui se balade avec un portable dans sa poche, sort pour téléphoner dans une cabine publique alors même que celui du café trône sur le comptoir. Mais le tenancier a vu bien d'autres bizarreries dans sa carrière, aussi ne s'attarde-t-il pas sur ce drôle de gars qui passe la porte et s'éloigne.

« La cavalerie arrive ».

Les paroles de Caroline sonnent encore aux oreilles du fugitif, il se surprend à sourire, que lui arrive-t-il ? S'amuserait—il de ce qu'il s'apprête à commettre ?

Émile se souvient, dès qu'il l'avait appelée, peu de temps après avoir pénétré dans l'appartement de Guirec, elle lui avait dit son inquiétude

et sa voix lui avait fait du bien.
Caroline était son alliée, sa seule chance de s'en sortir. Du moins, Émile le croyait-il. C'est pour cette raison qu'il lui avait fait confiance.
Soudain, une guirlande de voitures de police passe en trombe dans la rue. À l'abri d'une porte cochère, la tête engoncée dans le col de son manteau, Émile feint d'attendre quelqu'un en regardant sa montre. Son objectif est en vue.
Caroline, quant à elle, a une autre mission à remplir, mais il est encore trop tôt pour agir. Aussi, décide-t-elle de rentrer chez elle en attendant son ami.
Quelques instants plus tard, le fugitif entre d'un pas assuré dans les locaux du commissariat et s'adresse au sergent en faction derrière son comptoir, plongé dans la lecture de son journal.
— Bonjour ! Je suis le Lieutenant Niémans, c'est Mégrais qui m'a demandé de passer ce matin, il est arrivé ?
Le gardien de la paix ne semble pas s'étonner de sa présence, d'ailleurs, il relève à peine la tête, sans doute a-t-il un peu de mépris pour ces inspecteurs qui se prennent pour des cracks alors que ce sont eux, les agents en uniforme, qui font toujours le sale boulot.
— Non, il vient juste de partir, finit-il par répondre sans s'étendre sur le sujet.
— Pauverty est là ?
— Non.
— Il y a quelqu'un là-haut ?
— Oui, allez-y.
« Pour l'instant, tout marche comme prévu. Avant que Mégrais et ses acolytes ne s'aperçoivent que je les ai envoyés sur une fausse piste, j'aurais terminé ce que j'ai à faire ».
Le bouquiniste emprunte l'escalier latéral et se retrouve bientôt au second.
« Mégrais a dû embarquer tous les flics de l'étage, c'est ton jour de chance, Émile ».
« Bon… c'est le moment de vérité ».
Il doit agir et surtout ne pas se faire repérer.
Le bouquiniste se dirige vers le bureau de Mégrais qui, au même moment, pénètre dans le parc de la Citadelle, là où Émile lui a fixé rendez-vous.

Un rendez-vous auquel il lui a fait croire pour se donner le temps de voler le précieux manuscrit.
Émile a d'abord passé un coup de fil au lieutenant Mégrais de la cabine téléphonique, face au café du type à la couperose. Puis Caroline, postée non loin du commissariat, assise derrière la vitrine du café-brasserie, lui a donné le signal lorsque la cavalerie s'est mise en route.
Pour le moment, tout semble se dérouler comme il l'imaginait.
Le cahier relié en cuir se trouve toujours dans le tiroir du bureau, exactement où Émile a vu Mégrais le déposer lors de son interrogatoire.
Il s'en empare et le glisse dans la poche intérieure de sa veste. Il ne lui reste plus à présent qu'à quitter les lieux sans être arrêté.
Le couloir est désert. Il sort rapidement de l'antre de celui qui le pourchasse en ce moment même dans les bois de la Citadelle. D'ailleurs, les policiers ne devraient pas tarder à comprendre qu'il les a bernés.
Le calme qui l'avait accompagné jusque-là semble se dissiper pour laisser place à un sentiment d'angoisse. Le fugitif se souvient alors de son premier interrogatoire, de la boule qui lui serrait la gorge et de la sensation d'étouffement qu'il avait éprouvée à ce moment-là. Mais, très vite, il reprend le contrôle, il ne doit rien laisser paraître de la tension qui est la sienne, il risque gros.
Il passe devant l'ascenseur, mais ne s'y arrête pas. Pour sortir, il choisit de prendre par l'escalier central.
Il le descend sans rencontrer personne, se remémorant sa prise d'otage et l'expression de panique sur le visage de la femme flic lorsqu'il lui a subtilisé son Glock, un automatique qu'il garde glissé à la ceinture.
L'arme avait certainement contribué à donner l'illusion au moment où il était entré dans le commissariat.
Émile salue brièvement l'agent en uniforme toujours planté derrière son comptoir et passe la porte de sortie.
À quelques kilomètres de là, dans le bois de la Citadelle, Mégrais va mettre du temps à comprendre que le bouquiniste l'a grugé. Quand il se décide à bouger, Émile est déjà hors d'atteinte.
De retour au commissariat, il réalise, en apercevant le tiroir de son bureau ouvert, que le cahier relié en cuir a disparu. Mais le fugitif n'a pas emporté la photo noir et blanc qui se trouvait sous le sous-main élimé. Furieux, il descend pour interroger le gardien, censé contrôler

l'identité des visiteurs.
Devant la photographie d'Émile, l'agent pâli.
La colère de Mégrais se détourne alors sur le planton qui se garde bien de tout commentaire.
— Un fugitif, sermonne le lieutenant, dont le signalement a été transmis à tous depuis vingt-quatre heures..., vous aurez de mes nouvelles mon gaillard, vous pouvez y compter, fulmine-t-il en appuyant plus que nécessaire sur le bouton d'ascenseur.

73

Un cliquetis de serrure indique à Émile que son amie vient de rentrer. Pendant son absence, le bouquiniste a pris connaissance du contenu du cahier dérobé dans les locaux de la criminelle.

— J'ai ce que tu m'as demandé, dit Caroline, mais ça n'a pas été facile. Personne ne semble connaître l'île de Gavrinis. Il n'y avait rien au Furet ni à la Fnac, alors je suis allée à la Librairie du Verseau. Là, le libraire m'a déniché un petit bouquin sur les mégalithes de Bretagne, il y a quelques pages sur le cairn de Gavrinis. Et toi, qu'as-tu découvert ?

Après le rapt du cahier relié en cuir dans le bureau du lieutenant Mégrais, envoyé sur une fausse piste, les deux complices se sont retrouvés chez Caroline. L'ancienne maîtresse du bouquiniste, aujourd'hui recherché par toutes les polices et considéré comme un tueur en série armé et dangereux, s'est révélée être une alliée précieuse. Contrairement à Sophie, Caroline n'a pas douté un seul instant de la parole d'Émile. Mais, plus que la raison, c'est l'émotion qui provoque chez la comédienne en mal de scène, une confiance sans faille en son amant d'autrefois.

— Ce cahier date du début des années 1900, il a été écrit en 1931, pour être exact. Il a été rédigé par un inspecteur de la Brigade Mobile de Rennes.

— Les Brigades Mobiles ? Tu veux dire…

— Oui ! Les fameuses Brigades du Tigre qui ont été mises en place par Clémenceau, en 1907, je crois. Mais la Brigade Mobile de Rennes, elle, n'a été créée qu'en 1911.

— Et que raconte ce Valentin breton ?

— Il ne s'appelle pas Valentin !

— C'est pas vrai, ne me dis pas que tu ne connais pas la série télé ? Ricane Caroline.

— Quoi ?

— Les Brigades du Tigre, la série télévisée, avec le commissaire Valentin !

— Si, bien sûr.

— Alors ? Dis-moi.

— Eh bien, je crois avoir compris la signification des chiffres romains imprimés sur la page de garde du cahier. Je pensais qu'ils

correspondaient peut-être à l'année d'édition, enfin je veux dire l'année où le manuscrit a été rédigé, mais le « I » et le « IX » signifient en vérité : un sur neuf.
— Qu'est-ce que ça peut bien vouloir dire, selon toi ?
— Que ce manuscrit est le premier d'une série et qu'il en existe huit autres.
— Il existerait neuf manuscrits en tout ?
— Oui, le cahier relié en cuir que Guirec a découvert n'est que le premier chapitre, pour ainsi dire, le début de l'enquête menée par cet inspecteur du début du siècle dernier, les huit autres relatent la suite de l'affaire et sans doute sa conclusion.
— L'enquête démarre avec l'affaire Louis Cadiou, un industriel breton qui disparaît en décembre 1913. Fernand Menez, l'inspecteur des Brigades Mobiles de Rennes, est alors chargé de l'enquête.
— Un meurtre ?
— Oui..., apparemment.
— J'imagine l'atmosphère..., macabre découverte à la lisière d'un bois baignant sous un voile de brume. La veuve en pleurs. La dépouille qu'on emmène sur une civière et déposée dans un fiacre mortuaire. Les sabots des chevaux qui martèlent la terre...
— Ouais. Ça doit être à peu près comme ça que ça s'est déroulé, le corps à moitié putréfié...
— Arrête ! S'il te plaît.
— Excuse-moi.
— Ce n'est rien... c'est moi qui t'ai provoqué. Dis-moi plutôt ce que raconte cet inspecteur des Brigades Mobiles, en quelle année déjà ?
— La rédaction date de 1931..., mais l'enquête, commencée en 1913, rebondit en 1914 avec la disparition d'une jeune ouvrière...

* * *

Journal relié en cuir

Paris 1931

Les faits dont j'ai été amené à être le témoin involontaire mourront probablement avec moi.

J'ai cependant acquis la conviction que nous sommes manipulés par des forces insoupçonnées et inconnues qui se cachent derrière l'ombre des invisibles.
La vérité sur ce que nous pensons connaître de nos origines et du monde tel que nous le percevons, ne peut être dévoilée à nos concitoyens sans que leur conscience y ait été préparée. Ne pouvant le comprendre, ils la rejetteront purement et simplement.
J'ai découvert, en effet, avec effroi, que ma vie n'était pas la mienne, que d'autres mondes existent en dehors du nôtre. Que ces mondes engendrés par des ombres malfaisantes agissaient sur nos propres destinées, des destinées qui finissent par engendrer leurs propres existences au sein d'univers qui y sont liés, et que des portes de communication existent, comme des passages ouverts en dehors de tout contrôle, que c'est un de ces passages qui est la cause des événements auxquels je suis à présent confronté.
Je me nomme Fernand Menez, je suis inspecteur de police judiciaire. Depuis 1911, je travaille pour la Brigade Mobile de Rennes.
Je sais, à l'heure où j'écris ces lignes, que je ne survivrai probablement pas au dénouement de cette affaire, je l'ai compris aujourd'hui, après ce qui est survenu suite aux longues investigations que j'ai menées au cours de ces dernières années. C'est pour cette raison que j'entreprends la rédaction des faits auxquels j'ai été confronté tout au long de mon enquête. Le récit incroyable de cette histoire, que je m'apprête à coucher sur le papier, a déjà coûté la vie à nombre de personnes, directement ou indirectement impliquées. Et je crains que d'autres victimes ne paient le prix de cette malédiction, tant il est vrai, parfois, que déterrer le passé n'apporte que le malheur. Je prie, malgré mon athéisme, pour que ce témoignage que je laisserai derrière moi, à titre posthume, tombe entre les mains d'un citoyen digne de confiance. Un homme qui saura révéler la terrible et fascinante vérité qui se cache parmi nous et que j'ai tenté d'expliquer dans ces pages.
Mais il me faut, avant toute chose, replacer mon enquête dans le début de ce siècle qui connaît bien des bouleversements. Car il nous faut faire face à un nouveau type de criminalité, plus organisée, faisant appel aux moyens techniques modernes, une délinquance devant laquelle les forces de police ne peuvent opposer que des moyens obsolètes.
Clémenceau, ministre de l'Intérieur, surnommé par tous ses amis et

ennemis politiques : le Tigre, pour ces propos mordants, tant par la plume que par ses discours à l'Assemblée Nationale, organise et crée, en 1907, une police régionale : les Brigades Mobiles. Notre pays est, à cette époque troublée, traversée par une organisation criminelle constituée de bandes toutes plus efficaces les unes que les autres à déjouer les polices municipales et la gendarmerie. Pour exemple, la seule année 1906 verra plus de cent mille crimes et délits classés sans avoir été résolus. Mais cela ne saurait durer.
La première Brigade Mobile de Paris, va obtenir des résultats au-delà de tout espoir. Les Charbonniers, ainsi que les membres de la bande à Bonnot, vont être arrêtés ainsi que de nombreux criminels qui agissaient jusqu'alors en toute impunité.
À l'aune de ces succès, quinze Brigades Mobiles vont alors voir le jour, mais il faudra attendre 1911 pour que la Bretagne, d'où je suis originaire, se voie également nantie d'une brigade.
En 1910, je suis un jeune inspecteur, en poste à la Sûreté Urbaine de Rennes. Rennes qui est secouée par une rumeur grandissante. Lorsque j'apprends qu'une Brigade Mobile va y être créée, je fais part au Ministère de l'Intérieur de mon désir d'intégrer cette brigade. Et en 1911, je suis convoqué par le Ministère de l'Intérieur.
Je prends alors le train pour Paris et je suis reçu par le chef des Brigades Mobiles en personne, un petit homme d'une grande rigueur morale. Lors de cet entretien, je me vois confirmer mon intégration au sein de la Brigade de Rennes. À cette occasion, je fais la connaissance des onze autres inspecteurs qui y sont. Pour la plupart, ils sont issus des services de la Sûreté Urbaine.
Les deux années qui vont suivre ma prise de fonction vont être riches d'enseignements pour moi et tous les membres de la nouvelle Brigade Mobile, car, il faut le reconnaître, les moyens d'investigation qui sont mis à notre disposition dépassent ceux dont nous étions coutumiers dans nos commissariats respectifs.
Nous disposons, dés 1912, d'une automobile, une Penhard & Levasseur, ce qui remplace avantageusement nos bicyclettes devenues désuètes et inefficaces à poursuivre les criminels, qui, eux, disposent d'automobiles.
De plus, nous sommes familiarisés avec l'utilisation des fichiers anthropométriques, les empreintes, la photographie, ainsi que des

moyens de communication modernes, téléphone et messages télégraphiques vont nous aider dans notre lutte contre le crime.
Enfin, nous disposons d'une machine à écrire, ce qui simplifie grandement nos tâches administratives, car jusque-là, nous écrivions nos rapports, copies comprises, à la plume.
Il faut avouer, sans prétention aucune, qu'au cours de ces deux années, nos résultats furent bien meilleurs que ceux des services de police municipale ou de la gendarmerie, qui, à leur décharge, ne disposent pas des moyens et des méthodes d'investigation qui sont devenus les nôtres. Cet état de fait renforcera évidemment l'inimitié entre les services de police urbaine, la gendarmerie, et les membres de la Brigade Mobile, leurs inspecteurs étant déjugés et qualifiés parfois d'arrogants.
C'est à la fin de l'année 1913 que je me vois confier la première affaire sérieuse, l'affaire Louis Cadiou. Il s'agit d'une disparition. Tout au moins au départ. Louis Cadiou, un industriel de Landerneau, dans le Finistère, dirigeait à l'époque l'usine dite de la Grand-Palud, fabriquant la poudre pour les arsenaux.
Je pris donc le train afin de me rendre sur les lieux.
L'affaire avait été confiée à nos services après que la maréchaussée locale ait effectué les premières investigations, sans grand succès, malheureusement.
J'arrivai à la gare après plusieurs heures de voyage en troisième classe, car nous avions reçu des consignes afin de voyager exclusivement dans les wagons des classes populaires, alors même que nous avions la possibilité, de par décret, de voyager en première classe. Mais, comme aimait à pérorer le commissaire de la Brigade, ce n'est pas là que nous y trouverions les voyous.
Je posai donc le pied sur le quai de Landerneau fin décembre 1913. La locomotive dégageait beaucoup de vapeur, à tel point qu'on eût cru être en pleine campagne au beau milieu d'un rideau de brume matutinale, aussi me hâtai-je de quitter le quai déjà encombré de voyageurs.
Le froid mordait cruellement ce jour-là.
À Landerneau, je logeai dans une auberge, j'y déposai ma valise et me rendis sans plus de délai au bureau de gendarmerie où je pris connaissance des circonstances dans lesquelles Louis Cadiou avait

disparu auprès du capitaine, un certain Le Marec.
À mon grand regret, l'enquête allait piétiner plusieurs jours durant. Au point que je cédai à la tentation de recourir à Madame Camille Hoffmann, une voyante de Nancy qui avait été consultée par la Brigade Mobile dans d'autres affaires de disparitions et qui avait donné à chaque fois d'excellents résultats. Je transmis à la voyante, sans en référer à Le Marec, les informations en ma possession.
Celle-ci me confia que le corps de Louis Cadiou reposait sous une couche de terre à la lisière d'un bois qui se trouvait à quelques lieues de l'usine. Lors, j'engageai des recherches avec l'aide des quelques gendarmes mis à ma disposition. Je tus naturellement mes sources auprès de Le Marec.
Le capitaine Le Marec ne me semblait pas être le genre d'homme à croire à de pareilles billevesées (le terme revenait souvent chez lui), attitude que je jugeais dogmatique pour ne pas dire conservatrice. J'étais, pour ma part, partisan d'une plus grande ouverture d'esprit.
Pour les recherches, je ne disposais guère plus de cinq hommes. Nous prîmes des pelles et des pioches et enfourchâmes nos chevaux jusqu'aux bois des environs de Landerneau. Au bout de quelques kilomètres, je regrettais déjà la Penhard & Levasseur des Brigades Mobiles. Ses sièges étaient plus confortables que la selle des chevaux, de plus, il faisait très froid, ce qui ne facilitait pas les fouilles.
Nous découvrîmes effectivement, après des heures de recherches harassantes, le corps de Louis Cadiou. Exactement comme l'avait prédit Madame Hoffmann : enterré à la lisière d'un sous-bois.
Louis Cadiou avait été assassiné.
L'usine de la Grand-Palud sera d'ailleurs au cœur d'un scandale qui affectera de grands hommes politiques ainsi que des financiers bien des années après l'assassinat de l'industriel. Car la production des poudres nécessaires aux arsenaux français se faisait à partir des déchets de coton fournis par des usines allemandes, des déchets qui rendaient inefficace la poudre produite par l'usine de la Grand-Palud.
Je crois que Louis Cadiou fut assassiné parce qu'il avait découvert les desseins d'un groupuscule occulte dont j'aurai à parler plus avant dans mon récit. Mais en ce début d'année 1914, je fus dessaisi de l'affaire sans plus d'explication.
Je n'en avais pas terminé pour autant avec les énigmes du Finistère.

Qui n'a jamais parcouru ces terres ne peut ressentir cette impression de liberté qu'on éprouve à courir les côtes sauvages ainsi que la lande. Il y plane, par temps de brume, une atmosphère maléfique et mystique. Entre défiance et ravissement, c'est ce que m'inspiraient les paysages sauvages du Finistère ainsi que l'abbaye d'Hentkoll que j'entraperçus au cours d'une randonnée dans les Montagnes Noires où je me perdis, d'ailleurs. Jusqu'à ses bourgs moyenâgeux, ses pierres levées et les tables de granit dans lesquelles les paysans ont taillé pour construire leurs propres maisons. Ici, les gens portent encore les vêtements traditionnels, abandonnés depuis longtemps dans les villes, comme à Rennes ou même Morlaix, Brest ou Quimper. Il y avait là comme un anachronisme, deux mondes qui se touchaient.
Lors, je m'apprêtais, non sans regret, à rejoindre la Brigade Mobile de Rennes, quand je reçus un télégramme me commandant d'enquêter sur une nouvelle disparition, apparemment sans lien avec l'affaire Louis Cadiou.
Marie, une jeune femme de Landerneau, mais originaire de Bordeaux, n'avait plus donné signe de vie à ses parents, des commerçants, qu'elle avait quittés après une dispute avec le père voilà plusieurs mois, à propos d'un mariage arrangé que la jeune femme entendait refuser par sa fuite en Bretagne. La mère de Marie, inquiète de ne plus avoir de nouvelles de sa fille unique, avait envoyé un télégramme à la logeuse qui lui avait répondu que sa locataire n'avait pas donné signe de vie depuis huit jours. La mère avait alors fait part de ses inquiétudes à la Brigade Mobile de Bordeaux qui avait immédiatement adressé un télégramme à la Brigade de Rennes. J'informai le capitaine Le Marec de ma nouvelle mission, non sans lui laisser entendre que je pourrais encore avoir recours à ses services. Ce qui, je le perçus dans le frémissement de ses moustaches, n'était pas pour le satisfaire.
Lors, je me rendis chez la logeuse de la jeune Marie, à Landerneau, dans une maison à deux étages, à l'angle de la rue du Commerce et de la rue de La Riou. Ce jour-là, les rues étaient glissantes à cause de l'averse glacée qui s'était abattue sur Landerneau, et le cheval, un solide percheron tirant le fiacre dans lequel j'avais pris place, dérapait dangereusement sur les pierres humides. Fort de cette observation, je posai le pied avec précaution sur les pavés gelés.
Madame Kerempichou, la logeuse, n'avait pas encore reloué la

chambre de Marie, aménagée dans les combles.
J'examinai avec soin la pièce. Le lit, collé contre le mur blanc, tout près de la fenêtre à meneaux, était fait. Le petit cabinet de toilette dans lequel se trouvait une brosse à cheveux, un flacon de parfum et autres nécessaires de toilette était lui aussi irréprochable, ainsi que les vêtements parfaitement rangés dans une ravissante commode. Rien dans mes premières constatations n'indiquait que la jeune Marie avait quitté Landerneau. Sur la table qui servait à prendre ses repas, je remarquai un petit cadre de bois sous un bouquet de fleurs fanées ainsi qu'un encrier en forme de colombe. J'interrogeai la logeuse, il s'agissait bien d'une photographie de Marie. J'éprouvai, à la vue de cette jeune inconnue, une impression étrangement agréable. On ne devait plus pouvoir oublier son visage si finement sculpté, quand le hasard vous faisait croiser son regard au détour d'un chemin. Je questionnais Madame Kerempichou, plantée au milieu de la chambre mansardée, sur les fréquentations de sa locataire, mais je compris vite que je n'obtiendrais aucune indiscrétion de sa part tant elle se méfiait plus de la police que des voyous. Sa méfiance, je l'appris plus tard de la bouche du capitaine Le Marec, venait du fait que son mari avait été abattu par les gendarmes en 1905. L'homme, arrêté pour contrebande, avait tenté de s'enfuir après son interrogatoire, il était tombé sous les coups de fusil des militaires.
Dès lors, il me fallait découvrir, seul, les habitudes de Marie et rencontrer ses amis, si d'aventure la jeune femme en fuite avait lié connaissance à Landerneau.
Je remerciai Madame Kerempichou et pris congé en glissant subrepticement la photographie de Marie dans ma poche. C'est alors que j'eus l'étrange sentiment d'une présence à mes côtés, une présence maléfique. Ce fut comme une vague qui me traversa, une onde qui, l'espace d'un instant, me fit ressentir avec plus d'acuité les choses et les êtres autour de moi. Je dus pâlir, car la logeuse me regarda d'un œil inquiet, sans pour autant prononcer un mot.
Je quittai donc la maison et me retrouvai dans la rue.
Comme je n'avais encore rien avalé de la journée. Je descendis jusqu'au port afin de me restaurer. J'en profitai pour montrer la photographie de Marie au cafetier à qui j'avais commandé du fromage et du pain ainsi qu'une bière ambrée.

Mais personne ne connaissait Marie. Il ne me restait plus qu'à interroger les ouvrières qui travaillaient dans le même atelier que Marie, à l'usine du Grand Palud où je me rendis en fiacre, n'ayant pas d'automobile à ma disposition et ayant un souvenir pénible de ma dernière chevauchée.
Le chef d'atelier m'indiqua une ouvrière de l'âge de Marie, à l'en croire, les deux jeunes femmes s'étaient liées d'amitié. Pour le reste, je n'en appris pas plus que ce que je savais déjà, Marie n'était pas reparue à l'usine. Izabell, la jeune ouvrière originaire de Brest refusa tout d'abord de me parler, prétextant qu'elle ne savait rien. Cependant, devant mon insistance et devant la photographie de son amie que je lui montrai afin de provoquer chez elle une émotion propre à lui délier la langue, Izabell accepta de me parler, mais plus tard, quand son travail serait terminé, me dit-elle.
Je consacrai l'après-midi à interroger les chauffeurs de fiacre de Landerneau, mais aucun ne reconnut Marie. Cela me parut bizarre, mais sans doute Marie ne disposait-elle pas d'assez d'argent pour se payer un fiacre, oui, après tout cela était plausible.
Sur le chemin terreux qui me conduisit de nouveau à l'usine de la Grand—Palud, inconfortablement assis dans un fiacre qui transpirait un parfum entêtant, probablement celui d'une dame de Landerneau, je ne cessais de contempler le visage de la jeune femme. J'en éprouvais à la fois satisfaction et grande affliction, cela était des plus étranges. Je comprendrais, bien plus tard, la raison pour laquelle le destin m'avait conduit sur les traces de Marie.
Comme convenu, Izabell m'attendait au bord du chemin. Son attitude, je le remarquai immédiatement, était celle d'une personne qui se sent épiée. J'avoue moi-même que je ressentais comme une présence malfaisante sur ce chemin bordé par un sous-bois épais et obscur. Là même où le corps de Louis Cadiou fut retrouvé.
Je renvoyai le chauffeur et fis quelques pas avec la jeune femme avant de briser le silence qui s'installait entre nous. Je constatai combien elle était en lutte avec elle-même, torturée par sa crainte qu'il soit arrivé mésaventure à son amie, Marie, et soucieuse de ne pas la trahir par ses confidences.
Je ne la brusquai pas, afin de la mettre en confiance.
J'appris qu'elle travaillait depuis l'âge de seize ans à l'usine de la

Grand—Palud. Elle vivait avec sa mère. Son père ayant disparu en mer lorsqu'elle était enfant. Sa mère et elle étaient venues s'installer à Landerneau où toutes deux travaillaient maintenant. Izabell n'avait pas d'amoureux, non qu'elle soit disgracieuse ou de vilaine figure, mais je devinai que cette question l'indisposait, aussi n'insistai-je pas sur ce point.

En vérité, Izabell me l'avoua avec embarras plus loin dans notre conversation, elle était amoureuse de Marie. Toutes deux s'étaient rencontrées quelques mois auparavant sur le marché aux puces de Landerneau, celui que j'avais moi-même traversé quelques semaines plus tôt, à mon arrivée. Les deux jeunes femmes convoitaient un encrier en forme de colombe posé sur l'étal d'un marchand. L'encrier reposait maintenant dans la chambre de Marie.

Sur le marché aux puces, les deux femmes s'étaient aussitôt liées d'amitié et s'étaient donné rendez-vous le dimanche pour des promenades sur le port. Izabell avait présenté Marie au chef d'atelier de l'usine du Grand Palud, qui l'avait embauché. Car Marie, ayant épuisé ses maigres économies, menaçait de se retrouver à la rue, sa logeuse, Madame Kerempichou, n'étant pas ce que l'on peut appeler une âme empreinte de charité chrétienne.

Izabell me fit part, non sans une pointe d'amertume que trahissait le ton de sa voix, que malheureusement, Marie ne partageait pas ses sentiments. La jeune fugueuse avait souri à Izabell, offrant son amitié qui, selon Marie, était aussi une forme d'amour, un amour bien plus durable que la passion. Izabell avait accepté.

J'appris comment, à la fin de l'automne, lors d'une promenade sur le port de Landerneau, les deux amies s'étaient approchées d'un magnifique trois-mâts appartenant à un marin originaire de Morlaix. Celui-ci, sans doute séduit par le minois des deux jeunes femmes, les avait invitées à bord. Cet aveu me causa, sans que sur l'instant j'en comprenne véritablement l'origine, une pointe au cœur, une forme de jalousie dont je ne prendrais conscience que plus tard. Car il me faut le reconnaître ici, dès l'instant où je vis le portrait de Marie, j'en tombai amoureux, cela en dépit de toute logique et à mon corps défendant.

Izabell me confia que Marie fut séduite presque immédiatement par l'élégance du jeune capitaine du « Pourquoi Pas », le trois-mâts amarré dans le port de Landerneau. Celui-ci n'avait rien du vieux loup de mer irascible et borgne avec un perroquet posé sur l'épaule. Brun, souriant, le Capitaine leur avait offert des rafraîchissements ainsi qu'une visite guidée du navire qui, à l'en croire, devait partir en mission pour le Pôle Nord. Le trois-mâts faisait escale deux semaines dans le port de Landerneau avant de regagner la mer.

Le capitaine du trois mats était un aventurier dont le père, riche industriel de Morlaix, possédait une grande usine de conserves de poissons ainsi qu'une flotte de sept chalutiers. L'idée que Marie puisse appartenir à un autre me rendit maussade, je ne savais trop ce qui causait ce sentiment en moi et je tentai de me raisonner. Je devais avant tout recueillir le plus d'informations possible afin de conduire mon enquête et non me laisser aller à quelque état d'âme romantique. J'appris de la bouche d'Izabell que Marie était désespérée à l'idée que le trois mats lève l'ancre une fois son escale terminée. J'envisageai, non sans crainte, que la jeune Marie ait suivi son beau capitaine sur un coup de tête, mais il restait une énigme, son nécessaire de toilette et ses vêtements étaient toujours chez sa logeuse. Marie aurait-elle abandonné ses maigres affaires pour suivre un aventurier ? Je voulus alors me convaincre qu'elle avait été enlevée.

Izabell ne m'apprit rien de plus sur sa jeune amie, elles passaient le plus clair de leur temps en promenades et confidences futiles sur leurs rêves et leur enfance.

Le capitaine du port, que j'interrogeai sans plus attendre, après avoir pris congé d'Izabell, m'informa que le « Pourquoi Pas » se préparait à une longue expédition polaire. Il avait fait escale à Landerneau, semble-t-il, pour prendre à son bord trois marins expérimentés qui avaient déjà navigué au-delà du cercle arctique. Ainsi, se dirigeait-il vers le Pôle Nord.

J'essayai de joindre le capitaine par radio, en vain.

Je m'enquis du nom des marins, l'un deux était américain, ancien pilote de l'U.S. Army Air Service, selon la rumeur. Je me demandais ce qu'un pilote américain pouvait bien être venu chercher à Landerneau et j'interrogeai tout ce que comptait le port de marins. Je dus boire un nombre incalculable de bières dans tous les bistrots de Landerneau au cours des jours qui suivirent et j'en fus quitte pour une belle réputation d'écumeur de comptoirs. Je n'en appris guère plus sur mes trois lascars, si ce n'est d'un ivrogne invétéré qui, en échange de quelques verres,

me raconta une histoire étrange.
L'homme, un ancien marin au long cours, du nom de Mathurin Méheut, avait, me confia-t-il, traversé toutes les mers du globe. Le capitaine du « Pourquoi Pas » était venu en personne, toujours selon ses dires, lui proposer d'accompagner son expédition. Le bougre me dit d'un ton plein de mystère qu'il avait refusé. Car, à l'en croire, le capitaine conservait dans le coffre de sa cabine un objet de cristal qu'il n'aurait jamais dû avoir et qui, à coup sûr, causerait la mort de tout l'équipage. Ses paroles me firent l'effet d'un coup de poing, je songeais évidemment à Marie dont la photographie ne me quittait plus. Je voulus en connaître davantage sur la nature de l'objet maintenu au secret dans le coffre du navire qui avait pris la mer à destination de l'Arctique, mais l'homme se tint coi en dépit de mon insistance à le faire parler.
Il me fallait en savoir plus sur cette expédition, aussi décidai-je de me rendre à Morlaix afin d'interroger le père du capitaine du « Pourquoi Pas ».
J'appris ainsi que son fils habitait Cherbourg, place Sarrail, mais ce marin aguerri était la plupart du temps sur les océans. L'homme était manifestement très fier de son fils, mais quelque chose me disait qu'il nourrissait également des craintes, car, depuis plusieurs mois, son fils préparait en secret un projet d'exploration. Le père refusa de m'en dire davantage et je ne le brusquai pas, sachant qu'il me serait toujours possible de l'interroger de nouveau.
Je ne perdis pas de temps et fis des recherches afin de me faire une idée de la véracité des propos qui m'avaient été tenus par l'industriel de Morlaix et je découvris rapidement dans les archives de presse ce que je cherchais. C'était pour le moins étrange. J'appris, en effet, qu'un pilote de l'U.S. Army Air Service, peut-être celui qu'avait pris à son bord le « Pourquoi Pas », avait révélé l'existence, au-delà du cercle arctique, de terres libres de glace. Plus extraordinaire encore était la description qui en suivait.
Le pilote était-il devenu fou ? Est-ce pour cela qu'il avait dû quitter l'U.S. Army Air Service ? L'article, déjà jauni, racontait que les deux hommes s'étaient retrouvés, lors d'une mission, en survolant les étendues de glace du Pôle Nord, face à un spectacle incroyable. Les deux pilotes avaient dû traverser un nuage de brume assez épais durant plusieurs

minutes au cours desquelles leurs instruments de navigation s'affolèrent pour se dérégler totalement après avoir dépassé l'opacité brumeuse.
C'est alors que, sous leur fuselage, les deux pilotes aperçurent des terres libres de glace. Non pas des terres arides recouvertes de pierrailles, mais de végétations tropicales. Cela avait de quoi surprendre, surtout à cette latitude. Impossible, bien sûr, de vérifier leur position, car les instruments de bord étaient tous hors d'usage, ce qui tendait par ailleurs à prouver que les deux aviateurs avaient bien atteint le Pôle. On sait aujourd'hui que cette zone perturbe tous les instruments de navigation.
Je trouvai d'autres articles de presse mentionnant l'aventure quelque peu fantastique des pilotes américains. Les savants les plus éminents n'avaient pas hésité à qualifier le récit des deux aviateurs de l'U.S. Army Air Service : d'hallucinations délirantes ou de canular grotesque.
La retranscription des échanges radio faisait mention d'une végétation luxuriante là où, selon les scientifiques, ne devaient subsister que glace et froid extrême.
À perte de vue, disait le pilote, s'étendaient des plaines et des forêts ainsi qu'un lac immense, des paysages surréalistes s'offraient à leurs yeux sur des kilomètres carrés. Mais, plus fantastique encore que cette nature exubérante, les deux aviateurs affirmèrent avoir vu des spécimens d'animaux aujourd'hui disparus. Puis, constatant que leur réserve de carburant s'épuisait, le pilote de l'appareil manœuvra afin d'opérer un retour à la base. C'est alors que la radio, elle aussi, tomba en panne.
L'appareil traversa de nouveau la brume épaisse entourant ces terres d'éden, mais des turbulences endommagèrent sérieusement la carlingue et le bimoteur s'écrasa sur la banquise. Les deux pilotes furent récupérés à quelques milles du navire emprisonné dans les glaces arctiques, encore secoués par la vision fantastique des paysages dont ils avaient été témoins.
Ainsi l'équipage du « Pourquoi Pas » faisait-il route vers l'Arctique afin d'explorer ces terres libres de glace, découvertes par un aviateur américain. Et, j'en avais l'intime conviction, Marie se trouvait à son bord.
Je décidai d'interroger à nouveau ce Mathurin Méheut de Landerneau,

car ce vieux bavard ne m'avait pas tout dit, de cela aussi j'étais sûr.
Je repris donc le chemin de Landerneau.
Sitôt descendu du train, j'écumai tous les bistrots de la ville à la recherche du vieux loup de mer. Et, alors que je m'attendais à le voir attablé comme à son habitude, régalant de récits inventés de riches bourgeois en mal d'histoires de pirates contre quelques verres de rhum dont le bougre était friand, je ne trouvai pas trace du bonhomme.
Depuis mon départ pour Morlaix, Mathurin n'était pas reparu.
J'engageai le capitaine Le Marec à diligenter quelques recherches, craignant que mon amateur de rhum n'ait été victime d'un règlement de compte entre ivrognes.
Ses hommes découvrirent, quelques heures plus tard, Mathurin étendu dans un hangar désaffecté longeant le cours de l'Élorn au-delà des ponts.
Le pauvre gars était mort. Il avait reçu un coup de couteau au ventre et s'était vidé de son sang sur le sol terreux du hangar abandonné.
Mes craintes se voyaient justifiées, hélas.
La nouvelle secoua le monde des quais. Mathurin Méheut était un brave type, disait-on, ivrogne, mais pas méchant. Personne ne comprenait pourquoi le bougre avait été assassiné.
Cependant, j'allais apprendre de la bouche d'un pêcheur que Mathurin avait fait la rencontre d'une vieille connaissance, un drôle d'oiseau, pour reprendre l'expression du marin. Selon ce dernier, Mathurin était entré un soir dans un bistrot du port où mon pêcheur avait ses habitudes, et, contre toute attente, le vieux loup de mer lui avait payé à boire. Après quelques verres de rhum, Mathurin raconta que l'homme l'avait gracieusement payé pour lui révéler la vérité sur un objet soi-disant enfermé dans le coffre du « Pourquoi Pas ». Un objet dont l'étude donnerait accès aux portes d'un mystérieux continent.
Je donnai des ordres pour que Le Marec et ses hommes recherchent activement ce mystérieux inconnu.
Nous retrouvâmes sa trace à la capitainerie du Quai Léon, malchance nous en était, car l'étranger avait quitté les lieux la veille.
Je m'attachai pour ma part à recueillir son signalement afin de le communiquer à tous les postes de gendarmerie ainsi qu'à toutes les Brigades Mobiles. J'envoyai donc les télégrammes sans plus attendre, car le mystérieux inconnu disposait d'un jour d'avance.

Comme je le craignais, j'appris plus tard que cet homme ne figurait dans aucun fichier anthropométrique des Brigades Mobiles. Cependant, le signalement que j'avais transmis au poste de gendarmerie de Brest allait se révéler précieux.
Les investigations, qui dureraient trois jours entiers, nous apprirent que notre mystérieux capitaine était un américain du nom de Ronald Hubbard Lafayette. Son voilier avait mouillé plusieurs jours dans le port de Brest avant de repartir, deux jours auparavant, pour une destination inconnue. Le capitaine du port se souvenait parfaitement du yacht parce que, disait-il, plusieurs hommes armés le gardaient en permanence. Je me demandais ce que pouvait bien renfermer ce splendide bateau de luxe pour faire l'objet d'une surveillance aussi sévère.
À l'heure qu'il était, le voilier avait certainement quitté les eaux territoriales françaises et je ne disposais pas de crédit me permettant de me jeter à la poursuite de Ronald Hubbard sur tous les océans du globe. Mais j'étais à peu près certain que celui-ci s'était élancé dans le sillage du « Pourquoi Pas ». Espérant que le vieux Mathurin n'avait pas menti.
J'informai par radio les garde-côtes des présomptions de meurtre qui couraient à l'encontre de l'américain et leur demandai d'intercepter son yacht, je leur conseillai également la prudence du fait des hommes armés présents à son bord. Je n'avais aucune idée de la vitesse à laquelle filait le voilier de l'américain ni même l'avance qu'il avait prise en deux jours, mais j'étais certain qu'il n'avait encore pu rejoindre le « Pourquoi Pas ». J'essayai donc de joindre son capitaine par radio, sans succès. Lors, je craignais que le pire ne soit déjà advenu.
Mes craintes se virent confirmées le surlendemain. Le « Pourquoi Pas » avait été retrouvé abandonné au large des côtes d'Islande par des garde-côtes.
Informé par télégramme, je décidais de me rendre à Cherbourg, place Sarrail, afin de découvrir quelque indice me permettant de résoudre l'énigme de la disparition de Marie et de l'équipage du trois mats, sans oublier le meurtre du vieux marin Mathurin Méheut.
Le lendemain matin, je prenais donc le train pour Cherbourg et je me retrouvais Place Sarrail devant l'appartement du capitaine du trois mats. Qu'espérais-je y trouver ? Un indice me permettant de faire la

lumière sur toute cette affaire, oui, un moyen de retrouver Marie, sûrement.
Sur le palier désert, je crochetai la serrure assez aisément. Je devais cet apprentissage à un certain Joseph. Le malchanceux qui n'en était qu'à son tout premier cambriolage, s'était fait prendre le jour même de son larcin. L'étourdi avait eu la maladresse de perdre ses papiers sur le lieu de son forfait. C'était un pauvre bougre. Et comme les objets volés furent restitués à leur propriétaire, Joseph échappa de justesse à la prison en échange de quelques services qu'il rendit à la Brigade, dont le crochetage des serrures faisait partie, car l'homme était un virtuose en matière de serrurerie.
L'appartement du mystérieux navigateur était assez spacieux, un trois-pièces avec cuisine et commodités, dont un cabinet de toilette entièrement carrelé du plus bel effet. Le salon était couvert de bibliothèques dans lesquelles un bric-à-brac tout à fait insolite s'offrait au regard. Je crus reconnaître un sextant ainsi que diverses boussoles très anciennes. La chambre était tout ce qu'il y avait de plus conventionnel, un lit, une commode et une table sur laquelle se trouvait une lampe à pétrole et un livre qui me surprit tout d'abord, mais je comprends à présent la signification qu'il avait alors pour ce navigateur, explorateur de terres inconnues. Ce roman s'intitulait « Alice au pays des Merveilles » de Lewis Carroll.
Je quittai la chambre pour fureter dans le bureau. Sur la table de travail, je remarquai le papier à lettres décoré aux armoiries du navigateur, il s'agissait d'un triangle dans lequel se trouvait un œil unique et grand ouvert. Un sous-main ainsi qu'un porte-plume et un encrier en forme de goélette comportant trois fioles d'encre, une noire, une violette et une bleue. J'ouvris un des tiroirs du bureau et en sortis divers papiers, factures, listes et autres documents maritimes. Je trouvais, dans un autre tiroir, fermé à clef celui-là, une lettre très intéressante, écrite de la main même de l'explorateur.
Cette lettre, ou devrais-je dire ces notes dont l'ensemble formait un feuillet de dix pages, racontait l'histoire recueillie auprès de ce pauvre Mathurin Méheut, mort assassiné quelques jours auparavant.
Le vieux marin avait, semble-t-il, confié au navigateur l'histoire incroyable de deux pêcheurs norvégiens, Jens et Olaf Jansen, un père et son fils, qui étaient partis explorer le Grand Nord, au-delà du cercle

arctique. Les deux hommes naviguaient depuis plusieurs jours lorsqu'ils essuyèrent une terrible tempête. Contre toute attente, ils furent projetés avec le bateau dans les eaux paisibles d'un lac ou d'une mer intérieure.
Malheureusement, le père fut blessé deux jours plus tard en explorant ces terres sauvages et ils durent rebrousser chemin et affronter de nouveau une terrible tempête où Jens mourut de ses blessures avant de retrouver son village. Olaf, qui raconta son histoire, fut pris pour un dément et enfermé dans un hôpital psychiatrique où il mourut, probablement.
Le récit de cette découverte était alors arrivé aux oreilles d'un riche américain, un homme étrange, selon Mathurin, qui conservait un manuscrit enfermé dans le coffre de son yacht, gardé en permanence par six marins armés de fusils. Je retrouvais donc ce Ronald Hubbard Lafayette, lequel, je l'espérais, serait sous peu arrêté par les garde-côtes français.
Selon Mathurin, qui s'était aussi confié à une prostituée du port de Landerneau, amie intime du navigateur, le richissime américain aurait évoqué devant lui le terrible secret contenu dans le manuscrit mis au secret dans le coffre du voilier. Ce manuscrit ancien mentionnait la possibilité d'accéder par-delà un passage à des mondes inconnus.
Mathurin était alors pilote à bord du yacht, lequel écumait les mers sans relâche, explorant sans cesse la moindre parcelle d'océan à la recherche d'un passage.
Les notes du navigateur se terminaient par un étrange avertissement tiré du mystérieux manuscrit, j'en reproduis ici le texte : « N'est pas mort qui dort à jamais et au long des siècles peut mourir même la mort » Étrange aphorisme en vérité auquel je n'y entendais rien.
Sans perdre de temps, je décidai de retrouver la prostituée dont les feuillets du jeune explorateur faisaient mention afin qu'elle m'en apprenne plus sur Mathurin et ce qu'il lui avait sans doute confié sur l'oreiller. Mais, avant tout, il me fallait inspecter le trois mats que la marine française avait remorqué jusqu'au port de Cherbourg.
C'est là que je fis une découverte qui se révélerait décisive.

Fin du premier cahier

74

— Qu'en penses-tu ? Questionne Émile.
— À vrai dire, pas grand-chose. Je ne vois rien là-dedans qui pourrait t'aider à retrouver la trace du meurtrier.
— Guirec devait posséder l'intégralité du récit. Ce qui semble acquis, c'est que le Nécronomicon existe. Ce manuscrit, lorsqu'on en a déchiffré le sens, donnerait accès aux passages entre notre monde et un univers parallèle.
Caroline s'empare du cahier relié en cuir qui repose sur la table basse du salon.
— Si je pouvais obtenir des informations sur ce policier des Brigades Mobiles, j'en découvrirais peut-être plus.
— Il est sans doute mort aujourd'hui, dit-elle. Cela dit, son histoire est un peu difficile à croire. C'est vrai, depuis le temps, si un continent existait au-delà du cercle arctique, on l'aurait su, tu ne crois pas ?
— Je penserais comme toi si je n'avais vu de mes propres yeux le cadavre de Gaëlle et des deux garçons gisant dans les souterrains de la Citadelle. Imagine que ce continent ne soit accessible qu'en passant une porte spatio-temporelle.
— C'est dément…
— Non, réfléchis. Nos corps sont constitués d'ondes en vibration, la science la plus orthodoxe l'admet, on est même capable de les mesurer. Je me suis documenté là-dessus. Tout comme les autres mammifères de la planète, notre hypothalamus émet en permanence 7,8 hertz. La Terre produit, elle aussi, des ondes qui entrent en résonance avec notre cerveau, ce qui permet de maintenir l'équilibre entre notre organisme et le monde qui l'entoure. J'ai lu quelque part que les navettes spatiales sont équipées de générateurs d'ondes artificiels programmés sur 7,8 hertz, et sans lesquelles les astronautes libérés du champ magnétique terrestre connaitraient des ennuis de santé. Nous savons que notre cerveau génère différentes longueurs d'onde, certaines ont d'ailleurs été mesurées par les médecins qui effectuent des recherches sur le sommeil, ou ses troubles. Alors, imagine, Caroline, que notre cerveau ne soit qu'un instrument de perception qui, selon la longueur d'onde émise, peut entrer en résonance avec d'autres dimensions que la nôtre.

— Comme les ondes radio. Émetteur-récepteur.
— Oui, l'alignement des deux longueurs d'onde ouvrirait des passages. D'autres univers deviendraient perceptibles pourvu qu'on se branche sur le bon canal. Pourvu qu'on trouve la mire.
— Et tu crois que ce mystérieux manuscrit dont parle le policier est le même qu'a déchiffré Guirec, je veux dire ce fameux Nécronomicon ?
— J'en suis convaincu. Ce n'est qu'une question de vibration. Songe à l'hypnose, elle prouve sans l'ombre d'un doute que le cerveau est capable de percevoir d'autres réalités.
— D'accord, mais pourquoi quelqu'un voudrait-il tenir secrète cette faculté ?
— Qui peut savoir ce qui se passerait si demain on apportait la preuve irréfutable que le voyage dans le temps ou dans d'autres univers parallèles est possible.
— Toutes nos croyances deviendraient caduques. Tout serait remis en cause.
— L'inconnu a toujours engendré la peur, et la peur, les pires catastrophes. Des pseudo-messies prendraient le pouvoir.
— Comment ça ?
— Un gourou pourrait bien décréter que des légions de démons sont à nos portes. Je te laisse imaginer les conséquences économiques pour le pays si plus personne n'allait au boulot, si tous les gens qui vivent sur cette foutue planète n'avaient plus qu'une idée en tête, découvrir la vérité, et à défaut, s'en inventer une. On sortirait d'une illusion pour tomber dans une autre. Sans compter que dans l'autre monde, on pourrait aussi prendre peur. Le chaos adviendrait.
— Ce serait la guerre.
— Une guerre des mondes.
— Je n'arrive quand même pas à imaginer qu'on puisse nous cacher ainsi la vérité.
— Enfin Caroline, s'agace Émile, tu oublies que pendant des siècles les religions ont maintenu le peuple dans l'ignorance. Tu oublies que quand le cœur de la centrale nucléaire de Tchernobyl est entré en fusion, le gouvernement français nous a soutenu, schémas à l'appui, que les nuages radioactifs n'avaient pas franchi les frontières de l'hexagone. On sait aujourd'hui que c'était faux. Sans compter cette foutue crise économique dont on nous parle comme d'une catastrophe

naturelle contre laquelle on ne pourrait rien.
— Nous sommes bercés d'illusions, convainc-t-elle.
— Tu comprends, à présent, pourquoi les histoires de disparitions jamais élucidées ou encore les récits d'explorateurs qui se sont approchés des pôles sont enterrés ou décrédibilisés. Elles ont pourtant un point commun...
— Lequel ? Demande Caroline.
— Une perturbation des ondes électromagnétiques. Réponds Émile. Les pôles sont connus pour être des endroits où le magnétisme est très puissant, en témoignent les boussoles et autres instruments de mesure de l'aviation qui se dérèglent dès qu'on s'en approche. D'ailleurs, aucune ligne civile ne s'y risque. Pourtant, on gagnerait du temps et du carburant en passant par-dessus les pôles plutôt que de les contourner.
— Tu crois que des gens savent ? Qu'ils nous manipulent ?
— Je crois que de tout temps des hommes ont su la vérité, ils ont été réduits au silence ou ils ont disparu. Tu sais que j'ai effectué quelques recherches sur le Nécronomicon, ajoute-t-il, mais je me suis aussi documenté sur les histoires insolites et je suis tombé sur un fait divers intéressant... L'affaire a été relatée dans les journaux de 1950. L'article raconte qu'un piéton s'est fait renverser par une automobile. Transporté à l'hôpital, où il est mort quelques minutes après son arrivée, la police a constaté, tout comme le médecin qui l'a ausculté d'ailleurs, que l'inconnu était étrangement vêtu...
— Tu veux dire, d'une façon futuriste ?
Émile sourit.
— Pas vraiment. L'homme, dit-il, portait un pantalon collant à damier, des chaussures montantes à boucle et une veste qui était à la mode dans les années 1800. Dans ses poches, les enquêteurs trouvèrent de la monnaie datant du dix-neuvième, autant dire qu'en 1950 elle n'avait plus cours. Ils tombèrent également sur une lettre dont le cachet indiquait la date de 1876. Les seuls éléments d'identification se résumaient à des cartes de visite retrouvées dans la veste de la victime, au nom de... Rudolf Fentz, je crois. Les enquêteurs regardèrent dans l'annuaire et, à l'époque, en 1950, l'unique Fentz habitant la ville se trouvait être une femme. Quand les enquêteurs lui firent une description de l'homme qui s'était fait renverser dans la rue, la vieille

dame se troubla et voulut absolument voir le mort. Et tiens-toi bien, devant le corps étendu à la morgue, elle affirma qu'il s'agissait de son grand-père disparu en 1876 de façon tout à fait mystérieuse. Tout comme les témoignages recueillis sur le lieu de l'accident qui laissaient entendre que l'homme avait l'air complètement désemparé. À l'époque, un passant dit l'avoir vu traverser la chaussée, absorbé, semble-t-il, par les bâtiments qui s'élevaient autour de lui, lorsqu'une voiture l'a percuté.
— Tu penses qu'il a traversé le temps ?
— Oui, le pauvre gars a fait un bond de soixante-quatorze ans dans le temps. Sans doute suite à une perturbation électromagnétique localisée. Il s'est trouvé au mauvais endroit au mauvais moment. Il est mort sans rien comprendre de ce qui lui arrivait.
— Et pour en revenir aux meurtres de Guirec et des autres ?
— Je suis convaincu que Guirec avait fait le lien entre les légendes et croyances en d'autres mondes et des passages permettant d'y accéder ; entre certains manuscrits anciens, comme le Livre d'Eibon et le Nécronomicon, et l'enquête de cet inspecteur des Brigades Mobiles de Rennes au début du siècle dernier. Il avait compris ce que depuis des millénaires l'Église chrétienne essaie de nous cacher.
— Mais quoi ?
— Nos origines... des origines qui ne sont pas divines selon toute vraisemblance, et je pense que le policier des Brigades Mobiles l'avait découvert lui aussi. Sinon, comment interpréter ses paroles sur le fait que sa vie n'était pas la sienne, autrement dit qu'il avait conscience du mensonge dans lequel il vivait ?
— Je ne comprends pas... enfin, quoi..., il y a eu Darwin et la théorie de l'évolution entre-temps et plus personne ne croit depuis des lustres en la création de l'homme par Dieu.
— Ce n'est pas tout à fait vrai, mais passons. Et si, ni Darwin, ni l'Église n'avaient raison !
— Oui, et alors ?
— Et alors ? Et si nous n'étions qu'une illusion ?
— Comment ça !
— Une sorte d'hallucination qui se poursuivrait en dehors de la pensée qui l'a créée. Ou encore des êtres génétiquement modifiés à partir d'une souche animale.

— Émile, et si tout ça, c’était des histoires, si ce n’était qu’une affaire d’argent. Après tout, le Nécronomicon et autres manuscrits interdits doivent valoir un paquet de fric s’ils sont aussi vieux qu’on le prétend. Imagine qu’un type ait monté toute cette affaire pour mettre la main sur des livres anciens n’étant, d’ailleurs, jamais censés avoir existé.
— Ou si j’étais simplement en train de délirer…
— Non, mais reconnais que c’est incroyable. Après tout, est-ce que tu es sûr que c’est le cadavre de Guirec qui a été retrouvé broyé dans son appartement ?
— Maryse l'a identifié.
— Et si elle avait menti ?
— Où veux-tu en venir ?
— Imagine que l’écrivain ait monté toute cette histoire avec la complicité de sa petite amie pour s’emparer de manuscrits anciens et qu’il l’ait liquidée quand il n’a plus eu besoin d’elle. Le cadavre qu'elle a identifié pourrait être celui d’un clochard, assassiné au hasard pour faire croire à la mort de Guirec Beryann.
— Il y a Gaëlle et les autres…
— Ils faisaient sans doute partie du plan orchestré par l’écrivain afin de te faire croire au scénario que Maryse allait te servir pour t’impliquer dans cette affaire.
— J'y ai pensé, moi aussi, mais dans quel but ? Je veux dire pour quelle raison aurait-il voulu m’impliquer dans le meurtre de cinq personnes ?
— C’est ce qu’il faut découvrir.

75

Plusieurs mois se sont écoulés depuis la découverte du cahier relié en cuir sur le corps sans vie de Maryse. Ce même cahier volé par Émile quelques jours plus tard dans les locaux de la Brigade Criminelle de Lille.
Le lieutenant Mégrais, seul devant son bureau, enchâssé au milieu d'une nappe de brume aux effluves de tabac bon marché, est convaincu que toute cette affaire est liée à un trafic de manuscrits anciens. L'incunable dérobé par Maryse, serait estimé à plusieurs millions d'euros. De quoi faire tourner la tête aux esprits les plus endurcis à l'épreuve de la tentation.
La police recherche toujours activement le bouquiniste, mais l'enquête, il faut bien en convenir, est au point mort. Septembre touche à sa fin et les policiers sont pessimistes sur les chances de retrouver le fugitif et le précieux manuscrit, car tous deux, pensent-ils, doivent avoir quitté le territoire national.
Les enquêteurs en sont maintenant à peu près certains.
Les services d'Interpol ont largement diffusé le signalement du bouquiniste, et, si comme le croit le lieutenant Mégrais, le fugitif s'est enfui à l'étranger pour revendre l'incunable dérobé par Maryse, la police devrait finalement retrouver sa trace sur le marché international des objets d'art.
Mais le lieutenant de police se trompe, Émile n'a pas quitté la capitale de Flandre.
L'ancien bouquiniste de la rue de Gand est resté en planque durant tout ce temps chez l'ex-comédienne, ne sortant que la nuit pour prendre l'air. Cherchant sans relâche un lien entre son histoire et celle des meurtres engendrés par un mystérieux manuscrit qui semble traverser le temps. Laissant derrière lui des victimes à chaque époque.
Personne, hormis Caroline, ne sait où se terre Émile qui a passé l'été comme un reclus, lisant tout ce qui lui tombait sous les yeux, dont les livres de Guirec Beryann qui lui ont laissé une étrange impression.
La solution de l'énigme se trouve dans les livres, mais l'ex-bouquiniste n'est pas parvenu à le comprendre.

76

La nuit est calme.
Tout semble tranquille dans les rues du Vieux Lille.
Vers 23 heures, une averse aussi soudaine que brutale a inondé les trottoirs, rafraîchissant l'atmosphère.
Dans l’appartement de Caroline, le salon, donnant sur les pavés humides, est traversé par un rayon de lumière diaphane. Une lumière pâle, diffusée par un vieux réverbère sur lequel tous les chiens du quartier viennent uriner à la tombée du jour, dans un rituel immuable.
Sur le divan, une forme humaine respire paisiblement.
Caroline n’a pas insisté quand Émile, le fugitif, a proposé d’y dormir juste après le vol du cahier relié en cuir dans le bureau du lieutenant de police, il y a plusieurs semaines de cela.
Un pistolet automatique est posé sur la table basse du salon, à portée de main, l’arme scintille dans la semi-obscurité.
Dehors, une silhouette observe les fenêtres de l’appartement de Caroline... immobile. Une silhouette dont le visage est dissimulé dans la pénombre d'une porte cochère.
L'Ombre veille.
Soudain, Émile se dresse sur le divan, les yeux grands ouverts. Quelque chose l’a tiré de son sommeil. Un mauvais rêve.
Dehors, le lampadaire clignote dans un grésillement qui va crescendo, puis l’ampoule claque.
Le salon où Émile se tient debout est alors plongé dans l’obscurité, la lampe du réverbère vient de griller. Des pas résonnent sur les pavés.
Émile s’approche prudemment d’une fenêtre, il a juste le temps d’entr’apercevoir une ombre disparaître au coin de la rue.
« Inutile d’essayer de me rendormir, je n’y parviendrai pas. Était-ce lui dehors ? Non, avec tous les flics qui sont sur mes talons, il ne prendrait pas le risque de venir jusqu’ici. Ce n’est même pas sûr qu’il sache que je suis là. Il est probable qu’il soit déjà dans le Morbihan. Comment fait-il ? Caroline a peut-être raison, ce n’est peut-être qu’une machination destinée à détourner l’attention des enquêteurs sur des meurtres rituels, mais pourquoi moi ? Pourquoi quelqu’un voudrait-il me faire passer pour un psychopathe ? »
— Émile ?

— Caroline, je suis désolé de t'avoir réveillé. Je n'arrivais pas à dormir...
— Moi non plus, mais pourquoi restes-tu dans le noir ?
— Je préfère ne pas attirer l'attention.
— Tu veux que je fasse du café ?
— Oui, pourquoi pas ?
Caroline pénètre dans la cuisine et allume le néon qui clignote un instant au-dessus de la gazinière avant que sa lumière ne se stabilise. Son pyjama de satin blanc semble trop grand pour elle. Elle remonte les manches qui masquent ses mains et s'empare d'une cafetière italienne.
Plusieurs semaines se sont écoulées depuis l'évasion d'Émile, et Caroline ne désespère pas que le bouquiniste accepte enfin de partager son lit. Elle se dit que le temps viendra à bout de cette distance entre eux.
Elle est amoureuse, comme au premier jour.
Elle est heureuse et triste à la fois, et espère, encore une fois, que l'amour illuminera sa vie.
Les minutes passent, égrenant le silence.
Dans une heure, le jour sera levé et avec lui toutes les angoisses nocturnes disparaîtront du monde. Du moins, jusqu'à la nuit prochaine, respectant un cycle éternel entre l'ombre et la lumière.
Lorsque Caroline reparaît dans le salon, tenant un plateau entre les mains sur lequel sont disposées deux tasses remplies de café fumant ainsi qu'un morceau de sucre, une cuillère et un pot de miel, Émile, confortablement installé sur les coussins du canapé, vient juste de refermer un épais volume encyclopédique posé sur ses genoux.
— Sais-tu qui est, ou, devrais-je dire, qui était, Ronald Hubbard Lafayette ?
— Comment tu arrives à lire dans cette obscurité ?
— Il ne fait pas si sombre, d'ailleurs le jour commence à se lever.
— Alors ? Qu'as-tu découvert à propos de ce Lafayette ?
— Tout comme Guirec, il était écrivain, auteur de science-fiction. Mais ce n'est pas le plus intéressant, écoute un peu ça, Ronald Hubbard Lafayette est aussi le père de la dianétique.
— La dianétique ?
— Oui, je ne m'y connais pas vraiment, mais il s'agit d'une méthode de manipulation mentale qui aurait le pouvoir de débarrasser celui ou

celle qui la subit de toutes ses attitudes néfastes causées par les traumatismes liés à son histoire.
— Un peu comme une psychothérapie.
— Oui. La dianétique parle d'engrammes pour signifier ces attitudes psychologiques qui nous poussent à réagir ou nous font ressentir des émotions négatives. Quoi qu'il en soit, la dianétique est à l'origine de la création de l'église de scientologie, une des sectes les plus puissantes au monde.
Caroline, assise dans l'un des fauteuils du salon, une tasse de café à la main, semble s'abîmer dans la contemplation des motifs imprimés sur le tapis sur lequel repose la table basse. Émile la regarde, assis dans le divan qui lui fait face. Ils restent ainsi, un long moment, silencieux. Puis, le regard de Caroline se pose sur l'arme automatique qui se trouve près du plateau sur lequel des perles de miel scintillent comme de minuscules pépites d'or.
Des rides marquent soudain son front, comme si une pensée venait de la traverser.
— Tout pourrait s'expliquer…
— Que veux-tu dire ?
— Eh bien… imagine que l'église de scientologie détienne vraiment un secret nous concernant, je veux dire concernant l'humanité, un secret connu seulement des dirigeants de l'organisation. Après tout, on sait que certaines sectes n'étaient que des paravents dont se servaient d'autres mouvements occultes pour agir comme le Groupe de Tulé et le parti nazi. Imagine que Guirec ait réussi, avec l'aide de Maryse, à déchiffrer d'anciens manuscrits, comme ce fameux Livre d'Eibon ou le Nécronomicon, imagine qu'il ait découvert ce secret lui aussi. Guirec appartenait peut-être à un de ces groupuscules ésotériques qui luttent secrètement contre d'autres organisations pour garder ou s'approprier certains secrets ou trésors.
— Et tu penses que je suis tombé en plein dans une guerre des sectes ?
— Écoute, ton beau-père était franc-maçon à ce que tu m'as dit et lui aussi a été assassiné dans des conditions étranges.
— Oui, mais ça ne colle pas avec ce que Maryse m'a raconté. Et puis, qu'est-ce que je viendrais faire au beau milieu de ce règlement de compte ?
— Tu as sans doute raison.

— Toute l'affaire tourne autour de la possession ou de la compréhension d'un manuscrit ancien, c'est ce que ce policier des Brigades Mobiles de Rennes semble suggérer lui aussi. Nous ne saurons probablement jamais ce qui lui est arrivé, mais je pense qu'il a poursuivi son enquête jusqu'à son terme et mis la main sur ce manuscrit.
— Crois-tu qu'il ait retrouvé Marie ?
— J'en doute un peu, mais cette affaire a dû l'obséder sa vie durant et il s'est très certainement intéressé aux disparitions inexpliquées. Il a peut-être fini par découvrir la vérité. Qui sait. L'équipage du « Pourquoi Pas » a peut-être disparu quelque part dans une brèche ouverte dans l'espace-temps. Et je pense que le policier des Brigades Mobiles le soupçonnait. Comment est-il parvenu à le découvrir ? Ça, nous ne le saurons jamais. Mais si ce que m'a raconté, il y a quelque temps, un informaticien, concernant des expériences menées par l'armée américaine, est vrai, alors nous ne pouvons plus douter que d'autres dimensions que la nôtre existent bel et bien. Souviens-toi de l'histoire de ce Fentz qui a trouvé la mort dans un accident de voiture en 1950.
— J'ai entendu parler de disparitions de ce genre, mais je n'y ai jamais cru.
— Depuis le début de cette histoire, Caroline, je nage en pleine irréalité, et pourtant, il faut se rendre à l'évidence, on ne peut tout connaitre et l'univers recèle des mystères bien plus incroyables que les œuvres d'imagination des écrivains et cinéastes fantastiques. Nous sommes passés d'un obscurantisme religieux conservateur à un scientisme imbu de son savoir, écartant et niant tout ce qu'il ne parviendra jamais à expliquer.
— Qu'allons-nous faire, Émile ?
— Quel dommage que tu n'aies pas Internet, nous pourrions tenter de retrouver ce policier, qui sait, il est peut-être toujours vivant.
— Il y a un cybercafé pas loin d'ici, je peux y faire un saut et effectuer des recherches, je ne crois pas que ça nous mène nulle part, mais on ne sait jamais, dit-elle.
— Guirec, mais d'autres avant lui, Caroline, ont découvert l'existence d'autres dimensions de la réalité et le moyen d'y avoir accès. Il est probable qu'ils n'en sont jamais revenus, perdus dans un temps différent de celui dans lequel ils vivaient. Guirec, lui, a découvert le

moyen de voyager dans ces autres dimensions et d'en revenir, mais il a commis une erreur…

— Émile… dis-moi, qu’y avait-il sur cette photographie ?

77

Dans l'appartement de Caroline, le visage d'Émile, étendu sur le divan, est parcouru de mouvements oculaires, signe que son cerveau est plongé dans un sommeil paradoxal.
L'ex-bouquiniste de la rue de Gand s'est allongé un instant après le départ de l'ex-comédienne et a sombré dans un rêve singulier...

D'aussi loin que porte le regard humain, on peut apercevoir des pierres qui se dressent parmi la végétation. Dans une clairière entourée d'arbres majestueux, des hommes armés de lances et d'épées, dont la peau est recouverte de tatouages étranges, renversent la grande pierre sacrée des Anciens.
Dans le fracas de sa chute, soulevant poussière et cris d'allégresse, elle s'est brisée en trois morceaux. Elle gît à présent sur le sol comme un animal agonisant et le sang des sacrifiés est répandu sur la roche.
Puis, la horde sauvage emporte l'un des énormes blocs de granit à travers un sentier menant vers l'océan.
La nuit envahit rapidement le monde et l'obscurité devient totale.
La pierre brisée constitue maintenant le plafond de la chambre d'un curieux édifice enfoui sous la terre et la rocaille. Des chamans, dont le corps nu est recouvert de signes anciens, poussent un démon enchainé vers le passage rocheux conduisant à sa dernière demeure.
Le démon hurle, résiste de toute sa rage pour échapper à sa prison, mais les incantations l'obligent, telle une force invisible, à reculer jusqu'à la chambre souterraine face au cercle de pierre.
Le passage est alors scellé pour l'éternité...

78

Caroline marche, songeuse, sur le chemin pavé qui contourne la cathédrale Saint-Sauveur. Une cathédrale dont la rénovation de la façade a pris des années. Le résultat est un mélange baroque d'art gothique, de métal et de pierre taillée, en plein cœur du Vieux Lille.
Le chemin qui contourne la cathédrale est isolé, pris au piège entre les murs épais de l'édifice et les arrière-cours des maisons de quatre étages qui l'entourent, et dont les devantures rénovées se trouvent de l'autre côté, invisibles d'où se tient la comédienne. Elle sait, pourtant, combien ces rues grouillent de monde, des gens apparemment normaux, assis aux terrasses des cafés, convoitant les robes ou les pâtisseries dans les vitrines des commerçants, livres, bibelots, peintures et autres bricoles qui finiront par encombrer leurs étagères. Mais Caroline est loin de cette agitation, si loin et pourtant si proche, ici, derrière la cathédrale, tout est si paisible.
Deux mondes coexistent, songe-t-elle, celui du silence et du recueillement, pavé de blocs de pierre envahis par l'herbe si tenace des villes, à l'ombre de ses murs ombragés par les branches chargées des châtaigniers… et celui des rues commerçantes avec sa foule, ses couleurs et ses bruits. Deux mondes qui se touchent et qui sont si différents. Séparés par une mince frontière constituée d'immeubles anciens. Et parmi ces gens qu'elle imagine défiler devant les vitrines des commerçants, combien savent que cet endroit existe, combien s'y sont déjà arrêtés ? Caroline ne peut s'empêcher de faire le parallèle avec les révélations d'Émile.
Qui est Émile ? Au fond, Caroline prend conscience qu'elle ne le connait pas vraiment. Tout ce qu'elle sait, c'est qu'elle est encore amoureuse de lui. Mais elle ne connait rien de son passé, ou presque. Caroline n'a jamais été que la maîtresse de cet homme qui lui a toujours paru si différent et si attirant, un homme qu'elle a préféré quitter parce qu'elle ne supportait plus de le partager.
Les moments trop rares passés à ses côtés n'ont jamais été que des instants délicieusement romantiques. Ils ne se sont jamais vraiment parlé de leur vie, ils étaient bien trop occupés à la brûler. Les deux amants n'ont jamais eu le temps de se quereller, ils ne se sont jamais fait de reproches.

La comédienne se remémore leurs longues promenades, elle se rappelle leurs week-ends en amoureux. Elle se souvient... et des larmes perlent sur ses joues, alors même que ses lèvres esquissent un sourire de bonheur nostalgique.
Caroline n'a pas envie de rentrer immédiatement rejoindre Émile qui l'attend dans son appartement, elle se sent trop émue pour affronter son regard. Elle décide de marcher encore un peu dans les ruelles du Vieux Lille, elle a besoin de penser.
Émile lui a décrit la photographie que Maryse lui avait montrée dans la boutique de livres anciens, rue de Gand. Il s'agit d'un sosie du bouquiniste aux côtés d'un autre homme ayant les traits de Guirec Beryann. Tous deux posent souriants devant un bureau sur lequel sont disposées trois piles de livres. Une photo qu'Émile n'a pas eu la curiosité d'étudier minutieusement lorsqu'il l'a eue en main.
Les paroles de Maryse l'avaient quelque peu chamboulé, il est vrai. Pourtant, si le bouquiniste avait regardé de plus près ce cliché, il aurait peut-être compris...
Assise sur un bloc de pierre, Caroline se demande si dans une autre dimension que la sienne, un double d'Émile existe, différent de celui qu'elle aime. Un « Émile » qui est sans doute responsable des meurtres qui ont été commis ici, depuis le début de l'été.
Quelle mort atroce ont subie Guirec, l'écrivain de Romans fantastiques qu'elle avait découvert l'année dernière en furetant dans les rayons de la Fnac, et les autres..., Maryse sa petite amie, la jeune interne des urgences... et les deux étudiants en archéologie. Il y avait aussi le père de Sophie, l'épouse du bouquiniste, retrouvé nu dans sa cave, baignant dans ses grands millésimes.
Émile lui avait dit que son beau-père était franc-maçon, tout comme celui de Caroline, d'ailleurs.
Avait-il été assassiné parce qu'il appartenait à la franc-maçonnerie ou n'était-ce qu'une coïncidence.
Peut-être pas.
Émile lui a confié que son beau-père travaillait sur la signification des cercles de pierres. S'il avait découvert quelque chose, personne hormis l'assassin n'était au courant à présent.
Émile supposait que sa mort n'avait d'autre utilité que de l'éloigner de Sophie, lui faire perdre pied et l'isoler de son monde pour le

déstabiliser. Mais le meurtrier avait commis une erreur, il ne savait pas qu'elle, Caroline, était là et qu'elle ne laisserait pas tomber le bouquiniste.

Caroline l'aiderait, même si sa propre vie était en danger.

Oui, elle ne lâcherait pas la main d'Émile, elle préférait mourir que de le perdre à nouveau. Parce que finalement, sans lui, sa vie était aussi vide qu'une page blanche.

79

Un cliquetis de serrure alerte le bouquiniste.
— Caroline ! J'étais inquiet, dit Émile en la voyant pénétrer dans le salon.
— Désolée, j'avais besoin de marcher un peu… tu comprends ?
— Est-ce que tu as trouvé quelque chose ?
— Oui, dit-elle en se fendant d'un sourire fatigué.
— Tu as retrouvé Fernand Menez ?
— Il y a cinq cent quatre-vingt-un Menez en Bretagne, dont quatre cent soixante-neuf pour le seul département du Finistère…, et un seul Fernand Menez.
— Où vit-il ?
— Attends, j'ai noté ça quelque part, dit-elle en fouillant dans son sac à main… voilà ! Il habite Le Folgoët, c'est dans le Finistère. Cela dit, je ne crois pas que ce soit lui, il aurait quoi, dans les 130 ans ?
— Environ, confirme Émile. Tu as sans doute raison, même s'il était encore en vie, il serait dans une maison de retraite aujourd'hui...
— On ne risque rien à essayer… sauf peut-être de passer pour des fous. Voilà le numéro.
« 63 61 22 73 32 ».
Émile observe les chiffres inscrits sur le bout de papier que lui a remis Caroline. Il ne sait pas pourquoi, mais quelque chose le trouble et cela se lit sur son visage.
— Qu'y a-t-il ? Demande Caroline.
— Rien... c'est juste un truc qui me vient à l'esprit. Regarde ces chiffres, dit-il, concentrer. Quand tu fais correspondre les touches du clavier du téléphone avec les lettres qui s'y trouvent, ça donne un mot.
— il y a trop de lettres...
— Non, l'interrompt Émile. La touche 6, et le chiffre 3 pour la troisième lettre, ça donne un « O ». La touche 6, première lettre, un « M »..., tu suis la logique ?
— Oui... en effet, dit-elle, c'est curieux. Mais qu'est-ce qui te préoccupe autant, ce n'est qu'un mot.
Le bouquiniste se tourne vers son amie et plonge son regard dans celui de la jeune femme. L'isolement dans lequel il est confiné depuis plusieurs semaines aurait-il altéré son esprit, s'interroge Émile. À

moins que son subconscient ne tente de lui révéler l'énigme qui entoure sa vie.
— Je sens cette « ombre » roder autour de moi, Caroline. Une ombre qui a fait basculer mon existence entière sans que j'en comprenne la raison. Ce mot est une synchronicité... c'est un signifiant que je ne parviens pas à relier à ce qui m'arrive, mais ça a un sens.
— Ça paraît compliqué...
— Oui, avoue Émile. D'autant qu'il n'existe qu'une seule anagramme à ce mot : « brome ».
— Qu'est-ce que c'est ? Interroge Caroline.
— Un élément extrêmement toxique qui produit des vapeurs rougeâtres. Elles provoquent des suffocations qui peuvent être mortelles. C'est aussi une plante qui vit dans les lieux isolés, ajoute Émile. J'ai l'impression étrange que ça signifie quelque chose, mais j'ignore ce que c'est au juste.
— On n'est pas obligé d'aller là-bas, dit Caroline. On peut partir à l'étranger, construire une nouvelle vie...
— Il y a cette ombre malfaisante, dehors, qui attend que je commette un faux pas. Elle ne me laissera pas en paix tant que je ne l'aurais pas affrontée et j'ai besoin de toi pour y arriver.
— Je suis avec toi, le rassure Caroline.
— Alors, appelons ce Fernand Menez, c'est peut-être notre seule chance d'en apprendre davantage sur toute cette histoire.
— Que vas-tu lui dire ?
— Je fais confiance à mon intuition, répond-il, souriant.
Émile pianote sur le clavier du téléphone. Une mélodie improvisée s'égrène au hasard des touches numérotées sur lesquelles Émile pose successivement le doigt pour composer le numéro de Fernand Menez.
Caroline a basculé l'écouteur sur le haut-parleur.
Leur visage à tous deux exprime une tension qui s'épaissit au rythme des tonalités.
Cinq sonneries retentissent... le bouquiniste est prêt à raccrocher, mais quelque chose lui dit de patienter quelques secondes encore.
— Allô !
Émile respire profondément.
— Monsieur Fernand Menez ?
À l'autre bout de la ligne, c'est la voix d'un homme mûr qui répond.

— Oui… qui est à l’appareil ?
— Vous ne me connaissez pas, Monsieur, je vous appelle parce que je suis à la recherche d’un policier qui a appartenu aux Brigades Mobiles de Rennes dans les années 1920.
— Qui êtes-vous ?
Émile croise le regard de Caroline, elle le suivra où qu’il aille, il le sent.
— Je suis bouquiniste… j’ai trouvé des documents qui appartenaient à un policier des Brigades Mobiles qui était en poste à Rennes dans les années 1920, il s’appelait Fernand Menez.
Un silence s'installe, mais Émile n'ose le rompre, de peur de perdre le seul lien dont il dispose pour tenter d'éclaircir l'énigme qui le plonge dans un océan de doute sur ce qu'il est vraiment.
— C’était mon père, articule enfin l'homme à l’autre bout de la ligne.
Les deux amants d'autrefois croisent leur regard. Finalement, ils n’y croyaient pas en composant le numéro sur le clavier téléphonique, et l’espace d’une seconde, l’un et l’autre se trouvent déroutés.
— Accepteriez-vous de me rencontrer, Monsieur Menez, j’aimerais beaucoup m’entretenir avec vous concernant une affaire sur laquelle votre père a enquêté.
De nouveau, le silence s'impose.
— Monsieur Menez ?
— Oui…, quand souhaiteriez-vous passer ?
Émile se tourne vers Caroline, l'interrogeant du regard.
— Dans huit jours, cela vous conviendrait-il ?
— Oui… je vous donne mon adresse…
Caroline se saisit du bloc-notes et du crayon, posés près de la base du téléphone, ses gestes trahissent une certaine nervosité. La mine griffe la feuille de papier qui se noircit d’arabesques. Puis, Émile remercie Fernand Menez et raccroche.
— Bien, il nous reste plus qu'à préparer les valises, dit-il l'air grave.
Caroline inspire profondément, le moment qu'elle redoutait approche.
Émile ne parle pas, noyé dans ses pensées.
Il n'est pas question qu’ils prennent le train, la police est toujours à sa recherche et, à l’heure qu’il est, son signalement doit figurer partout sur le territoire. Émile Tiembpont est considéré comme un dangereux criminel, en cas de contrôle, il aura probablement à sortir son arme s’il veut conserver sa liberté.

Le fugitif ne sait pas encore s'il aura le courage de tirer sur des policiers, il pourrait se contenter de les blesser s'ils tentaient de l'arrêter, mais il risque lui-même d'être tué dans un échange de coups de feu.
Les routes sont elles aussi très certainement surveillées, il faudra être prudent. Le Folgoët est à plus de sept cents kilomètres de Lille. En passant par les départementales, ils en auraient pour deux jours de voyage.
Trop long selon lui, aussi décide-t-il qu'ils emprunteront l'autoroute. Les flics ne s'attendront sûrement pas à ce qu'il prenne ce risque. Ce qu'ils ignorent également, c'est que Caroline l'accompagne. Les autorités recherchent un homme seul, ils ne s'attarderont pas sur un couple. Du moins, l'espère-t-il.
Dans le salon, Caroline s'approche de celui qui, désormais, est son compagnon de voyage, elle s'assoit près de lui, sur le canapé, son regard caresse l'arme automatique posée sur la table basse.
— À quoi penses-tu ?
— Je suis heureux que tu sois à mes côtés. Sans toi, je ne sais pas comment j'aurais pu réussir à échapper aux policiers et à la prison.
— La partie n'est pas encore gagnée, Émile, et... j'ai très peur de cette rencontre là-bas... sur l'île de Gavrinis.
— Oui... moi aussi j'ai peur. C'est pas facile d'avoir du courage.
— Quoi qu'il arrive, je serai à tes côtés. Ne l'oublie pas.
Le bouquiniste reste silencieux, il semble ému par ce qu'elle vient de lui dire.
— Je t'aime Émile... j'ai eu très peur quand la police t'a arrêté à la descente du train... j'ai cru que je ne te reverrais jamais.
Émile respire profondément.
Caroline, encore hésitante, se love finalement dans ses bras... et le bouquiniste, troublé par cet aveu qu'elle vient de lui faire spontanément, presque naturellement, n'a pas le courage de la repousser.
— Je sais..., moi aussi j'ai eu peur de ne plus jamais te revoir.
Caroline approche son visage de celui d'Émile et ses lèvres se posent sur les siennes. Elle sent alors en elle une vague brûlante qui envahit son ventre et se presse un peu plus fort contre le corps de son compagnon.
Émile ressent lui aussi cette émotion qui le traverse comme un courant

d'eau chaude. Il la désire, il l'a toujours désirée, depuis le premier jour de leur rencontre. Oui, mais quand était-ce déjà ? Il ne s'en souvient plus.

Ça n'a plus d'importance.

Les lèvres de Caroline lui font oublier sa mémoire défaillante et les deux amants du passé enfin se retrouvent. Tous les deux vont s'aimer... tout comme autrefois.

Émile vit peut-être ses derniers jours, mais tous deux ne pensent plus désormais qu'à s'aimer, librement, passionnément.

L'ex-bouquiniste sait pourtant que cet amour ne pourra vivre longtemps s'il ne met pas fin à cette histoire. Il sent qu'au bout de son étrange voyage la mort les attend et il est bien décidé à lutter pour survivre.

80

Il est presque dix-neuf heures trente quand les deux fugitifs entrent dans Le Folgoët.
Caroline et Émile se sont tout d'abord arrêtés à Lesneven, où ils ont loué une chambre d'hôtel.
Lesneven et Le Folgoët sont des villes limitrophes, sises au nord du Finistère dans une partie du territoire qu'on appelle le Léon.
Les deux amants ont roulé toute la journée, pas un seul gendarme ni policier n'a croisé leur chemin, à tel point qu'ils se demandent s'ils ne rêvent pas tout ça.
Avant de se rendre chez Fernand Menez, ils ont pris une douche qui s'est terminée dans les draps. Puis Émile a vu le sourire de Caroline, étendue sur le dos, les yeux mi-clos. Il l'a trouvée belle et a posé sa tête sur sa poitrine nue. Ils sont restés ainsi quelques minutes encore avant de se vêtir, se souriant sans un mot, le cœur léger.
Toute tension a disparu, et la menace qui plane sur eux leur fait ressentir chaque instant avec plus d'intensité.
— Tu as le cahier avec toi ? Demande Émile.
— Oui, ne t'inquiète pas, il est dans mon sac.
— Bien, alors, allons-y.
La maison de Fernand Menez ressemble à toutes les habitations des centres-villes de Bretagne. Elle se dresse à quelques mètres de la place sur laquelle trône une basilique entourée de bacs fleuris, et dont le clocher, telle une flèche, s'élève vers le ciel. Quelques pierres sont teintées de vert, des mousses y ont élu domicile.
Derrière le couple, la grille d'un caveau se referme en grinçant. Une vieille femme apparaît sur le parvis de l'église alors même que la porte de Fernand Menez vient de s'ouvrir.
— Monsieur Menez ? Questionne Émile en apercevant le géant qui se tient sur le seuil.
— Oui, répond celui-ci.
— C'est moi qui vous ai téléphoné, il y a quelques jours, vous souvenez-vous ?
— Oui...
— Je suis venu avec ma compagne, j'espère que cela ne vous ennuie pas ?

— Non… non, bien sûr. Je vous en prie, entrez… asseyez-vous.
Caroline et Émile prennent place dans un canapé de cuir.
Le salon où ils se tiennent est meublé dans un style baroque.
Fernand Menez s'assoit dans l'un des fauteuils, face à une table basse en verre soutenue par un cromlech miniature. Derrière l'homme d'un âge indéfinissable se dresse une vitrine rectangulaire dont les montants sont entièrement décorés de motifs floraux. À l'intérieur, des figurines à l'allure étrange fixent de leurs yeux minuscules les deux visiteurs.
L'ex-bouquiniste y reconnaît des fées, korrigans et autres créatures légendaires de Bretagne.
Le vieil homme les regarde, lui aussi, il ne sourit pas, son visage parait tendu. Il passe ses doigts dans son épaisse chevelure blanche qui tranche avec ses vêtements, noirs comme le plumage d'un corbeau.
Sa voix est chaleureuse remarque Émile.
— Que voulez-vous savoir exactement ? Mais…, je m'aperçois que je manque à tous mes devoirs, dit-il. Prendrez-vous quelque chose ?
— Oui, volontiers, accepte Caroline.
— Une bière ou un apéritif ?
— Une bière, ce serait parfait, acquiesce Émile.
— Et vous, Madame ?
— Caroline, précise-t-elle. Pour moi aussi, merci.
— Bien, alors disons trois bières… ambrées, cela vous convient-il ?
— Parfais, répondent en cœur les deux amants.
— Permettez, je vous laisse un instant.
Caroline croise le regard d'Émile, il lui sourit comme pour la rassurer. Elle lui prend la main sans rien dire et leurs doigts s'entrecroisent comme pour souder, dans un pacte silencieux, leur union et leur volonté commune de résoudre ensemble l'énigme qui les contraint à l'exil et à la clandestinité.
Fernand Menez est un homme impressionnant. Ses yeux d'un bleu intense sont comme des sondes explorant les profondeurs de l'âme. Son regard provoque une vague déferlante qui crée des remous si profonds qu'on les ressent jusqu'au creux de l'estomac.
La comédienne serre plus fort la main de son compagnon, elle s'apprête à lui dire quelque chose, mais déjà Fernand Menez reparaît dans le salon, tenant dans chaque main trois verres et trois canettes

de bière ambrée d'où perle ce qui semble être, dans ce décor étrange, de minuscules gouttes de rosée.
La bière ambrée crépite dans les verres, faisant naître une mousseline d'une blancheur lumineuse.
— Tenez, je vous en prie.
Caroline et Émile le remercient.
— Eh bien... où en étions-nous ?
L'ex-bouquiniste boit une gorgée du liquide ambré et la fraîcheur envahit ses entrailles.
— Comme je vous le disais il y a quelques jours lors de mon coup de fil, j'ai retrouvé, tout à fait par hasard, un cahier d'une quarantaine de pages, relié en cuir. Ce journal appartenait à un policier des Brigades Mobiles en poste à Rennes dans les années vingt... votre père.
— Est-il toujours en votre possession ?
Émile acquiesce d'un signe de tête.
— Pourrais-je le voir ?
— Oui, naturellement, dit-il.
Caroline fouille dans son sac et tend le cahier à Fernand Menez qui s'en saisit, ses gestes sont hésitants, mais il ne laisse rien paraître de l'émotion qui est la sienne. Ses doigts caressent le cuir usé avant d'ouvrir le journal écrit de la main de son père. Ses yeux glissent alors sur la première page où la plume a laissé l'empreinte d'un témoignage posthume.
— Peut-être voudriez-vous le lire avant de répondre à nos questions ? s'enquit Émile.
— Je suis curieux de le lire, en effet, mais, si vous le permettez, j'aimerais le faire seul, si vous acceptez de me le laisser jusqu'à demain, naturellement.
— Cela va de soi. Savez-vous s'il existe d'autres cahiers écrits de la main de votre père, demande Émile. Il vous a peut-être légué d'autres exemplaires comme celui-ci ?
— Non... non, malheureusement. Mon père a disparu en 1941... sans aucune explication. Enfin presque.
— Comment est-ce arrivé ? interroge Émile.
— Dites-moi... Monsieur Tiembpont, c'est bien ça ?
L'ex-bouquiniste acquiesce d'un hochement de tête.
— Pourquoi vous intéressez-vous à mon père ?

— Eh bien, l’enquête dont il est question dans ces pages… a… un caractère étrange.
— Oui... Je vois ce dont vous voulez parler.
— Que savez-vous de cette enquête ? Renchérit l'ex-bouquiniste.
— Mon père racontait des choses pouvant paraître insolites aux yeux du néophyte… j’avais treize ans lorsque j’entendis pour la première fois cette histoire, j’en ai soixante-dix-huit aujourd’hui. J’avoue que sur le moment cela m’a fait un choc. Ses révélations étaient si incroyables… je crois que je n’y ai pas cru, et pour dire la vérité, je refusais d’y croire. Quand mon père a disparu quelques mois plus tard, c’était en automne, le 31 octobre 1941, se souvient-il. Eh bien, je m’en suis voulu d’avoir douté de sa parole. Oui, je m’en suis voulu, parce que, voyez-vous, mon père était un homme estimé et respecté. Je l’ai fort peu connu cependant. Ma mère, elle, est morte en me mettant au monde et je fus élevé par ma grand-mère, la mère de mon père. Je n'ai jamais connu mes grands-parents du côté maternel. Enfin, c’est la vie, n'est-ce pas ? Je suppose que mon père a exorcisé son chagrin en consacrant sa vie à son métier d’enquêteur, car, m’avait-il avoué un jour, il avait aimé ma mère plus qu’il n’aimerait jamais aucune autre femme.
Caroline boit une gorgée de bière, une question lui brûle les lèvres et elle la pose non sans un frisson qui lui fait dresser les poils sur les bras, étrange anticipation de la réponse que va lui apporter le vieil homme. Caroline met pourtant cela sur le compte de la fraîcheur du liquide ambré qu’elle vient d’absorber et dont la mousse forme une fine couche de neige brillante sur le contour de ses lèvres roses.
— Quel était le nom de votre mère ?
— Elle s’appelait Marie. D’elle, je n’ai, hélas, qu’une vieille photographie. Mon père me l’a remise avant de me quitter. C’est le seul portrait de ma mère qu’il ait jamais possédé.
— Dans ce cahier, poursuit Émile, votre père dit avoir enquêté sur la disparition d’une jeune femme de Landerneau, en 1914. Celle-ci aurait disparu après avoir fait la connaissance d’un navigateur, un explorateur qui s'est lui aussi volatilisé avec son équipage alors qu’il était en mer, au-delà du cercle arctique. Que savez-vous de cette histoire ?
— Si nous dînions avant de parler de cette affaire… il est tard, qu’en pensez-vous ?
Les deux amants échangent un regard et c’est en souriant qu’ils

acceptent l'invitation du vieil homme.
Celui-ci refusa l'aide que voulut lui apporter Caroline. D'ailleurs, protesta-t-il, il se contenterait de mettre deux pizzas au four, il n'avait pas besoin d'un coup de main pour cela. Caroline insista tout de même pour ouvrir la bouteille de vin que Fernand Menez remonta du sous-sol. Elle se débrouilla fort bien malgré la force qu'elle dut déployer pour tirer sur ce satané bouchon de liège qui lui résista farouchement avant de céder bruyamment.
Le repas se déroula sans cérémonie. Une fois cuites, les pizzas furent déposées et découpées sur la table basse du salon et chacun mangea sa part sans couteau ni fourchette. Les deux pizzas furent englouties rapidement autour d'une conversation sans lien avec l'affaire qui les préoccupait tous trois et, après un expresso, Fernand Menez leur proposa un Grand Marnier avec lequel Émile manqua de s'étouffer, tant le degré d'alcool lui parut fort.
Cet instant convivial apporta un peu de détente, même si Émile et Caroline restaient sur leurs gardes. Ils n'oubliaient pas, en effet, que la police était toujours à leur recherche et se demandaient si le vieil homme savait qui ils étaient vraiment. Quoique, ils étaient à plus de sept cents kilomètres de la capitale de Flandre et les journaux n'avaient sans doute pas relaté les meurtres qui s'étaient déroulés dans une autre région au début de l'été. D'ailleurs, Fernand Menez lisait-il seulement la presse ? Émile remarqua alors que leur hôte n'avait pas de télévision, du moins, pas dans le salon où ils se trouvaient.
— Eh bien, je suppose que vous devez brûler d'impatience à présent d'entendre ce que j'ai à vous dire sur l'enquête qu'a menée mon père.
— Oui, en effet, firent de concert les deux amants.
— Que savez-vous exactement concernant cette affaire ?
— Nous savons, répondit Émile, que votre père enquêtait sur la disparition d'une jeune femme qui a probablement embarqué sur un trois-mâts ou une goélette qui partait pour une campagne d'exploration de plusieurs mois en Arctique, ainsi que sur le meurtre d'un ivrogne, un ancien marin qui a été assassiné à Landerneau. Votre père mentionne dans les pages de ce cahier qu'il était également à la recherche d'un milliardaire américain. Celui-ci prétendait, selon les dires de l'ancien marin assassiné à Landerneau, ce dernier affirmait d'ailleurs avoir été pilote sur le yacht en question, qu'un mystérieux

objet lui avait été volé. Toujours selon l'ancien marin, l'américain possédait aussi un manuscrit qui contenait des secrets redoutables, mais la mort prématurée, le meurtre pour être exact, du marin en question n'a pas permis à votre père d'en apprendre davantage sur ce manuscrit. Son récit s'arrête brutalement, alors que le trois-mâts a disparu après avoir franchi le cercle Arctique et…, sur une étrange mise en garde que j'ai moi-même tenté de déchiffrer sans succès.
— Je la connais, dit-il. N'est pas mort qui dort à jamais et au long des siècles peut mourir même la mort. Ce passage figure en introduction d'une traduction ancienne du Nécronomicon. Il peut d'ailleurs se recomposer pour former un autre message tout aussi énigmatique, hélas.
— Lequel ? Voulut savoir Émile.
Fernand Menez se fendit d'un sourire et récita de mémoire.
— Quête de l'immortalité... Script de Mu... Au passage entre les mondes... où ne dort jamais la mort.
— Vous avez une idée de ce que ça signifie ?
— On pourrait traduire par : recherche l'immortalité dans le manuscrit du continent perdu de Mu et emprunte les portes d'entre les mondes, là où dorment ceux qui sont éternels. Le Nécronomicon, continua-t-il, ainsi d'ailleurs que le Livre d'Eibon, traite de magie ainsi que de botanique. Il pourrait avoir contenu le nom de la plante d'immortalité, celle volée par Gilgamesh. Un récit dont l'Église Chrétienne s'est emparée pour élaborer son péché originel. L'immortalité ou le savoir qui lui est attaché, à laquelle le savoir s'identifie parfois, pourrait être une condition préalable pour passer dans d'autres dimensions où dorment les secrets de nos origines. Mais laissez-moi vous raconter ce que mon père m'a confié, quelques mois avant de disparaître. Ce qu'il allait m'apprendre ce jour-là, je vous l'ai dit, je refusais de le croire. Sa soudaine disparition, cependant, m'a convaincu qu'il ne m'avait pas menti. Jusqu'à présent, je n'en avais jamais parlé à personne. Ce que je vais vous révéler... vous aurez peut-être du mal à y croire, vous aussi. Pourtant, quelque chose me dit que si vous êtes venus jusqu'à moi, c'est que vous avez déjà basculé de l'autre côté du miroir.
— Ce que vous nous direz, intervint Émile, pourrait nous aider à résoudre une énigme et, qui sait, sauver des vies et réhabiliter un innocent.

— Cela, j'en doute. Les forces qui sont en jeu nous dépassent, elles sont incontrôlables, mais si j'en venais aux faits qui se sont déroulés durant cette période, ne croyez-vous pas ?
— Nous vous écoutons.
Fernand Menez fit chanceler doucement le verre de Grand Marnier qu'il tenait à la main et soupira profondément. Le liquide ambré amorça un vortex miniature qui sembla hypnotiser le vieil homme durant un instant.
Avec la fraîcheur de la nuit qui s'annonçait, des parfums de fleurs arrivaient par vagues successives de la porte-fenêtre ouverte sur le jardin. Le salon était inondé par la lumière crépusculaire et ses reflets mordorés flamboyaient sur le verre de la table basse parmi les reliefs du repas. Dans la bouteille à demi pleine, le vin prenait une couleur vermillon qui, l'espace d'un instant, scintilla sous l'effet du soleil couchant. Dehors, les chants d'oiseaux apportaient un peu de réconfort avant que l'obscurité ne recouvre totalement Le Folgoët de ses ténèbres.
Émile s'installa confortablement dans le canapé de cuir, au côté de sa maîtresse. Son parfum l'enveloppa quand elle se rapprocha de lui, calant son épaule tout contre la sienne.
Caroline glissa sa main dans celle d'Émile, elle était glacée.
— Il faut, avant toute chose, que vous sachiez que la jeune femme qui disparut à bord de la Goélette avec son équipage, la jeune Marie de Landerneau..., cette femme était ma mère.
Les révélations du vieil homme firent écho à la propre histoire d'Émile Tiembpont, cet homme anormalement comme les autres dont la vie avait, elle aussi, un caractère fantastique.
Il y a quelques mois de cela, le paisible bouquiniste de la rue de Gand voyait entrer dans sa boutique du Vieux Lille un écrivain, et cette rencontre allait bouleverser le cours de son existence. Tout comme dut l'être celle de Fernand Menez, le policier des Brigades Mobiles de Rennes, lorsqu'en 1914, il découvrit sur la table d'une chambre à coucher le portrait d'une jeune femme qui le hanterait sa vie durant. Marie, pour qui le détective déploiera tant d'efforts, à seule fin de la retrouver.
Et alors que le crépuscule envahissait le monde, Émile et Caroline écoutaient, captivés, le récit de cette histoire en dehors du temps.

* * *

Cherbourg : 1914

Fernand Menez referma la porte de l'appartement du navigateur sans avoir trouvé ce qu'il cherchait. Le capitaine du trois mats disparu en mer du Nord, au-delà du cercle arctique, n'avait pas laissé d'indices derrière lui. Mais le policier des Brigades Mobiles avait encore une piste à explorer.

L'affaire Louis Cadiou qui, pour lui, s'était terminée en février de cette même année 1914, avait fait place à une nouvelle enquête. Avril était là, avec ses pluies glaciales et son vent mauvais. Deux mois s'étaient écoulés et Fernand Menez était fatigué par la grisaille hivernale qui ne voulait pas céder le pas au printemps.

L'inspecteur des Brigades Mobiles traversa la rue clairsemée de crottin de cheval et descendit en direction du port, croisant quelques charretiers qui s'en revenaient du marché, place du Château, face au théâtre.

La casquette enfoncée jusqu'aux oreilles et les poings enfouis dans les poches, il franchit le pont tournant, Quai Alexandre.

Il faisait froid sur les quais et les petits voiliers des pêcheurs étaient presque tous amarrés. Les femmes, enroulées dans leurs longues jupes et leur châle de laine, serraient contre elles leurs paniers d'osier remplis de légumes frais achetés au marché. Un homme, coiffé d'une casquette visiblement trop grande pour lui, monta dans le tramway en se frottant les mains. Sa bouche, recouverte d'une épaisse moustache, exhalait l'air chaud de ses poumons en des arabesques de brume semblables aux dentelles des coiffes bigoudènes des paysannes bretonnes.

La ligne de tramway, dont les roues d'acier faisaient grincer les rails à chaque virage, avait été électrifiée en 1910, quatre ans auparavant. Cela avait représenté un progrès considérable pour tous les habitants de Cherbourg. Tous s'accordaient sur le fait que les rues respiraient moins le crottin qu'autrefois et les souliers des messieurs ainsi que les bas des jupes des dames avaient gagné en propreté.

En cette année 1914, rares étaient les villes où le tramway hippomobile

circulait encore. Les chevaux avaient pris leur retraite, enfin, pas tous, car le cheval était toujours très utilisé pour les déplacements individuels. Les automobiles étaient un luxe que ne pouvait s'offrir l'ouvrier qui enfourchait généralement sa bicyclette ou le commerçant qui, dans la plupart des cas, se contentait d'une charrette à bras pour transporter ses marchandises jusqu'à la place du marché. Les fiacres avaient encore de beaux jours devant eux et un ingénieux système permettait de récupérer le crottin dans une bâche. Il y avait quand même des gens pour s'en plaindre. Dame ! Le crottin était apprécié des amateurs d'orchidées et cet engrais bon marché généreusement abandonné par les chevaux sur le pavé se faisait de plus en plus rare.
Fernand Menez longea la Rade de Cherbourg aux abords de l'arsenal où les torpilleurs étaient amarrés.
L'arsenal se tenait face à la mer, cassant la houle. Cherbourg était un port militaire et toute son économie dépendait de l'activité de la marine.
Deux ans auparavant, les chantiers navals avaient accueilli le Titanic et son frère jumeau, l'Olympique. Celui-ci naviguait encore alors que le Titanic, lui, avait coulé dans l'Atlantique Nord. Reposant pour l'éternité à quatre mille mètres de profondeur.
L'inspecteur des Brigades Mobiles se rendit d'un pas rapide jusqu'à la capitainerie, sentant l'orage qui allait éclater. Il devait rencontrer le capitaine du port, un petit homme assez sec d'esprit et d'allure.
Un courant d'air subit lui apporta une vague de parfum iodé, instinctivement, Fernand Menez se tourna vers la mer. Il se remémora le visage de Marie. Elle était là, quelque part, perdue au milieu de cette vaste étendue d'eau salée.
— Je te retrouverai… même si je dois y consacrer ma vie. Je te le promets.
Au même instant, trois marins sortirent de la capitainerie. Fernand Menez jeta un regard vers le ciel chargé de gris et y entra.
Le comptoir derrière lequel se tenait un officier du port ressemblait à ceux si typiques des bistrots qui habituellement font face à la mer et dans lesquels tous les marins s'arrêtent pour se détendre un peu autour d'une bière ou se bagarrer.
— Bonjour, je voudrais parler au capitaine Gonidec.
— Il est occupé pour le moment…

Fernand Menez glissa sur le comptoir son insigne avant que le marin ait pu achever sa phrase.
Celui-ci le regarda l'espace d'une seconde sans savoir quoi dire.
— Dites-lui qu'un inspecteur des Brigades Mobiles doit lui parler, s'il vous plaît.
— Oui… je vais voir si le capitaine peut vous recevoir… un instant, je vous prie.
Le capitaine Gonidec était un homme de petite stature, âgé d'une cinquantaine d'années et dont le père, lui aussi marin, avait disparu en mer lors d'une terrible tempête. Le capitaine n'était pas marié et de mémoire de marin, personne ne se souvenait l'avoir vu au bras d'une demoiselle. On racontait qu'il s'était épris d'une prostituée là-bas dans les îles françaises et qu'il s'était battu pour elle. La bagarre avait mal tourné et Gonidec, alors simple marin, avait tué d'un coup de couteau à l'estomac l'autochtone qui prétendait lui ravir sa belle. C'était en Martinique, il y a longtemps. Depuis son retour dans la métropole, Gonidec n'avait plus quitté la terre ferme. La prostituée, évidemment, était restée dans les îles.
— Veuillez entrer, dit le marin, le capitaine vous attend.
— Entrez inspecteur…, j'ai reçu votre télégramme, alors, comme ça, vous enquêtez sur la disparition de l'équipage du « Pourquoi Pas » ?
— En quelque sorte, oui.
Gonidec, planté derrière son bureau, fixait Fernand Menez, l'air surpris. Son visage, comme ses mains, était tavelé d'éphélides, signe que la vieillesse avait déjà resserré son emprise sur lui.
— Mon enquête porte sur la disparition d'une jeune femme qui se trouvait sur le trois-mâts, capitaine. Cette jeune ouvrière de Landerneau a disparu il y a plusieurs semaines et tout m'amène à croire qu'elle a été emmenée de force.
— Vraiment ! Êtes-vous sûr de votre fait, inspecteur ? Je connais… je connaissais personnellement le capitaine du « Pourquoi Pas » et je doute qu'il se soit livré à la traite des femmes…
— Savez-vous s'il entretenait des liens particuliers avec une femme de Cherbourg ?
— Non… c'était un marin, un vrai. Toujours sur les océans… l'océan a fini par l'emporter, comme tant d'autres.
— Oui… le trois-mâts a été remorqué jusqu'ici, je crois ?

— C'est exact, inspecteur. D'ailleurs, il est à votre disposition. Je vais vous y conduire.
Le froid saisit les deux hommes au sortir de la capitainerie qui se trouvait face à la rade. La mer était calme malgré la pluie qui commença à tomber au moment même où Gonidec et l'inspecteur Menez montèrent sur le pont du trois-mâts.
— Je ne vous retiens pas, capitaine, je sais que vous avez beaucoup à faire. Je vous tiendrai informé, naturellement, si je trouve quelque chose.
Gonidec, sur un hochement de tête, tourna les talons. Il n'était pas dupe, l'inspecteur l'avait tout simplement écarté, mais qu'importe, il était convaincu qu'il n'y avait rien à découvrir. L'océan était responsable.
La pluie redoubla de force, obscurcissant davantage le ciel comme avant un gros orage. Il se hâta de rejoindre la capitainerie, enfonçant sa casquette de marin sur ses cheveux gris, coiffés en brosse. Il serait trempé avant d'arriver jusqu'à son bureau, de cela aussi, il était convaincu.
Fernand Menez observa Gonidec filer sous l'averse, puis son regard se perdit sur le pont. L'eau ruisselait sur les mâts et la cabine de pilotage où il se tenait immobile, derrière la vitre criblée de perles de pluie.
Un coup de tonnerre le fit sortir de sa rêverie. Qu'espérait-il trouver sur le trois-mâts ?
La disparition de l'équipage était un mystère pour les marins eux-mêmes.
Il fourra sa casquette dans sa poche et se passa la main dans les cheveux pour les lisser vers l'arrière, puis descendit inspecter les cabines.
Dans l'une d'elles, celle du capitaine probablement, il remarqua des vêtements de femme parmi des cartes maritimes et une boussole traînant sur un petit bureau. « Marie », songea-t-il.
Il caressa du bout des doigts la dentelle d'une des robes, imaginant le sourire de Marie, le grain de sa peau.
Il ferma les yeux pour ne pas se laisser envahir par l'émotion que lui inspirait l'image de la jeune femme.
Il ne pouvait accepter qu'elle se soit noyée, non, un équipage ne pouvait disparaître ainsi sans laisser de traces.

Il devait chercher, fouiller chaque centimètre carré du voilier afin de trouver une raison à cette mystérieuse disparition.
Fernand Menez connaissait, bien sûr, les histoires que racontent les marins au sujet d'endroits maudits, mais il ne pouvait y croire. Pourtant, il fallait bien admettre que chaque année des marins disparaissaient en plein océan sans qu'aucune explication rationnelle ne puisse être avancée.
L'inspection des cabines et de l'ensemble du voilier ne donna rien, si ce n'est une bosse sur le front qu'il se fit en inspectant les cales. Fernand Menez était assez grand, suffisamment en tout cas pour devoir baisser la tête en franchissant les écoutilles qui séparaient la quille en trois parties. Mais là encore, rien ne révélait ce qui avait bien pu se passer sur le trois-mâts alors qu'il voguait en pleine mer du Nord. Les cales étaient désespérément vides.
Ce n'est qu'une fois remonté sur le pont que l'intuition le frappa comme un éclair et l'inspecteur des Brigades Mobiles comprit ce qui s'était probablement passé sur le trois-mâts, isolé au milieu de l'océan.
Un éclair zébra de nouveau le ciel, suivi d'un coup de tonnerre fracassant.
Quelques centaines de mètres plus loin, la foudre venait de s'abattre sur le pont tournant, Quai Alexandre.
Fernand Menez inspecta, sous une pluie battante, la coque du grand voilier. Par chance, il découvrit ce qu'il cherchait sur la partie de la quille attenante au quai où la goélette avait été abandonnée après son remorquage…

81

Émile et Caroline écoutaient depuis près d'une heure l'histoire de ce policier du début du siècle dernier, installés confortablement dans ce salon baroque, face aux inquiétantes figurines qui les fixaient, immobiles derrière leur vitrine.
Qu'avait découvert l'inspecteur des Brigades Mobiles sur la coque du voilier ?
Plus de soixante-dix ans s'étaient écoulés, Fernand Menez savait-il ce que son père avait trouvé en inspectant la coque du trois mats.
— Mon père avait été formé par les Brigades Mobiles, les techniques de recherche et d'analyse n'étaient pas encore aussi pointues qu'aujourd'hui, néanmoins, on peut dire que la première police scientifique date de cette époque.
— Qu'y avait-il sur la coque du voilier ? Renchérit le bouquiniste.
Le vieil homme lui sourit du coin des lèvres et but une gorgée de bière ambrée. Il reposa son verre sur la table basse, sans le moindre écho qu'aurait normalement provoqué le contact du verre sur la surface vitrée de la table de salon. Et, l'espace d'un instant, l'esprit d'Émile se focalisa sur cette observation. L'espace d'un instant, l'ex-bouquiniste de la rue de Gand esquissa le tableau des probabilités pour qu'un verre déposé sur une surface de même nature ne produise aucun son.
Aucune... pas la moindre chance pour que cela arrive.
La voix du vieil homme le ramena en Bretagne.
— ... Il récolta tant bien que mal, sous la pluie glacée, quelques fragments de peinture et les fit acheminer jusqu'à Rennes. Sur place, à Cherbourg, il ne disposait pas du matériel nécessaire aux analyses et il dut se résoudre à attendre plusieurs jours pour connaître la nature de sa découverte. En fait, il avait compris que l'équipage n'avait pu être victime d'une tempête comme le croyaient les militaires français qui avaient remorqué le trois-mâts et comme le lui avait dit le capitaine du port. On sait aujourd'hui, enfin, certains scientifiques parlent aujourd'hui de courants d'air descendants suffisamment puissants pour couler un navire ou faire s'écraser un avion. Cela expliquerait les mystérieux naufrages en mer et la disparition des équipages. De telles bourrasques pourraient aisément soulever un homme de terre. Toujours est-il que l'analyse des fragments de peinture lui révéla la

vérité sur la disparition de l'équipage du « Pourquoi Pas ». Mon père avait été frappé par le fait que les cales du voilier étaient vides. Il s'était naturellement demandé où étaient passées les réserves de vivres nécessaires à l'exploration de l'Arctique et où était passé le matériel que le capitaine du trois mats avait fait embarquer à Landerneau.
— Le voilier aurait été abordé par des pirates ? s'étonna Émile.
— Pas exactement. Vous ne le savez peut-être pas, mais la peinture des coques, en plus de lutter contre l'acidité du milieu marin et d'embellir les bâtiments maritimes, est aussi étudiée pour résister aux contraintes aquatiques, comme la pression des fonds marins.
— Un sous-marin ! s'exclama Émile. La Goélette a été arraisonnée par un sous-marin ?
— Oui, c'est ce que l'analyse de la peinture recueillie sur la quille du voilier révèlera.

* * *

Landerneau : 1914

— Je sais que vous aussi, vous voulez qu'on retrouve son assassin..., allez, quoi, vous l'aimiez bien le vieux Mathurin. Si vous ne parlez pas pour moi, faites-le au moins en sa mémoire.
Fernand Menez était de retour à Landerneau. Il lui avait fallu déployer beaucoup de patience devant la méfiance des habitants pour dénicher la prostituée avec qui Mathurin Méheut avait lié amitié autrefois. La difficulté s'était accrue du fait que celle-ci était maintenant devenue une femme respectable, selon la formule consacrée. Celle qui se faisait alors appeler Madeleine était aujourd'hui l'épouse d'un armateur de Landerneau. L'armateur donnait beaucoup de travail et personne ne voulait s'attirer ses mauvaises grâces en parlant d'un passé qu'il convenait d'oublier.
Assise dans son boudoir, vêtue comme une femme du monde, Suzette Lebreton n'en restait pas moins une fille simple. La trentaine, mince, les cheveux relevés en chignon, elle prit soudain l'air meurtri.
— C'est vrai, je l'aimais bien, Mathurin... Faut dire que c'était un des rares gars qui respectait les filles. Vous savez, inspecteur, nous autres, on est..., enfin, je veux dire, on n'était jamais considérées que comme

une marchandise. Les gars, une fois qu'y se sont soulagés, y nous regardent même plus. Les trois quarts sont ivres, remarquez, des fois y s'endorment avant d'avoir baissé leur pantalon.
— Mathurin était différent.
— Ouais. Il aimait causer, et pas radin avec ça.
— Dites-moi ce que Mathurin vous a raconté.
— Si ça peut vous aider à coincer l'enfant d'salaud qui l'a envoyé en enfer.
Madeleine soupira bruyamment, son regard s'abîma un instant sur la tapisserie du boudoir puis revint sur l'inspecteur des Brigades Mobiles, assis dans un fauteuil style Louis XV, en brocart. L'homme était séduisant, pensa l'ex-fille de joie.
— Mathurin n'a pas toujours été un ivrogne, inspecteur. Quand je l'ai connu, il avait fière allure. Oh, je sais ! Ça paraît difficile à croire quand on l'a connu sur sa fin, dame. C'est vrai qu'il était devenu ivrogne. Je sais pas vraiment pourquoi. Mais ça s'est passé après un voyage en mer. Maturin, il en est revenu maussade...
Fernand Menez sourit, il avait de nombreuses fois observé que des gens au parler simple pouvaient aussi employer des expressions plus soutenues. Il aimait ces gens, peut-être parce que lui-même était issu d'une famille de paysans.
— ... Ce soir-là, mon gars n'était pas comme d'habitude. Vous savez, Mathurin, il était joueur, espiègle. Quand on est montés dans la chambre ce soir-là, Mathurin m'a prise, comme ça, comme n'importe quel marin un peu ivre. Quand je lui ai demandé si ça allait, y m'a dit que son patron l'avait viré.
— Il vous a dit pourquoi ?
— Nan... enfin pas ce jour-là.
— Mathurin était pilote, je crois.
— Ouais, son patron l'avait viré juste après être arrivé au port. Son bateau a été mis en cale sèche, on aurait dit que la coque avait raclé les récifs. C'est un ouvrier des chantiers qui me l'a dit. Mais bon, il a payé et au chantier naval, y lui ont arrangé ça en moins de deux semaines.
— C'est Mathurin qui avait commis l'erreur de pilotage ?
— Ouais... c'était après ce qui s'était passé en mer.
— Que s'était-il passé pour que Mathurin en soit troublé au point de

s’enliser dans des hauts fonds ?
— Il était tout chamboulé à cause de ce qu’il avait vu, dam.
— A-t-il été témoin de quelque chose ?
— Le patron de Mathurin était un riche américain. Mais le gars était fêlé, si vous voulez mon avis. Selon Mathurin, il faisait des rituels magiques, pour se protéger des démons qu’il disait. Mathurin m’a raconté que, pendant qu'il faisait messe noire, des lumières sont apparues, comme des éclairs...
Madeleine était visiblement réticente à poursuivre son récit, Fernand Menez ne la brusqua pas, la laissant reprendre d’elle-même, là où elle s’était arrêtée.
Elle sentit, en croisant le regard de l’inspecteur des Brigades Mobiles, qu’il était prêt à écouter ce qu’elle avait à dire et elle continua son histoire, confiante.
— ... deux marins sont morts ce jour-là.
— Que leur est-il arrivé, Mathurin vous a-t-il parlé de ce qui a causé leur mort ?
— Ouais..., c’était un démon, qu'il a dit.
— Un démon ?
— Ouais..., Mathurin m’a raconté que les deux marins ont été soulevés de terre par une force invisible et qu’ils ont été écorchés vifs devant ses yeux.
— L’équipage n’était pas à bord du bateau ?
— Nan... ils avaient débarqué sur une île... Mathurin m’a dit qu’il était effrayé, mais qu’il a quand même essayé d’aider.
— Et que s’est-il passé ?
— Mathurin a été soulevé de terre et jeté contre une statue en pierre.
— Une statue, Mathurin vous a-t-il dit sur quelle île ils se trouvaient ?
— Nan.
— Le voyage avait-il duré longtemps ?
— Plusieurs mois. Tout ça, c’est à cause d’un très vieux livre, m’a dit Mathurin.
— Un livre ?
— Ouais, Mathurin racontait que les rituels étaient faits avec... avec un bouquin... nan, avec un vieux manuscrit, qu’il a dit. Il m’a dit le nom, mais je m’en souviens plus. C’était un nom bizarre, j’avais jamais entendu ça avant. Toujours est-il que quand il s’est réveillé, les deux

marins étaient morts et un autre était devenu fou, à ce qui parait.
— Fou ?
— Oui, Mathurin m'a dit qu'ils ont été obligés de l'abattre à coups de fusil. Il m'a dit aussi qu'ils avaient volé un crâne.
— Vous voulez parler d'un crâne humain ?
— Ouais... enfin, je sais pas. Mathurin m'en a pas dit plus et j'ai pas demandé.

* * *

Dans le salon du vieil homme, sous le regard fixe des korrigans, l'ex-bouquiniste se remémore alors le rituel décrit dans les fragments Pnakotiques ainsi que ceux du Nécronomicon découvert dans la maison de Morlaix.
Mathurin Méheut aurait-il été témoin de l'ouverture d'un passage ?
Émile en est convaincu
Les éclairs, évoqués par l'ex-prostituée devenue la femme d'un armateur de Landerneau, faisaient en effet penser à des décharges électromagnétiques. Restait une question qui lui taraudait l'esprit, sur quelle île avait-il pu être témoins de ce phénomène. Il n'existait pas énormément d'îles où se dressaient des statues de pierre. Hormis celles de Polynésie, la seule qu'il connaissait s'appelait Rapa Nui. Mais les écrits anciens parlaient également des terres d'Écosse ainsi que d'une île où la grande pierre brisée reposait.

Gavrinis.

82

Le soleil s'est éteint, faisant place à la nuit qui peu à peu s'est répandue sur les terres du Finistère.

Fernand Menez a allumé quelques bougies parfumées pour chasser l'obscurité.

— Il existe une très ancienne légende concernant des crânes de cristal, dit-il. En avez-vous déjà entendu parler ?

Émile acquiesce d'un hochement de tête.

— Pas moi, fit Caroline.

Le vieil homme sourit. Parler lui donne soif, aussi leur propose-t-il une autre bière ambrée qu'ils refusent tous deux poliment.

Émile connait l'origine amérindienne de ces étranges sculptures façonnées dans un cristal de roche pur. Il sait que les crânes découverts en Amérique Latine et au Mexique sont exempts de traces d'usinage, c'est ce qui les rend si mystérieux. Il n'existe, en effet, à leur surface, pas la moindre micro fissure ou griffe causée par un quelconque outil ayant servi à les modeler. Quels procédés les sculpteurs avaient-ils utilisés ? Les scientifiques affirmaient que selon les techniques présumées disponibles à cette époque, le façonnage et le travail de lissage auraient pris près de trois siècles.

Plus mystérieuse encore était la question de leur utilité. Les ethnologues avaient étiqueté les crânes de cristal d'objets votifs. Une manière comme une autre de masquer leur ignorance. D'ailleurs, Émile s'était aperçu que les anthropologues et autres paléontologues officiels collaient une étiquette « objet de culte » à toute trouvaille qu'ils ne pouvaient s'expliquer.

Le vieil homme sort de la cuisine et se rassit dans son fauteuil. Il verse la bière ambrée qui crépite dans son verre, faisant naître comme par magie une mousse onctueuse.

Émile regrette presque de ne pas avoir accepté une autre bière.

Après une longue gorgée qui semble le ravir, il reprend son récit. Évoquant, comment les chamans d'Amérique entraient en transe en présence des crânes de cristal. Il parle des légendes révélant l'origine de ces sculptures qui, selon certains, ne sont pas de facture humaine.

Caroline est surprise d'apprendre que les crânes de cristal sont, anatomiquement parlant, semblables à de véritables crânes humains.

Certains d'entre eux sont constitués de deux parties s'articulant au niveau de la mâchoire. Et, sous certaines conditions liées aux résonances magnétiques ou acoustiques, les crânes de cristal peuvent devenir luminescents. De même qu'exposés aux rayons du soleil, ils ont le pouvoir de décomposer la lumière ou de la polariser. Capables même d'enflammer un combustible en quelques secondes.
L'irisation de la lumière à travers le cristal produirait, selon les témoins, des couleurs d'une intensité lumineuse extraordinaire. Le simple fait d'être en présence de l'un de ces crânes vous faisait éprouver une grande paix, toujours selon les dires de certains médiums qui ont approché ces étranges sculptures.
Sur les neuf crânes de cristal connus dans le monde, deux seulement seraient authentiquement mystérieux aux yeux des scientifiques. Deux d'entre eux, en effet, étudiés par le British Muséum, sont façonnés dans des blocs de cristal d'une taille peu commune, pesant près de cinq kilos. Le cristal étant évidemment impossible à dater, les évaluations sur leur ancienneté alimentent nombre de polémiques. D'aucuns n'hésitent pas à attribuer plusieurs millions d'années aux crânes de cristal. La seule chose sur laquelle tout le monde tombe d'accord, c'est que ces étranges sculptures sont justement bien étranges. Sans parler des légendes amérindiennes qui affirment que treize crânes de cristal perdus dans le monde contiennent l'histoire de l'humanité, qu'ils seraient en réalité d'antiques ordinateurs conçus par les plus grandes civilisations qu'ait jamais portées la Terre : la Lémurie, Mu, Mieyhun et l'Atlantide.
Enfin, Fernand Menez leur parla des tests menés par le Muséum anglais qui ne communiqua jamais les résultats des différentes expériences et mesures prises sur l'un des légendaires crânes de cristal ainsi que du fait peu connu et pourtant si ordinaire de l'utilisation du cristal comme constituant des puces d'ordinateur.
Évidemment, l'inspecteur des Brigades Mobiles n'apprit que bien des années plus tard l'existence de ces crânes façonnés dans un des minéraux terrestres les plus difficiles à travailler.
— Après son entretien avec la belle Madeleine, poursuivit le vieil homme, mon père est reparti à Cherbourg. Il était convaincu que l'enlèvement de ma mère et de l'équipage du « Pourquoi Pas » avait un rapport avec les recherches que le navigateur devait effectuer en

Arctique.
— D'après ce que nous savons, le capitaine de la goélette avait l'intention de prouver qu'il existait bien des terres libres de glace en Arctique.
— Oui. Ce qui expliquerait la disparition de l'équipage du trois-mâts par un sous-marin.
— Le plus étrange, ajouta Émile, c'est qu'aujourd'hui encore, aucune photo satellite ne montre les pôles. Que peut-il bien y avoir là-bas qui inquiète tant nos gouvernements ?
— Je crois qu'il existe réellement au Pôle Nord des terres qui sont libres de glace. Ou plus exactement un passage vers un septième continent.
— Un septième continent ! intervint Caroline, je croyais qu'il n'y en avait que cinq.
— Oui, répondit Émile en lui prenant la main, on oublie trop souvent que sous la calotte glaciaire qui recouvre l'Antarctique, il y a un vaste continent.
— Quoi qu'il en soit, mon père est reparti pour Cherbourg quelques semaines plus tard, car entre-temps, le chef des Brigades Mobiles de Rennes l'avait rappelé pour enquêter sur une affaire d'escroquerie. Les investigations qu'il mena par la suite l'égarèrent un peu, en apparence du moins, et jusqu'à la guerre, il fit des recherches dans la bibliothèque de la société des sciences naturelles de Cherbourg. L'un des fondateurs, un certain Liais, je crois, avait, à sa mort, légué ses livres à la fondation et mon père y découvrit un manuscrit, qui ne fut jamais édité, à ma connaissance. Ce manuscrit présentait une des nombreuses hypothèses qui allaient fleurir sur le mythe de la Terre creuse.
— J'ai entendu parler de cette hypothèse, récemment.
— Encore d'actualité de nos jours, car comme vous le disiez tout à l'heure, aucune photo satellite ne donne de détail sur les pôles.
— Votre père a-t-il découvert pourquoi les autorités voudraient nous cacher quelque chose concernant cette partie de la Terre ?
— Oui. Mais cela lui a demandé des années de recherches. Mon père ne disposait pas des sommes nécessaires pour entreprendre une telle exploration et d'ailleurs, ce n'était pas un marin.
—Qu'a-t-il fait après la guerre ? questionna Émile.
— Après la guerre, il fut réintégré dans les Brigades mobiles, mais le souvenir de ma mère le hantait toujours. Il demanda alors à s'occuper

exclusivement des affaires de disparitions, mais cela ne lui laissait pas suffisamment de temps libre pour mener ses propres recherches. Aussi a-t-il démissionné, en 1925, pour créer une agence de détectives privés, à Rennes.

— Comment a-t-il retrouvé la trace de Marie ?

— En étudiant les affaires de disparitions. Cela l'a conduit à enquêter sur des enlèvements, notamment sur des kidnappings de savants ou d'ingénieurs. En faisant le lien entre ces disparitions, mon père est arrivé à la conclusion que quelqu'un, quelque part, organisait des recherches en secret sur l'électricité, le magnétisme, la médecine et les sciences liées aux armements...

Il était tard à présent. Dans le village, toutes les lumières s'étaient éteintes.

La fraîcheur nocturne s'insinua jusque dans le salon par la porte-fenêtre entrouverte.

Caroline frissonna.

— ... Mon père réussit à identifier l'un des membres de cette mystérieuse organisation. Malheureusement, l'homme préféra se suicider que de parler, m'avoua-t-il.

— Comment ça ?

— Cyanure.

— Il s'est empoisonné pour éviter de parler ?

— Oui. L'organisation pour qui ce malfaiteur travaillait devait être très puissante pour que l'homme choisisse la mort et non la trahison. Mon père a alors décidé de prendre son identité. C'était risqué, mais le réseau fonctionnait de manière cloisonnée, mon père avait identifié trois autres contacts qui auraient pu le démasquer et...

— Qu'a-t-il fait ?

— Il les a éliminés.

— Vous voulez dire que...

— Oui. C'était le seul moyen. Il lui fallut ensuite beaucoup d'effort pour remonter la filière, jusqu'à ce qu'un nouvel enlèvement ait lieu. Le hasard fit qu'il fut chargé par l'organisation secrète d'acheminer trois jeunes femmes jusqu'au port de Cherbourg. Au nez et à la barbe des militaires, tous les six mois environ, un cargo embarquait des vivres, du matériel et ceux que l'organisation avait jugé utile d'enlever. Mon père est alors monté sur le navire de marchandises, clandestinement.

Émile commençait à se demander si cette mystérieuse organisation n'était pas responsable du meurtre de l'écrivain et de ceux qui avaient cru en lui. Mais quels liens pouvait-il y avoir entre la possibilité de voyager dans l'espace-temps et les événements qui étaient survenus il y a plus de soixante-dix ans ? Était-il tombé par hasard au beau milieu d'une histoire qui se déroulait en parallèle des affaires du monde, dans le plus grand secret, un secret gardé depuis des décennies ?
Mais par qui, et pourquoi ? Que pouvait bien avoir découvert l'écrivain de roman fantastique pour déchaîner contre lui et son entourage une vague de meurtres horriblement exécutés ? Et qu'en était-il de ce mystérieux manuscrit évoqué par la prostituée qui s'était liée d'amitié avec un vieux marin devenu ivrogne pour finalement être assassiné dans l'indifférence de tous ? Existait-il un moyen de traverser l'espace-temps, un moyen qui serait connu depuis toujours par une poignée d'individus gardant jalousement leur secret et n'hésitant pas à éliminer tous ceux qui s'en approcheraient de trop près ? Que faisait-il, lui, un modeste bouquiniste, au milieu de ce mystère ? Et s'il avait été lui aussi manipulé par cette organisation, si sa vie n'était pas la sienne, mais le fruit d'une expérience ?
Pourquoi ne se souvenait-il pas de certains détails de sa vie ? Non, le hasard, Émile en était convaincu, n'était pour rien dans les événements qu'il croisait sur sa route. Dans son esprit, l'histoire s'articule et, imperceptiblement, Émile commence à comprendre confusément que la mort était au bout de sa quête de la vérité.
— Après une traversée qui dura plusieurs jours, caché au fond des cales avec pour seule compagnie une bande de rats aussi affamés que lui, mon père fut découvert. Heureusement pour lui d'ailleurs, car il était à moitié mort de faim et de froid.
— Où le cargo avait-il accosté ?
— Il n'a pas accosté, mais rejoint un point donné en plein océan où un sous-marin était chargé de prendre livraison du matériel, des vivres et des prisonniers.
— C'est une chance qu'il n'ait pas été simplement passé par-dessus bord.
— Oui, en effet.
— Où le sous-marin les a-t-il emmenés ?
— En Arctique. Dans une base secrète appartenant à une organisation

occulte, le « Point 103 ».
— C'est quoi le « Point 103 » ? demanda Caroline.
— Une base secrète qui n'est pas censée exister, mais certains occultistes pensent que des expériences y seraient menées, et cela, bien avant le deuxième conflit mondial. D'ailleurs, certains érudits prétendent que le parti nazi n'était que le bras armé d'une organisation secrète qui avait pour objectif d'installer un nouvel ordre mondial.
— Qui sont les gens qui se cachent derrière cette organisation ? interrogea Caroline.
— Cela reste difficile à déterminer. Les nazis eux-mêmes étaient influencés par une loge intermédiaire, le groupe de Thulé, qui n'était probablement qu'une des nombreuses ramifications de l'ordre noir.
— Savez-vous quelque chose à propos de cette organisation ? demanda Émile.
— Eh bien... je pense qu'on la nomme : La Confrérie du Serpent, mais ce n'est qu'une hypothèse.
— La Confrérie du Serpent ?
— Oui. Il semble que l'origine de ce groupe remonte à plus de six mille ans, peut-être davantage. En vérité, d'anciennes tablettes d'argile racontent comment l'humanité serait née d'une manipulation. La Confrérie du Serpent y est clairement identifiée comme étant un groupe extra-terrestre, qui, dans les écrits sumériens, est directement assimilé aux Dieux. Évidemment, les spécialistes classiques préfèrent une interprétation allégorique ou symbolique des textes et ils n'hésitent pas, d'ailleurs, à écarter ceux qui dérangent leur version de l'Histoire, voire à travestir les faits. Sans parler de l'opprobre qui est jeté sur tous ceux qui essaient de faire connaître le véritable sens des écrits sumériens.
Les tablettes d'argile, avec leur écriture cunéiforme, se rapprochent d'autres textes d'origine tibétaine ou amérindienne. On retrouve dans tous les mythes à travers le monde cette même origine extra-terrestre de l'homo sapiens. Les Pères de l'Église romaine avaient connaissance de ces récits mythiques. Ils les ont travestis, déformés, mais, pour qui sait chercher, il est clair que les religions monothéistes se sont inspirées des écrits sumériens et notamment de la légende de Gilgamesh. En des temps anciens que n'admet aucun archéologue ou historien, Gilgamesh déroba aux dieux une plante ayant le pouvoir de

prolonger la vie sans fin, mais il fut découvert et la plante lui fut reprise. On pourrait aisément justifier la recherche alchimique par un savoir perdu, mais dont la mémoire a conservé le souvenir de l'existence de cette plante ou pierre philosophale.
La religion chrétienne, quant à elle, a utilisé cette référence pour créer le péché originel. Or, à l'origine, pour les Sumériens, il s'agit d'un savoir qui est subtilisé et non d'un péché qui est commis.
Car pour Gilgamesh, il s'agit d'inverser la programmation inscrite dans chaque cellule vivante qui commande l'autodestruction. D'autres écrits, ceux de Nag Hammadi, plus communément appelés manuscrits de la Mer Morte, évoquent également la création de l'homme par l'un des dieux qui, en des temps reculés, régnaient sur Terre. Ce démiurge porte le nom de Yahvé. C'est un dieu cruel qui aime le sang, non un Père infiniment bon et miséricordieux. Yahvé ne crée pas la race des hommes par bonté, mais pour en faire ses esclaves, car les dieux des mythes anciens ressemblent étrangement aux humains et, comme eux, ils ont des besoins. La racine du mot « humain » viendrait d'ailleurs d'un terme signifiant « les mains de Dieu », qu'il faut interpréter dans son contexte, un contexte qui fait de l'homme un serviteur au sens littéral. L'homme pourrait, par conséquent, n'être qu'une création d'entités qui selon les érudits, peuvent, tout comme les humains, se montrer cruelles et malveillantes.
D'autres, comme le physicien Rees, et le mathématicien Barrow, évoquent la possibilité que l'univers ne soit qu'une simulation, comme le sont les mondes créés pour les jeux vidéo dans lesquels, aujourd'hui, chaque entité du jeu est capable d'agir de façon autonome, de manière intelligente. Non pas comme un programme d'ordinateur, mais comme un cerveau humain, libre. Le problème étant de déterminer à partir de quel niveau les personnages virtuels seraient en mesure d'expliquer leur origine et, dans ce cas, quelle explication échafauderaient-ils ?
Cette vision du monde, cette illusion, Émile l'a souvent perçue. Non pas comme une vie inexistante ou comme un rêve, mais bien comme une illusion apposée au regard de ses contemporains, une manipulation.
Ce qu'Émile ne sait pas, c'est que de nombreuses expériences sont menées par les militaires depuis le début des années mille neuf cent, afin d'obtenir le contrôle mental des masses. Des expériences, alternant des traumatismes graves et des techniques d'hypnose et de

conditionnement, seraient responsables des désordres de personnalités multiples, dont les cas vont sans cesse grandissant en Amérique. De telles méthodes seraient initiées par l'organisation de la Confrérie du Serpent afin de s'assurer une armée d'agents dormants, dociles et obéissants, pouvant facilement s'autodétruire lorsqu'ils sont devenus inutiles ou gênants. Cette vision est cohérente si on applique sa logique aux sociétés humaines. Illusion et conspiration, irréalité apposée au regard des masses, manipulation des pensées individuelles pour aboutir à un nouvel ordre mondial. Impossible d'identifier ceux qui se cachent derrière les puissances économiques et politiques de la planète, derrière les pantins qui dirigent les affaires du monde, ou croient les diriger.

Programmes d'éducation, travail, loisirs, informations, autant de filtres voilant la conscience des réalités du monde. Cultures, système économique et social, conflits, diabolisation, un conditionnement pour le cerveau humain qui reste ainsi aveugle à la compréhension des véritables conditions dans lesquelles l'homme n'est qu'un esclave inconscient du statut qui est le sien.

Émile a pressenti cela, il se souvient qu'autrefois il avait conscience de cela. Que lui est-il arrivé pour qu'il cesse d'en être conscient ? L'accident de moto ? Émile n'écoute plus l'exposé du vieil homme concernant l'histoire qui se dissimule derrière les faits historiques. Son esprit a décroché du présent depuis quelques minutes déjà, il est maintenant ancré dans sa pensée. Et une étrange idée lui vient en tête.

« C'est l'œuf qui fait la poule, mais c'est la poule qui fait l'œuf. Si on n'envisage pas d'insérer dans le schéma de l'œuf et de la poule un troisième paramètre, on tourne en rond. Il faut nécessairement que quelque chose soit à l'origine du couple infernal de l'œuf et de la poule. Oublions Darwin, la théorie de l'évolution, ça ne tient pas debout. Le hasard, c'est un concept d'ignorance qui prend des habits d'académicien. Si l'évolution existait réellement, les crocodiles auraient des ordinateurs portables ».

« On a bien appris le langage des sourds—muets à des singes, mais qui nous a appris à parler ? Pourquoi nos ancêtres avaient-ils besoin de parler alors que les autres animaux se débrouillent très bien sans blabla ? Qui a introduit les gènes du langage dans notre chaîne d'ADN ? »

— Dites-moi, interrogea Caroline, comment votre père a-t-il fait pour s’échapper ?

* * *

Quelque part en Arctique : 1927

Le détective, épuisé par plusieurs jours de traversée sans nourriture ni eau, était maintenant entre les mains de la mystérieuse organisation responsable de l’enlèvement de Marie et de l’équipage de la Goélette, quelque part dans le cercle arctique.
L'ancien inspecteur des Brigades Mobiles s'était réveillé allongé et solidement sanglé sur une table métallique semblable à celles qu'on rencontre dans les morgues. Deux hommes vêtus d'une combinaison bleu nuit se tenaient debout à ces côtés.
— Qui êtes-vous ? interrogea l'un d'eux.
— Je suis détective privé, articula l'ex-inspecteur des brigades mobiles. Je suis à la recherche d'une jeune femme qui a disparu en 1914.
La pièce où il était retenu prisonnier était exempte d’ouverture à l’exception de la porte blindée par laquelle étaient entrés une minute plus tôt les deux hommes. L’un d’eux portait à la manche gauche un insigne blanc, étrange. Un grade probablement.
Ils échangèrent quelques mots dans une langue que le détective ne parvint pas à identifier. Puis, ils se tournèrent de nouveau vers leur captif.
Leur regard était froid comme l’acier, mais le calme qui les enveloppait était encore plus inquiétant.
— Comment connaissez-vous notre existence ?
— Je sais simplement que le voilier sur lequel se trouvait Marie, devait effectuer des recherches au-delà du cercle polaire.
— Pourquoi un tel acharnement ? Qui est-elle pour vous ?
— Personne.
— Allons, on ne prend pas tant de risques pour quelqu’un qui ne nous importe pas. Dites-nous ce qu'elle représente à vos yeux.
— Une simple ouvrière de Landerneau qui a eu la malchance d’embarquer sur un voilier.
— Si je vous disais qu’elle est vivante et bien traitée, cela vous

rassurerait-il ?
— Cela changerait-il quelque chose à ma condition de prisonnier ?
— Je vois que votre esprit est resté vivace malgré votre traversée qui a certainement dû être pénible.
Deux inconnus entrèrent à leur tour dans la cellule où le détective était toujours entravé. L'un d'eux portait lui aussi un insigne à la manche gauche de sa combinaison bleu nuit, mais le symbole était fort différent de celui de l'homme qui l'interrogeait.
— Nous allons vous examiner, dit-il, afin de déterminer votre état de santé.
Le nouveau venu l'ausculta rapidement sans un mot. Et alors que le détective était toujours attaché sur la table métallique, il lui appliqua une pastille qu'il lui colla sur la peau.
— Qu'est-ce que c'est ?
— Détendez-vous.
— Qu'est-ce que vous me faites ?
— Je vous le demande encore une fois, qui êtes-vous ?
— Je m'appelle Fernand Menez, je suis détective privé, ancien inspecteur des Brigades Mobiles de Rennes.
— Pour qui travaillez-vous ?
— Je suis ici de ma propre initiative.
— Qu'êtes-vous venu faire ici ?
— Je suis à la recherche de Marie.
— Pourquoi la recherchez-vous ?
— Parce que..., parce que..., je...
— Répondez à ma question.
— Parce que je...
Le sérum, administré par hypodermie, ne parvenait pas à annihiler totalement sa volonté.
— Pourquoi êtes-vous ici ?
— Pour retrouver Marie.
— Pour quelle raison voulez-vous la retrouver ?
— Parce que je..., je l'aime.
— Qui d'autre a connaissance de votre présence ici ?
— Personne.
L'homme qui l'avait examiné acquiesça d'un signe de tête à l'intention des deux autres.

— Nous allons vous transférer dans une cellule plus confortable. Vous serez bien traité.
— Qui êtes-vous ? articula le détective.
— Il ne vous serait d'aucune utilité de l'apprendre. Contentez-vous d'obéir et votre captivité n'en sera que plus agréable. Dans le cas contraire, il vous en coûterait.
Moins d'une minute plus tard, deux hommes vêtus de la même combinaison bleu nuit, mais dont la manche droite était de couleur pourpre, le conduisirent à un niveau inférieur, auquel ils accédèrent par le biais d'un monte-charge ultra silencieux.
Arrivé devant une sorte d'alcôve assez spacieuse, l'un des gardiens lui ordonna d'y pénétrer. Le détective fit un pas pour s'exécuter et fut immédiatement repoussé. Il s'écroula dans un râle.
Les gardiens l'aidèrent alors à se relever.
Il était groggy par le choc violent qu'il venait de recevoir d'un agresseur invisible.
— Observez les points lumineux sur les champs de l'ouverture de votre cellule, lorsqu'ils sont allumés, vous ne pouvez franchir le seuil. Si vous essayez, vous subirez de nouveau le même effet. Vous avez compris ?
— Oui, articula le détective d'une voix rauque.
— Maintenant, entrez.
IL s'assura que les points lumineux ne brillaient plus avant de pénétrer dans ce cachot sans barreaux et il s'allongea sur une couchette scellée dans la paroi, encore étourdi par la décharge électrique qui l'avait projeté à terre. La cellule, d'environ deux mètres sur deux, ne comportait aucun autre mobilier à l'exception d'un récipient, lui aussi fixé au sol.
— Pourrais-je avoir un peu d'eau ?
— Vous recevrez une ration d'eau et de nourriture deux fois par vingt-quatre heures. En dehors de cela, nous ne sommes pas autorisés à répondre à vos besoins. Dans moins de deux heures, vous aurez un entretien avec votre guide, il vous informera du règlement, tout manquement à ce règlement sera sévèrement réprimé. Avez-vous compris ce que je viens de vous dire ?
Le détective se passa la main dans les cheveux, son crâne était douloureux.
— Parfaitement bien, articula-t-il, toujours choqué.

C’est à cet instant que Fernand Menez prit conscience que tous les hommes en combinaison bleu nuit étaient chauves.

* * *

Le détective reprit peu à peu des forces.

Désormais, son temps est partagé entre la cellule où il a été transféré et les travaux auxquels il est soumis comme nombre d'autres captifs avec lesquels il lui est interdit de communiquer.

Comme chaque jour, ou presque, il est conduit à un niveau différent du complexe arctique.

Il est affecté, sous la surveillance de plusieurs gardiens, à l’entretien de la zone « A ».

Ce niveau du complexe est constitué d’un hangar immense couvert d'un dôme de verre gigantesque de couleur laiteuse où reposent trois disques de la taille d’un cargo. Deux autres disques plus petits se trouvent sur une plateforme surélevée. Les machines discoïdales sont en réalité des aéronefs d’une technologie incroyablement avancée pouvant être utilisés pour des missions offensives. Ils sont équipés de tourelles munies de canons, accrochées sous leur coque.

Mais ce qui attire l’attention du détective ce jour-là est d’une autre nature. Vêtue d’une combinaison pourpre, tout comme celle qu'il porte à présent, Marie charge des caissons sur une plateforme rectangulaire autoguidée. Son visage n’a pas changé, bien que ses traits n’expriment que tristesse et non la joie comme sur la photo noir et blanc qu’il a découvert dans la chambre où vivait la jeune femme, à Landerneau, il y a plus de dix ans maintenant.

Fernand Menez s'approche et murmura pour ne pas attirer l'attention des gardiens.

— Marie, je suis ici pour vous sauver.

— Personne ne peut être sauvé, dit-elle d'un ton amer sans le regarder.

— Où sont les autres membres d’équipage ?

— Je ne sais pas. Nous avons été séparés peu après notre arrivée, c'est la première fois qu'on me transfère ici.

— Combien existe-t-il de niveaux ?

— Je n’en connais que trois, dit-elle, mais je sais qu’il en existe d’autres.

— Savez-vous pourquoi ils vous retiennent prisonnière depuis tout ce temps ?

Pouvait-elle lui avouer que durant toutes ces années elle avait vécu comme une catin. Non. La jeune femme se refuse à confier qu'elle partage avec une vingtaine d'autres femmes la condition de prostituée, qu'elle vit depuis plus de dix ans dans la zone « D ».
— Quelqu'un m'a raconté qu'il y avait eu une guerre, dit-elle.
— Oui... l'Allemagne a capitulé en 1918.
— En quelle année sommes-nous ?
— 1927.
— Mon Dieu... je suis ici depuis... depuis treize ans.
Les yeux de Marie s'embuèrent un peu, mais elle se reprit vite afin de ne rien laisser paraître.
— Je vais trouver un moyen de nous sortir de là, faites-moi confiance.
— Je vous l'ai déjà dit, murmura la jeune femme, personne ne peut partir d'ici... personne.
— Savez-vous s'il existe une autre sortie que celle où le sous-marin accoste ?
— Oui, mais c'est inutile d'y penser, jamais vous ne franchirez le dôme.
— J'ai eu tout le temps d'y songer, Marie, avec un manteau polaire, un canot et quelques vivres, on a une chance de s'en tirer vivant.
— Mais où croyez-vous que nous nous trouvions, au Pôle Nord ?
— Oui, précisément.
Marie s'arrêta pour le regarder, incrédule. Mais elle reprit vite son travail avant d'être interpellée par un membre du complexe.
— Je crois que vous ne savez pas où nous sommes.
— Et où sommes-nous selon vous, Marie ?
— Croyez-vous être le seul à y avoir songé, je veux dire, penser à vous enfuir d'ici ?
— Qu'y a-t-il à l'extérieur ?
— La jungle.
Cette fois ce fut Fernand Menez qui stoppa net ses gestes. Impossible, pensa-t-il, le sous-marin qui l'avait amené ici ne pouvait avoir traversé l'Atlantique en quelques heures seulement. Le détective était certain d'être au Pôle Nord. C'est alors qu'il lui revint en mémoire le récit des deux pêcheurs ainsi que celui des aviateurs américains affirmant qu'au-delà du cercle polaire arctique, existaient des terres libres de glace.
Ses propres recherches dans la bibliothèque de la société de sciences naturelles de Cherbourg l'avaient conduit à consulter un manuscrit fort

intéressant, mais qu'il avait jugé trop peu fiable, évoquant l'existence d'un septième continent au centre de la Terre.
— Certains prisonniers, murmura-t-elle, ont essayé de s'échapper d'ici. Ceux qui ne sont pas morts, tués par des créatures venimeuses et dévorés par les bêtes sauvages, racontent qu'une forêt vierge et des lacs entourent le complexe. Ils affirment aussi avoir vu des animaux gigantesques qui ressemblent à de grands lézards.
Les deux captifs terminèrent de charger plusieurs plateformes de caissons métalliques qui seraient embarqués plus tard dans les Vrils. Ces aéronefs devaient s'envoler pour une mission d'essai et de reconnaissance. Puis, ils furent de nouveau renvoyés dans leur cellule respective.
Durant plusieurs semaines, ils seraient ainsi affectés à des tâches communes.
Le détective allait découvrir qu'il existait huit niveaux en tout et que les couleurs des combinaisons des gardiens du complexe correspondaient aux zones des différents étages de cette immense base secrète. Tous étaient des hommes. Les femmes qu'il rencontra au cours de sa détention étaient, tout comme Marie, prisonnières, et toutes étaient vêtues de la même combinaison rouge sombre. Impossible, par conséquent, de passer inaperçu.
Les conduits d'aération étaient la seule faiblesse du complexe.

* * *

Marie avait appris à oublier pour ne pas souffrir. Mais la jeune femme qui s'était tout d'abord méfiée de lui avait fini par se confier. Fernand Menez avait alors eu connaissance des expériences auxquelles se livraient les savants du niveau inférieur ainsi que de l'existence du « salon des plaisirs ». C'était un endroit où les membres de cette base secrète venaient se détendre.
Marie lui avait avoué qu'avant qu'il ne soit fait prisonnier, lui aussi, elle vivait parmi les femmes mises à disposition des hommes du complexe. Celles-ci disposaient d'une cellule aménagée et de quelques avantages. Ce qui n'était pas le cas des autres détenus affectés à l'entretien ou servant de cobayes pour diverses expériences. Cette différence de traitement pouvait paraître appréciable dans ce lieu isolé du monde et avec le temps, elle s'était résolue à accepter son sort.

* * *

Quelques semaines plus tard, Fernand Menez avait été conduit sur le quai d'accostage du submersible. La grotte souterraine où il était amarré avait été aménagée pour accueillir trois engins du même genre et possédait un quai de déchargement immense ainsi qu'une plateforme de stockage. La cavité naturelle était reliée à un lac d'eau salée, lui-même connecté à l'océan Arctique par un réseau de cavernes immergées.

Sous les ordres d'hommes en combinaison bleue et blanche, le détective travaillait sur le quai avec d'autres captifs depuis une vingtaine de minutes. Marie était absente et l'ex-inspecteur des Brigades Mobiles sentait monter en lui l'inquiétude.

Sur le quai, les prisonniers en combinaison rouge sombre déchargeaient du matériel médical ainsi que des vivres qu'ils fixaient sur des chariots motorisés autoguidés. Des gardes armés surveillaient les écoutilles du sous-marin et l'acheminement du matériel jusqu'aux monte-charges.

Le détective parvint, malgré la présence des gardiens, à se glisser derrière les containers métalliques où il savait trouver une bouche d'aération dont les rivets de fixation avaient été préalablement limés lors de travaux d'entretien du quai. Il pouvait maintenant emprunter les conduits en soulevant la grille et en la replaçant de manière à cacher sa fuite.

Se faufiler dans les colonnes d'aération sans faire de bruit et être repéré se révélait nerveusement épuisant.

Il avait exploré le premier niveau en rampant tel un serpent durant des semaines. Il connaissait les deux premiers étages du complexe qui en comportait huit au total. Mais les ingénieurs avaient bien pensé l'aménagement des canalisations et chaque niveau possédait un réseau d'aération indépendant des autres niveaux du complexe. Cependant, si les réseaux des différents étages étaient isolés les uns des autres, ils étaient tous reliés à un immense puits central de plusieurs dizaines de mètres de profondeur.

Durant une heure, le détective inspecta toutes les salles auxquelles les conduits lui donnaient accès. Mais malheureusement, Marie ne s'y trouvait pas.

Le puits central, avec ses quatre-vingts mètres de profondeur et ses dix mètres de largeur, était alimenté en air par deux ventilateurs métalliques de huit mètres de diamètre disposés à intervalle régulier afin de permettre la bonne circulation de l'air. En réalité, il existait deux puits, un pour l'entrée et un autre pour l'évacuation de l'air. Une chute dans les pales du ventilateur et c'était la mort assurée.
Sans cordage, il était impossible de descendre dans ce puits dont les parois étaient lisses comme du verre. Aussi n'avait-il pas le choix, il devait retourner sur le quai de débarquement et y voler des sangles afin de pouvoir y descendre et accéder aux autres niveaux.
L'opération lui demanda quarante minutes aller-retour, du quai au puits central. Là, il fixa les sangles entre elles et attacha l'extrémité à un étai solidement arrimé au conduit d'aération. Descendre serait relativement facile, mais la remontée, il le savait, serait plus ardue à réaliser.
Le détective fit le tour des cellules à travers les canalisations de ventilation.
Marie n'était pas dans la sienne.
Il était possible qu'elle ait été transférée à un autre niveau, un de ceux qu'il ne connaissait pas. N'ayant pas suffisamment de sangles pour descendre plus bas, il prit la décision d'arpenter les couloirs du complexe. C'était dangereux, mais il n'avait pas le choix.
Il dévissa l'une des grilles de ventilation à l'aide d'une lame fabriquée avec un morceau de métal trouvé sur le quai de débarquement et la remit en place afin que personne ne s'aperçoive de son évasion. Cela lui coûta encore de précieuses minutes.
Passer les portes des ascenseurs pour atteindre les niveaux inférieurs serait plus compliqué.
Et finalement, ce qu'il redoutait se produisit.
Il fut surpris par un gardien.
Après un avertissement sommaire, l'homme en combinaison bleu fit éclater l'arcade sourcilière du détective à coup de poing. Aveuglé par le sang qui coulait sur son visage, il porta plusieurs coups de lame à son adversaire qui s'écroula dans un râle d'agonie.
Puis, il arracha la manche de sa combinaison pourpre et essuya le sang sur sa figure ainsi que les taches sur le sol. Il traîna sa victime jusqu'au conduit d'aération et l'y abandonna.

Il se faufila ensuite jusqu'au dôme où les aéronefs étaient stationnés et s'empara de tous les cordages qu'il put dénicher. Il n'était plus question de cheminer en dehors des conduits d'aération. Cela se révélait bien trop risqué.
Le troisième niveau auquel il accéda était réservé aux membres du complexe. Le détective fut surpris d'y découvrir un espace où poussait la végétation ainsi qu'une salle de sports. Quant aux salons de plaisir, ils étaient occupés par une quinzaine de femmes d'environ trente ans, pour autant qu'il puisse en juger. Il vit tout cela derrière les grillages des conduits d'aération, il n'était plus question d'en sortir. Mais il était à peu près sûr que Marie ne se trouvait pas à ce niveau.
Passer entre les pales tournantes du ventilateur du puits central pour descendre plus bas aurait été suicidaire. Les pales métalliques étant d'un diamètre inférieur à celui du puits, une plateforme circulaire d'environ un mètre de large permettait de poser les pieds au pourtour du ventilateur géant. Le bloquer, même pour un instant, risquait d'endommager l'hélice, il ne pouvait prendre ce risque, aussi décida-t-il de faire sauter quelques rivets pour soulever un morceau de la plateforme et se frayer un passage vers les niveaux inférieurs.
Le quatrième et le cinquième niveau étaient constitués de laboratoires d'expérimentation biologique et psychologique.
La découverte du sixième niveau lui causa un choc.
Dans certaines salles, semblables à des blocs chirurgicaux, des femmes ainsi que des enfants étaient disséqués, vivants. Le détective assista de loin à une trépanation, opération qui consistait à insérer une électrode dans le cerveau de la patiente afin d'en comprendre le fonctionnement. La victime, sanglée sur un fauteuil spécial, était consciente et répondait aux questions des hommes vêtus d'une combinaison grise qui mesuraient ses réponses sur un écran radar.
C'est dans une cellule chirurgicale qu'il découvrit Marie un instant plus tard, affublée d'une robe blanche, courte et austère, les yeux clos, allongée sur une civière.
— Marie, souffla-t-il dans un murmure à peine audible. Marie…
La jeune femme ouvrit les yeux, elle avait reconnu la voix du détective. Elle mit quelques secondes à repérer d'où venaient les chuchotements, juste au-dessus d'elle.
— Fernand… je suis heureuse de te voir. Comment es-tu arrivé

jusqu'ici ?
— Est-ce qu'ils t'ont fait du mal ?
— Non, je ne crois pas. On m'a conduite ici ce matin et un médecin m'a piqué le bras. Ensuite, je me suis réveillée dans cette cellule. Je ne sais pas ce qu'ils m'ont fait... j'ai peur...
— Je vais te sortir de là, aie confiance.
Quelques minutes plus tard, le détective neutralisait un des savants du sixième niveau en lui brisant les cervicales et parvenait jusqu'à la pièce où se trouvait Marie. Il appuya sur l'interrupteur commandant la mise sous tension de la cellule et le champ électrique se coupa aussitôt.
La chance était du côté des deux fugitifs, car les couloirs qu'ils durent traverser pour se faufiler jusqu'à une grille des conduits d'aération accessible à sa protégée étaient déserts.
Escalader à la force des bras les six étages du puits central conduisant au premier niveau leur demanda près d'une heure, tant Marie était affaiblie par les drogues qu'on lui avait administrées.
Ils étaient tous deux épuisés.
— Je n'aurai pas la force de continuer, se plaignit Marie.
— Il le faut, nous devons sortir du complexe avant qu'ils ne s'aperçoivent de notre absence.
— Comment allons-nous survivre une fois dehors ?
— Ce n'est pas le moment de désespérer, Marie.
— Oui... tu as raison.
Le détective grimpa jusqu'à la grille de prise d'air extérieure du puits central.
Suspendu à l'aide des sangles accrochées au maillage d'acier, il serra entre les mâchoires d'un petit étau improvisé, deux des barres métalliques de la grille. Il recommença l'opération avec les barreaux suivants jusqu'à ce qu'il parvienne à disloquer l'ensemble et qu'un passage suffisamment grand leur permette de s'y faufiler. Puis, dans un effort surhumain, il aida Marie à se hisser jusqu'à la sortie.
Ils étaient enfin libres.
Marie ignorait encore à ce moment-là pourquoi elle avait été conduite au département de recherche biologique, mais elle ne pourrait l'ignorer bien longtemps.

83

— Ils sont restés cachés plusieurs jours à proximité du complexe arctique, expliqua le vieil homme en vidant son verre. Puis, ils se sont enfoncés dans la jungle.

Dehors, les réverbères se sont éteints, il fait nuit noire. Une nuit sans Lune. Émile se demande si le ciel sera dégagé la nuit prochaine, lorsque la rencontre aura lieu sur l'île de Gavrinis.

Fernand Menez se lève pour fermer la porte-fenêtre du salon, car des insectes, attirés par la lueur des bougies, dont les flammes dansent sur la vitre de la table basse, sont venus s'y brûler les ailes et gisent maintenant dans la cire chaude et parfumée.

Les verres d'Émile et Caroline sont vides depuis un moment déjà. Le vieil homme se tourne alors vers ses deux invités.

— Êtes-vous sûr de ne pas vouloir une autre bière ?

Caroline et Émile acceptent avec plaisir cette nouvelle invitation à boire une bière ambrée. Leur hôte s'éclipse un instant dans la cuisine où l'écho des capsules roulant sur les carreaux de la table de travail vient comme une promesse rafraîchissante jusqu'aux oreilles des fugitifs.

Dans la douce chaleur du salon, sous le regard attentif des figurines nées des légendes celtiques, ils trinquent ensemble et la mousse onctueuse des bières s'accroche aux lèvres des trois assoiffés. Mais un simple coup de langue la fait disparaître aussi vite qu'elle est apparue.

— Qu'y avait-il dans cette jungle ? reprit Caroline. Vous le savez ?

— Des ruines.

— Vous voulez dire des ruines comme celles qu'on peut admirer sur les sites d'anciennes civilisations ? intervint Émile.

— Oui. Mon père n'a pas eu le loisir de les explorer, mais je gage que s'il l'avait fait, nous aurions appris qu'une civilisation inconnue y avait vécu. Vous savez, les sciences actuelles, la géophysique notamment, affirment que la Terre a basculé sur son axe, il y a plusieurs millions d'années et que les pôles ont par conséquent bougé. Si ma mémoire est bonne, je crois avoir lu quelque part que la Lune n'a pas toujours été la compagne de notre planète. D'ailleurs, selon certaines légendes amérindiennes, la Lune ne serait pas le premier satellite que la Terre ait capturé dans son champ d'attraction. D'autres lunes auraient accompagné la planète bleue avant de s'y écraser, causant des cataclysmes qu'on a du mal à imaginer. Cela pourrait expliquer les grandes extinctions animales et végétales dont nous parlent les archéologues. Quoi qu'il en soit, ces ruines existent et elles sont sans doute bien antérieures à l'histoire de l'homme telle que nous l'enseigne la science officielle, ou devrais-je dire, les tenants de la science officielle.

— Qu'y avait-il en dehors de ces ruines ? demanda Émile.

— Des reptiles... D'antiques dinosaures.

— C'est incroyable, ne put se retenir Caroline.

— Oui, cela paraît incroyable, mais c'est seulement parce que votre esprit est imprégné par les normes et la culture de masse. Vous ne pouvez admettre que cela existe parce que les schémas de pensée qu'on a ancrés en vous, imposent une vision linéaire de l'histoire du monde et je dirais une vision de l'évolution qui progressivement va du plus primitif vers le plus évolué. C'est absurde. Aujourd'hui encore, des pays dont l'évolution technique et technologique est très avancée côtoient des peuples qui vivent toujours à l'âge de pierre. Songez que les Papous ne sont qu'à quelques heures d'avion de nous, une immersion dans leur village vous semblerait être un voyage dans le temps de plusieurs millions d'années. Et pourtant...

— Comment expliquez-vous que personne n'ait jamais découvert cette jungle au beau milieu de l'Arctique ? interrogea Émile.

— Mais nombreux sont les explorateurs ou aviateurs qui ont vu ce continent. La plupart ont renoncé à en parler et pour ceux qui ont voulu dévoiler la vérité... eh bien, je dirais que le discrédit a été jeté sur eux, quand on ne les a pas simplement éliminés.

— Selon vous, quel danger cette révélation représente-t-elle pour nos gouvernements ?

— D'abord, il faut que vous sachiez qu'il n'est pas aisé d'arriver jusque-là. Les conditions climatiques et météorologiques sont très difficiles. Même si ce continent semble jouir d'un climat tropical, il se trouve au beau milieu des glaces arctiques. Pour y accéder, il faut traverser un épais rideau de brume sur des kilomètres et où toute navigation est perturbée par le champ magnétique terrestre qui, dans cette zone, détraque tous les instruments de mesure modernes. Ensuite, ceux qui y ont installé leur complexe interdisent sûrement l'accès de ce continent grâce à une technologie qui est de loin supérieure à la nôtre, ou qui, pour l'instant, n'est encore que de la science-fiction. De là viennent probablement les histoires de soucoupes volantes et d'Aliens. Je crois qu'une civilisation vit parallèlement à la nôtre, peut-être des hommes d'une autre race, je veux dire non humaine. Il est clair qu'ils manipulent nos dirigeants. Comment ? Je l'ignore, mais beaucoup d'hypothèses existent sur des gouvernements occultes. Mon père a consacré sa vie entière à effectuer des recherches sur cette mystérieuse organisation. Selon lui, celle-ci aurait été en possession de secrets qui concernaient l'histoire de l'humanité et des technologies supérieures à celles connues de l'époque.

— Si ces hommes sont aussi puissants, intervint Caroline, l'air intrigué, comment leur a-t-il échappé ?

— Mes parents sont parvenus à percer le rideau de brume sur un radeau de fortune. La chance fut de leur côté, il faut bien en convenir. Ils furent tous deux recueillis par un baleinier hollandais après des jours de dérive. Une fois débarqués en Hollande, il leur a été relativement aisé de rejoindre la France. Au début, ils vivaient dans la crainte d'être recherchés et découverts, mais deux mois seulement après leur évasion, ma mère était certaine d'être enceinte, cela dit, elle ne l'avoua à mon père que lorsque son ventre ne pouvait plus le cacher. C'est à ce moment-là que mon père a décidé de rouvrir un cabinet de détective privé, mais à Paris cette fois. C'est là que je suis venu au monde.

— Votre père n'a pas essayé de parler de ce qu'il avait découvert aux autorités françaises ? demanda Caroline.

— Non. D'ailleurs, personne ne l'aurait cru. Ma mère, quant à elle, est morte peu après ma naissance, dans des conditions étranges. Et moi j'ai atterri, ici, en Bretagne, à Quimper. C'est pour cette raison que j'ai peu connu mon père. Puis il y a eu la guerre, de nouveau. Mon père a intégré la Résistance. C'est peu avant sa disparition qu'il m'a confié cette histoire. Je n'ai jamais su ce qu'il était devenu.

— Avez-vous essayé de le retrouver ? L'interrogea Émile.

Le vieil homme resta silencieux. Son regard s'abîma dans le liquide ambré dont les minuscules bulles de gaz venaient crever à la surface de son verre. Émile regretta presque d'avoir posé la question quand il découvrit dans ses yeux un voile humide qui s'épaississait.

Dans sa voix résonna alors l'écho d'un regret

— Non..., le tourbillon de la vie m'a emporté avec elle... je suis devenu professeur et ce n'est que de longues années plus tard que cette histoire m'est revenue en mémoire. Comme si, toutes ces années durant, j'avais oublié qui j'étais. Dès lors, je me suis intéressé aux phénomènes étranges, à tout ce qui, de près ou de loin, touchait l'ésotérisme. Je suis convaincu aujourd'hui que des terres libres de glace existent en Arctique, je suis convaincu que mon père disait vrai lorsqu'il parlait de ces terres à la végétation luxuriante, à l'existence d'animaux que nous croyons disparus. Je suis convaincu que derrière le paravent de notre société, des êtres nous dirigent dans l'ombre et le secret. Je suis convaincu que notre monde n'est pas la réalité, ou une réalité tronquée. Voilà tout ce que je suis en mesure de vous dire concernant mon père, Monsieur Tiembpont.
La cloche de la basilique se mit à sonner, égrenant les douze coups de minuit comme un glas annonçant qu'une vie vient de passer de l'autre côté.
L'automne a succédé à l'été.
Émile ne s'est même pas rendu compte du changement de saison.
Depuis la venue de Guirec dans sa petite boutique de livres anciens, rue de Gand, et sa cavale qui l'a conduit à se cacher des semaines durant chez Caroline, le temps s'est accéléré, inexorablement. Mais ce qui, pour certain, marque la fin d'un cycle, n'est qu'un éternel instant où la réalité impose son empreinte.
« Une réalité tronquée », songe Émile.
« Pour quelle raison suis-je ici ? Pourquoi suis-je mêlé à cette histoire ? Qui se cache derrière le voile d'Isis ? Personne ne peut manipuler des vies à ce point, même s'il faut admettre que les grandes décisions échappent au commun des mortels. Personne ne peut manipuler tous les individus vivants sur la planète ».
« Si, bien sûr. Réveille-toi, Émile, tu sais parfaitement que c'est possible. L'opinion publique est manipulée par l'économie, la télé, la publicité. Toute notre vie n'est que manipulation... à l'infini... Mais que pouvons-nous bien représenter pour ceux qui nous utilisent et à quoi leur somme-nous utiles ? »
Les mythes et légendes attestent de mystères et de réalités dont le déni des tenants de la science officielle ne peut conduire qu'à soupçonner l'existence.

Quel secret, dont la révélation pouvait faire imploser le monde, se cachait derrière les écrans de brume apposés à nos regards ? L'hypothèse que différentes dimensions que celles connues soit une possibilité ne bouleversait plus personne, en théorie du moins. Les voyages dans le temps et l'espace n'étaient plus inconcevables depuis Einstein et Star Trek, pour un individu moyennement informé. L'idée d'une vie extra-terrestre, de même que la théorie de la panspermie s'était largement propagée dans le grand public. Évidemment, Émile ne pouvait nier qu'une telle révélation ébranlerait le monde, mais qu'est-ce qui aurait pu représenter une vérité plus déstabilisatrice qu'une origine extra-terrestre de l'humanité ? Ce qui de toute manière, Émile y avait longuement réfléchi, ne faisait que repousser la question d'un degré, car l'énigme des origines n'en serait pas pour autant résolue. Fallait-il concevoir que l'humanité n'était qu'un vaste laboratoire sous contrôle d'entités venues d'un autre univers ? Ce serait, évidemment, une révélation qui ébranlerait toutes les sociétés humaines, mais après un bouleversement des consciences, Émile n'imaginait pas un seul instant que les hommes se résignent à l'esclavage. Une résistance s'organiserait alors pour lutter contre l'envahisseur, l'ancien bouquiniste de la rue de Gand en était convaincu. Non, la vérité devait être plus terrible encore, mais que pourrait-il y avoir de plus déstabilisant que de découvrir que l'humanité pourrait être comparable aux rats de laboratoire des scientifiques ?

84

Caroline et Émile laissèrent le vieil homme peu avant une heure du matin. Qu'avait-il appris ? Rien qui ne puisse les mettre sur la piste du mystérieux assassin. Le seul point commun entre le flic des années folles et les meurtres perpétrés dans la capitale Flandre, est l'existence de manuscrits anciens dont le contenu semble détenir une force maléfique et puissante.
Dans un peu moins de vingt-quatre heures, la rencontre doit avoir lieu dans le cairn de l'île de Gavrinis, une petite île perdue dans le golfe du Morbihan, à quelques centaines de kilomètres de là. Une île qui était autrefois le centre d'un complexe mégalithique qui s'étendait sur toute la terre de Bretagne, en des temps reculés.
La disparition du détective signifiait pour Émile qu'un point de contact avait été ouvert grâce à une découverte probablement liée à la traduction d'un manuscrit ancien, que depuis toujours des êtres d'entre les mondes empruntaient ces vortex pour communiquer entre deux dimensions et que l'écrivain avait commis l'erreur de révéler sa présence. Le destin l'avait désigné pour refermer ce passage, tout comme on referme un livre... lorsque l'histoire s'achève.

85

« Dans moins de vingt-quatre heures, je connaîtrai enfin le visage de celui qui manipule ma vie, je saurais pourquoi il m'a choisi. Il faudra bien qu'il parle, qu'il me dise pourquoi il a assassiné Guirec, Maryse et les autres »

« S'il m'attire dans le cairn, c'est sans doute pour m'éliminer moi aussi. Non ! Non, réfléchis, Émile, s'il avait voulu te supprimer, il en aurait eu l'occasion à mainte reprise. Il veut quelque chose, mais quoi ? »

Allongé sous la couette, aux côtés de Caroline endormie, Émile ne parvient pas à trouver le sommeil. Ses pensées le ramènent invariablement à la rencontre qui doit avoir lieu la nuit prochaine, sur l'île de Gavrinis, dans le golfe du Morbihan.

Deux heures auparavant, après avoir salué le vieil homme, Émile et Caroline ont repris le chemin de l'hôtel. Fernand Menez les a regardés s'éloigner dans l'ombre de la nuit. Il connait le prix de la vérité. Son père l'avait sans doute payé de sa vie. Lui-même en était si proche, il le sentait. C'était en partie pour cette raison qu'il ne s'était jamais marié. Le professeur d'histoire gardait un secret enfoui dans son cœur, une énigme liée à sa naissance, un secret qu'il n'avait jamais pu se résoudre à partager. Nombreuses, pourtant, avaient été celles qui l'avaient désiré pour compagnon, lui, le garçon si brillant. Fernand Menez n'avait pas seulement joui d'une intelligence supérieure à la moyenne, il bénéficiait également d'une santé hors du commun. Jamais, d'aussi loin qu'il se souvenait, il n'avait été souffrant, pas le moindre rhume dans sa vie, pas la moindre fracture. Sa grand-mère l'avait d'ailleurs surnommé l'incassable. Et à soixante-dix-huit ans, Fernand Menez possédait la forme physique d'un homme de quarante ans.

Il savait que sa mère avait porté en son sein un embryon génétiquement manipulé et cela bien avant la découverte officielle de la génétique. L'ex-inspecteur des Brigades Mobiles n'était pas son père biologique, mais son père adoptif. Dans son sang, un gène encore inconnu avait façonné son être. Mais pour n'avoir jamais osé entreprendre les recherches poursuivies par l'ex-flic, il ne serait jamais certain de la vérité concernant sa naissance.

Dans une chambre d'hôtel, à quelques kilomètres de là, Émile Tiembpont, ancien bouquiniste, fugitif recherché par toutes les polices

pour être un dangereux criminel, se pose, à peu près, les mêmes questions. Qui était-il en réalité ? Qui manipulait sa vie ? Quelle était l'origine de cette mystérieuse organisation enfouie dans les sous-sols de l'Arctique ?
« Si cette organisation existe, pour quelle raison manipulerait-elle le monde ? Guirec n'a peut-être pas traversé le temps, mais simplement réussi à ouvrir une brèche dans l'espace ».
« C'est inconcevable ».
« Moins que de traverser l'espace-temps ou de se matérialiser dans des mondes parallèles. Et s'il ne s'agissait que de cela, Guirec aurait été persuadé de découvrir une autre dimension de la réalité alors qu'il n'aurait fait que se téléporter. L'organisation est parvenue à le localiser et l'a éliminé ainsi que tous les témoins de l'affaire ».
« Je ne suis qu'un pion qui a échappé à leur contrôle ».
Caroline se retourna près d'Émile en gémissant. Elle faisait probablement un mauvais rêve.
« L'enquête de l'inspecteur des Brigades Mobiles n'a peut-être d'autre lien avec Guirec que la découverte d'un manuscrit ancien. C'est ce manuscrit et ses légendes qui sont à l'origine des recherches menées par le capitaine du trois-mâts ainsi que celles faites par Guirec. Dans les deux cas, ça s'est terminé par une disparition. Mais alors, d'où vient la photo ? Guirec a subtilisé cette photo lors d'un de ses voyages à travers l'espace-temps, enfin, c'est ce que prétendait Maryse. Malheureusement, elle est morte et elle ne pourra plus jamais nous révéler quoi que ce soit sur cette photographie. Les deux hommes sur la photo sont habillés comme des hommes du vingt-et-unième siècle. Le bureau derrière lequel ils se tiennent est tout ce qu'il y a de plus moderne. Il y a sûrement un détail qui m'a échappé. J'aurais dû voler la photo quand j'en avais l'occasion. Mégrais ne se laissera pas berner une deuxième fois ».
Dans la pénombre de la chambre d'hôtel, Émile laisse glisser son regard sur le pistolet automatique posé sur la table de nuit. Caroline dort paisiblement à ses côtés, elle s'est tournée sur le ventre, les épaules et le dos à moitié dénudés.
« Je devrais essayer de dormir ».
« Demain, tout sera terminé ».
« Je l'obligerai à me dire la vérité et je saurai enfin pourquoi... pourquoi

il a tué Guirec et les autres..., pourquoi il veut me faire endosser ses crimes. Il ne pourra pas m'échapper. Non. Tu ne t'attends sûrement pas à ce que je t'ai préparé, mon salaud..., tu n'y échapperas pas. Demain, c'est moi qui serai le maître du jeu ».

Émile ferme les yeux et s'endort, peu après trois heures du matin.

Le calme avec lequel il se préparait à cette ultime rencontre avec le meurtrier, dans le cairn de l'île de Gavrinis, inquiétait Caroline. Durant le voyage qui les avait conduits de la métropole lilloise jusqu'à Le Folgoët, dans le Finistère, Émile lui avait expliqué ce qu'il avait l'intention de faire. Malgré la peur qui la tenaillait, Caroline avait promis d'exécuter tout ce qu'il lui demanderait.

La comédienne ne voulait plus perdre l'homme qu'elle avait aimé, qu'elle aimait encore en dépit du temps passé et des chemins différents qu'ils avaient pris tous deux. Elle réalisait, depuis cette nuit où leurs deux corps nus et brûlants de désir s'étaient enfin retrouvés dans la chaleur de son appartement lillois, qu'ils étaient liés l'un à l'autre à jamais.

Rien n'aurait pu la décider à renoncer à lui, pas même la mort.

L'amour éveillait en elle un volcan, une force colossale qui la faisait chavirer... et trembler de terreur, celle de le perdre à nouveau. Caroline savait pourtant qu'elle n'aurait jamais d'enfant d'Émile. Le rêve qu'elle avait nourri toutes ces années passées loin de lui, celui de fonder elle aussi une famille avec un homme qu'elle pourrait aimer, ne s'était jamais réalisé. Après qu'elle ait quitté Émile, elle avait vécu des histoires sans lendemain, et aujourd'hui, Caroline comprenait pourquoi. C'était là son destin.

La mort de son père avait été le choc qui l'avait poussée à rechercher son ancien amour. Elle avait fini par retrouver sa trace.

Caroline ne savait rien de lui ou presque. Elle se souvenait simplement que les quelques mois où elle avait été sa maîtresse furent les plus merveilleux de sa vie.

Si Émile parvenait à prouver son innocence, elle pouvait espérer vivre avec lui dans la maison que son père lui avait laissée, à Morlaix, là où autrefois, ils s'étaient aimés sans penser à l'avenir.

Demain, lorsque la pleine lune entrera dans la légende de Samain, juste après le dernier coup de minuit, au moment où une porte s'ouvrira d'entre les mondes, Émile connaîtra enfin la vérité. Il découvrira si,

comme le croit le lieutenant de police ainsi que sa propre épouse, Sophie, il est devenu fou. Si dans cette folie meurtrière, il a sauvagement mutilé les corps de Guirec et de ses compagnons de voyage. Si c'est lui qui a poussé, à travers la fenêtre de l'appartement de Guirec, Maryse, la petite amie de l'écrivain. Si c'est encore lui qui a assassiné le père de Sophie, dont il ne se souvient pas lui avoir dit oui devant l'officier d'état civil.
Demain, il saura si l'enfant mort-né ne rêve pas, dans son cercueil d'éternité, une vie que le destin lui a enlevée. Il saura si sa vie a basculé après l'accident de moto, ou si, perdu dans un coma abyssal, il n'est pas tout simplement en train d'imaginer tout ça... Dans un éternel présent.
Demain, il saura si l'hypnose dans laquelle le praticien l'a plongé ne s'est pas transformée en un cauchemar dans lequel Émile se retrouve enfermé.
Demain, il saura si tous ces meurtres sont l'œuvre d'une organisation secrète qui manipule sa vie jusqu'à l'utiliser comme un vulgaire pion sur un échiquier, prisonnier d'une partie dont l'enjeu lui échappe complètement.
Demain, il saura si Guirec avait raison, si le meurtrier est venu d'une autre dimension parce que l'écrivain lui a dérobé cette photographie noir et blanc et découvert un secret qu'il n'aurait jamais dû connaître.
Demain, Émile Tiembpont a rendez-vous avec l'ultime vérité.

86

Sur l'île de Gavrinis un tertre vieux de plusieurs milliers d'années s'élève.
Sous la terre et la pierraille qui le recouvre, une allée couverte construite aux âges les plus sombres de l'histoire de l'humanité renferme une porte. Des pierres gravées y dorment dans l'obscurité et l'ignorance des hommes.
Sous la surface des eaux du Golf, le cercle de pierre qui lui est lié gît depuis des millénaires à ses côtés.
Le Golfe du Morbihan n'a pas toujours été immergé par l'océan Atlantique. Autrefois, ce qui aujourd'hui est devenu terre de Bretagne, était un vaste complexe mégalithique dont le secret est enfoui dans l'inconscient collectif d'une humanité qui se souvient des mythes et légendes sans parvenir à en comprendre le sens.
Là où le commun des mortels ne voit que folklore, s'élevait en des temps oubliés une mégapole où vivait une civilisation puissante et souterraine... Mieyhun.

87

Un chant d'oiseau parvient jusqu'à la chambre d'hôtel où Émile et Caroline émergent doucement de leur torpeur nocturne.
Un mince filet de lumière passe à travers les rideaux rabattus. Il fait doux s'étirer sous la couette.
Féline, Caroline se glisse dans les bras de son amant. Elle se sent heureuse d'être là. Elle refuse de penser à ce soir. Ses mains caressent la peau du fugitif, le désir s'éveille en elle presque aussitôt.
Cette fois, c'est elle qui prend l'initiative.
Émile se laisse aller.
L'ex-comédienne enfourche son étalon. Son bassin se pose sur celui de son partenaire et les minutes s'écoulent jusqu'à ce que le plaisir les emporte tous deux. Émile et Caroline se donnent l'un à l'autre sans retenue, unissant leur souffle, gémissant de bonheur.
Quand elle se cabre enfin sous l'orgasme qui irradie son corps, Émile s'abandonne lui aussi, serrant entre ses mains les hanches de celle qui l'accompagne depuis le début de l'été dans une folle aventure aux frontières du réel.
Émile se sent alors vivant.

88

— Tu es prête ? Il faut libérer la chambre avant midi, je crois.
— Oui, je vérifie que je n'ai rien oublié dans la salle de bain et on peut y aller.
Une fois le sac de voyage déposé dans le coffre de la voiture, Émile et Caroline s'élancent sur la départementale 770, en direction de Daoulas.
Ils ne passeront pas récupérer le cahier relié en cuir, d'un commun accord, ils décident de le laisser à celui à qui il est lié.
Il leur faut à présent traverser tout le Finistère jusqu'au Golfe du Morbihan.
Caroline contourne Landerneau et rattrape la nationale 165, qui doit les conduire jusqu'à Auray.
La comédienne se serait bien arrêtée pour visiter Landerneau, là où la jeune Marie avait embarqué sur le trois-mâts, flâner dans les rues où l'inspecteur des Brigades Mobiles avait enquêté, là où un vieux marin, Mathurin Méheut, avait trouvé la mort, assassiné. Mais ils doivent arriver à Larmor Baden avant la nuit et louer une chambre où se reposer quelques heures avant la rencontre.
— À quoi tu penses ? demande Caroline.
— Il faudra trouver une barque pour accoster sur l'île, dit-il.
— On devrait peut-être prendre les billets pour la visite du Cairn dès notre arrivée. Je me disais qu'une fois sur l'île on pourrait chercher un endroit où se cacher tous les deux.
— Non, on risque de se retrouver coincés, sans compter que le guide pourrait s'apercevoir qu'on n'est pas dans le voyage du retour. Et puis, il surveillera sans doute mon arrivée sur l'île. Il vaut mieux s'en tenir au plan.
Émile espérait que le meurtrier qui lui avait donné rendez-vous sur l'île de Gavrinis ignorait la présence de Caroline à ses côtés. Le bouquiniste avait décidé de se conformer en tous points aux prescriptions qui lui avaient été données quelques mois auparavant par l'intermédiaire de la lettre qu'il avait trouvée dans la poche de sa veste avant de pénétrer par effraction dans l'appartement de Guirec, juste après son évasion.
Pour autant, il ne comptait pas se laisser broyer comme l'avaient été les victimes de son double. Car Émile en était persuadé, son jumeau, découvert sur la photo que Maryse lui avait montrée dans la

bouquinerie de la rue de Gand, était sans aucun doute possible celui qui avait commis les meurtres perpétrés dans la capitale de Flandre au début de l'été.
Pour contrer l'assassin, Émile avait un plan. Mais pour cela, ils devaient arriver avant que le dernier bateau pour Gavrinis ne parte de Larmor Baden, un petit port dans le Golfe du Morbihan.
— Ne sois pas inquiète, fais exactement ce qui est prévu et tout se passera bien, la rassure-t-il.
— Imagine qu'il soit déjà sur l'île, il pourrait avoir eu la même idée que toi et s'y cacher au lieu de repartir avec les autres touristes.
— S'il a décidé d'emprunter le bateau qui achemine les visiteurs sur l'île, on a une chance de le repérer. Mais je ne le crois pas. Je pense qu'il prendra sa propre embarcation. Dans le cas contraire, il devrait rester sur l'île toute la nuit et attendre le prochain bateau. S'il a prévu de me tuer, il n'attendra pas le lendemain pour s'éclipser.
— J'ai peur, Émile.
— Moi aussi, Caroline, moi aussi j'ai peur. C'est plutôt bon signe, non ?
— Bon signe ?
— Oui. Tu sais, la peur est utile. Contrairement à ce qu'on croit, la peur a une fonction de défense.
Elle permet à l'organisme de se préparer et d'être en alerte maximum en cas de danger.
— Oui, à condition de ne pas être paralysé par la terreur.
— Quoi qu'il se passe dans le cairn cette nuit, il faut garder le contrôle. Si nous échouons, nous mourrons tous les deux, Caroline.
— Je sais. Je serai à la hauteur, je te le promets. Je ne t'abandonnerai pas, Émile.
— Je sais que tu ne me laisseras pas tomber. J'ai confiance en toi.
Caroline roule maintenant à vive allure sur la nationale 165, en direction de Quimper. Il leur faudrait environ trois heures pour atteindre le petit port de Larmor Baden, ils avaient le temps.
Tous deux restèrent silencieux, fixant le paysage qui se déroulait au rythme des lacets et lignes droites de l'asphalte. Le Finistère avait toujours ce côté sauvage et mystérieux dont parlait Fernand Menez dans les pages de son journal, écrit il y a plus de soixante-dix ans.
« Ça aurait été plus simple de me donner rendez-vous dans le Nord, c'est pas les endroits déserts qui manquent dans la région. À moins

qu'il n'ait compté sur les flics pour me mettre le grappin dessus durant le voyage. Dans ce cas, il aura mal calculé son coup. D'un autre côté, il y a peut-être une raison importante pour laquelle il veut que nous nous rencontrions dans un cairn. Ça complétera le tableau, si on me retrouve mort dans un monument préhistorique, ça confirmera que j'étais cinglé. De plus, comme l'affaire dépendra de la police du Morbihan, ça la compliquera encore plus, vu que les flics se disputent toujours entre eux pour montrer qu'ils sont plus forts que les autres. On dira qu'Émile Tiembpont était un déséquilibré qui ne s'est jamais remis de son accident et a sombré dans la folie à la suite de lectures ésotériques après avoir assassiné un tas de gens, y compris le propre père de sa femme. Comment a-t-elle pu croire que j'avais assassiné son père, l'antiquaire franc-maçon ? Encore un qui se prenait pour un sage. Les francs-maçons s'imaginent qu'ils représentent l'élite de l'humanité. Derrière leur apparente humilité, il n'y a que vanité. Une vanité qui s'exprime dans l'image qu'ils suscitent au sein même de l'inconscient collectif. Voilà que je recommence à me perdre en dialogues intérieurs. Je suis peut-être fou finalement, qui sait ? »

« Il y a tellement de choses que j'ignore, dont je n'ai plus le souvenir ».

Émile ferme les yeux. Ses tempes lui font mal, comme si certaines questions ne voulaient pas trouver de réponses, comme si se souvenir de certaines choses était douloureux.

Caroline regarde droit devant elle. À travers le pare-brise défilent les kilomètres de verdure, de barrières de sécurité, de panneaux routiers... monotones.

Ils roulèrent encore une bonne centaine de kilomètres sans se parler, perdus dans leurs pensées, quand soudain...

— Émile... Ça ralentit.

— Quoi ?

— C'est un contrôle de police. Qu'est-ce qu'on fait ?

— On n'a pas vraiment le choix.

— Émile...

— Reste calme et tout ira bien.

L'ex-bouquiniste s'empara de l'arme automatique qu'il avait fourrée dans la boîte à gants, juste avant leur départ de Lesneven, et la glissa discrètement dans la poche intérieure de sa veste.

Caroline vint se ranger derrière la file de voitures en attente du

contrôle de gendarmerie. Elle respira profondément, esquissant un sourire afin de paraître la plus naturelle possible. Sa formation de comédienne, espérait-elle, l'aiderait à composer un rôle, celui de l'automobiliste en vacances.
Les cinq hommes, armés d'un Glock, contrôlaient effectivement tous les véhicules ainsi que leurs passagers. Il était impossible de leur échapper. Les deux camionnettes de gendarmerie barraient partiellement la voie, laissant tout juste le passage pour une voiture.
L'attente fut interminable pour Caroline qui, malgré ses efforts, ne parvenait pas à masquer sa nervosité.
Émile remarque alors les traits d'inquiétude qui plissent le front de sa maitresse.
Il pose sa main sur sa cuisse pour la rassurer.
Assurer un contact physique peut l'aider à se calmer.
Elle se tourne vers lui et sourit tristement.
Qu'allait-il faire si les gendarmes lui demandaient ses papiers ?
Caroline a peur... peur qu'Émile ne tire sur les policiers, peur qu'il ne soit abattu sans la moindre sommation, peur d'être tuée, elle aussi, dans une fusillade. Mais à bien y réfléchir, cela valait peut-être mieux que de survivre à l'homme qu'elle aimait, ou même finir sa vie en prison, loin de son amant.
Quand, quelques instants plus tard, l'officier de gendarmerie s'approche de la voiture, Caroline abaisse la vitre et essaie de sourire du mieux qu'elle peut.
— Bonjour Madame, gendarmerie nationale, votre permis et la carte grise, s'il vous plaît.
— Que se passe-t-il ? s'enquit Caroline en fourrageant dans son sac à main.
— Simple contrôle, Madame.
Elle tend ses papiers en s'efforçant de ne pas trembler.
Émile perçoit alors les déplacements des quatre autres gendarmes. Il ne retire pas sa main de la cuisse de Caroline, mais se tient prêt à intervenir.
— Veuillez descendre du véhicule et ouvrir le coffre, s'il vous plaît.
Sans trahir ses émotions, Caroline ouvre sa portière. Elle entrevoit, elle aussi, le mouvement des autres gendarmes et son calme relatif laisse la place à une nervosité croissante.

Elle jette un rapide coup d'œil à Émile, il n’a pas bougé et surveille ce qui se passe à l’extérieur.
La comédienne sort lentement de la voiture et fait un pas sur l’asphalte.
— Ouvrez votre coffre.
— Il n’y a que notre sac de voyage, nous sommes en vacances, mon mari et moi, dit-elle en glissant la clef dans la serrure. Nous venons de Landerneau où nous avons passé quelques jours.
Le haillon bascule.
— Pouvez-vous ouvrir votre sac ?
— Oui, bien sûr, dit-elle en tirant la fermeture éclair du sac de voyage. Voilà... vous le voyez, ce sont nos vêtements.
— Suivez-moi, s’il vous plaît.
— Pourquoi ? Je n’ai commis aucune infraction...
Le cœur de Caroline s’arrête net quand elle voit deux autres gendarmes se placer du côté passager.
L’un d’eux s’adresse à Émile.
— Monsieur, sortez du véhicule.
Émile ouvre la portière et la referme calmement derrière lui.
Caroline sent monter en elle une angoisse qui lui noue la gorge et lui interdit tout mouvement.
Quand elle voit l’officier de gendarmerie qui se trouve près d’elle poser subrepticement la main sur la crosse de l’arme attachée à sa ceinture, elle ne peut contenir un cri d'alarme
— Émile !
Mais l'ex-bouquiniste pointe déjà son Glock en direction des deux policiers.
L’arme automatique crache deux balles dans un bruit assourdissant et les deux gendarmes tombent presque simultanément.
L’officier qui se tient près de Caroline dégaine alors son arme, mais au même moment, Émile pivote sur lui-même et tire. Le policier reçoit une balle dans l’épaule et s’écroule dans un cri de douleur alors que son pistolet glisse sur l'asphalte.
Un coup de feu atteint le pare-brise de la voiture, Émile se retourne et tire sur les policiers qui tombent sous ses balles coup sur coup.
Tout s’est passé en quelques secondes.
— Caroline ! Cri Émile. Monte..., Vite !
La comédienne claque la porte du coffre et se précipite au volant. Elle

démarre en trombe, accrochant l’aile avant de sa voiture en se frayant un passage entre la barricade de sécurité et la camionnette de la gendarmerie.
— Tu leur as tiré dessus, Émile ! dit-elle, des sanglots dans la voix. Tu les as tués !
— Non, répond-il avec calme.
— Tu leur as tiré dessus ! répète-t-elle comme une automate.
— Rassure-toi, ils ne sont pas morts. Ils vont s’en sortir. Ça leur vaudra quelques jours d'hospitalisation et une permission.
« Ils passeront même pour des héros tombés sous les balles d'un dangereux psychopathe ».
À plusieurs centaines de mètres de là, cinq officiers de gendarmerie gisent sur l’asphalte tâché de leur sang.
Encore sous le choc, les automobilistes se trouvant dans la file n’osent pas s’approcher.
Émile a tiré cinq coups de feu avec une précision et un calme étonnant. Chacune des cinq balles a touché sa cible.
Dans la voiture qui file à vive allure, Caroline reprend peu à peu son sang-froid.
— Où as-tu appris à te servir d’une arme ?
— Je ne sais pas.
— Tu dis que tu ne les as pas tués ?
— Non. Je ne crois pas.
Deux des gendarmes ont reçu une balle dans la jambe. Celui qui se tenait au côté Caroline, à l'arrière, s'en tirait avec une blessure à l’épaule. Quant aux deux autres, Émile avait visé l'abdomen. Ceux-là étaient plus mal en point que leurs collègues, mais à la distance où ils se trouvaient, Émile ne voulait pas prendre le risque de les rater.
Dans quelques minutes tout au plus, les autorités seront informées que le fugitif Émile Tiembpont, accompagné d’une femme, a abattu cinq gendarmes entre Lorient et Auray.
— Qu’est-ce qu’on va faire ? gémit-elle. On ne réussira jamais à passer, les flics vont nous arrêter avant qu’on arrive à Larmor Baden.
— On fait ce qui était prévu, et on redouble de prudence.
— Et pour la voiture ? Ils doivent avoir son signalement maintenant.
— On n’a pas le choix, il faut aller jusqu’à Larmor Baden.
— Si on abandonnait la voiture quelque part...

— Et comment fera-t-on pour arriver jusqu'au port ?
— On pourrait en voler une.
— Caroline, tu sais faire ça, toi ? Parce que, moi, je n'ai jamais essayé.
— Moi non plus, avoua-t-elle.
— Il faut rouler jusqu'à Auray, là, nous aviserons.

Caroline ne prit pas garde à réduire sa vitesse, c'était inutile, la police savait qu'ils étaient en Bretagne. Avec un peu de chance, ils pouvaient espérer rejoindre Auray sans se faire prendre, mais cela paraissait improbable.

Cinq policiers venaient d'être agressés, deux étaient sévèrement touchés à l'abdomen et leurs collègues ne laisseraient plus à Émile le temps de sortir son arme. Ils tireraient à vue.

Les kilomètres défilèrent sans que la tension perceptible dans l'habitacle de la voiture ne s'estompe. Les deux fugitifs ne profitèrent pas du paysage et de la douceur de cette fin du mois d'octobre.

Les mains crispées sur le volant, Caroline sentait le calme de son amant assis à ses côtés, dans la situation où ils se trouvaient à présent, cela l'inquiétait plus que ça ne la rassurait. Elle découvrait un aspect de la personnalité d'Émile qu'elle ne connaissait pas, mais cette froideur apparente n'entama pas sa détermination ni les sentiments qu'elle éprouvait pour lui. Caroline avait promis de l'accompagner jusqu'au bout et c'est ce qu'elle comptait faire, quoi qu'il lui en coûte.

Émile, quant à lui, réfléchissait au moyen de se débarrasser de la voiture, que l'aile défoncée et l'éclat dans le pare-brise rendaient trop repérable.

Auray n'était plus qu'à une dizaine de kilomètres.

89

Auray, enfin.
Caroline, sur les indications d'Émile, s'engage dans l'allée d'un parking d'un supermarché.
Le soleil brille, la chaleur rend les gens souriants, leur peau hâlée ferait presque oublier aux deux fugitifs le danger qui les menace.
Il y a du monde à cette heure. La jeune femme redouble de prudence, ce n'est pas le moment de créer un accident. Elle se gare au fond du parking et coupe le contact.
— Prends le sac de voyage et attends-moi à la gare routière, ordonne Émile.
— Que vas-tu faire ? Veut savoir Caroline.
— Quelques courses, ma belle, tentent-elles de plaisanter pour détendre l'atmosphère électrique dans laquelle ils se trouvent immergés. Sa tentative reste vaine, cependant. Caroline est à cran.
Elle suit des yeux Émile qui se dirige maintenant vers l'entrée du « Super U ». Les deux fugitifs ont laissé leur voiture stationnée dans un coin afin que l'aile endommagée ne se remarque pas.
Le pistolet automatique déforme un peu sa veste. Aussi, l'a-t-il glissé dans sa ceinture. Et, c'est l'arme au creux des reins qu'il pénètre dans le petit supermarché.
Caroline, de son côté, marche tranquillement vers la gare routière à quelques pas de là. Hors de question d'y louer un véhicule, ils seraient vite repérés par les services de police qui, d'ailleurs, ne devraient pas mettre très longtemps à découvrir la voiture abandonnée dans le parking du magasin et faire le rapprochement avec les loueurs de véhicules de tourisme.
En ce dernier jour du mois d'octobre, nombre de vacanciers arpentent encore les rues d'Auray. Il fait chaud, sous un ciel bleu presque sans nuages. La comédienne s'assied sous un Abribus. Elle a mal aux épaules, la nervosité, sans doute. C'est du moins ce qu'elle se dit en attendant Émile, assise toute seule sur un banc.
Elle patiente plusieurs minutes sans repérer le moindre képi à l'horizon. Quand elle l'aperçoit enfin qui arrive, un sac en bandoulière, trois véhicules de gendarmerie s'engouffrent alors dans la rue. Caroline sent immédiatement l'angoisse lui tordre le ventre. Sur le trottoir d'en face,

Émile s’arrête sous un abribus.
La police ne fait que passer. Tout va bien.
Émile fait signe discrètement à sa complice de le suivre. Elle le voit monter dans un taxi et le rejoint sans manifester son impatience. Elle dépose son sac à côté d’elle et boucle sa ceinture de sécurité. Le chauffeur jette un regard dans son rétroviseur intérieur, dans l’attente des consignes.
— Pouvez-vous nous conduire à Larmor Baden ? Demande Émile.
— Quelle adresse ?
— Le port, répond Émile, nous allons passer quelques jours chez des amis, sur l’Île aux Moines.
Le chauffeur, un petit homme chauve vêtu d'une chemise beige, démarre sans faire de commentaire.
Le reste du voyage se déroule en silence, ou presque. La radio, branchée sur « France Bleue Armorique », évoque la fusillade sur la départementale, mais l'homme ne semble pas s'émouvoir de l'agitation policière autour d'eux.
Vingt minutes plus tard, le taxi débarque dans le petit port de Larmor Baden. Ils règlent la course et font mine de se diriger vers la digue.
— Bien, soupire Émile, il y a une auberge plus loin, allons-y.
Larmor Baden, hormis son port servant presque exclusivement aux excursions sur l’île de Gavrinis, n’est qu’un petit village qui ne s’étire pas au-delà du raisonnable. À vrai dire, Larmor Baden est constitué d’une dizaine de pâtés de maisons, dont deux restaurants et une auberge. Cependant, les affaires marchent bien et la plage de sable et de récifs est très fréquentée. Même sous l’averse, il se trouve toujours quelqu’un pour se promener le long de la côte.
À l’auberge du Parc Fetan, les deux amants remplissent les formalités d’usage et montent dans leur chambre sans s’attarder à la réception, au grand dam de l’aubergiste qui aurait aimé causer un peu.
Aussitôt dans la chambre, Caroline se dirige vers la douche. Émile, quant à lui, a d'autres projets.
Un instant plus tard, le fugitif marche jusqu’à l’accueil de la billetterie du port pour s'informer des horaires des visites de l’île de Gavrinis. Il jette un rapide coup d’œil aux revues et bouquins exposés dans la boutique de souvenirs en attendant que l’hôtesse termine sa conversation téléphonique.

« Malheureusement, dit-elle, le dernier bateau pour Gavrinis est parti dans l'après-midi, à quinze heures trente ».
On vient juste d'entrer dans la saison automnale, explique la jeune femme, et plus aucun départ n'a lieu après cette heure-là. Pour autant, tout espoir n'est pas perdu, assure-t-elle en souriant.
Émile s'informe des locations de barques, l'hôtesse lui indique une possibilité, mais lui rappelle que l'île est interdite aux visiteurs non accompagnés d'un guide.
Il s'apprête à sortir quand elle lui propose de revenir un peu avant dix-sept heures, un autocar d'anglais, dans le cadre d'un voyage organisé, est prévu pour une visite en fin d'après-midi. S'il reste de la place, Émile et Caroline pourront prendre le bateau pour Gavrinis.
Il la remercie et s'éclipse.
Émile trouve finalement une barque à louer auprès d'un autochtone. Il prétexte une partie de pêche avec un ami, une partie de pêche qui doit durer deux jours, ment-il. La négociation est difficile, mais l'ex-bouquiniste parvint à faire céder le marin en alignant cent cinquante euros sur le comptoir.
Se félicitant de cette bonne affaire, le marin le conduit jusqu'au frêle esquif amarré au quai et lui remet la clef du cadenas qui interdit qu'on se serve de l'embarcation sans son accord. Une prudence excessive, juge l'ex-bouquiniste.
Après que le jeune loup de mer lui ait prodigué quelques conseils élémentaires de navigation, Émile le remercie d'une poignée de main chaleureuse. Puis, s'en retourne à l'auberge où l'attend Caroline.
— Tu as des billets ? demanda-t-elle lorsqu'il réapparait.
— J'ai une barque, répond Émile en s'allongeant sur le lit. Pour la visite, faudra voir ça tout à l'heure.
Caroline a passé une robe de chambre fournie par l'auberge et une serviette qui lui entoure la tête comme un turban hindou.
— Habille-toi, suggère-t-il, une visite est prévue pour un voyage organisé. Le départ est à dix-sept heures.
— Nous avons encore un peu de temps, dit-elle en regardant sa montre, tu devrais prendre une douche, ça te fera du bien.
— Oui, tu as raison.

90

Les deux amants arrivèrent sur le port de Larmor Baden peu avant dix-sept heures.
Comme l'avait laissée entendre l'hôtesse de la billetterie, il reste bien deux places sur le bateau.
Émile lui tend un billet de vingt euros en échange de deux tickets pour la traversée et la visite du cairn ainsi qu'un livret de quatre pages sur le monument mégalithique.
Quelques minutes plus tard, ils s'embarquaient avec les Anglais pour l'île de Gavrinis.
Les eaux du golfe semblaient particulièrement calmes, fit remarquer Caroline. Émile expliqua qu'ils étaient séparés de l'Atlantique par la presqu'île de Rhuys. Ce qui les épargnait de la houle et du tangage.
Bien que la traversée ne dura pas plus de cinq minutes, les Anglais parurent tout de même ravis par cette courte escale maritime. Caroline et Émile quant à eux, éprouvaient trop de tension pour profiter du paysage.
Le débarquement s'effectua peu après, sans histoire, et le groupe de touristes, protégeant en son sein les deux fugitifs, s'élança à l'assaut du tertre mégalithique. L'enthousiasme des Anglais gagna Caroline qui, l'espace d'un instant, faillit oublier la rencontre qui devait avoir lieu et ce pour quoi elle était là, dénicher un endroit où se cacher en attendant la nuit.
Précédés du guide et maitre des clefs, ils gravirent les vingt-et-une marches creusées dans le sol rocailleux de la petite île, vingt-et-une marches pour l'autre monde.
L'ex-bouquiniste ne comprenait pas un traître mot d'anglais. Mais cela n'avait pas la moindre importance, il savait tout ce qu'il fallait savoir sur ce monument daté par les archéologues qui avaient estimé sa construction à plus de trois mille ans avant notre ère.
Située à l'extrémité sud de l'île de Gavrinis, l'allée couverte, enfouie sous des tonnes de pierrailles et de terre, avait été découverte et restaurée en 1830 par un archéologue amateur du nom de Le Rouzic.
Le cairn de Gavrinis renferme un couloir long de quatorze mètres qui se termine par une chambre de deux mètres cinquante de côté. L'allée couverte est constituée de trente-neuf blocs de granit parfaitement

juxtaposés et dont le plus imposant ne pèse pas loin de dix-sept tonnes. Mais le plus extraordinaire dans ce monument antique se révèle être la particularité des monolithes.
En effet, vingt-trois piliers, sur les vingt-neuf blocs de granit supportant les immenses dalles couvrant l'allée, sont gravés de signes mystérieux. Jusqu'à ce jour, aucun Champollion n'est parvenu à les déchiffrer.
D'autres cairns sont disséminés sur tout l'hexagone, en Angleterre et en Irlande, mais celui de Gavrinis et l'un des plus beaux, c'est ce que prétend le guide en tout cas, et cela, dans un anglais parfait. Caroline, qui est restée en queue du groupe, attend de pouvoir s'éclipser en douce. Émile, quant à lui, feint d'être complètement absorbé par le discours du guide, un discours auquel il ne comprend pas un traitre mot.
Après un rapide calcul mental, le guide s'aperçoit que le petit groupe d'Anglais est trop imposant pour être contenu dans son entier à l'intérieur du cairn. Aussi, propose-t-il de scinder les touristes en deux parties. Caroline profite de cet instant pour s'éloigner, faisant mine d'observer le paysage pendant que l'autre moitié du groupe attend à l'entrée du Cairn comme devant un restaurant, alors que leurs compatriotes découvrent avec émerveillement les empreintes pour le moins kabbalistiques sculptées dans la pierre, des marques vieilles de cinq mille cinq cents ans, toujours selon le guide.
À y regarder de plus près, Émile trouve beaucoup de similitudes entre les sillons gravés sur les piliers de granit et les arabesques des spéculos, un biscuit très prisé des amateurs de café. Et, tout à coup, Émile se souvient de la lettre qu'il a découverte dans la poche de sa veste lorsqu'il s'apprêtait à passer le porche de l'immeuble où Guirec louait un appartement.
« ... sois sur l'île de Gavrinis, dans le golfe du Morbihan, le 31 octobre, à 23 heures précises ».
« N'utilise surtout pas d'éclairage, ni lampe électrique, ni bougie. [...] Une fois à l'intérieur de l'allée couverte, tu trouveras des instructions. Si tu les suis à la lettre, nous pourrons nous parler et je répondrai à toutes tes questions... »
Le tueur devait nécessairement attendre la fin des visites organisées sur l'île pour venir y déposer les instructions dont il parlait. Caroline allait se retrouver seule en présence de ce dangereux psychopathe. Il

fallait qu'il la prévienne de ne surtout pas bouger.
Plus tôt dans l'après-midi, Émile avait acheté au « Super U », un petit sac à dos et un duvet ainsi que du ice tea et des barres chocolatées afin que l'attente de Caroline soit relativement confortable. Celle-ci était d'ailleurs parvenue à se détacher du groupe et à se dissimuler avec ses provisions derrière les épais taillis qui ceinturaient le cairn.
Elle avait dû passer par-dessus le grillage qui séparait le site archéologique du reste de l'île. Son jean en avait fait les frais. Il en garderait un accroc en souvenir.
Mais le plus ennuyeux ne résidait pas dans le fait qu'un bout de tissu manquait au pantalon de Caroline, le problème était ailleurs.
Émile se rendit compte qu'il avait oublié le pied-de-biche dans le coffre de la voiture, et la voiture était restée sur le parking du supermarché, à Auray. Sans cet outil, impossible de parvenir à forcer l'entrée dans le cairn. La porte qui refermait l'allée couverte et en interdisait l'accès en dehors des visites organisées était bien trop épaisse pour être défoncée d'un coup d'épaule. Émile en avait d'ailleurs fait l'expérience, ce n'était pas aussi facile qu'au cinéma, et il était impensable que le guide laisse la clef du cadenas au-dessus du chambranle.
Celui-ci pérorait toujours devant le petit groupe d'Anglais qui étaient maintenant agglutinés dans la chambre funéraire, nom dont les archéologues avaient affublé l'espace relativement plus grand se trouvant à l'extrémité du couloir qui y conduisait.
Soudain, tous les regards se tournèrent vers lui. Décontenancé durant une fraction de seconde, Émile réalisa qu'en réalité ses camarades troglodytes observaient une étrange déformation dans l'un des piliers soutenant l'énorme dalle qui pesait au-dessus de leur tête. Il semblait qu'on avait volontairement creusé dans la pierre une cupule, mais le plus curieux n'était pas le creux lui-même, mais les anneaux de granit qui le surmontaient. Deux anneaux, auxquels il était possible de fixer une corde d'un diamètre relativement épais, avaient été taillés dans la roche.
Les Anglais s'attardèrent encore un peu dans l'allée couverte, puis ce fut au petit groupe qui patientait à l'extérieur d'explorer ce « chef-d'œuvre de l'art universel », comme le mentionnait le dépliant généreusement offert avec les billets. Un dépliant qui avait pour titre « Gavrinis : un tombeau préhistorique », ceci malgré le fait qu'aucun

ossement ne fut jamais retrouvé dans le cairn.
Personne ne semblait se poser la question de savoir pourquoi, il y a plus de cinq mille ans, des hommes brisèrent, en trois morceaux, un monolithe de quatorze mètres de haut, lui aussi gravé de signes mystérieux, pour dissimuler ces trois blocs dans trois monuments différents reposant sur les terres du Morbihan. Émile, qui connaissait ce fait pour l'avoir découvert en faisant quelques recherches sur les cercles de pierres, avait évidemment une hypothèse concernant cette étrangeté, une de plus passée sous silence par les tenants du savoir scientifique. Mais, pour le moment, son attention était ailleurs. Il devait trouver Caroline.
Émile fit le tour du monticule, pendant que le deuxième groupe écoutait le guide égrener son monologue dans les entrailles du cairn.
S'écarter de la troupe d'Anglais trottinant autour du tertre fut aisé, ceux-ci restant soudés les uns aux autres comme reliés par des entraves invisibles.
L'ex-bouquiniste repéra le grillage antique envahi par les herbacées sauvages par-dessus lequel Caroline s'était probablement faufilée. En témoignaient quelques fibres de tissu agitées par le vent léger qui se glissait entre les îlots du Golf. Il se lança alors dans un long murmure, comme une prière adressée aux esprits de l'île.
— Caroline… Caroline, tu es là ? ... Caroline… c'est moi, Émile. Caroline…
Il s'arrêta devant les épais taillis, il lui semblait avoir perçu un souffle de voix à cet endroit. Puis il appela de nouveau.
— Caroline ?
— Oui.
— Caroline, surtout ne te montre pas, et évite de faire le moindre bruit.
— Oui, je sais, tu me l'as déjà dit.
— Oui, mais il y a une chose à laquelle je n'ai pas pensé.
— Quoi ?
— Attends, quelqu'un vient.
Un Anglais, visiblement un dissident, faisait le tour du cairn, seul, s'attardant ici et là. Émile se pencha et fit mine de refaire ses lacets. De l'autre côté du cairn, le guide était prêt à refermer la lourde porte ouvrant sur l'allée couverte, attendant pour cela que le dernier touriste en soit sorti.

— Caroline, je dois partir, sois très prudente, je crois que notre homme viendra sur l'île pour déposer ses instructions dans le cairn.
— D'accord... Émile...
— Quoi ?
— Je t'aime.
— Fais attention à toi.
— Ne t'inquiète pas.
Émile s'éloigna alors des taillis et rejoignit le groupe qui déjà se mettait en marche.
Sur le quai d'embarquement, il eut soudain une angoisse : et si le meurtrier était parmi les Anglais ? Il aurait très bien pu se grimer et ainsi passer inaperçu aux yeux des autres.

91

L'attente fut longue.

Après avoir débarqué à Larmor Baden, Émile avait observé de loin l'embarquement des touristes anglais dans l'autocar qui repartait le soir même pour Manchester. Il les avait comptés sur le quai de l'île de Gavrinis lorsqu'ils avaient franchi la passerelle du bateau, il les avait comptés dans le petit port de Larmor Baden quelques minutes plus tard, et il les avait également comptés lorsqu'ils étaient montés dans le car. Leur compte était bon, pas un ne manquait à l'appel. Mais comment être sûr que le meurtrier ne s'était pas glissé dans le groupe de touristes comme il l'avait fait avec Caroline ? Il n'y avait qu'un seul moyen de le savoir.

Émile se rendit jusqu'à l'accueil, là où il avait retiré les billets. Par chance, l'hôtesse était encore là. Il frappa à la porte vitrée, et après un bref instant d'hésitation, elle vint lui ouvrir. Il prétexta qu'un ami devait le rejoindre et interrogea la jeune femme, mais personne n'était venu acheter de billet pour la visite du cairn, assura-t-elle. Peut-être son ami avait-il raté l'heure de départ, mentit Émile.

L'ex-bouquiniste ne fut pas vraiment soulagé quand, devant son insistance, elle lui promit, l'air compatissant, que personne en dehors de lui n'était venu acheter des billets pour la dernière visite du cairn. Son ami l'attendait peut-être effectivement à l'hôtel, fit-elle, avant de refermer l'accueil, septique. Émile acquiesça et s'éloigna en direction de l'auberge pour donner le change.

Il marcha un moment sur la plage, le regard tourné vers l'île de Gavrinis et l'îlot qui lui faisait face, là où reposaient neuf stèles de granit d'un antique cercle de pierre à moitié immergé par les eaux du Golfe.

Le sable glissait sous ses pas, le déstabilisant, tout comme l'attente de se retrouver face au tueur. Il devait trouver la force d'affronter son fantôme, de le tuer si nécessaire, pour l'empêcher de nuire à nouveau, pour protéger sa maitresse.

Cela faisait moins d'une heure qu'il l'avait laissée seule sur l'île et Caroline lui manquait déjà. La reverrait-il ? Ce n'était pas le moment de se poser ce genre de question. Il s'imposa alors de rentrer à l'auberge où il parvint à fermer l'œil jusqu'à ce que la sonnerie du réveil digital lui rappelle que l'heure de la rencontre était proche.

L'ex-bouquiniste se redressa lentement et s'assit sur le bord du lit. Il fit taire d'un revers de main l'importun qui s'entêtait à biper, celui-ci alla se cogner contre le mur et cessa de siffler sa rengaine.
Émile respira profondément et se leva.
Sur la moquette, l'affichage rouge sang du réveil indiquait 22 : 17.
Il était temps.
Émile vérifia son sac, tout y était, une masse, deux bougies, une boîte d'allumettes et le précieux flacon, tous deux subtilisés dans l'appartement de l'écrivain avec les charbons. Il avait enroulé celui-ci dans une serviette pour ne pas risquer de le briser.
Il endossa son sac et sortit discrètement de l'auberge par la porte de nuit.
La salle de restaurant était encore bourdonnante d'échos de conversations et de rires. L'insouciance régnait autour de lui, c'était aussi bien ainsi, pensa-t-il.
Dehors, il faisait frais. Malgré le duvet qu'il avait pris soin d'acheter à Auray, Émile s'inquiéta pour Caroline. Elle devait être frigorifiée là-bas, seule, sur cette île perdue au milieu du Golfe. La peur la tenaillant certainement à mesure que l'heure de la rencontre approchait. Avait-elle aperçu le meurtrier ? Émile eut soudain un doute.
« Et si c'était un piège, si ce salopard avait prévenu les flics pour qu'ils me coincent, une fois débarqué sur l'île ? Merde... ».
Il marcha jusqu'à la barque louée à prix d'or à un marin du port dans l'après-midi.
La pleine lune émergea soudain de derrière un nuage... noir comme les eaux du golfe. Après avoir scruté la pénombre, Émile jeta son sac à dos dans l'embarcation et décadenassa celle-ci.
Le clapotis de l'eau contre la coque rythmait ses gestes, lents et précis. Le calme qui montait en lui ne l'étonnait plus. Où avait-il acquis cette faculté, de même que le maniement d'une arme de poing ?
Cela n'avait plus d'importance. La seule chose qui lui importait maintenant, c'était d'en finir.
Évidemment, Émile avait peur, mais cette peur-là, se convainc-t-il, lui était salutaire.
La pleine lune illuminait à présent de ses rayons d'argent la surface du golfe. Le clapotis de l'eau salée rythmait les coups de rame du fugitif. L'écho du monde des vivants s'estompait à mesure qu'il s'éloignait du

port. Combien de temps lui faudrait-il pour atteindre Gavrinis ? Vingt minutes..., vingt-cinq, tout au plus. Manœuvrer la barque n'était pas aussi facile qu'on pouvait le croire a priori.
Son plan était simple et c'est pour cela qu'Émile pensait qu'il avait toutes les chances de réussir.
Le seul petit problème qui se poserait était de défoncer la porte qui donnait accès à l'allée couverte du cairn. L'oubli du pied-de-biche dans le coffre de la voiture de Caroline l'avait obligé à improviser. Il était cependant parvenu à dénicher une masse dans la remise de l'auberge. Cela suffirait-il ? Il le fallait.
Vingt minutes lui furent nécessaires pour atteindre le quai d'accostage de l'île de Gavrinis, mais l'ex-bouquiniste préféra amarrer sa barque sur le sable et les galets de la minuscule plage qui lui faisait face.
Une fois son embarcation à sec, il se fraya un passage à travers les taillis jusqu'au chemin de terre battue menant au monument préhistorique. Son sac jeté sur l'épaule, il gravit les vingt-et-une marches à l'assaut du cairn, concentré sur le moindre bruissement d'herbe, tous ses sens en alerte. Hormis le vol silencieux d'une chauve-souris un peu curieuse, rien ne vint troubler l'ascension du fugitif.
Il escalada la grille fermant l'accès au site archéologique en prenant grand soin de ne pas s'y arracher un morceau de pantalon ou la manche de sa veste de cuir et se laissa glisser dans l'enceinte mégalithique.
L'entrée du cairn n'était plus qu'à une trentaine de mètres.
Là-haut dans le ciel étoilé parsemé d'une poignée de voiles nuageux presque transparents, la pleine lune brillait d'une lumière opaline. Un vol de chauve-souris lui rappela qu'il était toujours dans le monde des vivants. Suspendu au-dessus des eaux, l'astre mort paraissait si énorme en cette nuit d'automne qu'il devait s'être rapproché de la Terre dans sa course infinie, perdu quelque part dans cet univers incertain où les frontières restent invisibles à la conscience humaine.
Émile Tiembpont, autrefois bouquiniste dans un quartier tranquille du Vieux Lille, devenu aujourd'hui fugitif par la faute d'un tueur en série, se retrouve sur une petite île du Morbihan en compagnie de celle qui désormais tient son destin en ligne de mire.
Et pour la première fois depuis ce jour où l'écrivain a fait basculer sa vie, il se sent enfin prêt à affronter la vérité.

92

Tout semble calme sur la petite île de Gavrinis, blottie au cœur de la végétation automnale.
Dissimulée dans les broussailles, Caroline sursaute quand le premier coup de masse retentit dans le silence relatif de la nuit. Emmitouflée dans son duvet, bien au chaud à l'abri des taillis, elle s'approche pour observer Émile qui tente de défoncer la porte du cairn, mais reste prudemment à couvert afin de ne pas trahir sa présence.
Dans le plan concocté par l'ancien bouquiniste de la rue de Gand, elle a un rôle important à jouer.
Seule, au milieu de nulle part, Caroline se demande si elle aura la force de faire ce qu'Émile attend d'elle. Que se passera-t-il lorsqu'elle devrait agir, résonne-t-elle en boucle dans son esprit fatigué par des heures d'attente.
« Ce n'est pas le moment de douter », se dit-elle pour la énième fois alors que le cinquième coup de masse vient à bout de la serrure qui maintenait solidement fermée la porte du cairn.
L'effraction achevée, Émile fourre l'outil dans son sac de toile et referme le lourd battant de bois derrière lui. Étrangement, il ne grince pas sur ses gonds.
Il fait une nuit d'encre à l'intérieur du cairn. À tâtons, il s'empare de la bougie et de la boîte d'allumettes qui traînent au fond du sac. Il craque une allumette, mais celle-ci s'éteint avant même qu'il ait pu embraser la mèche de la bougie.
La deuxième tentative est la bonne.
Caroline sent son cœur battre plus fort quand sa main étreint la crosse de l'arme automatique qu'Émile lui a remise en lui expliquant le maniement alors qu'ils se trouvaient dans la chambre de l'auberge, juste avant de prendre le bateau pour Gavrinis.
Elle respire profondément, ses sens en alerte du moindre bruit de pas, ceux du meurtrier. Celui-ci ne s'est pas montré depuis le départ des Anglais. Viendra-t-il ? Elle se met à espérer qu'il y renoncera.
Émile, le dos légèrement courbé, avance calmement sur le sol terreux de l'allée couverte dans une odeur de sous-bois.
À la lueur de la lumière diffuse de la bougie qu'il tient à la main, le relief des pierres gravées lui parait plus prononcé. Que va-t-il découvrir dans

la chambre funéraire se trouvant au bout du couloir, les instructions que le meurtrier devait y laisser, ou est-ce un piège mortel imaginé par un esprit torve ?
Il ne tardera pas à le savoir.
Dehors, Caroline tressaille, il lui semble avoir entendu un craquement sourd. Elle cesse de respirer, concentrant toute son attention sur ses facultés auditives. Le bruit est infime, presque inaudible, mais réel. Quelqu'un, ou quelque chose, griffe le sol derrière les taillis où elle se tient assise.
Elle déglutit.
Comme un serpent se frayant un passage dans le duvet qui l'enveloppe, la peur s'immisce en elle et distille son venin.
L'enveloppe repose sur le sol, bien en évidence au milieu de la chambre du cairn.
Émile sourit, finalement, la rencontre aura bien lieu, il n'a plus aucun doute là-dessus. Dans quelques minutes, le meurtrier lui fera face. Les réponses aux questions qu'il se pose vont enfin venir.
Caroline sursaute en étouffant un cri de peur, serrant ses mains sur la crosse de l'arme automatique.
« Un hérisson ».
L'animal a surgi tranquillement de derrière les taillis.
Caroline ferme les yeux, riant intérieurement de la peur qu'elle vient d'éprouver.
Le hérisson à la recherche de sa pitance s'éloigne sans même daigner lui accorder le moindre intérêt.
Émile fixe la bougie sur le sol et s'assit le dos contre la pierre. L'enveloppe qui repose à ses pieds porte son nom. Il l'ouvre et en extirpe la lettre qu'elle contient.
Caroline n'en peut plus d'attendre. Elle rejette en arrière le duvet qui la couvre et, dépourvue de cette peau protectrice, frissonne sous la brise océanique. Elle se sent vivre et ce sentiment stimule son désir de revoir Émile vivant.
L'oreille tendue, elle se relève doucement pour sortir le nez de sa cachette où elle croupit depuis des heures. Ses jambes détendues lui font un mal de chien. Mais elle se retient de gémir de douleur.
À l'intérieur du cairn, Émile déplie la lettre et prend connaissance des instructions qui y sont écrites, brèves, concises.

Le moment de la rencontre est enfin arrivé... J'espère que tu as des allumettes.
Sur un des piliers de la chambre, il y a une canule. Verses-y le contenu du flacon après y avoir enflammé les charbons.
Attends trente secondes avant de verser le contenu du flacon que les charbons soient rouges.
Ne t'inquiète pas pour la fumée, fais-moi confiance.
Lorsque ce sera fait, assieds-toi et attends.
Le passage est ouvert...

93

Des bruits de pas parviennent jusqu'à l'endroit où Caroline se tient cachée dans l'attente de pouvoir agir, conformément aux instructions qu'Émile lui a données.

Celui qui gravit le chemin rocailleux reliant le quai de débarquement de l'île de Gavrinis au site archéologique n'a visiblement aucune intention de dissimuler son arrivée.

À l'affût, dans les épais taillis qui recouvrent la bande de terre aux abords du cairn, Caroline aperçoit alors l'ombre d'un long manteau qui marche dans sa direction.

Quelques minutes auparavant, Émile a déposé les charbons dans la cavité creusée dans le pilier de granit et y a mis le feu. Ensuite, il a attendu que les charbons soient rouges pour y verser le contenu du flacon. La fumée verdâtre qui s'en est dégagée l'a quelque peu étourdi et il est maintenant assis sur le sol de terre battue de la chambre funéraire, dos au pilier qui fait face au couloir du cairn.

Il a peur.

Une douleur comprime son cerveau comme si une force invisible voulait étrangler son esprit et annihiler en lui toute volonté d'agir. L'ex-bouquiniste est paralysé, il parvient à peine à respirer.

Dans la lumière argentée de la Lune, Caroline aperçoit l'ombre d'un long manteau qui s'approche.

Comment pourrait-elle le qualifier autrement. L'homme est entièrement vêtu de noir. Il marche tranquillement sur le chemin qui mène à l'entrée du cairn. Glissant comme un serpent malfaisant qui s'apprête à engloutir sa proie : Émile, acculé au fond de l'allée couverte, dans l'antichambre de pierre.

Protégée par la végétation, elle retient sa respiration, serrant dans la paume de sa main la crosse de l'arme automatique. Aura-t-elle le courage d'appuyer sur la détente si Émile le lui demande ? Oui, la comédienne s'en convainc. Elle ne laissera pas cette ombre malfaisante lui voler l'homme qu'elle aime.

Un nuage masque soudain la pleine lune. L'obscurité envahit le monde. En réaction ses pupilles se dilatent, la nuit devient moins impénétrable. Elle aperçoit alors l'inconnu qui s'arrête devant la porte du cairn. Il semble hésiter, regarde autour de lui. Elle ne distingue pas son visage.

Au bout de l’allée couverte, Émile est groggy, il a froid. Le flacon contenait probablement un hallucinogène ou un narcotique de la même espèce. Il s'en veut de ne pas l'avoir deviné. Cependant, les effets commencent à se dissiper, il maitrise de nouveau ses gestes sans toutefois parvenir à se redresser.
Caroline observe l’ombre qui pose à présent la main sur la poignée de la lourde porte. Le panneau de bois pivote sur lui-même. Un grincement lugubre s'étire dans la nuit. Dans sa poitrine son cœur bat à tout rompre, à tel point qu’elle se demande si le meurtrier ne va pas finir par l’entendre, lui aussi. C’est absurde, elle le sait, mais elle ne parvient pas à se défaire de cette idée.
Faiblement éclairé par la bougie qui repose au centre de la chambre funéraire, l'ex-bouquiniste voit la porte s’ouvrir avec lenteur à l’autre bout de l’allée couverte. Une silhouette en émerge, nimbée d’obscurité. Dehors, la Lune s’est totalement éclipsée derrière un voile de nuages et semble ne plus vouloir en sortir.
Caroline ne distingue plus qu’un infime rayon de lumière qui s’échappe du couloir étroit pour se noyer dans l'immensité de la nuit. Sa vision se trouble, l'espace d'une seconde elle croit reconnaître l'inconnu. Puis, toute lumière disparaît.
La porte s'est refermée, elle n’y voit plus rien. Comment faire pour rejoindre Émile dans cette nuit qui paraît soudain abyssale. Ses yeux vont s’habituer, se dit-elle pour faire taire la panique qui frappe à la porte de sa conscience.
Il faut qu’elle se glisse jusqu'à l’entrée du monument, sans faire le moindre bruit.
Maintenant.
Dans l'étroit passage qui mène à la chambre du cairn, une ombre marche, le dos légèrement courbé. Les pans de son long manteau griffent les piliers de granit. Ses pas résonnent de façon sourde. Émile tente de se redresser. Il y parvient, péniblement. La fumée qu'il a inhalée a altéré ses capacités motrices. Son cerveau, lui, tourne pourtant à plein régime.
Il distingue à présent l’inconnu qui se tient debout, face à lui.
Émile se trouve devant le visage d’un homme qui est son double, trait pour trait.
Les deux protagonistes se fixent du même regard bleu vert, nulle peur,

nul défi dans ces regards qui se jaugent, tous deux semblent au contraire être heureux de se retrouver face à face... enfin.
Dans l'obscurité et la fraîcheur de la nuit, Caroline rampe pour s'extirper de son trou. Elle se remet debout, ses jambes lui font mal, mais elle se force à avancer. Elle frissonne. Tout dépend de sa capacité à maitriser la situation, la comédienne le sait. Si elle échoue, Émile et elle seront perdus.
Dans la chambre funéraire, ensevelie sous des tonnes de roches et de terre, la flamme de la bougie danse sur le visage des deux hommes. L'inconnu sourit. Émile respire profondément... il attend.
Il attend que l'autre lui parle, lui prouve qu'il n'est pas une hallucination, un reflet holographique projeté par une machinerie dissimulée dans la pierre, une hallucination provoquée par l'absorption de la fumée verdâtre qui s'échappe encore par petites goulées du creuset de granit où elle termine de se consumer, lentement, très lentement.
Caroline est parvenue à se glisser jusqu'à la porte du monument mégalithique sans dévoiler sa présence. Les mains serrées sur la crosse de l'arme automatique, elle se tient prête. Et, à l'instant même où elle désenclenche la sécurité de son pistolet, une voix grave s'élève à l'intérieur du cairn. Il lui semble alors que cette voix sourdre des entrailles de la Terre, comme venue tout droit de profondeurs des enfers.
— Content de te voir, Émile.
— J'en suis presque heureux, moi aussi. Tu vas enfin me dire qui tu es.
L'ombre sourit, la détermination du bouquiniste l'amuse.
— La vraie question est, qui est vraiment Émile Tiembpont ?
— N'essaie pas de m'embrouiller le cerveau. Dis-moi pourquoi tu as assassiné Guirec et les autres, pourquoi m'avoir mêlé à tout ça ?
— Ça fait beaucoup de questions d'un coup, tu ne crois pas ?
— Toutes ces questions, tu vas devoir y répondre, non ?
— Je suis ici pour ça. Alors, inutile de tenter de m'intimider. N'oublie pas que c'est moi qui t'ai permis d'arriver jusqu'ici. Sans moi, tu serais encore dans le nord de la France à chercher un endroit où te terrer.
— Sans toi je serais dans mon lit, rue de Gand. Je serais toujours un petit bouquiniste qui ne demande rien à personne et dont la vie s'écoulerait tranquillement...
— Tu serais mort d'ennui si je n'étais pas entré dans ta vie pour la

manipuler un peu.
— Tu y es entré sans y être invité.
— De même que Guirec a surgi dans l'histoire, Émile. Ça n'était pas prévu.
— Pourquoi l'avoir tué ?
— Je n'avais pas le choix, comment t'expliquer. Guirec n'aurait jamais dû franchir le seuil de ta bouquinerie... quelque chose s'est produit, quelque chose que j'ai encore du mal à comprendre.
— Qu'a-t-il découvert, qui te fait si peur ?
— Tu n'y es pas, Émile..., Guirec n'a rien découvert, Guirec est juste un personnage qui n'aurait pas dû se trouver dans le scénario, pas de cette manière en tout cas. Il fait partie d'une autre histoire. Elle est venue s'ajouter à la tienne parce qu'il s'est produit des événements dans ma propre vie qui ont altéré le déroulement de l'histoire. Au départ, il n'était pas prévu que tu te retrouves au cœur d'un thriller, Émile.
— Je n'y comprends rien. Qu'est-ce que tu racontes ?
— Oui... oui, je comprends que tu n'y comprennes rien.
— Arrête un peu de jouer au chat et à la souris, qu'est-ce que tu veux à la fin ?
— Qui crois-tu être, Émile ?
— Et toi..., qui es-tu bordel ? Pourquoi as-tu fait de ma vie un enfer ?
Dans la nuit qui l'enveloppe de son manteau d'ébène, Caroline écoute. Elle écoute l'étrange révélation faite par l'inconnu qu'elle a cru reconnaître lorsqu'il est entré dans le cairn, quand la faible lumière de la bougie a éclairé son visage, l'espace d'une seconde.
— Sais-tu pourquoi tu as si peu de souvenirs d'enfance, Émile ? Sais-tu pourquoi tu n'as pas de contact avec ta prétendue famille ?
— Mon père est mort et ma mère..., ma mère est..., ma mère...
L'ex-bouquiniste de la rue de Gand ne parvient pas à faire remonter de sa mémoire les souvenirs liés la mort de sa mère. Que s'est-il vraiment passé ce soir-là, lorsqu'elle a chuté du cinquième étage de l'appartement de la rue Sainte-Catherine ?
Son jumeau l'observe. Son visage, éclairé par la flamme chancelante de la bougie, exprime une profonde compassion devant la mine torturée du bouquiniste.
— Tu commences à comprendre... à entrevoir l'abysse de ta conscience. Souviens-toi, Émile, après que ton père se soit tiré une balle dans la

poitrine, tu en as voulu à ta mère…
— Non ! Non, c'est faux, proteste-t-il.
— C'est pourtant ce que le déroulement de ta biographie laisse à penser. As-tu poussé ta mère du haut de la fenêtre du cinquième étage ou bien s'est-elle suicidée ? Le mystère reste entier, mais différentes hypothèses sont possibles, c'est ce qui est devenu intéressant dans le cheminement de ton histoire.
— Je ne l'ai pas poussée, répète Émile, en proie à une confusion qui va crescendo
— Peut-être. Mais tu ne trouves pas étrange de ne pas avoir de souvenirs liés à tes frères, comment t'expliques-tu le fait qu'ils ne soient pas présents dans le déroulement de ta vie ?
— Je ne sais pas. Après l'accident de moto, j'ai perdu la mémoire…, les médecins ont dit qu'après un coma, c'était fréquent…
— Vraiment. Comment t'expliques-tu qu'ils ne soient jamais venus te voir ? Peut-être n'existent-ils que dans ton imagination. Les souvenirs sous hypnose ne sont pas toujours le reflet de la vérité. Il s'agit peut-être d'une allusion au dédoublement de personnalité dont tu sembles souffrir, apparemment. Tu n'as en ta possession aucune photo, aucun papier d'identité qui puissent témoigner qu'Émile Tiembpont est une réalité dans ce monde.
L'ex-bouquiniste respire plus fort à présent, comme si un poids pesait sur sa poitrine. Il se tient appuyé contre le granit, glacial. Sa raison déraille.
— Qu'est-ce que ça veut dire ? articule-t-il, visiblement troublé.
— C'est étrange non ? Il semble qu'il n'y ait pas trace de ton passé ailleurs que dans tes souvenirs, des souvenirs dont tu es le seul à témoigner.
— C'est faux ! proteste-t-il. Il y a Sophie et…
Émile s'interrompt, il ne veut pas trahir la présence de Caroline qui se tient derrière la porte du cairn.
— Et ?
— D'autres peuvent témoigner de mon passé
— Vraiment. Où sont tes frères, Émile, où sont tes anciens camarades de classe ? Où sont tes anciens collègues de travail ? Te souviens-tu comment tu as fait la connaissance de Sophie ?
— C'est l'accident de moto qui m'a fait perdre la mémoire, même si je

n'ai plus de souvenirs de ma rencontre avec Sophie, elle peut en témoigner puisqu'elle est ma femme...
— Sophie n'existe pas, Émile. Pas au sens littéral.
— Qu'est-ce que tu veux dire, vous m'avez manipulé ?
Derrière la porte du tertre, Caroline sent monter en elle un malaise qui lui tord le ventre. Perdue sur une île au beau milieu du Golfe du Morbihan. Ici, le monde semble n'être qu'une illusion. Elle a beau fouiller dans sa mémoire, elle ne se souvient pas qu'Émile lui ait jamais parlé de ses frères. Cela signifie-t-il pour autant qu'il lui ait menti sur son passé, c'est ce qu'elle croit comprendre en écoutant les paroles de l'ombre.
— Tu n'existes pas, Émile...
— Tu veux me rendre fou..., c'est ça... Tu veux me faire croire que tu es parvenu à manipuler ma vie...
— Tu n'es qu'un personnage que j'ai créé de toutes pièces. Je suis l'auteur de ta vie, Émile.
— Tu mens !
— Non... j'ai tellement mis de moi dans ce travail d'écriture que tu es devenu mon reflet dans l'imaginaire, tu as pris forme à l'extérieur de moi et tu as commencé à m'imposer un scénario qui n'était pas dans mon plan d'écriture. Tu n'existes pas, Émile. Tu es mon fantôme psychique, une création littéraire.
— C'est impossible...
— C'est pourtant la vérité. Autrement, comment expliques-tu que je sache que le personnage de Caroline se trouve derrière la porte du cairn ? Caroline qui n'a d'autres souvenirs de sa vie que ceux liés à ta propre histoire.
Émile est submergé par le doute, sa respiration s'accélère, il peut à peine respirer dans l'espace réduit de la chambre funéraire où l'ombre de son image torture son esprit embrumé par les vapeurs hallucinogènes.
Dehors, dans la fraîcheur de la nuit, Caroline sent sa gorge se nouer. L'angoisse monte en elle comme une source souterraine, affleurant la surface de sa conscience pour la plonger dans l'incertitude de son existence.
— Caroline n'existe pas, Émile... Elle ne te sauvera pas.
— Tu mens, tu essaies encore de me manipuler. Tu veux me faire

endosser tes crimes, mais je ne te laisserai pas faire sans réagir, tu ne m'élimineras pas comme tu as assassiné les autres.
— Vraiment !
— Comment tu t'y es pris ? Comment les as-tu supprimés ?
— Il m'a suffi d'écrire les noms des personnages sur une feuille de papier et de la froisser. C'est pour ça qu'on les a retrouvés broyés de l'intérieur. C'est une mort horrible, j'en conviens, mais avoue que c'est bien trouvé. Et puis sans la mort de Guirec et des autres, l'histoire aurait perdu son côté fantastique, tu ne crois pas ?
— Tu n'es qu'un fou furieux, un dément, et tu espères me faire croire que je n'existe pas ? Tu t'imagines que je vais gober ton histoire...
À l'extérieur du tertre, Caroline serre contre sa poitrine l'arme automatique. Ses pensées ne sont plus qu'un amas chaotique de questions encore plus folles que tout ce qu'elle vient d'entendre. Caroline, tout comme Émile, est isolée. Dans sa vie, seul Émile lui renvoie la réalité de son Être. Sans lui, sans son regard qui lui prouve qu'elle est vivante, Caroline n'a aucune existence.
Seule dans l'obscurité qui l'enveloppe, la jeune femme se sent perdue.
— Tu n'existes que dans ses lignes, Émile. D'ailleurs, toi et moi n'avons d'autre réalité que celle qui se déroule dans l'esprit qui en ce moment même fait glisser son regard sur les mots qui sont écrits sur les pages d'un livre. Et quand le livre se refermera, tu retourneras dans les limbes d'où je t'ai fait naître, ainsi que tous les autres. Tu es né de l'imaginaire dans lequel tu évolues et où tu disparaitras.
— Si ce que tu dis est vrai, alors pourquoi m'avoir fait venir jusqu'ici ?
— Parce que le cheminement de l'histoire devait nécessairement t'y conduire, afin de créer une cohérence, et parce que tu t'es libéré de mon contrôle. C'est au moment où Guirec est entré dans la bouquinerie que ton personnage m'a échappé, tu as commencé à vivre en moi et à modifier le cours du scénario que j'avais imaginé. Tu as échappé à mon emprise, mais du même coup ça devenait intéressant pour l'auteur que je suis. Je me sentais moins seul. Je te parle de cette solitude qui pousse l'écrivain à explorer l'imaginaire. Cependant, il y a un risque, celui de sombrer dans la folie. Si cela reste grisant, il faut aussi savoir sortir de l'histoire pour retourner dans la réalité. Si je ne reprends pas le contrôle maintenant, je risque la schizophrénie.
L'effet du narcotique commence peu à peu à se dissiper. Émile retrouve

la maitrise de son corps et sa pensée s’organise.
— En vérité, c’est toi qui n’existes pas. Je ne sais pas comment c’est arrivé, je ne sais pas si tout ça se produit à cause d’un livre maudit, mais je sais aujourd’hui que Guirec a modifié un paramètre dans la réalité. C'est cette maudite photographie qu’il a subtilisée dans une autre dimension qui en est la cause, ou, pour le moins, la raison de ta présence ici. Guirec pensait que des univers parallèles existaient, nés de l’imagination des hommes, et il t’a fait entrer dans notre espace-temps où tu crois être réel, ou peut-être même as-tu réussi à te matérialiser par je ne sais quelle alchimie, sans doute en prenant la vie de ceux qui t’avaient amené avec eux, et tu les as tués parce qu’ils représentaient une menace pour toi. Parce que Guirec voulait te renvoyer dans ton monde. Mais je ne te laisserai pas t’enfuir, tu dois payer, je n’endosserai pas les meurtres que tu as commis.
— C’est assez remarquable comme explication, je dois le reconnaître, mais ça ne change rien au fait que tu dois disparaître. Je ne peux pas laisser mon double évoluer dans l’entre les mondes. Tu dois mourir à la réalité, tu n’es qu’une extension de ma personnalité et je dois en garder le contrôle. C’est pour cette raison que j’ai décidé d’intervenir dans l’histoire.
— Tu comptes me tuer, c’est ça ?
— Quelqu’un d’autre le fera pour moi.
— Quelqu’un que tu manipuleras comme tu as manipulé ma vie.
— En quelque sorte, oui. L'esprit qui nous met en scène par le truchement des mots qu'il déchiffre, en cet instant précis, ne peut plus reculer. Le dénouement est proche et il le sait. Au fil des pages qui vont suivre, c'est lui qui te conduira vers la mort. Ta mort viendra de la volonté de quelqu'un de savoir comment cette histoire se termine.
— Imagine que je t’en empêche.
— C’est justement parce que je t’en laisserai la possibilité que tu disparaîtras. Tu rencontreras ta destinée sur le chemin que tu as emprunté pour y échapper, Émile.
— Qui que tu sois, tu ne partiras pas d’ici, même si je dois y rester.
— Tu n’échapperas pas à ton destin, Émile. Tiens, prends ceci. Prends-le ! Cela te prouvera que ta vie n’est qu’une illusion, regarde bien.
Émile saisit la photo noir et blanc que son double vient de retirer de la poche intérieure de son long manteau noir. Il y reconnaît le sosie de

Guirec ainsi que son propre visage.
— Je connais cette photographie, ce n'est qu'un habile trucage, tu...
— Non, observe plus attentivement, Émile, sur le bureau... les livres. Regarde le titre inscrit sur les livres.
Émile approche lentement le cliché noir et blanc de la flamme de la bougie qui se consume sur le sol terreux. Il doit faire un effort pour parvenir à lire les lettres minuscules qui se trouvent sur le livre que le sosie de Guirec tient dans les mains. Le choc le fait alors s'adosser au pilier de granit qui se dresse derrière lui. Il vient de déchiffrer le titre imprimé sur la couverture.
— Non ! c'est impossible !
L'ombre fouille à nouveau dans la poche intérieure de son long manteau et en sort une feuille de papier.
— Lis ceci.

« *D*'AUTRES *M*EURTRES O*N*T EU LIEU »
« DERR*I*ERE LE*S* PIERRES DES REMP*A*RTS »
« LEURS CADAV*R*ES GISENT DANS *L*ES S*O*US-*S*OLS DE LA CITAD*E*LLE »
« À L'ANCIE*N* POS*T*E DE GAR*D*E »
« APRES LE MONUMENT CONSACRE À TR*U*LIN »
« IL FAUT ENTRER PAR LES PIERRES *B*LANCHES »
« LÀ-*B*AS VOUS TROUV*E*REZ LES C*O*RPS »
« DANS *U*NE SALLE SO*U*TERRAINE »
« POUR *Q*UI SAIT VO*I*R... L'OMBRE DEVIENT LUMIÈRE »

— C'est toi qui as déposé ce texte dans le bureau de Mégrais, dit Émile.
— En effet. Mais ne remarques-tu rien d'étrange ?
L'ex-bouquiniste y voit mal. Il doit faire un effort pour repérer la différence de calligraphie insérée dans le texte. Certaines lettres sont en italique.
— Qu'est-ce que ça veut dire... tu as codé le texte ?
— Oui. D M N I S A, égrène-t-il dans la pénombre du cairn, R L O S E N T D U B B E O U U Q I ..., pour qui sait voir, l'ombre devient lumière, Émile. Si tu observes bien, tu verras qu'il suffit de remettre les lettres dans l'ordre pour trouver la clef de l'énigme, le mystère de ta vie.
— Ce n'est pas possible... tu m'as manipulé...
— Il est temps, Émile. Si tu n'agis pas maintenant, je sortirais d'ici et

l’histoire se terminera par ton arrestation, les policiers vous abattront, Caroline et toi, comme des chiens enragés et je disparaitrais.
— Caroline... articule Émile.
Dans la pénombre de la chambre de pierre, il regarde son jumeau sourire du coin des lèvres.
Caroline n’est pas entrée dans le cairn, l'ex-comédienne ne sait plus ce qu’elle doit penser. Elle aussi n’a que très peu de souvenirs de sa vie. En réalité, hormis ceux évoqués avec Émile, Caroline ne se souvient de rien, elle a la tête vide. Et ce voyage en amnésie la laisse incapable d’agir. Il faut pourtant qu’elle reprenne le dessus.
Dans un son étouffé par la pierre granitique, elle croit entendre l’homme qu’elle aime l'appeler à l'aide. C’est comme s'il criait son nom de très loin, oui, Émile l’appelle, prisonnier des entrailles de la Terre. Elle doit entrer en enfer, se convainc-t-elle, elle doit affronter sa peur afin de secourir son amant.
Dans un effort qui lui arrache un cri, Caroline ouvre violemment la porte du cairn. La pleine lune éclaire ses gestes, brusques, nerveux, encore hésitants, mais si elle veut sauver Émile, elle doit agir. Maintenant.
— Ne bougez pas ! hurle-t-elle à l’intention de l'ombre qui lui tourne le dos, masquant Émile qu’elle devine derrière le long manteau noir. Ne bougez pas ou je tire.
L’ombre qui se tient debout à l'entrée de la chambre funéraire reste immobile.
Émile articule des mots qu’elle a du mal à comprendre tant les battements de son cœur résonnent dans ses tempes.
Ses doigts se crispent sur l’arme. Elle est à mi-parcours dans l’allée couverte, entre l’entrée du cairn et la chambre où se tiennent les deux hommes.
Soudain, trois détonations assourdissantes lui crèvent les tympans.

94

Vannes : Trois mois plus tard.

Centre Hospitalier de Bretagne Sud — Service de Neuropsychiatrie.

Charles Régnier, docteur en neuropsychiatrie à l'hôpital de Vannes, termine la rédaction du rapport préliminaire qu'il doit présenter en début d'après-midi au juge d'instruction en charge de l'affaire d'Halloween.
Cette affaire de meurtre a fait la « Une » des journaux, y compris des journaux télévisés, quelques mois auparavant.
L'affaire remonte au mois de novembre et se déroule sur la petite île de Gavrinis, dans le Golfe du Morbihan, où un homme a été retrouvé assassiné de trois balles dans la poitrine.
L'arme automatique trouvée sur la scène de crime ne laisse aucun doute sur l'identité de son meurtrier, il s'agit d'une femme arrêtée sur les lieux mêmes du drame.
Le seul problème est que l'inconnue ramassée près du corps de la victime semble plongée dans un mutisme traumatique et que les enquêteurs peinent à boucler leur rapport. D'abord, parce que l'identité de la victime, ainsi que celle de la jeune femme, reste mystérieuse ; et ensuite, parce que le silence dans lequel s'est murée celle-ci rend impossible toute résolution de l'enquête.
Les médecins doutent qu'il s'agisse d'une simulation, et Charles Régnier, en tant qu'expert judiciaire, a la charge de déterminer si, oui ou non, celle qui se trouve actuellement sous surveillance dans son service de neuropsychiatrie peut être jugée responsable du meurtre qu'elle a commis. C'est à peu près la seule chose dont les enquêteurs soient certains. Car les empreintes relevées sur l'arme automatique sont celles de la jeune femme et les analyses de poudre prouvent, ainsi d'ailleurs que la balistique, que c'est bien elle qui a tiré sur l'inconnu avec l'arme retrouvée dans le cairn de Gavrinis.
Depuis plusieurs semaines maintenant, le docteur Charles Régnier essaie sans grand succès de comprendre ce qui est arrivé à cette patiente placée sous sa responsabilité par le juge d'Hollanders.
Mais aujourd'hui, le médecin aux tempes grisonnantes doit faire face

à un autre problème... Sylvie, sa secrétaire est malade.
Face à l'écran d'ordinateur posé sur son bureau chêne clair, Charles Régnier peine à boucler son rapport. Sylvie est clouée au lit avec une grippe carabinée depuis le début de la semaine, et les autres secrétaires de l'hôpital sont débordées de travail.
Le neuropsychiatre s'enfonce dans son fauteuil, fatigué. Il ôte ses lunettes et se frotte les yeux, se demandant comment Sylvie fait-elle pour passer toute une journée devant l'écran informatique sans attraper la migraine.
L'affichage digital de l'horloge suspendue au-dessus de la porte de son bureau indique 12 : 07. Charles Régnier consulte sa montre, une montre en or que lui a offerte sa femme l'année dernière pour son anniversaire. Cette fichue horloge retarde constamment de cinq minutes, cela l'a toujours agacé sans qu'il sache vraiment pourquoi. Il aurait pourtant été si facile de la décrocher pour la mettre à l'heure, mais le neuropsychiatre manque d'initiative. Il est ancré dans son quotidien routinier et rassurant.
Si seulement sa femme n'était pas partie aux sports d'hiver avec les enfants, elle lui aurait tapé son rapport en un rien de temps. D'ailleurs, pourquoi n'était-il pas allé avec eux ? Il n'était pas le seul expert en psychiatrie, que diable. Mais au fond, il sait qu'il est l'unique fautif dans cette situation.
Cela faisait plus de quinze ans qu'il travaillait pour les tribunaux et l'hôpital de Vannes, il aurait bien mérité une pause, mais il avait une réputation à maintenir, c'est cela qui l'empêchait parfois de décrocher, de faire comme les autres et prendre du bon temps en famille.
Charles Régnier, résigné à passer l'heure du déjeuner à taper son rapport, rechausse ses lunettes en se faisant la promesse de ne plus se laisser piéger par son orgueil. Pour l'heure, il doit remplir ses obligations d'expert.

« Rapport préliminaire d'expertise psychiatrique en vue d'examiner le degré de responsabilité de l'inconnue mise en examen par le tribunal de Vannes pour le meurtre d'un homme, assassiné par balle sur le site archéologique de Gavrinis, le 1er novembre 2009. »
« La patiente, âgée d'environ trente-cinq ans, reste plongée dans un profond mutisme depuis son arrestation ainsi que l'hospitalisation

dont elle fait l'objet. L'examen préliminaire de la jeune femme atteste d'un déséquilibre traumatique lié vraisemblablement au choc provoqué par la mort de l'inconnu dont le corps criblé de balles a été retrouvé en sa présence ».
« L'examen clinique n'a révélé aucun signe de violence ni de sévices sexuels. Hormis le traumatisme psychique qu'elle a subi, la patiente est en excellente condition physique... »

[...]

95

Le Folgoët, le même jour.

Fernand Menez vient juste de sortir du four une part de pizza aux quatre fromages, sa préférée. Il saisit au passage une bouteille de bordeaux, achetée il y a quelques mois à Morlaix. Une bouteille qu'il a pris soin de déboucher deux heures auparavant. Puis il s'assied dans un des fauteuils du salon face aux farfadets qui l'observent derrière leur vitrine.

D'ordinaire, le vieil homme déjeune à la table de la cuisine, mais, depuis la disparition de Caroline et Émile, Fernand Menez ne manque plus un seul journal télévisé, zappant même d'une chaîne à l'autre pour être sûr de ne rien rater. La presse écrite, quant à elle, ne s'est fait l'écho d'aucune information depuis l'affaire d'Halloween. Qu'importe, il continue de surveiller les éditions.

À présent, il hume avec délice le parfum savoureux du vin qui repose dans un verre à pied dont le pourtour est gravé de petites grappes de raisin. Il y devine des fragrances de mûre et de cassis. En bouche, le précieux liquide, d'une belle robe grenat, lui laisse une saveur épicée qu'il affectionne particulièrement. Dans la cheminée, les bûches craquent sous l'assaut des flammes rouge orangé.

Dans un coin du salon, encastrée à l'intérieur d'un meuble ancien, la télévision marche en sourdine sous l'œil critique des korrigans et autres personnages féeriques qui se tiennent immobiles derrière la vitrine dont les montants de bois sculpté rappellent les fougères qui poussent dans la forêt de Brocéliande.

Fernand Menez cherche du regard la télécommande.

Sur le téléviseur, de petits bâtonnets verts fluo s'affichent au rythme des pressions qu'il exerce sur l'une des touches du clavier numérique. C'est alors qu'il suspend son geste, sur France 3, le présentateur du « JT » annonce le prochain sujet.

« … vous vous souvenez sans doute de cette affaire qui a suscité beaucoup d'émotion de la part des habitants de la région. Les enquêteurs viennent aujourd'hui d'identifier avec certitude l'homme retrouvé assassiné sur le site archéologique de l'île de Gavrinis en novembre dernier ».

« Un rappel des faits avec notre envoyée spéciale, Agnès Lemarec ».
Sur l'écran, les images des eaux froides du Golfe du Morbihan s'écoulent tranquillement jusqu'à l'île de Gavrinis. Le cairn repose sous un voile de givre ténu comme dans un écrin de mousseline élimé. Les commentaires de la journaliste résonnent d'une tonalité plutôt grave, d'une voix inhabituelle pour une femme.
« C'est le 1er novembre 2009 que le cadavre d'un homme, abattu de trois balles dans la poitrine, est découvert en la présence d'une inconnue, dans la chambre funéraire du cairn de l'île de Gavrinis. L'enquête menée par la police scientifique dépêchée sur l'île prouvera que c'est bien cette dernière qui a tiré avec l'arme automatique retrouvée sur place. La jeune femme, visiblement en état de choc, est alors immédiatement mise en examen par le juge d'instruction d'Hollanders. Elle sera internée quelques jours plus tard dans un hôpital psychiatrique afin qu'une expertise psychologique détermine si, oui ou non, la meurtrière est juridiquement responsable de ses actes ».
« Mais l'enquête va rester au point mort en raison de l'impossibilité d'identifier le cadavre de l'homme ainsi que d'identifier la jeune femme retrouvée sur les lieux. C'est finalement l'arme retrouvée dans le cairn de Gavrinis, un pistolet automatique de calibre neuf millimètres qui restera oublié de l'enquête pendant plusieurs semaines, une arme qui aurait appartenu à un policier, qui va révéler l'identité de la victime. Il s'agirait d'un bouquiniste, Émile Tiembpont, originaire de Lille, dans le nord de la France. Cet homme, recherché pour le meurtre de six personnes, dont l'écrivain Guirec Beryann, originaire de Landerneau dans le Finistère, aurait pu, selon les enquêteurs, kidnapper la jeune femme qui l'a finalement abattu sur l'île au cours de la nuit du trente et un octobre ».
Les images de l'arme automatique ainsi que la photo noir et blanc du bouquiniste aux côtés du sosie de Guirec, font place au visage de la journaliste, Agnès Lemarec. Derrière elle, on distingue l'allée couverte dans laquelle, trois mois plus tôt, Émile Tiembpont a trouvé la mort.
« Les enquêteurs morbihannais ignorent encore l'identité de cette jeune femme dont l'état de santé ne s'est pas amélioré depuis. Pour l'instant, la mystérieuse cavale du bouquiniste reste toujours sans réponse. Pourquoi a-t-il assassiné six personnes dans le nord de la

France pour finalement se retrouver sur l'île de Gavrinis ? Pour les enquêteurs, cela reste une énigme ».

Le visage de la journaliste disparaît à son tour de l'écran pour laisser la place au présentateur du « JT ».

« L'enquête se poursuit néanmoins, et notamment à Lille où le lieutenant Mégrais, chargé de résoudre l'énigme des six homicides, celui de deux femmes et quatre hommes sauvagement assassinés dans le courant du printemps 2009, dans des conditions qui restent très étranges, a révélé qu'Émile Tiembpont pourrait appartenir à un groupuscule occulte sur lequel nous n'avons aucune information à ce jour, et que les six assassinats commis dans la capitale de Flandre pourraient très bien avoir un caractère rituel ».

« Le lieutenant Mégrais nous a confié que le bouquiniste arrêté une première fois en mai 2009, dans le cadre de l'enquête, avait réussi à s'évader des locaux de la police où il était mis en examen, pour y revenir quelques jours plus tard y dérober un livre mis sous scellés par les enquêteurs. Il s'agirait du journal d'un ancien policier, inspecteur des Brigades Mobiles de Rennes dans les années vingt. Le policier ferait référence dans son journal à un mystérieux manuscrit très ancien pour lequel déjà, à l'époque, des meurtres avaient été commis ».

« La police pense qu'Émile Tiembpont se serait livré à des recherches occultes afin de retrouver ce manuscrit ancien et peut-être tenter de monnayer sa découverte ».

« Il est impossible que l'isolement social, dans lequel Émile Tiembpont semblait s'être réfugié depuis ces dernières années, ait favorisé le développement de sa schizophrénie. Notre équipe a en effet retrouvé le médecin que le bouquiniste de Lille consultait pour des troubles de la mémoire. Le psychiatre, qui n'a pas souhaité s'exprimer devant nos caméras, nous a révélé qu'Émile Tiembpont souffrait probablement d'un syndrome de personnalité multiple. Ceci, suite au souvenir de la mort de sa mère survenue alors qu'Émile était âgé de cinq ans. Un souvenir que le bouquiniste aurait évoqué lors d'une séance de régression hypnotique dans le cabinet du psychiatre. La mort de sa mère reste également très troublante pour le psychiatre, qui n'exclut pas la possibilité que le petit Émile Tiembpont ait fait basculer sa propre mère dans le vide suite à un premier traumatisme. Tout laisse supposer, en effet, que le jeune Émile a subi ce premier choc

émotionnel à la mort de son père, qui se serait suicidé peu de temps auparavant. Un suicide qui précédait de quelques semaines celui supposé de sa mère, comme nous venons de l'évoquer. »
« Le jeune Émile a-t-il poussé sa mère dans le vide ? Cela ne fait plus aucun doute pour son psychiatre. Émile Tiembpont aurait ensuite refoulé ce souvenir dans l'inconscient. Et il est probable que le bouquiniste n'aurait jamais eu à affronter ce souvenir si un accident de moto ne l'avait pas conduit à consulter un médecin pour de fréquentes pertes de mémoire ».
« Quant à la jeune femme qui a mis fin à cette étrange cavale, son identité reste un mystère et les médecins sont pessimistes concernant son état mental. Il semble que les événements, dont elle aurait été la témoin privilégiée durant la nuit où elle a tiré sur le bouquiniste, l'aient définitivement fait basculer dans la folie ».
Fernand Menez éteint la télévision, il en a assez entendu.
Il repose la télécommande sur la table basse et se verse un verre de vin.
Le journal que lui a laissé le bouquiniste est toujours en sa possession, rangé avec les autres.
Il s'en veut un peu de leur avoir menti, mais il n'avait pas eu d'autre choix que de taire la vérité sur le journal rédigé par l'ex-flic des Brigades Mobiles, au début du siècle dernier. Il existe bien huit autres cahiers reliés en cuir. Son père y fait le récit de sa découverte des livres maudits ainsi que des mondes parallèles où il a probablement trouvé la mort.
Un court instant, le vieil homme se demande s'il ne devrait pas informer les autorités sur l'identité de la jeune femme qui est actuellement internée à Vannes. Pauvre Caroline, songe-t-il. Cela ne changerait rien pour elle, de toute façon. Et puis la police finira bien par faire le lien entre Émile et la comédienne, se convainc-t-il.
Fernand Menez boit une gorgée du liquide vermeille et repose son verre sur la table basse. Il se lève et s'avance vers la bibliothèque. Ses yeux parcourent le dos des couvertures alignées les unes à côté des autres. Il pose le doigt sur la tranche d'un des nombreux ouvrages qui tapissent les étagères. Il s'en saisit. Puis, après un instant d'hésitation, il ouvre le livre et tourne la première page. Le titre s'imprime alors dans son esprit...

96

Hôpital de Bretagne Sud — Service de Neuropsychiatrie.

Charles Régnier est assis derrière son bureau, l'air absent. Il connaît enfin l'identité de la jeune femme retrouvée dans le cairn de l'île de Gavrinis, et qui, depuis plusieurs mois, est internée en hôpital psychiatrique. Aujourd'hui, Caroline lui a parlé. C'est la première fois depuis son arrivée, il y a plus de quatre mois maintenant.

Quand le psychiatre a prononcé son nom : « Caroline », elle l'a regardé dans les yeux. Son regard avait une telle intensité que Charles Régnier s'est senti violé. Puis Caroline lui a parlé, elle lui a dit cette phrase incompréhensible qui ne cesse de le hanter.

Assis dans son fauteuil de cuir, le médecin ressasse inlassablement ces mots que Caroline a prononcés plus tôt dans la matinée. Il éprouve un mal-être depuis qu'elle l'a regardé et qu'elle lui a parlé.

Ces paroles ne cessent de faire écho dans son esprit comme un refrain entêtant. Cette phrase a été présente dans sa tête toute la journée. Il a bien essayé de l'en chasser, mais il n'y est pas parvenu.

Le médecin se pince la racine du nez, il ferme les yeux, il est fatigué. Oui, c'est cela, se dit-il, la fatigue, trop de travail. Il a accumulé beaucoup de stress ces dernières semaines avec la démission de sa secrétaire et tout le courrier en retard qu'il a fallu gérer. Sans parler de sa séparation qu'il vit mal.

Au retour des vacances, sa femme lui a dit qu'elle souhaitait qu'ils se séparent. Un divorce, il n'y était pas préparé. Au déjeuner, Guillaume, son meilleur ami, à qui il s'est confié, a tenté de lui remonter le moral en lui affirmant qu'à quarante-cinq ans, il avait toutes les chances de refaire sa vie. Mais Charles Régnier était ailleurs durant ce déjeuner, comme le reste de l'après-midi, d'ailleurs.

Pour quelle raison, se demande-t-il, ce que lui a dit Caroline le trouble-t-il à ce point ? Pourquoi ressent-il depuis un malaise qui va grandissant avec la nuit ?

Pourquoi Caroline lui a-t-elle dit ça ?

Pourquoi, aussitôt après, est-elle retombée dans un mutisme profond, indifférente ?

Et cette étincelle qui s'est animée dans ses yeux lorsqu'elle lui a parlé,

comme si tout à coup elle reprenait vie, pour replonger dans le néant d’où elle semblait s’être extirpée l’espace de quelques secondes.
Qu’a-t-elle voulu dire lorsqu'elle a prononcé ces mots :
« Vous n'existez pas... nous ne sommes qu'une illusion... nous n'existons pas vraiment ».

* * *

Caroline sera découverte quelques jours plus tard... étendue sur son lit... serrant dans sa main une feuille de papier chiffonnée. Cette feuille, elle l'a ramassée dans l'allée couverte de l'île de Gavrinis, près du cadavre de son amant, et l'a conservée tout ce temps cachée contre sa peau.
La jeune femme, peu avant que la vie ne quitte son corps dans le silence et la solitude de sa chambre d'hôpital, a griffonné quelques mots sous le texte

...

« *D*’AUTRES *M*EURTRES O*N*T EU LIEU »
« DERR*I*ERE LE*S* PIERRES DES REMP*A*RTS »
« LEURS CADAV*R*ES GISENT DANS *L*ES S*O*US-*S*OLS DE LA CITAD*E*LLE »
« À L’ANCIE*N* POS*T*E DE GAR*D*E »
« APRES LE MONUMENT CONSACRE À TR*U*LIN »
« IL FAUT ENTRER PAR LES PIERRES *B*LANCHES »
« LÀ-*B*AS VOUS TROUV*E*REZ LES C*O*RPS »
« DANS *U*NE SALLE SO*U*TERRAINE »
« POUR *Q*UI SAIT VO*I*R... L'OMBRE DEVIENT LUMIÈRE »

D M N I S A R L O S E N T D U B B E O U U Q I

DANS L'OMBRE DU BOUQUINISTE

Épilogue

Les neuf cahiers manuscrits reliés en cuir du détective dorment à présent dans une petite ville du Finistère, soigneusement rangés au fond d'une bibliothèque escamotable au regard.
L'ex-flic des Brigades Mobiles de Rennes avait bien codé son récit. Mais Guirec, un des rares à avoir tenu en main le précieux ouvrage, ne l'avait pas compris.
Le bouquiniste, lui, avait remarqué les points d'encre noire sous certaines lettres du texte et les avait mises bout à bout.

iidliiiMxliisLoùestxlviidxxxivMvSnordla

Il avait deviné que certaines lettres formaient des mots alors que d'autres devaient être lues comme des chiffres romains, tout comme le « I » et le « IX » de la page de garde. Une fois déchiffré, le message donnait une position : 2° D(egrés) 53' M(inutes) 42'' S(econdes) L(ongitude) ouest – 47° D(egrés) 34' M(inutes) 5'' S(econdes) nord la(titude).
Il n'avait pas eu le temps de vérifier ces coordonnées.
Pourtant, une connexion Internet lui aurait appris que les données géographiques correspondaient à l'île de Gavrinis, dans le golfe du Morbihan, là précisément où il avait trouvé la mort.
Les neuf cahiers manuscrits révélaient l'emplacement exact des portes s'ouvrant sur les dimensions d'entre les mondes évoquées par le Nécronomicon, le Livre d'Eibon et les écrits Pnakotiques.
Fernand Menez conservait secrètement depuis des décennies les coordonnées des passages spatiotemporels sans jamais être parvenu à franchir la frontière invisible.
Car seuls les livres interdits permettaient l'ouverture des portes d'entre les mondes.
Qui sait, aujourd'hui, où dorment ces manuscrits maudits entre tous ?

Les écrits Pnakotiques

Extraits des traductions modernes et approximatives des fragments Pnakotiques retrouvés dans la maison de Morlaix après la mort de l'archéologue et professeur en langues anciennes : Paul Beauregard, disparu dans un accident d'avion.

[...]

La Terre n'existe pas.
Elle flotte dans l'infini du néant et se rapproche chaque jour un peu plus d'une fin qu'elle ne peut pas connaître. À l'extérieur, le reste des mondes gravite et dérive à perte d'imagination. Chaque monde est peuplé et observé par les habitants d'entre les mondes.
Certains Êtres ne sont que le fruit du désir des mortels. Cauchemardesques, mais bien réels. Plongés dans la fange obscure des réalités, ils ne peuvent réaliser à quel point les choix qui sont les leurs ne sont que misères insondables pour celui qui « dessine leur histoire ».

[...]

L'homme ne peut survivre et se sublimer que s'il appréhende sa destinée.
Il n'y a pas de choix ni de liberté. Personne n'échapper au contrôle du scribe d'entre les mondes. Chacun de nos enfants sera élevé et sacrifié. Transporté jusqu'à la Cité de Pierre par un Voleur d'Entre les Ombres pour y être dévoré par les Fouisseurs d'En Bas. Son sang marquant à jamais les dalles immémorables de basalte sombre. Combien d'entre nous ont ainsi glorieusement terminé leur destinée au milieu des milliards de dépouilles qui rempliront à jamais la vallée de l'Ombre.

[...]

Le scribe étend sa présence sur la terre, dans le ciel et au fond des océans. Il ne connaît aucune limite dans le temps et dans l'espace. Sa seule barrière est sa prison, édifiée par les Plus Anciens.

Il rêve et attend, bercé par les cauchemars des hommes et servi par Ceux des profondeurs. Sa demeure et sa prison et malheur à ceux qui tentent d'en briser le sceau.
Il erre au fond du continuum espace-temps à la recherche d'une sortie possible parmi l'infinité de portes qui lui sont offertes, là, est le paradoxe de Yog Sothoth, être prisonnier d'un espace infini et sans frontières.
Il tisse sans fin une toile dont l'achèvement signera la fin de l'univers. Sa toile est un reflet du début et un oracle de la fin. Franchir le pont interminable qui sépare son monde du nôtre pour rejoindre les millions d'âmes prisonnières de sa toile reste un accomplissement à l'anéantissement de tout ce qui existe.

[...]

Triste destin que celui des êtres des profondeurs dont les villes cyclopéennes disparaissent les unes après les autres. Leurs occupants ne sont plus là pour entretenir les tours et célébrer le culte de leur divinité.
Que dire de « Ceux » qui Creusent les Profondeurs. Ils errent sous la Terre dans le seul but de sauvegarder le peu de membres de leur peuple qui ont survécu au travers des âges.
Emportant avec eux les connaissances sacrées, leurs cultes ont été anéantis à jamais. Leurs temples sont effondrés et les « Têtes » répandues dans les musées, livrées aux regards de visiteurs ignares. Quelle hérésie. Quel sacrilège.

[...]

La science est un frein.
Son cortège d'équations et de certitudes construit jour après jour, année après année, siècle après siècle, une barrière qui isole l'homme de ses croyances ancestrales.
Celui qui sait les rendre serviles ne rêvera jamais plus comme les autres.
Celui qui maîtrise la langue ancestrale y puisera une force nouvelle.
Celui qui tombe sous leur emprise rejoindra les rameurs innommables qui propulsent leurs galères au-delà de l'océan noir, sur leurs terres

sacrées qui communiquent vers tous les temps et toutes les dimensions.
L'homme au masque d'argent n'a pas de visage, ou plutôt ses visages sont si multiples qu'il est impossible de connaître son aspect originel. Son arrivée à l'Est du monde accéléra la chute des dieux païens. Totems, statues, autel et sorcier furent détruits. Volant à chacun d'entre eux sa particularité pour faire de son culte l'unique croyance pour eux tous. Il annula la castration en hommage à la fertilité, favorisa l'excision comme une offrande, interdit de toucher tout animal souterrain.
Donnant des cauchemars aux humains que le plus pacifiste des rêveurs devient à jamais un psychopathe hanté par son intarissable soif de souffrance.

[...]

Dans les entrailles de la Mer d'Opale, l'ancienne Cité de Pierre s'érode en silence. Immobile et oubliée, elle semble attendre une renaissance qui ne viendra plus. Rien ne résonne plus désormais dans ses ruelles étroites autrefois foulées par les prêtres portant leur sacrifice quotidien à la porte d'entre les mondes.
Pourtant, en plein cœur de cet oubli, s'élèvent toujours les neuf stèles de Pierre. Chacune d'entre elles est orientée vers une dimension différente et confère aux Crânes des Anciens, placés en leur centre, le pouvoir de projeter toute forme à travers le temps et l'espace.

[..]

Qui sait vraiment ce que nous sommes...

La plupart d'entre nous vivent dans un univers social construit d'habitudes rassurantes, à des années-lumière des énigmes du monde et des questions relatives à nos origines.
Les phénomènes mystérieux sont la plupart du temps relégués au statut de simples curiosités, mises en scène pour notre divertissement, sans analyse critique ou regard scientifique impartial.
Les médias distillent ainsi le ridicule pour annihiler les peurs archaïques liées à l'inconnu... aux énigmes de l'univers.
Tout comme les contes de notre enfance, nous frémissons à l'évocation des phénomènes étranges qui entourent notre vie, puis retournons à nos préoccupations ordinaires...
Il reste l'éternel instant... la solitude... après avoir refermé le livre...

Note de l'auteur

Les éléments nécessaires à l'écriture de ce thriller ont été puisés à de nombreuses sources.
Extraits de livres et articles scientifiques ou ésotériques sont disponibles pour qui a la possibilité et la patience d'effectuer des recherches via Internet ou les bibliothèques.
Pour les ouvrages, aujourd'hui épuisés, qui contiennent certains thèmes évoqués dans l'histoire que vous venez de vivre, il vous faudra en faire l'acquisition auprès des bouquinistes. Vous serez parfois déçu, car tous les livres ne renferment pas les savoirs qu'ils promettent, mais si vous avancez dans cette voie, vous découvrirez que le monde n'est pas… tel qu'il paraît être.
L'histoire ne fait que commencer…

JP SMAGGHE—MENEZ

4e de couverture

JP SMAGGHE MENEZ

Dans l'ombre du bouquiniste

Qu'est-il arrivé au bouquiniste de la rue de Gand, dans le Vieux Lille, qui puisse expliquer la raison de son amnésie et de ses dialogues intérieurs qui le plongent dans des souvenirs d'une autre vie ? D'ailleurs, qui est-il vraiment ? Et pourquoi sa vie bascule-t-elle brusquement après la mort d'un écrivain dont il n'a jamais entendu parler auparavant ?
Qui est cette inconnue qui vient semer le doute dans l'esprit du bouquiniste peu après la découverte du cadavre de l'écrivain dans un appartement de la rue Sainte-Catherine ? Et quelles sont ces morts étranges qui frappent soudainement la capitale de Flandre ? Seraient-elles liées à la disparition d'un manuscrit ancien perdu depuis la fin du Moyen Âge ?
La *Criminelle* semble soupçonner le bouquiniste d'avoir assassiné l'écrivain pour lui dérober un « cahier relié en cuir » contenant le récit d'un policier des « Brigades Mobiles » de la « Belle époque ». Mais que renferme exactement celui-ci ?
Sophie, sa femme, finit par penser que le bouquiniste est ce meurtrier impitoyable que recherche la *Criminelle.* Caroline, quant à elle, une comédienne en mal de scène, ne croit pas en sa culpabilité. Ensemble, ils vont s'engager dans une cavale qui les conduira vers une vérité à laquelle ils ne s'attendaient pas. Le bouquiniste découvrira alors qui se dissimule dans l'ombre de sa vie... Et les deux fugitifs finiront par comprendre, qu'au-delà des apparences, la réalité n'existe pas...

Printed by Amazon Italia Logistica S.r.l.
Torrazza Piemonte (TO), Italy

59978339R00272